Katrin Sobotha-Heidelk

Interzonenjahre

Katrin Sobotha-Heidelk

Interzonenjahre

Ein Ost-West-Roman

Impressum

Bibliografische Information der Deutschen Nationalbibliothek
Die Deutsche Nationalbibliothek verzeichnet diese Publikation in
der Deutschen Nationalbibliografie; detaillierte bibliografische An-
gaben sind im Internet unter `http://www.dnb.de` abrufbar.

© Lehmanns Media GmbH, Berlin
Korr. Nachdruck 2021
Helmholtzstr. 2-9
10587 Berlin
Umschlag: Bernhard Bönisch

Foto: ksh
Satz & Layout: LaTeX(Zapf Palatino) Volker Thurner, Berlin
Druck und Bindung: Azymut • Warszawa • Polen
ISBN 978-3-96543-114-0   www.lehmanns.de

*Die Interzonenzüge, mit denen betagte Großmütter in den Westen
fahren durften und wir nicht, lösten beim Winken immer einen
Phantomschmerz aus.*

Nichts hat sich genau so zugetragen.
Ähnlichkeiten mit realen Personen sind zufällig.

Inhaltsverzeichnis

Prolog

Kaliningrad, 2016

Mit dem Aussteigen aus dem Taxi ist das so eine Sache. Hanni wendet ihre ganze Konzentration nach innen: den unteren Rücken anspannen, die Knie aneinanderdrücken, links auf dem Sitzpolster abstützen und rechts nach einer helfenden Hand greifen. Doch sie bemerkt erst jetzt, dass Gabriele noch mit dem Bezahlen zu tun hat, und sackt wieder in sich zusammen.

„Gib doch einfach", zischelt sie.

„Nein, nicht immer", antwortet die Tochter.

Der Fahrer kramt ein Bündel abgegriffener Scheine als Wechselgeld heraus, Gabriele reicht einen zurück.

Dann spürt Hanni die helfende Hand und sortiert sich erneut. Mit der neuen Hüfte war sie anfangs gut klargekommen, aber seit das Ding beim Aufstehen einmal die Hüftpfanne verlassen hatte und sie sich nicht einmal mehr winden konnte in ihrem Schmerz, ist sie vorsichtig geworden. Reisen wollte sie gar nicht mehr. Doch Königsberg ist etwas anderes, und da Gabriele versprochen hatte, mit ihr nochmal *nach Hause* zu fahren, scheint alles nur eine Frage des Willens und der inneren Konzentration zu sein.

„Und stehen!", lacht Gabriele, als Hanni es aus dem Taxi geschafft hat. Dabei ist das doch *ihr* Spruch, noch von ganz früher aus dem Sportunterricht. Wenn sie abspringen sollten vom Schwebebalken oder hinüberhüpfen über das Pferd, hat die Lehrerin das immer den Mädchen zugerufen. Und Hanni hat die Worte damals schon in ihren Alltag übernommen, wenn etwas vollbracht war und Haltung angenommen werden sollte.

„Ich stehe", sagt Hanni folgsam und beschließt zu lächeln.

Sie sind am Zoo, Hanni erkennt das Portal sofort.

Um ihre immer gleiche Irritation nicht zum hundertsten Mal mit den immer gleichen Worten zu benennen, schließt sie die Augen.

Gabriele könnte bald gelangweilt sein. Dabei weiß die ganze Familie, was damals passiert ist. Jedes Mal, wenn Hanni mit Gabriele und später mit den Enkeln einen Tierpark besucht hat, musste sie davon erzählen! Wie dumm. Einmal hätte gereicht.

Hanni öffnet die Augen wieder und hängt sich bei Gabriele ein. Gabriele macht einen Zwischenschritt, damit sie in den Gleichschritt kommen, so geht es besser.

Der Euro steht zum Rubel so günstig, dass der Eintritt nicht teurer ist als in Deutschland eine Busfahrkarte. Hanni hat den Eindruck, dass hier alles dem Wert einer einzigen Busfahrkarte entspricht, von Kurzstrecke bis Tageskarte.

Sie beugen sich über eine als Ring gemauerte Brüstung. „Ich kann mich nicht erinnern", flüstert Hanni, „was hier war."

„Aber ich", lacht Gabriele, „Waschbären!"

„Bestimmt nicht! Das sind doch keine Zootiere!"

Hanni denkt an den Heuboden unter dem geschnitzten Giebel, auf dem die Waschbären ihren Vater immer wieder austricksten. Die Mutter hatte den Kampf gegen die Pelztiere später aufgegeben, dafür war im Krieg keine Zeit mehr.

Mit einem Bettelblick schauen die Tiere hinauf.

Die im Betonrand gespeicherte Wärme tut den Unterarmen gut. Wo sie sich abstützen kann, verweilt Hanni gern, auch wenn da unten Waschbären sitzen.

Dann fällt es ihr ein: In der Scheune war der Marder gewesen, wie hatte sie das verwechseln können? Und das als Tochter eines Landwirts? Sie schiebt es auf ihre achtzig Jahre und wirft einen versöhnlichen Blick hinunter. Solange sie sonst gut im Kopf zurechtkommt, darf sie die pelzigen Rüpel schon mal durcheinanderbringen. So, Gabriele, weiter!

Der Elefant hat sich Gras auf den Rücken gerüsselt. Behäbig stapft er durch sein Terrain, das aussieht wie ein lausiger Hinterhof. Einzelne Beton-Rohrteile, die wohl eine Tiefbaufirma aussortiert hat, dienen hier als Spielplatz. Geht auch, wenn für ein richtiges Tropenhaus das Geld fehlt, denkt Hanni. *Jenny* hieß die Elefantendame ihrer Kindheit, die eine blumenbekränzte Berühmtheit gewesen war und von der sie bei einer Tombola eine Postkarte gewonnen hatte. Dass sie das überhaupt noch weiß! Sie strafft sich neben ihrer Tochter und hält Schritt.

Gabriele drückt ihren Arm und möchte wissen, wie sie sich fühle. Was für eine Frage. Dabei reden sie doch sonst nicht über sowas, weil sich Hanni in vielen Dingen nicht verstanden fühlt.

„Wie immer, seit wir hier sind."

„Das heißt?"

„Dass ich jetzt Appetit auf Marzipangebäck habe. Aber es muss schon Liedtke-Marzipan sein."

„Das von früher. Verstehe." Hanni spürt, wie sich Gabriele um sie bemüht. „Da hinten backen sie Waffeln. Gehn die auch? Zur Not, Mama?"

„Not ist nicht", sagt Hanni.

„Nein, gewiss nicht."

Not leiden musste Hanni seit ihrer Hochzeit nie wieder. Joachims Eltern hatten ein Kino. Dort hat Hanni ein paar Jahre an der Kasse und am Ausschank mitgeholfen. Außerdem hat sie den Haushalt geführt und in ihrer Erinnerung ein Leben lang gekocht. Das war schon ostpreußische Sitte in ihrem Elternhaus gewesen. Einkochen. Alles, was der Garten hergab. Auf der Schwesternschule hat Hanni dann noch manches dazugelernt. Sogar, was man über die Ehe wissen musste. Auch, dass eine verheiratete Krankenschwester immer in der eigenen Familie gebraucht wird. Und das zum Beispiel hat Gabriele nie in ihr kleines Köpfchen hineingekriegt! Wirtschaften im Haushalt ist auch ehrenwertes Arbeiten. Wenn sie eine kleine Abwechslung braucht, ist das etwas anderes, aber grundsätzlich ernährt der Mann die Familie.

Inzwischen spricht sie darüber nicht mehr mit ihrer Tochter. Gabriele ist Physiotherapeutin geworden. Fast vierzig Stunden die Woche steht sie an der Liege. Und dann sollen die Hände noch Kraft haben für den Haushalt? Und den Mann? Ach was. Das kann sie Hanni doch nicht weismachen!

Aber gestern Abend, nachdem sie ihren alten Hof in Gutenfeld nicht gefunden hatten, weil er nicht mehr existierte, und Hannis Beine den Weg ins Hotel schon fast nicht mehr gehen wollten, hat Gabriele sie massiert. Das kann sie, und sie war so gut zu der Hüfte, Jessesmaaria!

„Du kannst die Waffel mit Schokocreme, Kirschkompott oder Vanilleeis haben, Mama", ruft Gabriele.

„Was nimmst du?"

„Mit Eis."

„Dann möchte ich mit Kirschen."

Hanni beobachtet, wie Gabriele mit der jungen Waffelbäckerin plaudert. Ist ja doch praktisch, dass sie ein paar Brocken Russisch gelernt hat, obwohl Hanni mit den Russen nichts mehr am Hut haben wollte. Vielleicht hatte sich Gabriele auch gerade deshalb für den Sprachkurs angemeldet. Russisch-Schüler waren Exoten an der Volkshochschule, also musste sich ihre Tochter bei ihnen umso wohler gefühlt haben. Typisch.

„Marzipan haben sie nicht, Mama."

„War klar."

Hanni schiebt ihre Kuchengabel durch das Kirschmus in die Knusperwaffel, die gerade anfängt, den roten Saft aufzunehmen und weich zu werden. Kirschsuppe hat sie schon so lange nicht mehr gekocht. Einfach bisschen mit Kartoffelmehl andicken und Nelken, Rosmarin, Zucker, Salz und Schmand dazu! Wie bei Muttern.

„Früher haben wir hier nach Liedtke-Marzipan angestanden. Die hatten hier eine Tierpark-Konditorei, da nahmen wir uns sogar manchmal eine Tüte für zu Hause mit!"

Gabriele sieht sie zweifelnd an und sagt nichts. Dabei sind riesige Süßigkeitenstände heute doch auch nichts Besonderes mehr in einem Tierpark. Die Konditorei damals schon.

Hanni lehnt sich zurück und faltet die dünne Papierserviette auseinander. Wer weiß, wie sie aussieht um den Mund!

Der Konditor bot herrlichen Luxus damals, den nahm nebenbei mit, wer ihn sich leisten konnte. Was Hanni mit ihrer Schwester aber besonders liebte, war die Rollschuhbahn. Ihre Schwester Gigi, die war drei Jahre älter, konnte richtig tanzen mit Rollschuhen! Sie ist Hanni immer davongerollt. Und dann war da noch ihre Freundin Elsa. Wenn die mitkam, hielten sie sich an den Händen, und der Schwung der einen riss immer die andere mit, so dass sie sich abwechselnd überholten.

Elsa ist später nur bis Ostdeutschland gekommen. Das wurde dann doch DDR. Und jetzt ist alles wieder eins.

„Wenn wir hier ausruhten, dann waren wir ganz verschwitzt! Das spür ich heute noch."

Gabriele nickt lächelnd.

„Das sind Kinder doch immer im Zoo! Erst zu den Ziegen, dann dahin, wo der Affe gerade Quatsch macht..."

„Nein, vom Rollschuhlaufen. Das konnte man hier. Wir haben uns die Dinger ausgeliehen. Und Papa hatte seinen Fotoapparat mit." Wenn sie an Papa dachte, kam zu viel hoch. Die Fotos hatte er selbst eingeklebt. Im Fronturlaub ging er mit seinen Töchtern in den Zoo und verschwand dann in der Dunkelkammer. Dabei hatte er doch immer auf dem Hof zu tun! Das Fotografieren war seine eigene Welt nebenher gewesen. Im Krieg soll er immer ein winziges selbstgemachtes Album in der Brusttasche getragen haben: seine Familie, sein Hof und vielleicht auch ein Bild vom Zoo. Alles im Miniaturformat.

Den Zoo hat er so geliebt, dass er Mama auftrug, beim Retten zu helfen, als die wertvollsten Tiere auf umliegende Gutshöfe evakuiert wurden. Dabei hätte er Mama lieber davon abhalten sollen! Da sie doch bald nur noch die eigene Haut retten konnten. Ach, Papa!

Gigi und Hanni waren einmal an einem Freitagnachmittag aus der Schule nach Hause gekommen und hatten nicht in den Stall gedurft. Weil die Mähnenspringer sich erst eingewöhnen sollten. Eine kleine Futterreserve hatte Mama noch gehabt, die musste dann für alle reichen.

„Ich weiß, woran du denkst."

„An Kirschsuppe, Gabriele. Ich werde mal wieder welche kochen."

„Und an die Ziegen."

„Mähnenspringer waren das. Die konnten wir nicht mitnehmen, als es losging im Februar.

Ganz zuletzt erst ist Mama in den Stall gegangen und hat den Riegel zurückgezogen.

Da saß ich mit Gigi, den ganzen Koffern und der Korbkiste schon auf dem Wagen. Unsere Rieke, die war schon vorgespannt, die hat sich gebärdet, als hätte sie alles vorausgeahnt."

„Das sagt man so."

„Ja. Das sagt man so. Aber es stimmt."

Als Gabriele einlenkend nickt, fährt Hanni fort:

„Hier hätten die Mähnenspringer auch nicht überlebt, Gabriele. Die ganze Stadt hat es erwischt. Da waren wir Gott sei Dank schon weg."

Hanni erinnert sich, wie Mama versuchte hatte, heile Welt zu spielen auf dem Pferdewagen. Dabei hat sich aber ihr Gesicht so verzerrt, dass Gigi aufstand und sie in den Arm nahm. Gigi war damals schon so erwachsen!

Hanni schiebt die letzten Reste ihrer Waffel durch die Kirschmuspfütze und hält die Gabel so fest, dass die faltige Haut ihres Daumens ganz weiß wird. Mama hat auf dem Kutschbock an die Tiere gedacht und war verzweifelt, weil sie von Papa keinen Rat mehr kriegen konnte. Ganz allein hat sie entschieden, die Ketten zu lösen und die Stalltür zu öffnen. Nein, nicht ganz allein. Sie hat wohl mit anderen Bauern gesprochen, die auch keinen anderen Ausweg wussten. Dann musste ihr der Boden unter den Füßen weggerutscht sein, genauso wie der ganze Hof, und sie wollte den Töchtern von ihrem Kummer nicht mehr zeigen, als dass ihr Lächeln nicht mehr funktionierte. Wenn das Erinnern so wehtut, dass es Hanni wie ein Klumpen Blei hinabzieht, muss sie etwas in die Hand nehmen, das damit nichts zu tun hat. Sie hat mal gelesen, warum das hilft, und sie hofft, dass es diesmal klappt. Deshalb hält sie diese Gabel so krampfhaft fest, dass sie zu einem Griff wird, der in der Gegenwart festgeschraubt ist. Gabriele hätte solch ein Festhalter nicht sein können. Sie zweifelt zu viel an, und Hanni hat Angst, dass der Griff aus der Wand reißt. Manchmal lockern sich ja die Dübel, und sie müsste wieder das heulende Kind auf dem Wagen sein.

„Und Rieke? Ihr seid doch dann zum Hafen gefahren."

Rieke. Die beste Stute, die Vater jemals hatte? Hanni dreht die Kuchengabel zwischen den Fingern. Am unteren Rand spürt sie, dass da ein Grat ist. Zoo-Besteck muss nicht das feinste sein.

„Das Pferd blieb dort, in Pillau. Konnte auch nicht mit."

Als ein Mann mit einer Schubkarre am Waffelstand vorbeifährt, bittet Hanni Gabriele, ihn nach Mähnenspringern zu fragen.

„Ich weiß nicht, wie die heißen."

„Schafe mit einem langen Bart."

Der Tierpfleger ist schon vorbeigegangen, und Gabriele eilt ihm hinterher. Hanni sieht, wie sie sich ans Kinn greift, um einen Bart darzustellen. Er zeigt in Richtung der Kamerunschafe, vielleicht hat Gabriele sich falsch ausgedrückt. So tiefgründig ist es eben doch nicht mit ihrer Sprache. Was soll's.

Hanni studiert den Lageplan und drückt den Finger auf ein Bild mit Ziegen und Kamerunern. Die meint der bestimmt.

„Es gibt hier keine Mähnenspringer mehr, Mama."

„Die haben wir ja auch mitgenommen", flüstert sie.

„Das verdrehst du jetzt aber. Ihr wolltet helfen!"

Hanni schweigt. Gabriele hat nicht auf dem Wagen gesessen, sie kann nicht wissen, wie sich das anfühlt, den eigenen Hof zu verlassen, sich lieber nicht umzuschauen und einfach nur unter den vielen Pulloverschichten abzuwarten, bis die Kälte es auf die Haut geschafft hatt. Doch schlimmer noch war ihre *tausendfache Angst*. Alles Furchtbare, das sie noch gar nicht erlebt hatten, stand damals *tausendfach* vor ihnen. Weil Gigi schon so viel von Zahlen wusste, hatte sie dieses Wort gebraucht. Und diese *Tausend* schien Hannis Gefühle so sehr zu bestätigen, dass sie dann auch von *tausendfachem* Hunger geflüstert und von *tausendgroßer* Angst gesprochen hat auf dem Wagen mit der Rieke. Mutter muss doch schon daran verrückt geworden sein!

„Möchtest du noch zu den Kamerunern, Mama?"

„Zu denen nicht extra, nein."

„Die Bären haben noch ihr altes Haus und die Vögel ein ganz neues!"

Hanni ist müde. Schon der Weg zum Taxi wird wieder zu einer Strapaze werden.

„Die Waffeln waren gut. Das sag denen man ruhig."

„Hab ich schon."

Das hat Hanni nicht mitbekommen.

Ihr fällt das Geld wieder ein: „Lass uns noch zur Verwaltung gehen, die ist doch hier vorne."

Gabriele hat den Umschlag am Morgen eingesteckt, sie wirft sicherheitshalber noch einen Blick in die Tasche und nickt.

Hanni steht schneller als gedacht. Sie hängt sich bei ihrer Tochter ein und stützt sich noch ein wenig auf den Stock bei jedem Schritt.

Im Verwaltungsgebäude weist eine Frau am Tresen die Besucher in die Ausstellung, zu den Toiletten oder zur Direktion.

Die Direktorin sei gerade in Moskau, übersetzt Gabriele.

„Dann lassen wir es gleich hier", bestimmt Hanni.

„Wir können zu ihrer Assistentin. Die holt uns gleich ab", widerspricht Gabriele.

Maria ist hochgewachsen, schmal und spricht fließend Englisch. Als sie Hanni und Gabriele in das Vorzimmer bittet, stellt sie ein Tellerchen mit Marzipan-Talern auf den Tisch.

„Ist das von Liedtke?", entfährt es Hanni.

Maria schmunzelt. „It's nearly the same."

Hanni nickt befriedigt und bemüht sich, das Wort *tradition* schön englisch auszusprechen. Als sie endlich auf einem der schmalen Stühle

Platz genommen hat, kann sie durch das Fenster den Elefanten beobachten. Er rüsselt immer wieder in sein betonschweres Spielzeug
hinein.

Hanni bemüht sich nicht, Gabriele und die Assistentin Maria zu verstehen. Sie weiß, worum es geht. Während der Elefant ihr behäbig
die andere Seite zudreht, rutschen ein paar Büschel Gras von seinem
Rücken.

„Mama? Jetzt würde es passen", flüstert Gabriele und reicht ihr den
Umschlag.

Hanni konzentriert sich kurz, kehrt innerlich an den Tisch und zu
Maria zurück und sagt kurz:

„Wir haben die Mähnenspringer auf unserem Hof lassen müssen
1945. Das konnten wir uns nicht verzeihen, aber es ging nicht anders.
Auch wir haben nicht alle überlebt." Sie weiß, dass Gabriele den letzten Satz nicht übersetzen würde und schiebt einfach den Umschlag
über den Tisch. Das Geld würde für ein neues Elefantenspielzeug
und mehrere seiner Wochen-Mahlzeiten reichen. Das ist wenigstens
etwas.

Maria nimmt den Umschlag entgegen und reicht Hanni die Hand.
Sie sagt, sie werde das Geld einschließen, bis die Chefin wieder da
sei. Gabriele nickt.

Hanni auch. Ihr wird ein wenig leichter. Wie einfach manches doch
ist.

Auf dem Weg zum Park-Ausgang kommen sie an einer zweispra-
chigen Schautafel mit historischen Fotos vorbei. Hanni versenkt sich
in die sepiafarbenen Fotos, als könnte sie unter den abgebildeten
Kindern Gigi und sich selbst finden.

Das einzige, was Hanni noch sehen möchte, ist der Laden von Elsas Eltern. Als der Taxifahrer sich übersetzen lässt, in welcher Straße
der gelegen hat, winkt er ab, als wolle er Hanni keine Hoffnung machen. Im Feierabendverkehr kommen sie nur mühsam voran. Das ist
Hanni recht, vielleicht erkennt sie ja doch etwas wieder.

Die Samitter Allee war damals schon eine der großen Straßen. Sie
heißt jetzt anders, Hanni kennt die Buchstaben nicht, und die Haus-
nummer weiß sie nicht mehr. Ständig hat sie das Gefühl, schon vor-
beigefahren zu sein. Es war ein Fachwerkhaus gewesen mit einer
geräumigen Durchfahrt zum Hof, einem Ladengeschäft im Erdge-
schoss und einer großen Wohnung darüber. Im Geschäft unten hatte

schon Elsas Großvater mit Kaffeespezialitäten und Lebensmitteln gehandelt. Von Hannis Eltern bezog der Laden Gemüse. Dadurch hatten sich die Kinder überhaupt kennengelernt. Im Königsberger Kaufmannshaus durften Hanni und Gigi Stadtkinder sein, feine Damen gar, und bei ihnen auf dem Hof tobte Elsa mit im Heu und blieb manchmal sogar über Nacht.

Sie schleichen an endlos wirkenden Zehngeschossern vorbei. In den kurzen Vorgärten hocken hier und dort wettergegerbte Plüschtiere. Kleine Läden reihen sich aneinander. Blumen, Lebensmittel, Bernsteinprodukte. Das braucht Hanni niemand zu übersetzen.

„Kennst du den Baum?"

Gabriele deutet auf einen, der schon hundert Jahre alt sein kann. Hanni weiß, dass hier Alleebäume standen, aber ob das einer von denen war?

Sie fahren über eine Brücke, unter der ein Fließgraben damals schon seinen Weg genommen haben muss. Hanni spürt, wie Gabriele erneut zu einer Frage ansetzt. Ob sie sich an das Flüsschen erinnerte. Jessesmaaria, hätte sie als Kind etwa ihren Vater bitten sollen: *Papa, sagst du Bescheid, wenn wir über das Flüsschen fahren? Damit ich es mir für später merke?* Lächerlich.

Langsam fällt ihr das schleichende Fahrtempo auf die Nerven.

Der Taxifahrer macht Gabriele einen Vorschlag. Hanni meint das Wort Maraunenhof herauszuhören.

„Ob du zu einem alten Villenviertel fahren möchtest?"

„Ich hab da niemanden gekannt, Gabriele. Du weißt doch, wir sind nicht aus Königsberg."

Gabriele bittet den Fahrer, sie zum Hotel zu bringen.

„Ich möchte eine Massage", sagt Hanni.

1 Schatten auf den Kugeln

„Du ruinierst das Parkett!"
Großmutter beugte sich über das Fischgrätenmuster und rieb mit dem Zeigefinger über eine winzige Kerbe. „Da und da und da auch! Elsa, zieh die Botten aus!"
Es waren Holzpantinen, wie Hanni und Gigi sie im Stall trugen. Elsa konnte mit denen nur nicht genauso schnell flitzen. Noch nicht. Deshalb wollte sie ja trainieren, einmal um den Tisch im Esszimmer, dann durch die Flügeltür ins Wohnzimmer, über die Schwelle ins Herrenzimmer, auf den Flur zur Mädchenkammer, ins Kinderzimmer, dann ins Arbeitszimmer und immer weiter. Ihre Schritte klangen auf den schwarz-weißen Fliesen vor dem Herd genauso wie in der Futterküche der Freundinnen. Im Wohnzimmer war es etwas anderes, da hatte Großmutter Recht.
Jetzt sah Elsa die kleinen scharfen Dellen auch, und die Freude über die Botten verformte sich zu einem Klumpen in der Magengegend. Vielleicht warfen die Kerzen des Weihnachtsbaums ein mildes Schummerlicht auf die Böden, so dass Mutters Blick nicht gleich an ihnen hängen blieb. Vater wäre vielleicht außer sich gewesen, aber Vater war an der Front.
„Ich schmier Spucke drauf, Großmutter!"
„Das ist doch kein Mückenstich, Kind!"
„Aber dann wird das dunkler."
Elsa spürte schon, wie sich unter der Zunge der Speichel sammelte, sie schob ihn von einer Backe in die andere und ertastete einen zarten Widerstand in der neuen Zahnlücke. Am Freitag vor dem vierten Advent hatte sie so lange an einem Zahn gewackelt, bis der nur noch an einem Hautfetzen hing. Dann war sie zu Mutter in den Laden hinuntergerannt, um den Hinkezahn als scharfe Spitze durch ihre zusammengekniffenen Lippen zu präsentieren. Das hatte ihr

vor dem Spiegel so gefallen. Mutter würde sich kaputtlachen, hatte sie gedacht. Sie waren doch alle beide Kicherliesen und Großmutter auch. Doch Mutter hatte nur ihr Taschentuch aus dem Kittel gezogen, um damit die hässliche Blutspucke von Elsas Bluse zu rubbeln. „Mach mal auf den Mund!" Ratsch. Und der Zahn war draußen gewesen.

Dann hatte die Glocke an der Ladentür geschellt, und Elsa musste sich hinten raus durch das Treppenhaus wieder in die Wohnung verdrücken. Mund ausspülen. Den Zahn ins Kristalldöschen zu den anderen dreien legen. Elsa war etwas spät dran beim Zahnwechsel. Mit acht Jahren hatte Gigi schon ihre Hasenzähne vorn gehabt. Aber das war eben Gigi. Die hatte jetzt, mit elf, schon kleine Brüste. Gut, dass Hanni genauso alt wie Elsa war und genauso milchzahnig und genauso verkichert. Nur mit den Botten konnte sie schneller laufen, aber das würde Elsa noch lernen.

„Der Neue kommt, Großmutter", sagte Elsa, während sie zwei angefeuchtete Kerben im Parkett gleichzeitig rieb.

Sie sah, wie Großmutter einen kleinen Schrecken zu verbergen suchte und in Elsas Gesicht forschte. Als wollte sie ausgerechnet in dem Mädchen etwas herausfinden, was jetzt nicht besprochen werden musste und mit Kindern schon gar nicht.

„Der neue Zahn, Großmutter", sagte Elsa schnell und versuchte fröhlich zu lachen, damit Großmutter nicht gleich wieder an den Russen dachte. Der kam wohl auch bald. So wurde es im Laden erzählt. Seit der in Ostpreußen einmarschiert war, hatte Elsa keinen Unterricht mehr.

„Sieht man den schon?" Großmutter kam auf Knien herüber, um das weiße Pünktchen im Zahnfleisch zu begrüßen.

„Für die Zunge ist er schon richtig da."

Wieder lief ihr die Spucke zusammen.

„Guten Tag, neuer Zahn", flüsterte Großmutter, „du bist einer von denen, die durchhalten müssen!" Sie stand auf, drehte sich zum Weihnachtsbaum und hängte ein paar Kugeln um.

„Die angelaufenen immer nach hinten!" Es schepperte leise, wenn sich zwei berührten. Großmutter bemühte sich, die Lücken am Baum wieder auszugleichen, indem sie auch die von Vater geschnitzten Holzengel umsetzte.

„Manche Kugeln sind schon ganz schwarz. Dass der Junge sowas nicht sieht!"

Der Junge. Valdis war schon ein Mann, fand Elsa. Einer, den sie sich immer als großen Bruder gewünscht hatte. Im Frieden würde er Arzt werden, hatte er gesagt. Aber jetzt musste er hier in Königsberg für die Wehrmacht arbeiten, weil er aus dem besetzten Lettland kam. Seit Herbst war er bei ihnen einquartiert. Großmutter hatte ihn gebeten, den Baum zu schmücken, als er am Dreiundzwanzigsten spät hereinkam und in die Kammer schlich. Jetzt kratzte sie mit dem Fingernagel auf einer angelaufenen Kugel herum. „Wie ein fauler Apfel!"

„Dann muss er auf den Kompost!"

Endlich lachte die Großmutter. Sie hängte die bräunlich schimmernde Kugel an der Wandseite auf.

Elsa überlegte, was es noch gäbe zum Lachen. Es war doch Weihnachten!

Trotzdem war Mutter im Laden unten, obwohl der gar nicht geöffnet war. Immer und immer und immer hatte sie dort zu tun, seit Vater und Großvater ihr nicht mehr helfen konnten. Nachdem die Engländer im August die Innenstadt zerbombt hatten, gab es weniger funktionierende Geschäfte. Alle hatten Angst. Da gab es eben doch nichts mehr zum Lachen.

Elsa stellte die neuen Holzpantinen, ihre Botten, wieder unter den Baum und nahm sich die anderen Geschenke vor.

Das Spielzeugboot mit Abschussrampe war ein richtiger kleiner Torpedo. Wenn sie das Dieter zeigte, dem Nachbarskind im Hinterhaus, würde er ihr den abschwatzen wollen. Zum Tauschen hatte der aber nichts mehr. Vielleicht konnte sie ihm das Boot auch schenken, was sollte sie mit so einem Kriegsschiff? Hatte sie doch sogar noch ein Fahrrad bekommen! Und die schönen Botten für ihre Stallbesuche bei Hanni und Gigi!

„Kann das Boot richtig ins Wasser, Großmutter?"

„Nicht auf dem Parkett!"

Elsa ließ in der Küche Wasser in eine Emaille-Schüssel laufen und setzte das Boot hinein. Ganz früher, im Sommer vor dem Krieg, hatte Vater ein Schiffchen für sie geschnitzt mit Mast und Segel. Das hielt sich damals sogar senkrecht im Fluss. Vater hatte eine Schnur drangeknotet und mit Elsa im flachen Wasser Kapitän gespielt. Im Album hatte sie Fotos von jenem Sommertag gesehen, vielleicht waren es auch nur die Bilder, an die sie sich erinnerte. Jetzt hatte sie ein Torpedoboot. Es schwamm in der Schüssel, aber Kapitän-Spielen konnte sie damit nicht. Sie wusste nicht einmal, welche Geräusche sie nachmachen sollte – tuuut bestimmt nicht. Mit Dieter konnte sowas vielleicht Spaß machen im Sommer am Fluss, wo sie mit Vater gespielt hatte.

Valdis' Augen leuchteten, als Elsa ihm das Spielzeug zeigte. Er spannte eine der winzigen Raketen in den Träger und fingerte am Abschussmechanismus.

„Wenn du drückst hier, dann zündet Rakete!"

Elsa mochte, wie er das R rollte. Und sie genoss, ihm etwas zeigen zu können, was ihn interessierte.

„Mach mal", bat sie. Sie hielt die Hände auf dem Rücken über Kreuz und wippte gespannt nach vorn und zurück wie früher beim Gedichtaufsagen vor der ganzen Klasse.

„Draußen. Sonst geht kaputt die Wohnung."

Dann hatten sie nur fünf Schuss, und der Spaß wäre vorbei. Niemals würde sie im Schnee die kleinen Raketen wiederfinden.

„Drinnen, Valdis! Du darfst nur nicht das Parkett zerschießen." Elsa hangelte sich an ihm hoch und erzählte flüsternd von den Botten-Kratzern und dass man mit Großmutter Pferde stehlen könnte, nur eben nicht auf gepflegtem Eichenparkett.

Sie trug wieder ihre warmen karierten Filzhausschuhe, die waren oben mit einer festen Schleife zugebunden. Großmutter hatte die Botten weggestellt. Hanni und Gigi wussten noch gar nicht, dass sie jetzt auch welche hatte.

Elsa kletterte richtig an Valdis hinauf und setzte sich auf seine Schultern, so dass sie beide größer waren als der Weihnachtsbaum.

„Komm. Wir sind Zirkus. Stell dich mal hin", lachte Valdis.

Wo sollte sie sich festhalten, wenn sie erst einen und dann den anderen Schenkel von seiner Schulter lösen wollte? Valdis war ein Riese. Da aber kam ihr eine seiner Hände entgegen, sie griff zu und wackelte langsam in die Höhe. Noch nie hatte sie das Wohnzimmer so weit von oben gesehen. Das Kanapee und die Sessel rückten auf neue Weise zusammen, und der Weihnachtsbaum sah schief geschmückt aus, vorne lauter Engel und Kerzen und hinten die ganzen Kugeln.

„Nicht loslassen", schrie Elsa, als sie plötzlich spürte, wie sich Valdis' Griff lockerte. Sie ging in die Hocke und umklammerte seine Handgelenke.

„Wir sind doch Zirkus! Der beste in Ostpreußen!"

„Und Lettland", keuchte Elsa.

„Ja, in der ganzen Welt", trompetete Valdis wie ein Zirkusdirektor, „jetzt mit Akrobatik-Nummer tapferer Soldat und hübscher Mehlsack!"

Er klapperte mit der Zunge eine Art Trommelwirbel, zu dem sich Elsa vorsichtig wieder erhob. Sie ließ sogar seine Hände los, mit denen er dann ihre Waden sicherte.

„Applaus! Applaus! Applaus!", rief sie in die Zimmerrunde, aber es war niemand da.

In Zeitlupe begab sich Valdis auf die Knie, neigte den Kopf und ließ sie absteigen. Graziös verbeugten sie sich in alle Richtungen.

„Jetzt kaufen wir Zuckerwatte!" lachte Elsa und klatschte wie verrückt in die Hände. Seit Jahren hatte sie keine mehr von einem Stäbchen gezupft, aber sie meinte, das gehörte unbedingt zum Zirkus. Sie rannte zu Mutters Nähschränkchen und zog die zwei längsten Stricknadeln aus einer Schublade.

„Schön hinten anstellen. Das gilt auch für Soldaten!"

Sie drehte die Nadel in einer imaginären Trommel, bis sich eine ansehnliche Zuckerwolke gebildet haben könnte. Das dauerte eine Weile.

„Zehn Reichspfennig, der Herr!"

Valdis hatte sogar einen Groschen in der Tasche, den er ihr in die Hand drückte.

„Stimmt so."

„Das sehe ich", entgegnete sie kess.

Er wusste, wie es aussehen musste, wenn man sich Zuckerbüschel abzupfte, und lobte die Rezeptur, während Elsa für sich selbst eine Watte drehte.

„Eine Zirkus-Nummer wir haben verpasst, Elsa!"

„Kann nicht sein. Ich war die ganze Zeit hier."

Er beharrte darauf und zeigte auf den Weihnachtsbaum.

„Engel alle sind geflogen."

„Ja. Aber das war schon in der Frühvorstellung! Weil ein paar Kugeln so hässlich angelaufen sind, dass Großmutter sie nicht vorn haben wollte."

Elsa schlitterte mit ihren Hausschuhen hinter den Baum und präsentierte ihm eine picklig verfärbte Silberkugel.

Valdis hielt sich die freie Hand vors Gesicht, als könnte er den Anblick nicht ertragen.

„Ausmustern!", befahl er. „Nicht mehr k. v.!"

„Zu Befehl, Herr General!" Elsa salutierte kichernd. „Gleich abschießen?"

„Natürlich!"

Valdis hielt plötzlich inne, als müsste er kurz eine Entscheidung treffen. Elsa kannte diesen Gesichtsausdruck schon und wagte kein Wort. Meist endete solche kurze Versunkenheit nämlich mit einem plötzlichen Schlachtruf zum Toben, das musste bei großen Brüdern so sein! Sie hatte sich nicht geirrt.

„Rüstet zur Seeschlacht, Kameraden!"

Elsa rüttelte ein wenig an den Metallschließen ihrer Hausschuhe, das musste reichen als Kriegsvorbereitung.

„Und jetzt, Valdis? Wo muss ich hin?"

„Aus der Schusslinie!"

Elsa hopste auf das Kanapee und spürte, wie ihr das Herz plötzlich an die Kehle pochte.

Valdis hatte sich das kleine Torpedoboot geschnappt und justierte die winzige Rakete. Dann kniete er sich auf das Parkett, hielt das Spielzeug in Richtung Tannenbaum, kniff das linke Auge zu und zerschoss die Pickelkugel. Sie flog in tausend glitzernden Splittern auseinander, während die Rakete an der Wand abprallte und die Englein an ihren Zweigen zu turnen anfingen.

„Volltreffer!" Elsa war schockiert und fasziniert zugleich. Sie wäre niemals auf solch eine Idee gekommen. Sie schlitterte zum Scherbenhaufen und untersuchte den kleinen Einschlag an der Wand. Das nadelkopfgroße Loch in der Tapete ließ sich mit dem Finger verstreichen. Sie hatte nicht gewusst, wie präzise Valdis schießen konnte.

„Du hast gesehen?", fragte er überflüssigerweise.

Sie nickte stumm.

„Jetzt Scharfschützin Elsa." Er reichte ihr das Spielzeugboot und suchte unter dem Tannenbaum nach der ersten Rakete.

„Da sind insgesamt vier", flüsterte das Mädchen. Triumphierend hielt er den kleinen spitzen Zylinder zwischen den Fingern und hängte eine zweite angelaufene Kugel von hinten an einen leeren Zweig.

Er führte Elsa die Hand, doch sie zuckte unwillkürlich zurück, als das Geschoss das Boot verließ. Es schlug knapp neben dem Baum unter dem Fensterbrett ein. „Oh Gott", sagte sie tonlos. Beinahe wäre das Ding durch die Scheibe gekracht. Nur einen Moment stellte sie sich die scharfe Kälte vor, die dieses Zimmer zur Eishölle gemacht hätte und wie Großmutter die Ritzen an der Flügeltür verzweifelt mit Lumpen gestopft hätte.

„Die Hand du musst ganz ruhig halten", flüsterte Valdis unbeeindruckt.

„Meine Hände sind nie ruhig". Sie verschränkte die Arme vor der Brust, steckte die Finger in die Achselhöhlen und sah Valdis beim zweiten Schuss zu. Scheppernd schlugen die Splitter auf den Fußboden.

„Hast du schon mal einen Menschen getroffen?"

Valdis antwortete nicht. Diese Frage schien nicht zum Weihnachtsbaumspiel zu gehören. Er hängte eine weitere Kugel an den leeren Zweig, der nun auch Nadeln verloren hatte, und reichte Elsa das Boot mit der erneut eingespannten Rakete.

Sie streckte es auf Augenhöhe von sich und visierte die einzelne Kugel an. So muss ich bleiben, ganz ruhig, dachte sie. Ihre Hände waren unbewegt wie bei einer Statue und sie meinte zu spüren, wie sie sie nur mit ihrem Willen totstellen konnte, so dass kein Zittern ihre Unterarme oder gar die Finger erreichte. Sie hätte solch ein Zittern in die Zehenspitze lenken können oder sonstwohin, wenn es denn plötzlich gekommen wäre. Valdis hatte schon einmal Mehlsack zu ihr gesagt, er sollte nicht auch noch ein Wort für einen Danebenzieler finden. Sie wusste, dass sie treffen würde. Die große Stelle mit dunkel ineinander zerlaufenen Punkten würde sie jetzt in aller Ruhe sprengen. Das Abdrücken war dann doch irgendwie von allein geschehen, sie hatte die Sekunde nicht geplant. Die Holzengel hüpften über der dritten zerschossenen Kugel, Elsa reichte ihre Waffe zurück an Valdis und holte Handfeger und Kehrschaufel.

Wenn Dieter kam, durfte er die alten Schuhe seines Vaters anbehalten, solange Elsa mit ihm in der Küche blieb. Er roch seine eigenen Füße nicht, aber Elsa konnte beim Einatmen das Bittersaure nicht wegfiltern. Vielleicht wurden Dieters Socken im Winter nicht gewaschen, weil er kein zweites Paar hatte. Großmutter holte das Bonbon-Glas aus dem Wohnzimmer. Mutters Laden hatte eine kleine Lieferung bekommen aus Borntuchen. Da gab es eine Frau, die Bonbons aus Rübensaft kochte. Früher, als fast noch Frieden gewesen war, hatte der kleine Dieter einmal alle Süßigkeiten weggenascht, die er bei Elsa gefunden hatte.

„Die müssen wir wegschließen, wenn der Bursche mal wiederkommt", hatte Großmutter damals zu ihrer Tochter gesagt. Jetzt aber hatte sie das Glas extra auf den Tisch gestellt.

Dieter schloss beim Lutschen die Augen. „Rübe", sagte er mit Kennermiene, „und Wiesenkräuter".

Elsa schob sich auch einen Bonbon in den Mund, obwohl sie sich nichts aus Süßigkeiten machte. Wenn es nach ihr gegangen wäre, brauchte sie gar nichts essen. Sie hatte nie Hunger. Widerwillig kaute sie, was Großmutter für sie zusammenstellte.

„Du hast nichts zuzusetzen, wenn es losgeht", war es aus Großmutter herausgerutscht, als sie versonnen die Holzengel in die Kiste gelegt und über die fehlenden Kugeln kein Wort verloren hatte.

Seit Tagen durfte Dieter abends dazukommen, wenn der Tisch gedeckt wurde. Großmutter mochte den kleinen Streuner aus der Nachbarschaft, der sich mit Elsa die schulfreie Zeit vertrieb.

Valdis war von einem auf den anderen Tag abkommandiert worden. „Tschau!" hatte er nur gesagt. Elsa wäre bestimmt ans Fenster gelaufen, wenn sie geahnt hätte, dass sein Abschied ernstgemeint war. Stattdessen hatte sie geschmollt und war noch den ganzen Abend überzeugt, er würde mit einer scherzhaften Erklärung wieder zurückkehren.

Dieter war nur ein schwacher Trost. Er gehörte zu ihrer Kindheit wie Hanni und Gigi und konnte sie nicht mehr überraschen. Alle Spiele hatten sie schon gemeinsam gespielt und alle Ecken erkundet. Trotzdem freute sie sich, wenn er kam.

Er stopfte sich seine zwei dünnen Scheiben Brot in den Mund und trank in Wasser aufgelöstes Kakaopulver. Heißgemacht und von Großmutter ein wenig angesüßt schmeckte das sogar. Elsa wusste jetzt, dass Zucker nicht das Problem war im Hause. Dieter hatte sie neulich mitgenommen in die Waschküche. Er hatte Mutter im Spätherbst beim Tragen der Fässer geholfen, die ins Warme mussten. Auf dem Hof wären sie eingefroren oder verdorben. Dafür hatte Mutter damals einen der Deckel für ihn geöffnet und ein wenig abgefüllt vom Sirup, der träge schwappend seinen Standort gewechselt hatte. Jetzt wusste also auch Elsa, wo der Zucker stand, und sie ahnte, dass Dieter, bevor er nach Hause ging, manchmal noch in die Waschküche schlich, ein Schälchen aus der Jacke zog und eine Portion mitnahm für Zuhause.

„In der Hauptstraße hört das nicht mehr auf mit den Trecks", murmelte der Junge.

„Der Russe war bös in Gumbinnen, ich weiß", flüsterte Großmutter.

„Der ist bald bei uns, sagt meine Mutter."

„Dann Gnade uns Gott!"

2 Nur Kakao im Ranzen

Unterwegs, 1945

Elsa träumte von den Russen. Mit Nagelstiefeln trampelten sie durch die Wohnung, rissen Vorhänge zurück, ein Stuhl kippte um. Als sie das vertraute Quietschen einer Schranktür ganz nah auf dem Flur vernahm, fuhr sie hoch. Das war kein Traum. Zitternd beobachtete sie, dass sich die Türklinke wie in Zeitlupe senkte. Starr vor Schreck verharrte sie, konnte sich nicht unter der Decke verstecken, nicht nach der Mutter rufen. Im offenen Türrahmen stand jemand. Elsa schrie. Dann erst erkannte sie die Mutter.

„Es geht los, mein Kind, zieh dich schnell an."

In den letzten Tagen hatten sie oft überlegt, was Elsa alles übereinander ziehen sollte. Doch da war es noch verboten gewesen, sich mit Sack und Pack davonzustehlen. Stand doch der Endsieg auf dem Spiel.

„Ist doch längst verloren", hatte Dieter geflüstert. Na, der musste es ja wissen, der kleine Klugscheißer. Was hatte der schon zu verlieren? Großmutter hatte beim Kauen Elsas Gedanken gelesen und plötzlich auf eine Weise innegehalten, die Elsa verschämt den Blick senken ließ. War das vorgestern gewesen oder letzte Woche?

„Du bist ja noch nicht weiter! In fünf Minuten geht es los. Sonst müsst ihr laufen!", rief Mutter.

Laufen? Elsa sah die Trecks aus Gumbinnen und Insterburg vor sich, da liefen wirklich Gestalten neben den voll bepackten Wagen her. Nie hatte sie unter die Spannplanen sehen können. Ob da auch Kinder saßen?

Wie sie selbst hier wegkämen, war nie besprochen worden. Sie hatte immer gedacht, sie könnten doch bleiben. Für immer.

Mutter setzte sich zu ihr auf das Bett und nahm sie wie ein Kleinkind auf den Schoß. Mit flinken Griffen streifte sie ihr den dünnen, den dickeren und Vaters Wollpullover über das Nachthemd und rollte die gestrickten langen Strümpfe an Elsas knochigen Beinen hinauf. Darüber Schafwollsocken. Das Mädchen staunte, dass ihre Füße trotzdem noch in die Hausschuhe passten. Mutters alten Flanellrock knöpfte Elsa selbst zu. Er war lang genug, das Nachthemd zu verdecken. Mutter nahm Elsas Gesicht in beide Hände und küsste sie. „Ich bleibe hier. Einer muss ja den Laden weiterführen. Versprich mir auf Großmutter aufzupassen. Du bist ja schon vernünftig."

Sie schickte sie in die Küche und drückte ihr zwei dicke Brotscheiben mit Sirup in die Hand.

Großmutter kam schon von draußen die Treppe hinauf und hängte Elsa den Schulranzen um.

„Ist alles unten. Die warten nicht. Komm, mein Kind."

Mutter rannte mit hinaus und blieb an der Ladentür stehen. Elsa sah sie noch kurz, als sie sich umdrehte auf dem Militärlaster, auf den sie kräftige Hände gehoben hatten. Unter der Plane war es dunkel, es roch scharf nach einer Mischung aus Schweiß und Benzin. Elsa musste kurz an Valdis denken, vielleicht saß er hier auch. Jemand setzte sie auf eine Bank. Als der Laster anfuhr, schepperten irgendwo Kanister, und Elsa wurde nach hinten gedrückt, wo sie Großmutter spürte, die der Schwung auf genau den Platz schleuderte, den sie klaglos als ihr Reich anerkannte, während Elsa sich ängstlich fragte, wann sie Mutter wiedersehen würde, ob Dieter in der Stadt geblieben war und wo der Russe stand.

„Mach nochmal die Augen zu, Kind, es ist Mitternacht", flüsterte Großmutter und legte die Sofadecke aus dem Wohnzimmer über sie beide.

Ob sie die Augen schloss oder offen hielt, war egal. Die diffuse Enge, das schaukelnde Miteinander der vielen Fremden auf dem Laster war zu riechen und zu hören, aber kaum zu sehen. Stöhnende Atemzüge vernahm sie und das Rumsen beim Umlagern von Gepäckstücken, die sich in den Kurven nicht verschieben durften. Elsa wusste nicht, welche Koffer Großmutter mitgenommen hatte. Hinter ihren Waden lehnte der Schulranzen. Sie hatte ihn nicht gepackt.

Großmutter hielt sie davon ab nachzuforschen, was darin war.

„Lass zu!", zischte sie, nahm dann aber Elsas Hand und streichelte sie. Selten hatten sie einander einfach so an den Händen gehalten. Elsa hielt still und horchte in sich hinein. Entweder würde es ein kurzer

Spuk sein, eine kleine Abwesenheit von Zuhause, oder es brach ein ungewisses neues Leben an. Sie bekam eine Gänsehaut, weil sie sonst alles Pathetische hasste.

„Was ist denn drin im Ranzen?" Großmutter flüsterte ein kurzes Wort mit langen Silben, es klang wie ein gedehnter Hauch, und Elsa hatte verstanden. Kakao. Im Schulranzen! Oh Gott. Die Welt war aus den Fugen. Da konnte sie ihre Augen nicht einfach schließen. Sie hatte Mutter versprochen, auf Großmutter aufzupassen. Ein bisschen wenigstens. Was hieß denn das? Neue Medikamente besorgen, wenn die Herztabletten aufgebraucht waren? Ihr entfuhr ein hörbar trauriges Ausatmen. Alle guten Absichten würden vergeblich sein.

Der Motor, an dessen monotones Rattern sie sich bald gewöhnt hatte, tuckerte nach kurzem Halt und scharfer Kurve in einem anderen Gang etwas leiser, als würden sie nun im Schritttempo fahren. „Pillau", flüsterte Großmutter. Das Haff. Hier legten die großen Pötte an, wie Mutter immer sagte. Und der Kaffee, den schon Großvater immer erwartet hatte, wurde über diesen Hafen angeliefert.

„Müssen wir aussteigen?"

„Nein, Kind. Das Haff ist zu. Das trägt."

Das Haff ist zu. Das trägt. Und der Kessel? War der nicht auch zu? Also auch über dem Haff geschlossen? Die Plane war so fest zugezogen, dass Elsa nur auf die Geräusche achten konnte. Spürte sie schon, dass die Räder auf einem anderen Untergrund rollten? Nein. Der Laster tuckerte einfach durch den verharschten Schnee. Sie hörte Pferdewiehern. Die Tiere sträubten sich auf dem Eis. Gut, dass Elsa und Großmutter in einem Laster saßen. Elsa lehnte sich an Großmutter und spürte, dass die den Atem anhielt. Dann beugte sie sich zu Elsa hinunter und küsste sie. „Gute Nacht, mein Kind. Wir wollen schlafen." Ja. Morgen würden sie ankommen, also musste Elsa ausgeschlafen sein. Sie spürte, wie sie sich entspannte und dass es immer bequemer wurde neben Großmutter.

Stimmen drangen in den Wagen und das schwache Schnauben eines Pferdes.

„Danzig", sagte ein Soldat schräg gegenüber.

„Schon?", entfuhr es Großmutter.

Elsa nahm jetzt erst wahr, dass es hell geworden war. Feine Risse im Gewebe der Plane ließen so viel Licht hindurch, dass das Mädchen eine ganze Reihe von Köpfen auf der anderen Seite ausmachen konnte. Sie ragten hervor aus einem Durcheinander von geschnürten Gepäckstücken, Federbetten und Koffern und nickten gleichzeitig bei jedem Schlagloch.

Sie hatten die Trecks auf dem Festland erreicht und mussten sich dem Tempo der Pferdewagen anpassen.

Elsa drückte sich ganz dicht an Großmutters Oberschenkel und spürte, wie sich dessen Muskulatur anspannte zu einem leichten Gegendruck. Die Sofadecke auf ihren Beinen war zu Hause manchmal Zeltdach gewesen. Sie hatte sie sogar ins Kinderzimmer mitnehmen dürfen, um mit Hanni und Gigi unter wollenem Himmel *Kaffeekränzchen* zu spielen. Das Lustige daran war, dass sie alle drei feine Damen gewesen waren, die sich aber nicht benehmen konnten. Sie flöteten sich mit gespitzten Mündern Klatsch und Tratsch zu und überboten sich reihum mit Unartigkeiten, bei denen aber alle ernst bleiben mussten. So zog Hanni schnoddernd den Rotz hoch, während Gigi von ihren neuen Seidenhandschuhen schwärmte, die ihr angeblich ein Offizier geschenkt hatte. Für die Oper, zirpte Gigi, was für Elsa Anlass für eine kleine Königin-der Nacht-Koloratur war, die sie mit einem unkontrollierten Bäuerchen ausklingen ließ. Weil die Schwestern sich dann nicht mehr halten konnten vor Lachen, hatte Elsa die Runde gewonnen.

Jetzt suchte sie das Muster nach Spuren ihrer fröhlichen Mädchenrunden ab, doch die Decke verriet nichts von früher. Sie verschob sich etwas, blieb am Gewebe des Flanellrocks hängen und gab so Elsas rechte Fußspitze frei. Hellbraunes Karo auf gelbem Untergrund. Ihr rutschte das Herz in den Hosenbund und tiefer, in das rumorende Ungewisse, das sie solange in Schach halten musste bis das Fahrzeug irgendwann anhielt. Reflexartig zog sie den Fuß zurück, doch wie zwei wespenfarbene Filz-Insekten tanzten die Hausschuhe längst vor ihrem inneren Auge. Sie hatte vergessen die Schuhe zu wechseln! Eine heftige Sehnsucht riss sie zurück zu dem Moment, als Mutter sie in der Frühe angezogen hatte. Wäre sie gleich aufgestanden, hätte sie vielleicht noch daran gedacht, in die Lederstiefel zu steigen. So hatten sie es abgesprochen. Die Hausschuhe würden sich im Schneematsch vollsaugen, sobald sie auch nur ein paar Schritte gegangen war.

Maaaa-maaaaa dachte sie zwei schmerzhaft lange Atemzüge, obwohl sie immer Mutter gesagt hatte, und hielt krampfhaft die Tränen zurück. Großmutter, deren Füße in Großvaters Schnürstiefeln steckten, sollte nichts von ihrem Kummer mitbekommen. Immerhin waren Elsas Hausschuhe gummibesohlt und hatten zwei Metallschließen für den festen Halt. Elsa bewegte ihre Zehen und sah, wie die Falten der Wohnzimmer-Decke ein wenig mitgingen. Sie musste sich einschwören auf ein neues Verhältnis zu ihren Füßen. Die würden im karierten Filz aushalten müssen bis zu ihrer Heimkehr. Oder bis sie in einer anderen Wohnung angekommen waren, irgendwo weiter westlich. Linksfuß, alte Socke, hast du gehört? Und Rechtsfuß, du mit dem langen zweiten Zeh, hältst du das durch? Elsa krallte die Zehen rund, dick eingepackt, und versuchte, nicht mehr an Schnürsenkel, gefettetes Leder und dicke Schuhsohlen zu denken.

Es gab kein zweites Kind auf diesem Lastkraftwagen, nur schweigende, graue Gesichter, die verschnürten Gepäckstücke, Weidenkörbe und Pappkoffer im Blick behaltend. Und ein paar Soldaten, die vor sich hindämmerten, weil sie daran gewöhnt waren, auf solch einer Wagen-Pritsche zu ruhen, wenn sie an die Front mussten oder von dort wieder abrückten.

Elsa gegenüber kauerte ein Mütterchen mit Runzeln wie im Märchen, über die unentwegt Tränen liefen. Im Zickzack waren sie durch die Furchen gerollt und hatten kleine weiße Spuren hinterlassen. Eine jüngere Frau mit einem geschnürten Bündel zwischen den Knien hatte einen Arm um die Alte gelegt und war eingeschlafen. Es tropfte weiter aus den verhangenen nassen Augen, und Elsa fragte sich, ob irgendwann Ebbe sein würde in den Tränensäcken. Sie traute sich nicht, Großmutter deswegen anzusprechen. Seit Stunden schon wurde geschwiegen auf dem Transporter, nur geatmet und innerlich *angehalten*, damit man sich nicht nass machte.

„Ich glaub, ich muss mal", sagte Elsa leise zur Großmutter und spürte sofort alle Blicke auf sich gerichtet. Selbst die Frau neben dem Mütterchen wachte auf. Als hätte sich alles aus einer Starre gelöst, nahm Elsa das Motorenknattern, den Schweißgeruch, ihre trockene Zunge und die drückende Blase nun überdeutlich wahr.

Großmutter drückte Elsa an sich und streichelte ihre Wange.

„Kannst du noch aushalten, Kind?"

Der Soldat, der dem Führerhaus am nächsten saß, langte über den Berg von Gepäckstücken hinweg und klopfte vorn heftig an. Es klang dumpf und dennoch gezielt, wie ein Geräusch aus dem wirklichen Leben, das auf der Ladefläche heute noch nicht stattgefunden hatte. In der kleinen Sichtscheibe erschienen die Umrisse zweier Männergesichter, die sich im dämmrigen Durcheinander der Ladefläche zu orientieren versuchten.

Elsa folgte dem Impuls, kurz nach vorn zu winken, bei jedem Gesicht der Wehrmacht dachte sie an Valdis. Einer der Männer hielt einen Finger zwischen zwei gespreizte der anderen Hand, und der Soldat in der Nähe nickte. Unter ihrer Decke fingerte Elsa diese Zeichensprache staunend nach. Auch Großmutter nickte. Wenig später bremste der LKW, der Motor klapperte langsam aus, und Elsa schien es, als würde in beiden Ohren eine Geräuschblase platzen. Sie hörte plötzlich Stimmen auf der Straße, Hundegebell und das Knirschen von Rädern im Schnee, und als die Plane hochgeschlagen wurde und die Wintersonne Licht auf die Gesichter gegenüber malte, sah sie auch die dick eingepackten Gestalten am Lastkraftwagen vorbeiziehen, zu Fuß. Sie stieg nach Großmutter vom Fahrzeug. Hinter ihnen holten mehrere Trecks langsam auf. Töpfe und Weidenkörbe schepperten angebunden an den Seiten der Planwagen.

„Kind!" entfuhr es Großmutter, als Elsa im festgetretenen Schnee ihre Beine ausschüttelte.

„Hab ich auch schon gemerkt", flüsterte Elsa, „wenn wir wieder zu Hause sind, stell ich die Schnürschuhe gleich an mein Bett."

„Dann ist bestimmt Sandalen-Wetter."

Elsa sprang in den Straßengraben und begegnete einem abgemagerten Hund, von dem Großmutter sie blitzschnell zurückriss.

„Auf die andere Straßenseite, aber schnell!"

Elsa hatte sich innerlich schon gefreut, allen Druck herauszulassen, sprang auf und ließ den Rocksaum ärgerlich wieder fallen. Da sie noch nie Angst vor Hunden hatte und es nicht mochte kommandiert zu werden, stapfte sie mürrisch zum anderen Straßengraben. Was sich dort alles angesammelt hatte! Offene Koffer, Scherben, sogar durchnässte Bücher, mitten im Schnee, vom mehrfachen Durchwühlen mit Erde beschmutzt. Doch keines der abgeworfenen Gepäckstücke war groß genug, dass sich Elsa ganz hätte dahinter kauern können. Nicht weit ab hörte sie, wie die weinende Alte sich im Hocken quälte.

Elsa war schnell fertig und fühlte sich leicht. Wenn sie nicht auf ihre Hausschuhe hätte aufpassen müssen, wäre sie gern ein Stück gerannt, einmal um den Militärlaster herum. Auf der anderen Seite war der Hund. Elsa schlich an der wartenden Großmutter vorbei und wurde doch sanft von ihr festgehalten.

„Guck da nicht hin, Kind."

Verbote reizten Elsa nur noch mehr. Nun zog es sie erst recht zum Hund im Straßengraben. Er riss an einem großen, blutigen Fleischbatzen, aus dem ein Knochen hervorstach. Als Elsa sich fragte, wie ausgerechnet ein Hund zu Frischfleisch kam, während die Flüchtlinge auf der Straße hungerten, erkannte sie Reste einer Uniformjacke im Schneematsch und übergab sich, Großmutters Hand auf der Stirn.

„Hab ich doch gesagt, Kind."

So hatte sie es nicht gesagt, fand Elsa. Aber sie schwieg und versuchte, einen langen Speichelfaden abzuschütteln.

Im Augenwinkel nahm sie etwas Vertrautes aus Mutters Laden wahr. Großmutter hielt ein Päckchen Bohnenkaffee mit dem hauseigenen Kaufmannsetikett in der Hand. Elsa hatte oft beim Bekleben der leeren Tüten geholfen. Millimetergenau in der Mitte musste das Bildchen sitzen und der Leim durfte nicht über das kleine Viereck hinaus schmieren. Mit dem Andrück-Papier hatte Elsa das Etikett immer vor den verklebten Fingerspitzen geschützt. Einmal kurz fest pressen und dann die Tüte auf den Stapel. Wie lange sie noch kleben musste, hatte Elsa oft gefragt. Bis die Tüten aufgebraucht sind! Das hätte Elsa im Leben nicht geschafft, auch wenn sie zu Hause hätten bleiben können. Dass der Kaffee in Großmutters Hand hier nicht aufgebrüht werden sollte, sondern als Gegenleistung gedacht war, war Elsa klar. Doch ihren fragenden Blick bemerkte Großmutter nicht. Sie war schon auf der Suche nach dem Fahrer und stürzte auf ihn zu, als er plötzlich am Führerhaus auftauchte und den unteren Trittrost anspringen wollte. Großmutter schob sich ihm geschickt in den Weg und wird ihn angelächelt haben. Elsa sah sie nur von hinten, aber sie kannte die würdevolle Haltung der Kaufmannsfrau, wenn etwas ausgehandelt werden sollte. Der Fahrer kratzte sich den Haaransatz unter der Uniformmütze und drehte den Kopf zur Chaussee in Fahrtrichtung, über die die Trecks in langer Reihe wie Ameisen krochen. Großmutter deutete mit dem ausgestreckten Zeigefinger einen Schlenker an.

„Weiter geht's!", rief der Fahrer.

Wenig später saßen Elsa und die Großmutter wieder auf ihren Plätzen und schaukelten vom verharschten Straßenrand in die Fahrspur. Die Alte gegenüber weinte nicht mehr, vielleicht hatte die kleine Pause ihr gutgetan. Elsa beschloss, von nun an immer Bescheid zu sagen, wenn sie musste.

„Wo fahren wir als Nächstes hin?", fragte sie die Großmutter am Tag darauf.

„Zu Anni und Gustav. Wenn sie noch da sind. Ich hab dem Fahrer ein bisschen was gegeben. Sie fahren doch sowieso fast vorbei, da kann er sie doch gleich mitnehmen."

„Wie lange dauert das denn noch?"

„Ich weiß es nicht, Kind."

Elsa versuchte an diesem Tag und in der nächsten Nacht, ihre Sinne mit inneren Geschichten zu täuschen. Sie schloss die Augen, und was sie hörte, baute sie in ein Feen-Märchen ein. Sie war müde genug, sich diese Geschichten auch im Traum weiterzuerzählen. Die durchsichtigen Feen konnten lautlos schweben und waren so beweglich, dass sie immer die Stärkeren waren, obwohl sie so zerbrechlich wirkten. Wenn Elsa Platz machen musste, weil der Fahrer einen Kanister zum Nachtanken brauchte, dann presste sie sich an die LKW-Plane, um eine Glücksfee vorbeizulassen. Plötzlich aber wurde Großmutter unruhig, und Elsa war sofort hellwach.

„Hoffentlich ist die Anni mit dem Gustav noch da."

„Sind wir denn schon in Pyritz?"

„Das muss gleich kommen, Kind", sagte Großmutter.

Elsa nickte. Sie würden noch mehr zusammenrücken müssen. Anni, Großmutters Schwester, war dünn wie Schrubber-Stiel, aber Gustav hatte schon immer gut im Futter gestanden, wie Mutter gern sagte. Ihm gehörte die alte Eisengießerei. Auf allen Gullydeckeln in Pommern stand sein Name! So einer ging nicht weg! Elsa spürte, wie sich die Unruhe der Großmutter auf sie übertrug. Was, wenn der Umweg nach Pyritz sie gerade wertvolle Zeit kostete und der Russe sie am Ende doch einholte?

Der Fahrer schaltete rumpelnd einen Gang höher, das Getriebe fing sich wieder, der Laster preschte vorwärts. Auf dieser Strecke waren keine Trecks unterwegs. Als sie in Pyritz ankamen, spürten die Soldaten auf der Bank es zuerst. Der vordere, der gerade noch energisch an die Scheibe des Führerhauses geklopft hatte, zog den Kopf ein, schloss die Augen und versank in seinem Militärmantel. Wenn ich euch nicht sehe, dann findet ihr mich auch nicht. Elsa musste an das Versteckspiel denken, bei dem sich Kleinkinder die Augen zuhielten, weil sie dachten, dann nicht gesehen zu werden.

„Bisschen dalli!", schrie der Fahrer. Großmutter flog geradezu vom Laster in Annis und Gustavs Haustür, die zum Glück unverschlossen war.

Dann hörte Elsa das Motorenbrummen auch. Wenn Großmutter nicht sofort mit Schwester und Schwager auf den LKW sprang, würden die Russen die Plane hochheben und ... Elsa hatte keine Vorstellung, was dann geschehen würde. Sie hörte Schüsse. Plötzlich hatte sie doch eine Vorstellung und kämpfte gegen die Erinnerung an die angefressene Leiche im Straßengraben. Die Alte gegenüber schluchzte hemmungslos. Elsa konnte nicht einmal durchatmen, so heftig schlug ihr das Herz in den Hals.

Als die Plane tatsächlich angehoben wurde, schrie sie vor Angst. Hände, die von irgendwoher kamen, vielleicht waren es die von der jüngeren Frau gegenüber oder von den Soldaten, hielten sie fest. Jemand nahm sie in den Arm, sie spürte fremdes Herzklopfen über dem eigenen und roch scharfen Angstschweiß. Der Mann an der Plane aber hatte die Stimme des Großonkels. Das nahm sie mit einer irren Erleichterung wahr, der sie so schnell keinen Ausdruck geben konnte. Die Tränen liefen ihr warm und ohne Halt über die Wangen.

Sie riss noch ihren Ranzen mit sich, während sie von der Ladefläche direkt in den Pranken des Großonkels landete.

„Elsa!", rief er mit weicher Stimme. „Ihr müsst ganz schnell in den Keller!"

Fünf Schritte waren es bis zur Haustür, gleich rechts ging eine Treppe hinunter. Die Alte aus dem LKW war dort schon angekommen und stieg vor ihr die ausgetretenen Holzstufen hinab. Unten, neben dem Regal mit Eingewecktem hielt die Großtante eine Klappe im Fußboden auf. Schon oft war Elsa hier gewesen, aber sie hatte nicht gewusst, wie weit die Unterwelt des Hauses reichte! Sie stürzte auf Tante Anni zu, doch die nickte nur mit zusammengepressten Lippen und schob sie sanft zu dem schwarzen Viereck in den Dielen, aus dem die beiden Enden einer Leiter ragten, die die Alte gerade tapfer ansteuerte.

Sollte die doch wieder vor ihr runter! Wahrscheinlich war die junge Frau ihr schon vorausgegangen. So war es nicht Elsa, auf die sich die Kellermonster zuerst stürzten.

Unten hörte sie die Stimme der Großmutter. Zitternd folgte sie nun der Alten, die immer wieder rief:

„Tritt mir nicht auf die Finger, Mädchen!"

Es roch nach Moos und faulenden Balken. Im schwachen Kerzenlicht sah Elsa, dass Großmutter unten Platz schuf und Decken über den Boden warf. Die jüngere Frau war auch da, zog die Enden glatt und half der Alten beim Hinsetzen. Stehen konnte hier niemand.

Elsa hatte das entsetzliche Gefühl, in einem Grab gelandet zu sein. Mühsam kämpfte sie dagegen an, sie durfte nicht daran denken und es erst recht nicht aussprechen, sonst würde die Alte wieder zu heulen beginnen, und das machte es für alle noch schwerer.

Tante Anni war die Letzte. Sie stellte die Leiter schräger, so dass Onkel Gustav von oben mit einem Ruck die Klappe schließen konnte. Er trat noch einmal nach. Das Grab war geschlossen. Der allerletzte Luftzug war Elsa wie eine Druckwelle durch Mark und Bein gegangen. Ein Teppich wurde über ihnen ausgelegt, das war zu hören.

Nun hatte sie das Gefühl, nicht mehr atmen zu können und wollte zurück zu Gustav und den Soldaten, die im oberen Keller geblieben waren.

„Kommen wir hier nicht mehr weg, Großmutter?"

Das Kerzenlicht verpasste den kauernden Frauen andere Konturen und schuf riesige Schatten. Elsa schmiegte sich seitlich an die Großmutter, die immer noch ein wenig wie zu Hause roch.

„Wenn die Russen sich da oben ausgetobt haben, fahren wir weiter."

„Und wenn uns die Luft nicht reicht?"

„Die reicht", sagte sie kurz.

Die Alte ließ ein empörtes Räuspern hören. Vielleicht hatte sie etwas sagen wollen und es sich anders überlegt. Elsa spürte wieder Tränen, die sie nicht aufhalten konnte, über die Wangen rinnen. Sonst war sie nie eine Heulsuse gewesen, aber jetzt kam das Wasser immer von selbst. Sie bemühte sich, nicht laut zu schluchzen.

Da beugte sich die junge Frau zu ihr und zog Elsas Hände an sich.

„Darf ich mal?"

Elsa nickte irritiert und überließ sie ihr – kalt, rau und schmutzig. Vielleicht sollte sie etwas abgelenkt werden. Wenn die Frau die Kraft dazu hatte, sollte es Elsa recht sein.

Noch nie hatte ihr jemand die Hände massiert, jeden Finger, jedes Knöchelchen und sogar die Kuppen. Erstaunt ließ Elsa locker. Die kleinen Wülste, an denen sich die Lebenslinien auf dem Handteller entlangzogen, schienen zu reagieren, und Elsa kroch dichter an die junge Frau heran.

„Kannst du aus der Hand lesen?"

Die Frau schüttelte den Kopf.

„Wer kann das schon? Also so, dass es auch stimmt?" Sie lachte.

„Aber es gibt so viel Leben in den Händen und wenn du hier das Daumen-Dreieck ein bisschen knetest, dann tut das immer gut."

Sogar Großmutter fingerte sich ihre Hände zurecht und suchte die Stelle.

Anni jedoch griff nach der Kerze, deren Messinghalter Elsa aus der Küche kannte, und flüsterte:

„Wir müssen das Licht löschen."

Die junge Frau hielt Elsas Hände weiter umschlungen und ließ sie auch nicht los, als oben Schüsse zu hören waren, Poltern und wütendes Schreien des Großonkels und der Soldaten.

Der Moment, vor dem sich alle schon in Königsberg gefürchtet hatten.

Reflexartig zog Elsa ihre Hände zurück und presste sich an die Großmutter, versuchte ihren Kopf in deren Schoß zu legen, doch dafür war es zu eng. Sie waren zu fünft hier unten, sie berührten sich in der Dunkelheit, saßen zu dicht beieinander. Großmutters Arm kam von hinten und hielt sie fest.

Zuerst zählte Elsa noch die Einschläge und das Krachen, das auch das Stück Erde, auf dem sie hockten, erreichte. Dann ließ sie den Gedanken zu, dass es sie nicht betraf.

Ich muss atmen, einfach nur atmen, dachte Elsa, nicht nachdenken. Einatmen. Ausatmen.

„Weckt das Kind."

Da bewegte sich auch schon die Luft, leichtes Wehen fuhr Elsa durch die Haare. Die Beine taten ihr weh. Großmutter hielt sie fest, während Tante Anni die Leiter richtete.

Die junge Frau war rasch nach oben geklettert. Tante Anni schob die Alte von unten.

„Ich kann Ihnen Sachen von mir geben", flüsterte sie ihr zu.

„Hab's nicht mehr halten können. Und das bei solchem Durst!"

„Aber macht kein Licht!", wies Onkel Gustav sie an.

Er half Elsa heraus, reichte Großmutter die Hand und schloss hinter seiner Anni die Klappe.

„Vier sind noch da. Da oben. Die schlafen ihren Schnaps-Rausch aus!", flüsterte er verbittert.

Anni unterdrückte einen Schrei, als sie durch die Kellertür auf den Flur trat. Onkel Gustav legte ihr seine großen Hände auf die Schultern.

„Ja, der ist tot."

Mit der bestickten Kaffeetischdecke war ein Körper abgedeckt, in Lappen gewickelte Füße schauten unten heraus, die Stiefel hatten die Russen gleich mitgenommen.

„Ist das der Soldat, der ganz vorn gesessen hat?", fragte Elsa entsetzt, weil sie sich nur an dieses eine Gesicht erinnern konnte.

„Ich will's gar nicht wissen", sagte Großmutter und schickte Elsa in die Küche.

„Ich zuerst!", rief das Kind und nutzte gegenüber den fremden Frauen ihren Vorteil, zu wissen, wo die Toilette war. Wie ein Geschoss stürzte Galle aus ihrem Magen, dem sie lange nichts angeboten hatte.

Dann erleichterte sie sich, während die beiden Frauen vor der Tür ungeduldig warteten.

Großmutter war wohl auf das alte Plumpsklo hinter dem Stall gegangen.

Tante Anni hielt sich am Türrahmen der guten Stube fest.

„Das wäre uns erspart geblieben, Gustav!"

Die aufgeschlitzten schweren Sessel waren zu einer Barrikade aufgetürmt, davor lagen haufenweise Bücher, hingeworfen und zertrampelt, zerbrochenes Geschirr, aus dem Buffet gerissen, und die herausgekippten Glasfenster des Bücherschranks.

„Wonach haben die denn gesucht?"

„Nach Waffen, Anni."

Auf ihren fragenden Blick, den nur er deuten konnte, schüttelte er unmerklich den Kopf.

„Wo sind die Anderen aus dem Laster?"

Onkel Gustav hob kurz die Schultern an.

„Weg. Ist auch besser so."

Flüsternd setzte er noch hinzu: „Ich hole jetzt einen Wagen aus der Fabrik."

Also war er nun bereit zu gehen.

Anni füllte eine kleine Milchkanne mit Wasser und stellte sie an der Kellertür ab. In der hohen Weißblechdose auf dem Küchenbord fand sie noch eine Ration Weihnachtskekse, nach Kriegsrezept gebacken. Schnell raffte sie in der Speisekammer die Kette mit getrockneten Apfelscheiben zusammen, stopfte sie zu den Keksen und eilte mit allem Proviant die Kellertreppe hinab. Wer wusste schon, wie lange sie da unten noch bleiben mussten.

Auf dem Rückweg hob sie im Flur das Kinn sehr hoch, damit der Tote unter der Tischdecke nicht in ihren Blick geriet.

„Die bringen dich um, Gustav!"

„Wo ist der Wehrmachtslaster?", fragte Großmutter, die durch die Küche wieder ins Haus gekommen war.

„Den haben die Russen gleich mitgenommen."

Elsa dachte an den Ranzen, den sie noch gegriffen hatte, und wusste, dass Großmutter den Koffern nachtrauerte.

„Dann haben wir jetzt nur noch Kakao?" Elsa war ratlos.

Großmutter klopfte auf die alten Winterstiefel ihres Mannes.

„Und die Papiere. Und etwas Geld."

Sie nahm Elsas Gesicht in beide Hände. „Und unseren Kopf. Der ist das Wichtigste."

Anni umarmte Gustav heftig und hatte doch nicht die Ruhe, vom Herzen her richtig Abschied zu nehmen, falls ihm etwas zustieß auf dem Weg zu seiner Gießerei. Sie wusste, dass er seit Wochen keine Gullydeckel mehr produzierte, nur noch *Kriegswichtiges*. Deshalb hatte Gustav mit seinen sechzig Jahren auch nicht mehr an die Front gemusst.

Großmutter nahm alle Sofakissen, die Stuhlauflagen aus der Küche und ein Bündel Kerzen in den tiefen Keller mit. Sie machte mit einem Streichholz Licht und wieder tanzten Schatten auf den müden

Gesichtern. Die beiden anderen Frauen waren wortlos wieder die Leiter hinabgestiegen. Als Gustav die Klappe von oben zudrückte, sank Anni in sich zusammen.

Die Alte saß wieder auf ihrem Platz und sah ausnahmsweise zufrieden aus.

„Passt", sagte sie. „Danke!"

Anni blickte sie verständnislos an, es war alles zu viel, und in ihrer Angst um Gustav zitterten ihr die Beine so sehr, dass der Schauer von Knie zu Knie weitergegeben wurde.

„Der Onkel", flüsterte Elsa, „der schafft das!"

Anni hielt plötzlich inne. Die Worte klangen wie eine Prophezeiung und gingen unter die Haut.

„Du Dummerchen", flüsterte Anni gefasst, „meinst du das, ja?"

Sie erwartete keine Antwort. Und Elsa war sich auch nicht sicher genug. Es konnte zu viel passieren. Aber ohne Onkel Gustav kamen sie hier nicht weg. Einatmen. Ausatmen.

Als Tante Anni die Weißblechdose in die Hand nahm, beruhigten sich ihre Knie.

„Jeder einen Keks und einen Apfelring."

„Ich möchte Wasser", bat die Alte.

Tante Anni reichte ihr die Milchkanne, die junge Frau half beim Ansetzen, damit nichts danebenging.

Elsa kaute auf dem Apfelstück und lutschte dann an ihrem Keks, alles in ihr sträubte sich. Sie hatte keinen Hunger, nicht einmal jetzt. In der Familie galt sie schon immer als *schlechter Esser*, dem Mutter und Großmutter jeden Happen dankten, den sie hinuntergeschluckt hatte. Was Weihnachtskekse anging, war sie tatsächlich verwöhnt gewesen. Mutter hatte Vanille, Backpulver, Mandeln und meist auch Zucker im Laden für die Adventszeit aufgehoben und rationiert. Rosinen auch. Jetzt biss Elsa auf ein gebackenes Grieß-Wasser-Gemisch mit Sirup. Und unnützen Kakao hatte sie in ihrem Schulranzen!

„Wenigstens was zu beißen", brummte die Alte.

Großmutter reichte das Wasser weiter, und Elsa konnte nicht ertasten, an welcher Stelle noch nicht getrunken worden war. Es musste jetzt egal sein, obwohl gerade Großmutter früher immer vor Keimen gewarnt und hygienische Vorsorge gepredigt hatte.

Sie versuchte in ihrem Gesicht zu lesen. Noch vor Tagen hätte sie sich Großmutter nicht in einem Unter-Keller kauernd vorstellen können. Aufrechte Haltung und gute Manieren schienen ihr angeboren gewesen zu sein. Beidem schwor sie auch jetzt nicht ab. Aber dass sie den Verlust der Koffer einfach hinnahm, verunsicherte Elsa. Sie hatte mit einem ihrer empörten Flüche gerechnet, doch Großmutter schwieg. Dabei wird sie diesen lebensgefährlichen Umweg nach Pyritz längst bereut haben! Selbst Elsa machte sich Vorwürfe, aber was hätte sie tun sollen? Mit einem bitteren Aufbäumen erinnerte sie ihr Magen an den Moment, der dem Gespräch mit dem Fahrer vorausgegangen war. Sie atmete den Druck, der von unten aufstieg, langsam aus. Niemals würde sie Hundegebell wieder ertragen können. Auf Großmutter musste sie aufpassen, das hatte sie Mutter versprochen. Vielleicht litt sie schon an dieser verrückten Verkalkung, in der die Alten nicht mehr mitbekamen, was mit ihnen geschah! Wie die verwirrten Omas, denen Elsa oft vor dem Krankenhaus im Park begegnet war! Aber so sah es nicht aus, wenn Elsa an Großmutters praktischen Eifer dachte, mit dem sie den Keller ausgestattet hatte. Vielleicht fügte sie sich nur den Umständen und behielt ihre Ängste für sich. *Unser Kopf ist das Wichtigste*, hatte sie gesagt.

„Trink, Kind."

„Hab ich längst."

Elsa gab die Kanne an Tante Anni zurück und beschloss, den angebissenen Keks unter ihr Kissen zu schieben. *Für schlechte Zeiten*, hatten sie früher immer gesagt.

Elsa musste geschlafen haben, als die junge Frau sich aufrichtete und mit ausgestreckten Armen die Klappe hochdrückte. Erst als sie die Leiter anstellte und dabei polternd die Abdeckung verschob, schreckte sie hoch.

„Wir brauchen Luft!", flüsterte die junge Frau entschuldigend.

„Bist du lebensmüde?", jammerte die Alte.

„Eben nicht!", gab die junge Frau von oben zurück und schlich aus Elsas Blickfeld, das auf das Luken-Viereck begrenzt war, hinter dem es nur wenig heller war als ganz unten.

„Jetzt geht die aufs Klo!", empörte sich Tante Anni, die sich immer noch als Hausherrin fühlte.

Der Riegel an der Kellertür schlurfte und traf mit leisem Schlag seine Kerbe.

„Wenigstens schließt sie die Tür." Tante Anni ordnete nervös die verlassenen Kissen neben sich neu.

„Ich muss auch!", klagte die Alte.

„Soweit kommt's noch.", schimpfte Tante Anni, „schließlich müssen wir alle."

„Aber wirklich!", kam es noch einmal.

Da raffte Tante Anni allen Mut zusammen und bat Großmutter, die Leiter zu halten.

Wie eine Katze schlich sie die Sprossen hinauf, eilte zur Seite und reichte Sekunden später einen Deckeleimer hinunter.

„Alles da", freute sich die Alte.

Während Tante Anni noch auf der Leiter hinabstapfte, vernahmen sie schwere Schritte weitab auf der großen Treppe. Großmutter fing ihre Schwester, als die sich einfach fallen ließ, halbwegs auf und legte die Leiter schräg.

„Kind, du reichst an die Klappe, wenn ich dich hochhebe."

Das war ein Befehl. Doch Elsa begriff erst Sekunden später, dass sie ihre eingeschlafenen Beine entknoten und sich an Großmutter emporhangeln sollte.

Das durch die Tür gedämpfte Gebrabbel der Russen klang wie ein Gurgeln, doch den Ausruf „Frau!" verstanden sie alle.

Mit einem Ruck zog Elsa die Klappe zu.

Es war wieder stockdunkel, sie hörte die Alte auf dem Eimer sitzen.

Sie müssten sich jetzt die Ohren zuhalten, damit sie nicht verrückt würden, wimmerte sie, während oben tatsächlich ein verletztes Tier schrie wie im Todeskampf. Das Poltern auf der Treppe und auf dem Flur ließ nicht erkennen, wie viele Männer im Haus waren. Vier, hatte Onkel Gustav gesagt, doch es klang wie eine ganze Horde. Dazu dieses Tier, das doch die junge Frau gewesen sein musste. Aber schrien denn Menschen so?

Dann knallten Schüsse. Die Alte heulte auf, und Tante Anni stürzte sich auf sie.

„Still! Sonst sind wir die Nächsten!"

Tante Anni schien irgendwie ihre Fassung wiederzugewinnen und flüsterte auf die Alte ein wie auf ein Baby. Nebenher schloss sie mit einem metallischen Scheppern den Eimer.

Elsa drückte mit den Fingerspitzen so tief in die Ohrmuscheln, dass es nur noch rauschte. Dabei schien sich alles zu drehen. Sie konnte die Bilder nicht anhalten, so sehr sie auch die Augenlider zusammenpresste. Der Hund, der im Straßengraben an einem Bein rupfte und es am Rumpf hängend hin und her schleuderte, das Stickmuster auf der Tischdecke oben im Flur, die junge Frau, die ihr die Hände massiert hatte. Die war jetzt auch tot. Wozu hoffen, dass sie überlebt hatte?

„Du musst trinken, Kind", sagte Großmutter tonlos. Elsa spürte den kalten, abgerundeten Rand der Milchkanne an den Lippen und ließ sich mit kleinen Wasserschlucken füttern.

Erst in der folgenden Nacht kam plötzlich dämmeriges Licht von oben. Onkel Gustav hatte eine Kerze an den Rand des Ausstiegs gestellt, die Schatten verstärkten die Furchen in seinem übernächtigten Gesicht.

„Schnell! Es geht los!"

Schweigend stiegen sie die Leiter hinauf, selbst Tante Anni zeigte nur kurze, müde Freude. Als sie am Vorratsregal vorbeikam, lebte sie kurz auf.

„Hier! So viel ihr tragen könnt!"

Elsa, den Schulranzen auf dem Rücken, nahm zwei Gläser Kirschen. Großmutter langte nach eingewecktem Kaninchenbraten, die Alte schlich am Regal vorbei.

Im Flur oben war es still. Die Leiche des Soldaten war verschwunden, auch von der jungen Frau fehlte jede Spur.

Wie in Friedenszeiten hing Tante Annis Wintermantel noch an der Garderobe. Sie schlüpfte hinein und tauschte ihre Schuhe gegen die Winterstiefel. Großmutter griff noch nach den Schuhen ihrer Schwester, dann standen sie vor dem Haus.

„Die Papiere hast du?", fragte Tante Anni.

Onkel Gustav nickte.

„Und wo steht der Wagen?"

Es klang wie der Aufbruch zu einer kleinen Reise. Tante Anni war manchmal mitgekommen, wenn Onkel Gustav dienstlich unterwegs war.

„Im Wald. Ich kann hier doch nicht durch die Stadt knattern damit."

Großmutter wollte der Alten hochhelfen, die sich vor der Tür auf den Abtritt fallengelassen hatte.

„Ich bleib", sagte die nur und wehrte den Arm ab.

„Dann viel Glück", brachte Tante Anni hervor. Eigentlich hatte sie selbst für immer bleiben wollen. Jetzt war alles anders.
Die Gießerei stand in Flammen. Der Feuerschein leuchtete durch den Stadtwald, federleichte Aschepartikel wehten über die Straße durch die Vorgärten und legten sich dort nieder, wo kein Wind sie mehr erfasste. Elsa atmete nach den Tagen und Nächten im Keller erstmals wieder richtig durch, der Brandgeruch kroch ihr in die Nase.
„In die Fabrik kam ich nicht mehr, Anni. Aber der *Goliath* stand noch in der Reparaturwerkstatt."
Kümmerlicher Stolz schwang in den Worten mit. Wahrscheinlich war es nur pures Glück, dass der dreirädrige Kleintransporter weder beschlagahmt noch verbrannt war.
Onkel Gustav hatte im Wald eine Plane über das Gefährt gezogen und es zusätzlich mit Ästen abgedeckt. Als Fahrzeug war es nicht gleich erkennbar, es sah in der nächtlichen Dunkelheit eher wie ein monströs getarntes Geschütz aus. Vielleicht hätte es als solches erst recht noch Aufmerksamkeit erregen können.
Tante Anni stieg wortlos auf den Beifahrersitz, Großmutter und Elsa kletterten hinten auf die Ladefläche, die mit einer beschichteten Leinenplane geschützt war und Platz bot wie ein kleiner Kastenwagen.
Elsa passte sogar liegend auf die Ladefläche, ihre Füße reichten bis zu den Reservekanistern, neben ihr lag der Ranzen, die Weckgläser hatte Großmutter an ihrer Seite. Als Onkel Gustav aber den Motor anwarf, begann der Boden zu vibrieren. Elsa fühlte sich wie unter Strom und richtete sich vorsichtig wieder auf.
„Komm Kind, wir machen es uns warm."
Elsa kroch zur Großmutter und spürte jetzt erst die Kälte, die durch den Flanellrock und alles, was sie darunter trug, bis zu den Oberschenkeln gedrungen war und dort die kleinen Härchen aufzurichten schien. Gänsehaut. Sie hatten nicht einmal ein Kissen mitgenommen.
„Wir werden erfrieren, Großmutter", sagte Elsa ernst.
In ihren Armen fühlte es sich sehr weich an.
„Ich glaube nicht, Elsa, wir sind zäh."
„Ja, mein *Zeh* friert auch. Nicht nur einer!"
„Kein Wunder in den Puschen!"
Großmutter zog die Schuhe von Tante Anni hervor und hielt sie an Elsas Fußsohle.

„Da kannst du Kahn fahren drin!"

„Und das ist dann auch kalt!"

Als der *Goliath* ruhiger fuhr, wussten sie, dass sie den kleinen Wald verlassen hatten. In der Nähe wurde geschossen, doch Elsa fehlte die Kraft herauszufinden, ob links oder rechts von der Straße. Sie spürte hinter sich Großmutters Atmen und konnte sich nicht erinnern, jemals so erschöpft gewesen zu sein.

Erst am nächsten Morgen wurde sie wieder wach. Zunächst dachte sie, noch auf dem Militärlastwagen zu sitzen, aber dann kamen die Bilder wieder.

Großmutters Gesicht war nahe über ihr.

„Sind wir schon da?"

„*Wo* meinst du denn, Kind?"

„Wo wir hinwollten."

„Das müssen wir jetzt mal sehen!"

Onkel Gustav ließ das Gummiseil, mit dem die Plane am Unterbau befestigt war, von drei oder vier Knöpfen schnipsen und half Großmutter beim Absteigen. Elsa konnte ihre Beine kaum bewegen.

Der Großonkel stieg nun doch hinauf, hob das Kind hoch und stellte es behutsam auf die Füße.

„Was hast du denn für Schuhe an, Elsa?"

„Schicke, findest du nicht auch?"

„Keine Frage!"

Vorsichtig hob er Elsa über die Kante. Es gab keine Trittstufen. Großmutter nahm ihm das Kind unten ab. Sie waren mit vielen anderen Fuhrwerken und Fahrzeugen auf einer Straße.

Elsa wagte kaum zum Straßengraben zu blinzeln, doch wer da hockte, lebte.

„Kommt ihr mit?"

Tante Anni und Großmutter nickten.

Der Feldrand war von altem Hausrat übersät. Kaputtes Geschirr lag dort, ein Bettgestell ohne Matratze, ein Lampenschirm und Fahrzeugteile, die wohl nicht mehr taugten. Ein Leiterwagen, dem eine Achse gebrochen war, war einfach an die Seite geschoben worden.

„Da sind Federbetten drin, Anni!", rief Großmutter.

„Meinst du, die können wir nehmen? Vielleicht ist damit was?"

„Was denn?"

„Keime. Oder bekackt. Oder beides."

Tante Anni war zur neuen Hygiene-Wächterin geworden.

„Sieht nicht so aus. Nur feucht."

Großmutter sah sich um und kletterte auf die schiefe Ladefläche des Leiterwagens. Niemand rief sie zurück. Da packte sie einfach zu. Zwei große Federbettdecken, mit blaukariertem Muster bezogen. Elsa konnte nicht fassen, dass die jemand nicht mehr benötigte.

„Die sind zu Fuß weiter. Und mussten alles hierlassen," sagte Onkel Gustav nachdenklich.

Elsa dachte, dass auch Großmutter noch auf dem LKW viel mehr gehabt hatte als jetzt, aber sie schwieg.

„Die werden doch wieder trocken!", freute sich Großmutter, schüttelte die Betten durch und ließ sie hinter der Plane verschwinden.

Vor der Abfahrt tauschte Tante Anni mit Großmutter die Plätze.

„Hier hinten kann man wenigstens die Beine ausstrecken", sagte sie.

„Ja, das ist schön." Elsa spürte selbst, wie falsch sich das anhörte.

Tante Anni schüttelte die Betten nochmals auf und breitete sie auf der Ladefläche aus.

„Mit denen ist wirklich nichts", rief sie gegen den *Goliath*-Motor an.

„Ich riech da jetzt aber nicht dran, Elsa!"

Tante Anni nahm so etwas sonst sehr genau. Obwohl sie in dem fahrenden Kastenaufsatz auf Knien schwankte, schien sie auch jetzt eines der Betten durchzupfen zu müssen, doch hatte sie Elsa den Rücken zugewandt. Schließlich kroch sie auf allen Vieren zu ihr und setzte sich neben sie.

„Die ist für dich."

Elsa konnte im Schummerlicht der Plane nicht richtig sehen, was Tante Anni ihr in die Hand drückte, aber ihre kundigen Mädchenhände hatten sich sofort erinnert: es war eine Puppe.

„Die war in den Bettbezug mit eingeknöpft!", erklärte Tante Anni.

Sie zog an einer Stelle die Plane ein kleines Stück hoch, damit Licht auf das Puppengesicht fiel. Eines der Schlafaugen war nach hinten gerutscht, das andere öffnete sich, als Elsa die Puppe aufrichtete.

„Du bist ja schon ganz kalt geworden, kleiner Heinerich, da muss ich mich wohl ein bisschen kümmern", flüsterte Elsa benommen. „Ich hatte wenigstens meine Hausschuhe an, aber du bist sogar mit nackten Füßen los!" Elsa schüttelte den Kopf und drückte die Puppe zärtlich an sich.

3 Unsichtbar werden

An der Elbe, 1945

Manchmal konnten sie auf einem Bauernhof in einer Scheune übernachten, in der sie sich das Strohlager mit anderen teilten und mit heißer Suppe versorgt wurden. Für eine dieser Hofsuppen hatte Tante Anni ihren eingeweckten Hasenbraten geopfert.

„Schön mit Zwiebeln", lobte sie, „es muss gar nicht immer mit Rotkohl und Sahnesoße sein!" Früher hatte sie immer genau andersherum geredet, aber Elsa fand auch, dass alles leichter war, wenn sie den guten Zeiten nicht zu sehr hinterhertrauerten. Vielleicht würden sie bald zurückkehren, dann konnte Elsa ihrer Mutter helfen und den Rotkohl für den großen Braten schneiden.

Kirschsuppe gab es an einem anderen Tag auf einem anderen Hof. Und wässrige heiße Schokolade, die mit dem Pulver aus Elsas Ranzen angerührt wurde.

Stießen sie auf verlassene Häuser, aus denen alles Brauchbare schon entwendet war, bekam Elsa kaum Luft vor Angst, dort übernachten zu müssen. Irgendwo konnte sich doch noch ein Russe versteckt haben, der nur auf sie gewartet hatte! Großmutter musste ihr versprechen, kein unbewohntes Haus mehr zu betreten.

„Hier sind die Russen noch nicht", sagte sie.

Trotzdem schlief Onkel Gustav jede Nacht im *Goliath*, eingerollt in ein kariertes Federbett. Morgens hielt er die Tür auf und die Plane hoch: „Einsteigen, meine Damen!"

Seine Augen lachten aber nicht mit. Sie sahen an Elsa, Großmutter und Anni vorbei.

„Wann kommen wir denn endlich an?", fragte Elsa, als sie schon in Mecklenburg waren. „Wenn wir immer nur weiterweiterweiter knattern, dann rollen wir von der anderen Seite in Russland wieder rein!"

„Wir können nicht einfach irgendwo bleiben. Wir brauchen einen Ort, der uns auch aufnehmen will", erklärte Onkel Gustav. „Hier ist schon alles überfüllt. Ich habe doch immer gefragt."

„Uns will niemand", entfuhr es Tante Anni. Großmutter sah sie böse an.

„Doch, der Bauer eben hat gesagt, wir sollen es an der Elbe versuchen." Onkel Gustav klang zuversichtlich.

„Kann man da wohnen?", fragte Großmutter trocken.

„Wir werden ja sehen!", bestimmte der Großonkel.

Elsa an der Elbe. Das klang gut. Die Elbe war so ein Fluss wie der Pregel in Königsberg. In Elsa regte sich eine gespannte Vorfreude, die alle Ängste für einen Moment ausschaltete und in ihrer Vorstellung nur Wiesen, Möwen, Lastkähne und Ausflugsdampfer zuließ. Irgendwann im Frieden würde sie Hanni und Gigi davon erzählen, wenn sie wieder in Holzbotten durch die Ställe der Schwestern streifen konnten.

Fast drei Wochen waren sie nun unterwegs.

In der Stadt an der Elbe folgten sie mehreren Gespannen, die den Bahnhof ansteuerten und dort auf dem Vorplatz in einer Menschenansammlung stecken blieben. Kinder saßen auf riesigen Bündeln und bewachten mit steinerner Miene Wäschekörbe mit Hausrat, Koffer und manchmal auch nur einen zerzausten Teddy im Arm. Elsa, die ihren Heinerich nicht mehr aus der Hand gelegt hatte, fürchtete hier auf die wahre Puppenmutti ihres Findelkindes zu treffen, und drückte es ganz fest an ihre Brust.

Vorn, am trockenen Brunnenbecken vor dem Bahnhofseingang, standen die Erwachsenen dicht gedrängt, als gäbe es etwas umsonst.

„Bleibt ihr hier? Ich geh dort mal gucken", sagte Onkel Gustav.

„Ich komme mit", sagte Elsa bestimmt und griff nach der Hand ihres Großonkels.

Die Großmutter und Tante Anni lehnten sich an den *Goliath* und wandten ihre Gesichter der milden Vorfrühlingssonne zu, als würde nicht gerade jetzt über Ankunft oder Weiterfahrt entschieden.

Es war das erste Mal, dass Elsa so etwas wie einen Kuhhandel erlebte. Gigi hatte schon einmal mitgedurft, aber da war es wirklich um Rinder gegangen. Hier suchten sich die Bauern Flüchtlinge für die Frühjahrsbestellung aus.

Auf einem Küchentisch, der als Podest diente, ging ein Mann in die Hocke, um wieder auf Augenhöhe mit den Umstehenden zu kommen. Ihm war der Krieg nicht anzusehen.

„Einfach nur in der Stube wohnen gibt's nicht mehr bei mir. Wer Obdach will, muss mit auf's Feld, Leute", sagte er eindringlich. „Vier Hektar Land, achtundzwanzig Milchkühe!"

„Hier!", schrie einer. „Hatt' ich auch mal! Damerow! Hinterpommern!"

Darauf setzte ein Gemurmel ein, Hände winkten hoch über den Köpfen. Der alte Besitz ließ sich in wuchernden Zahlen ausrufen.

Der Damerower hatte sich an den Männern vorbei bis zum Küchentisch durchgedrängelt und stellte sich vor dem Bauern auf, der sich inzwischen erhoben hatte und ihn von oben taxierte.

„Da bin ich!"

„Familie?"

„Frau und zwei Söhne, beide arbeitsfähig."

„Komm mit!"

Der Bauer sprang vom Tisch, den gleich der Nächste erklomm. Er brauchte Helfer für seine Gewächshäuser. Onkel Gustav hob den Arm, zog ihn dann wieder zurück. Rumpusseln im Gewächshaus, das war nichts für ihn. Elsa sah sich nach den anderen Bewerbern um. Als sie wieder zum Tisch guckte, sprang der Gärtner gerade herunter und bahnte sich und mehreren neuen Gehilfen den Weg durch die Menschenmenge.

Die Vermittlung der Männer ging rasend schnell vonstatten, der Großonkel war zu langsam und zu unentschlossen. Er war an einen großen Eichenschreibtisch gewöhnt, von dem aus er die Gießerei geleitet hatte. Das Formen der Abdrücke, das Austarieren der Schmelztemperaturen und das Kontrollieren des Gießprozesses waren vertraute Arbeitsgänge, er hatte sich nichts anderes mehr vorstellen wollen.

„Kannst du nur Gießerei, Onkel Gustav?", fragte Elsa vorsichtig.

„Das am besten. Aber backen kann ich auch."

Elsa nickte. Sein Gebäck war schon immer köstlicher als das von Tante Anni. Aber sie hatte darüber nie nachgedacht. Die Backstubenmärchen, die er ihr früher erzählt hatte, wenn die Pyritzer Spaziergänge nicht enden wollten, stammten doch aus dem Bäckerheinzelmännchenbuch! Sie hatte die Streiche geliebt, die die Kobolde immer mit dem Bäcker getrieben hatten, wenn sie nicht gerade unter dem Ofenrohr schliefen.

„Woher kannst du das denn?"

Andere Menschen schoben sich vor sie, weil sie um ihre Plätze am Küchentisch nicht mehr kämpften. „Das hab ich gelernt, Elsa. Noch bevor ich Anni geheiratet hab."

„Wir hätten hier gleich einen Bäcker suchen sollen!" Onkel Gustav zögerte wieder. „Ich bring dich erstmal zurück."

„Sie sind ja zu viert!", brummte der Bäcker, als sie den Laden betreten hatten, „davon wird die Kammer nicht größer."

Onkel Gustav winkte ab. Es sollte doch nur für kurze Zeit sein! Elsa war vom Duft, der an den leeren Regalbrettern hing, ganz betäubt. Die kleinen Halbmonde aus Mehlstaub waren Spuren von richtigen Broten! Sie hatte ihre letzte Scheibe zu Hause in der Nacht vor der Flucht gegessen. Mit Sirup. So wie immer, früher.

„Geh doch weiter, Kind", flüsterte Großmutter.

Die Bäckersfrau zog eine Korbkiste hervor, die wie eine Schublade genau in das Ladenregal passte.

„Ist sogar noch was da. Greif rein."

Elsa wusste nun, was gemeint war, wenn Mutter gesagt hatte, ihr liefe das Wasser im Munde zusammen. Als hätte jemand an einer Strippe gezogen, sammelte sich die Spucke unter ihrer Zunge!

Jetzt erschien es ihr passend, sich mit vollem Namen vorzustellen. Sie wollte gern liebgewonnen werden und jederzeit Gast in der Backstube sein dürfen.

„Das ist zweite Wahl, Elsa. Bisschen zu scharf gebacken oder auseinandergefallen. Das kommt vor, wenn das Mehl so schlecht ist."

„Es schmeckt wundervoll", sagte Elsa höflich.

Die Bäckersfrau bot auch den Erwachsenen an.

Tante Annis Züge entspannten sich, als sie in das Brot biss. Auch Großmutter schien froh zu sein, dass sie hier unterkamen, dabei hatten sie die Kammer noch gar nicht gesehen.

„Zu viert wird es recht eng", sagte die Bäckersfrau noch einmal und ging voraus durch die Backstube.

Elsa fühlte sich sofort gewärmt und schläfrig. Am liebsten hätte sie hier ihren Kopf auf die ewig lange Tischplatte gelegt. Sie hörte Großmutter und Tante Anni flüstern, dass es *ganz egal* wäre, und sie konnte ihnen nur zustimmen. Was war eigentlich ganz egal? Egal.

Die Tischplatte roch nach Hefe und Nüssen. Oder nach Zuckerguss. Elsa atmete noch einmal tief ein. Vielleicht waren es auch Zimt und

Mandel. Zu Hause hatte Mutter ein Backbrett, auf dem sie den Teig für Plätzchen ausrollte oder auf den Stollenrohling eindrosch – letztes Weihnachten vielleicht nicht, aber davor. Das Brett hatte den Teiggeruch längst angenommen und wenn Elsa sich davorgestellt hatte, konnte sie den Advent riechen. Ein kleiner Schauer durchfuhr sie nun, als würde es sogar einen Kalender mit kleinen Köstlichkeiten aus Mutters Laden geben. Das gehörte doch alles zusammen. Sie ließ sich von ihren Erinnerungen davontragen und spürte fast, dabei wirklich unterwegs zu sein. Egal, dachte sie wieder. Bis sie mit dem Fuß anstieß, an eine Wand oder einen Türrahmen, und die Augen öffnete. Onkel Gustav hatte sie hochgenommen und schweigend aus der Backstube getragen, dahinter gab es einen Flur mit einem Ausguss und eine Tür.

„Oder doch wieder zusammen?", fragte Großmutter.

„Nee, lass mir mal den Gustav! Sonst kommt der durcheinander", lachte Tante Anni.

„Ihr habt ja schon das Bett auseinandergenommen!", brummte der Onkel direkt über Elsa.

Unter ihr quietschten die Federn, als er sie ablegte.

Die Bäckersfrau drückte ihr die Puppe in den Arm und hängte den Schulranzen an die Türklinke.

„Das wurde aber auch Zeit, Heinerich, dass du kommst", flüsterte Elsa.

Erst am frühen Morgen wurde sie wieder wach.

Da lag sie Rücken an Rücken mit Großmutter, so nahe, wie sie noch nie mit ihr ein Bett geteilt hatte. Sie passten zu zweit unter das karierte Flucht-Federbett, das nach Benzin stank. Auf dem *Goliath* hatte Elsa das nicht gerochen. Auf der anderen Seite, hinter dem Mittelgang, sah sie Tante Annis Haarschopf. Von Onkel Gustav keine Spur. Vielleicht schlief der wieder im *Goliath*. Dann aber hatte er keine Decke dort! Irgendetwas stimmte nicht. Vielleicht war der Großonkel abgeholt worden? Von den Russen? Aber dann wäre Tante Anni nicht in den Schlaf gekommen.

„Großmutter, Onkel Gustav ist verschwunden!"

Elsa musste sie rütteln, ehe sie antwortete.

„Nein, Kind. Schlaf doch."

„Der ist aber nicht da!"

„Der hilft dem Bäcker."

Die Tischplatte fiel ihr wieder ein und das Brot. Vielleicht konnten sie sich hier richtig satt essen!

Sie drehte sich so, dass sie Großmutters Rücken vor sich hatte und schmiegte sich an sie. So warme Füße hatte sie lange nicht gehabt, eigentlich konnte sie die Socken unter der Decke abstreifen. „Strampel nicht so. Kannst noch schlafen", flüsterte Großmutter in Richtung Wand.

„Es ist aber so warm."

„Ja, das ist schön."

Als sie wieder das gleichmäßige Atmen der Großmutter vernahm, versuchte auch Elsa, sich überhaupt nicht zu bewegen. Umso deutlicher spürte sie das Leinenlaken an der Wange und am Ohr. Ihr Körper war in eine Kuhle gerutscht. Die mit Stroh gestopfte Matratze ist durchgelegen, hätte Mutter gesagt.

Wenn sie hier eine Weile blieben, könnte Mutter sogar zurückschreiben.

Endlich war einmal etwas Schönes mitzuteilen. Wie gut das Brot schmeckte! Vielleicht durfte Elsa sogar im Laden helfen. Sie war doch Kaufmannstochter. Die Schule konnte warten bis nach dem Krieg!

Ein warmes Bett war wirklich schön, auch wenn das Laken schon schwitzfeucht geworden war. Sie brauchte nur an die harte Ladefläche im eiskalten *Goliath* denken, dann war dieses Bett ein Kuscheltraum. Elsa ließ Heinerich an ihrem Hals ruhen. Das Puppennäschen knuffte sie genau dort, wo sie sonst so kitzelig war. Stups mich ruhig, ich muss gar nicht kichern, dachte sie, und wusste, dass sie sich auf die Gedankenübertragung mit Heinerich verlassen konnte. Der guckte schon immer so mit seinem einen heilen Auge. Elsa neckte ihn, obwohl sie doch beide wussten, dass sie ganz leise sein mussten.

Als sie am Nachmittag vom Amt zurückkamen und Großmutter überlegte, welcher Platz sich für die Aufbewahrung der Lebensmittelmarken eignete – „vom Fensterbrett wehen sie doch weg bei Durchzug!", so Onkel Gustav – da wollte Elsa Hanni und Gigi schreiben. Oder der Mutter! Sonst erfuhren die doch gar nicht, dass sie an der Elbe waren.

„Erstmal müssen wir *sie* finden", sagte Großmutter.

„Nicht auf dem Hof in Gutenfeld?", flüsterte Elsa.

Großmutter schüttelte zweifelnd den Kopf und kniff die Lippen fest zusammen.

„Wo denn dann?"

Großmutter zog Elsa an sich und wiegte sie sanft hin und her. „Wenn sie auch ans Rote Kreuz schreibt, dann treffen dort unsere Suchmeldungen zusammen, und wir kriegen Bescheid, Kind".

„Wie lange dauert sowas?"

„Das geht schnell. Die wollen die Kartenberge abarbeiten."

„Erzähl dem Kind doch nicht sowas", knurrte Tante Anni.

„Ruhe!", schimpfte Onkel Gustav vom Nachbarbett aus. „Ich bin seit drei auf den Beinen!"

Elsa machte sich los, floh aus der Kammer, rannte durch den kleinen Flur und durch die Backstube und fand die Tür zum Hof offen.

Hinter einem langen Schuppen mit verriegelten Türen ragte eine hohe Backsteinmauer auf, die ein großes Schattendreieck auf den Hof warf. *Erzähl dem Kind doch nicht sowas.* Was denn dann? Großmutter würde sie niemals damit ängstigen, dass es auch schlimm um Mutter stehen konnte. Elsa kniff die Augen fest zusammen, als würden ihr so die Erinnerungen an die junge Frau, die Elsa in Tante Annis Keller die Hände massiert hatte, nichts anhaben können. Großmutter haderte nicht und Mutter auch nicht. Hauptsache, alle behielten ihren Kopf oben und nutzten ihn so gut es ging, sagte Großmutter oft. Und dass Elsa den Blick nach vorn richten sollte. Auf dem Bäckerei-Hinterhof mit Mauer schien es kein *vorn* zu geben, hier durfte sie den Kopf einfach hängen lassen und dem Schattendreieck zusehen, das mit der Sonne ging und ganz langsam auf sie zu kroch.

Als sie sich beobachtet fühlte, sah sie hoch und bemerkte die Großtante am Küchenfenster. Ohne hinzuschauen räufelte sie etwas Gestricktes auf, wie zu Hause. War Elsa aus einem Pullover herausgewachsen, hatte Mutter ihn manchmal Tante Anni gegeben, damit sie etwas Neues daraus strickte. Der Wollfaden wurde mit der Zeit härter und strippiger, aber für die Großtante war das Räufeln und Stricken immer wie Sport gewesen. Oft hatte sie eine ihrer Stuhllehnen mit alter Wolle umwickelt, damit die sich beim Trocknen dehnte. Dann erst hatte sie sie wieder aufgewickelt und dabei das Knäuel geschickt hochgehalten, so dass der Faden den aufgerollten Metern einfach hinterherrannte. Früher hatte Elsa die Großtante gern angefeuert ... schneller, schneller! Dann sah es so aus, als würde der Stuhl nur aus Garn bestehen und sich langsam selbst auflösen. Elsa brauchte nur zu blinzeln, um dabei solche komischen Szenen zu sehen. Irgendwann ließ sich die Großtante nicht mehr antreiben, … sie sei schließlich kein Gaul!

„Geh doch spielen", sagte Tante Anni am Fenster.

„Ich spiel ja schon", antwortete Elsa.

Großmutter saß am Küchentisch und zerschnitt Zeitungsseiten in gleich große Papierbögen. Der Bäcker hatte ihr eine Emaille-Schüssel voller Brotmarkenschnipsel hingestellt. Es gab keine Vordrucke für die Abrechnung mehr im Rathaus, Hauptsache, die sind alle aufgeklebt, hatte er gesagt. Großmutter wäre ja Geschäftsfrau. Mit dem Leim sollte sie sparsam sein.

Das dickbauchige Glas hatte oben nur eine kleine verkrustete Öffnung, die sich irgendwann schließen musste, wenn der Pinsel weiter am Innenrand abgestrichen wurde. Das Gewinde außen wurde immer sauber gehalten, damit der Schraubdeckel nicht festklebte. Großmutter hat sich geradegemacht, wie eine Chefin geguckt und einfach losgelegt. Immer zehn Marken in einer Reihe, erstmal.

„Hast du auch richtiges Papier, Großmutter? Für einen Brief?"

„Frag selbst. Du willst doch schreiben."

Elsa fand die Bäckersfrau auf dem Wäscheboden. So große Schlüpfer! Da konnte sie ja ihr Kleidchen daneben hängen, und es wäre kürzer. Das Kleidchen war zu Hause geblieben. Sie hatte nur Mutters Flanellrock und das Nachthemd. Aber das würde sich ändern, hatte Tante Anni ihr versprochen.

„Ist da einer?" Die Bäckersfrau hatte sie kommen hören.

Elsa schlich an den feuchten Buxen vorbei, ohne sie zu berühren und hob nebenher eine Wäscheklammer auf.

„Ich möchte einen Brief schreiben", flüsterte sie und reichte ihr die Klammer.

„Du brauchst ein Kuvert?" Als die Frau den Kopf dabei schief legte, gab sie den Blick zum Bodenfenster frei und Elsa nahm sich vor, später dort hinauszuschauen, über die Mauer rüber.

„Papier erstmal. Vielleicht. Bitte."

Die Bäckersfrau ging um die Wäsche herum, griff nach Elsas Hand und zog sie von den voll behängten Leinen fort. Elsa mochte das Anfassen nicht, entschlüpfte ihr und erreichte die Bodentreppe zuerst. Unten an der Tür, tippte ihr die Bäckersfrau auf die Schulter und sagte, sie solle warten.

Als sie aus ihrem Zimmer auf den Flur zurückkehrte, hatte sie eine Ansichtskarte von einem Elbdampfer mit winkenden Menschen unter wolkigem Himmel dabei.

Elsa dachte, sie hätte die Hand nicht wegziehen sollen. Die Bäckersfrau war so gut zu ihr. Vielleicht hätte sie gern Kinder gehabt und nun war es zu spät. Und Krieg war auch noch.

Sie bedankte sich und spürte, dass es ihr dabei gelang, die Augen ein wenig leuchten zu lassen.

Aus dem Bodenfenster zu schauen, hatte sie vergessen.

Liebe Hanni, liebe Gigi!

Ich schreibe euch nochmal nach Gutenfeld, obwohl Großmutter sagt, wir sollten euch über das Rote Kreuz suchen. Weil ihr bestimmt auch los musstet. Dann ist diese Karte für die Katz! (Ja, Mohrle, du musst auf sie achtgeben, bis wir alle wieder zu Hause sind!) Da denk ich gleich an meine Holzpantinen, die von Weihnachten. Hoffentlich passen die dann noch! An der Elbe hier könnte ich die auch gebrauchen. Wir werden satt, weil wir beim Bäcker wohnen. Ich hätte Brot für unser Kaffeekränzchen, liebe feine Damen. Was hab ich für eine Sehnsucht! Unendliche.

Meine Großtante strickt mir einen Badeanzug. Für den Sommer, wenn der Krieg vorbei ist.

Schreibt mir! Bäckerei muss vorne mit draufstehen, dann geht es vielleicht schneller.

Eure Elsa

„Ob die Karte noch durchkommt?", zweifelte Onkel Gustav, der plötzlich in die Küche gekommen war, „der Engländer steht schon in Bleckede."

„Wo liegt das?"

„Um die Ecke."

In der Nacht schwitzte Elsa wieder am Rücken der Großmutter. Sie spürte, dass alle wach waren und auf den fernen Geschützdonner achteten.

„Ganz ruhig bleiben", flüsterte Tante Anni zitternd.

Die Bettdecke raschelte, als Onkel Gustav sich seiner Frau zuwandte.

„Du musst gleich hoch", sagte sie und unterdrückte ein Schluchzen.

„Den Ofen anheizen, ja."

Er wühlte sich aus dem Bett. Weil er sich bemühte leise zu sein, dauerte es noch länger.

Dann schnaubte er einmal aus.

„Ganz ruhig bleiben, Gustav!", jammerte Tante Anni noch einmal.

„Die Engländer sind doch aber keine Russen!", flüsterte Elsa.

„Sehr richtig", sagte Onkel Gustav knapp und verließ die Kammer. Das Knacken der Tür blieb Elsa noch eine Weile im Ohr. Die Großtante stöhnte. Sie war anders als Großmutter. Tante Anni konnte nicht tapfer nach vorn schauen, wenn es da gar nichts zu gucken gab. Nur Luftschutzkeller und Trümmerstaub. Dann sah sie nichts, das hatte Elsa schon erkannt. Tante Anni brauchte immer einen Faden, an dem es weiterging. Großmutter brauchte nur ihren Kopf.

Erst kamen die Semmeln in den Ofen, später das Brot. Falls jemand Kuchen haben wollte, musste er Eier, Zucker, Mandeln und was sonst noch hineinmusste mitbringen, dann rührte die Bäckersfrau den Teig zusammen und buk ihn richtig durch. Elsa war wieder beim Einschlafen, als sie spürte, wie auch ihr so ein Alltagsfaden half, wenn sie ihn sich schnappte und einfach festhielt.

Als um acht die letzten Brötchen schon verkauft waren, half sie beim Ausbürsten der Semmel-Körbe. An der Theke standen die Frauen schon nach Brot an, dabei war das doch noch im Ofen!

„Das wird das Letzte sein", sagte eine, „in Bleckede brennt schon die Mühle".

Elsa wusste, dass der Bäcker keinen Mehlvorrat hatte, nur so viel, wie ihm das Kontingent nach den abgerechneten Brotmarken zuteilte. Sie stellte den Korb in das Ladenregal zurück und fühlte die Arme schwach werden. Auch die Beine. Plötzlich reichte dafür so ein Satz: *Da brennt schon die Mühle.* Sie schlich in die Backstube und setzte sich dort auf den freien Hocker. Wenn sie sich still verhielt, durfte sie bleiben, das hatte der Bäcker ihr schon am zweiten Tag versprochen. Sie war ein wenig stolz auf ihren Großonkel, weil der genauso wie der Bäcker in den Teig griff und weil er sich mit dem Ofen auskannte. Die Männer redeten kaum miteinander, nur manchmal nickte der Meister. Wenn Elsa das sah, war sie froh.

Es war nur ein kurzes Zischen, das sie nicht aufmerksam genug wahrgenommen hatte, sonst wäre sie gewappnet gewesen. Sie sah den Schrecken in den Augen des Bäckers, dann verfing sich alles in einem ohrenbetäubenden Krachen, einer schmerzhaften Welle aus Angst, Schreien und einer Lähmung, die ihren ganzen Körper erfasste. Wieder wurde sie durch die Backstube getragen, sie wusste nicht wohin und nicht, was passiert war. Eine Sirene heulte weit ab und Großmutter flüsterte etwas an ihrem Ohr. Dahinter aufgeregtes Stimmengewirr, panisches Schluchzen und das eintönige Gemurmel eines Vaterunsers. Als Elsa die Augen öffnete, spürte sie hellwach die Kälte des Kellers. Sie erkannte die Frau wieder, die im Laden von der brennenden Mühle gesprochen hatte.

„Beweg mal deine Hände, Kind", sagte Großmutter.

Sie hatte sie zu Fäusten verkrampft, aber sie konnte sie öffnen und die Finger strecken. Auch die Zehen konnte sie bewegen und die Beine. Jedes Körperteil musste sie einzeln ansteuern, damit er ihr sagte, ja, ich bin da, ich bin nicht kaputtgegangen.

„Das war der Schock", sagte Großmutter.

„Ist der Ofen explodiert?"

„Nein, die Fabrik nebenan."

„Wo, nebenan?"

„Hinter der Mauer."

Da war also eine Fabrik. Das hatte sie doch auf dem Wäscheboden herausfinden wollen! Warum war sie davon abgekommen?

„Und warum sitzen wir dann hier, im Bäckerkeller, Großmutter?" Elsa hatte den Feuerschein der Pommerschen Gießerei noch in Erinnerung.

„Ja, Kind. Wo sonst?"

„Und die ganzen Leute?"

„Die hatten auf Brot gewartet. Wo sollten sie hin?"

An das Gesicht der Frau, die von der Mühle gesprochen hatte, konnte sie sich erinnern. Aber der Name ihrer Großtante fiel ihr im Moment nicht ein. Dafür ratterte ihr Herz wie verrückt und ließ sie nicht zum Nachdenken kommen. Als sie im Schatten der Mauer gesessen hatte, hatte die Tante am Küchenfenster ein Wollstück aufgeräufelt. Einen Badeanzug wollte sie ihr stricken. Das hatte Elsa sogar schon Hanni und Gigi geschrieben. Aber die Karte! Die war noch gar nicht abgeschickt! Wo hatte sie sie hingelegt? Das Herz schlug ihr bis zum Hals, weil sie nicht aufspringen durfte, um diese Karte zu suchen.

„Ganz ruhig bleiben", flüsterte Großmutter im Tonfall ihrer Schwester.

Da fiel Elsa der Name wieder ein: Tante Anni. Tante Anni und Onkel Gustav. Sie beruhigte sich ein wenig. „Wo sind Tante Anni und Onkel Gustav?" „Der Onkel kommt erst, wenn die Brote fertig sind. Und Anni? Da hinten." Elsa drehte sich um und sah Tante Anni apathisch auf einer Kiste kauern, ein Wollstück in der Hand. Und ihr fiel der Faden wieder ein, den die Großtante wohl immer zwischen den Fingern spüren musste.

Als die Sirene ihren absinkenden Dauerton hören ließ, flüsterte die Bäckersfrau: „Entwarnung" und eilte die Kellertreppe hinauf. Die Frauen erhoben sich von den ausgebreiteten Mehlsäcken und den Kisten und bildeten die Treppe hinauf eine lange Schlange, vielleicht sogar in genau der Reihenfolge wie vorhin am Tresen. Die von der Mühle erzählt hatte, drängte nach vorn und alle anderen schienen sich wortlos zu erinnern, dass sie zu den Ersten gehört hatte. Das Wichtigste schien nun wieder das Brot zu sein. Elsa konnte noch nicht hoch. Sie fürchtete sich, die Backstube nicht mehr vorzufinden. Wenn Onkel Gustav und der Bäcker nicht mehr lebten, hätte die Bäckersfrau dann einfach nur *Entwarnung* gesagt? Großmutter half ihr hoch. Elsa stand. „Bring das Licht mit", rief Großmutter ihrer Schwester zu. Elsa drehte sich um und sah, dass sich Tante Anni wie verlangsamt bückte, um nach der Petroleumlampe auf dem Fußboden zu greifen. Sie waren jetzt die Letzten. „Laufen kannst du jetzt selbst, Kind", sagte Großmutter bestimmt und war schon an der Treppe. Elsas Blick hing noch eine Weile an den schwankenden Schatten, als sich Tante Anni mit der Lampe näherte. „Deine Wolle, Tante?" „Du kriegst deinen Badeanzug!" „Aber du hattest doch vorhin die Wolle in der Hand." „Da hast du dich verguckt." Elsa kniff die Lippen zusammen, weil sie nicht wusste, ob sie selbst noch ganz richtig im Kopf war. Oder ob die Tante verrückt geworden war? „Geh vor. Sonst bleibst du im Dunkeln, Elsa!"

Sie nahm Stufe für Stufe, es stank nach verbranntem Gummi, Rauch und Schutt. Oben sah sie die Frauen wieder nach dem Brot anstehen. Eine riss ihre Marke von der Brotkarte, und Elsa bemerkte, wie die Karte zu Boden rutschte. Sie bückte sich, um sie aufzuheben und las neben dem handgekritzelten Namen BrotBrotBrotBrotBrot wie ein Strickmuster, das seltsam verschwamm, bis kein Buchstabe mehr zu erkennen war. *Egal*, dachte Elsa und freute sich, dass dieses Wort etwas wegwischen konnte.

„Dass Kinder auch schon Kreislauf haben!", rief eine Stimme staunend.

„Und ob! Die wächst doch gerade," sagte eine andere.

„Ach was. Die hat nichts getrunken", waberten nochmals Worte zu Elsa, dann wurde es so still wie unter einer Fellmütze mit Ohrenklappen.

Irgendwann durchzuckte ein Schauer das Kind. Stirn und Augen waren plötzlich nass und kalt, und Elsa spürte, wie dünne Wassernasen über ihre Wangen rannten und am Hals kitzelten. Tante Annis warme Hände hoben ihren Kopf ein Stück an, damit sie trinken konnte. Wasser. Aus einer Tasse.

Als Elsa die Augen öffnete, sah sie zuerst die Petroleumlampe neben sich am Boden.

„Die Brotkarte", flüsterte sie. „Die gehörte einer Frau."

Die Großtante nickte.

„Die hat sie mitgenommen."

Der Laden war leer. Die Brote waren alle ausgegeben. Elsa sah durch die Glastür mit der Bäckerei-Gravur, wie sich eine alte Frau näherte, aber Tante Anni schüttelte den Kopf. Als die Frau die Tür aufklinken wollte, war sie verschlossen. Abgeschlossen am Vormittag. Das muss die Bäckersfrau getan haben. Alles, weil Elsa hier lag?

Sie drehte sich um und sah das ausgewischte Brotregal, in das heute wohl gar keine Laibe gelangt waren, weil die direkt aus dem Transportkorb ausgegeben wurden.

„Wo sind sie alle?"

„Auf dem Hof. Löschen und aufräumen", sagte Tante Anni ruhig.

„Onkel Gustav auch? Und der Bäcker?"

Tante Anni nickte erleichtert. „Wir haben etwas Glück gehabt."

Als sie in die Kammer kamen, war es dort dunkel, weil die verrußten Scheiben kein Licht hindurchließen. „Nicht öffnen", mahnte die Großtante, „es brennt noch."

Tage später hockte Elsa auf den Stufen, die hinter der Backstube auf den Hof führten, und starrte auf die Trümmer der Mauer, die das Schuppendach durchschlagen und auch den *Goliath* unter sich begraben hatten. Von der Fabrik standen noch die Grundmauern. Die schwarzen Fensterlöcher sahen wie leere Augenhöhlen aus. Der Ruinengestank war stärker als die brotwarme Abluft, die die Bäckerei durch ein mit Lamellen bedecktes Loch in der Wand verließ. Es waren die ersten Bomben gewesen, die den kleinen Ort erreicht hatten. Auf die Jungen in Elsas Alter wirkten die Reste der Fabrik anziehend. Elsa hörte Kinderstimmen hinter den Mauertrümmern – wo der Weg am sichersten war, welche Balken kippelten und dass im Hohlraum dort unten das Büro gewesen sein könnte. Da wollten sie hin. Stempel klauen, falls die noch da waren, oder gucken, was wegzutragen ging. Elsa dachte an ihren Spielfreund Dieter zu Hause, den es jetzt nicht mehr auf diesen Stufen gehalten hätte. Sie hatte auch Lust, auf die Trümmer zu klettern und die Kinder kennenzulernen, doch erstmal blieb sie auf den Stufen sitzen.

„Da ... liegt was", sagte ein Junge.

„Ein Hund!", rief ein Anderer, der schon im Stimmbruch war. „Fass den nicht an, Mensch!"

„Der stinkt bis hier", rief ein Dritter.

„Du stinkst auch", sagte eine weitere Stimme kläffend. „Das wollte ich dir schon lange mal sagen."

„Da kann der nichts für, der ist doch aus dem Osten", meinte der erste Junge, der den Hund gefunden hatte.

„Ja, die stinken alle", rief der Kläffer, „die haben ja nichts. Das sagt meine Mutter auch."

„Und meine sagt, ich soll mit denen nicht spielen", sagte der erste Junge.

„Wieso, wir spielen doch gar nicht!", entgegnete der im Stimmbruch.

„Macht sowieso keinen Spaß", maulte der Kläffer. Dann schwiegen sie ein paar Sekunden.

„Jetzt haut er ab", sagte der im Stimmbruch.

„Ist ja auch besser so. Der kann doch bei den Polacken rumstinken", schob der Kläffer nach.

Elsa hob ihren linken Arm an die Nase und versuchte, den eigenen Körpergeruch bis zum Handgelenk zu erschnuppern. Sie konzentrierte sich dabei und spürte die weichen Härchen, aber sie roch nichts. Vielleicht war sie in solchen Dingen abgestumpft, seit sie wusste, dass ihre Bettdecke nach Benzin stank. Es lebte sich einfacher, wenn man sich darüber nicht ärgerte. Da kam sie nach ihrer Großmutter.

Dann fiel ihr die Unterwäsche ein, die sie nur deshalb wöchentlich wechseln konnte, weil die Bäckersfrau Großmutter und Tante Anni ein Päckchen Weißes geschenkt hatte. Seitdem hatte sie neben ihrem eigenen Schlüpfer noch einen zweiten mit kurzem Beinansatz, den Tante Anni etwas abgenäht hatte.
Die Neugierde auf die Kinder war ihr vergangen.

Onkel Gustav taxierte die Mauertrümmer, wo vor Tagen noch der lange Schuppen gestanden hatte. Er rüttelte an den Balken, die bei der Explosion in den Hof gedrückt worden waren, und verfolgte, welche Bruchstücke darauf reagierten. Den *Goliath* konnte er nicht erkennen unter dem eingebrochenen Pappdach, das wie durch ein Wunder vom Feuer verschont geblieben war. Das Gewirr von Brettern, Dachpappe und versprengten Ziegelgebilden war derart ineinander verkeilt, dass Elsa sich nicht vorstellen mochte, wie es um den *Goliath* darunter stand.
„Es ist vorbei", dröhnte die Stimme des Bäckers aus einem Fenster der Backstube. Elsa sah, wie er ungeduldig auf eine Reaktion des Großonkels wartete, ohne dass sie sein Frohlocken enträtseln konnte. Es klang nach etwas Endgültigem. Das letzte Mehl konnte aufgebraucht sein oder vielleicht die Kammer an andere vermietet, aber dann hätte der Bäcker es nicht auf diese Art verkündet.
„Was denn?", flüsterte Elsa.
Doch der Bäcker reagierte nicht auf sie, und Onkel Gustav hatte ihn anscheinend nicht gehört. Der Bäcker hatte in den letzten Tagen nur noch durch Elsa hindurchgesehen. „Dann tust du eben auch so, als wärst du durchsichtig", war Großmutters Kommentar dazu gewesen.
„Aber das bin ich nun mal nicht", hatte sie entgegnet. „Das weiß ich doch, Kind!"
„Es ist vorbei!" wiederholte der Bäcker, doch Onkel Gustav hatte gerade einen Fuß auf einen Balken gesetzt und sich an einem festgekeilten Trümmerteil mühevoll hinaufgezogen. Dort hockte er nun,

unschlüssig, wie weit er sich vorwagen sollte. Irgendwo unter ihm krachte es. Elsa sah, wie er vor Schreck zusammenzuckte. Sie drehte sich zum Fenster, aber die Silhouette des Bäckers war schon wieder verschwunden. Dann musste sie es ihm sagen.

Sie lief zu der Stelle, von der aus der Großonkel sich hinaufzogen hatte.

„Bleib weg, Elsa, das kippelt hier alles."

„Onkel Gustav, hast du nicht gehört, es ist vorbei!"

„Was denn?", fragte er ungläubig.

„Der Bäcker wollte dir das sagen."

„Kapitulation", flüsterte er, während er sich zitternd herunterließ. Als er vor Elsa auf beiden Füßen landete, sah sie im Gegenlicht, wie sich eine schulterbreite Staubwolke von seiner verschossenen Anzugjacke löste.

„Können wir dann wieder nach Hause, Onkel Gustav?"

„Ja. Wenn ich den *Goliath* da rauskriege ..."

Er tätschelte Elsa den Nacken und schien mit den Gedanken schon in der Backstube zu sein.

Elsa folgte ihm, blieb aber hinter der wieder zugeklinkten Tür stehen. Sie musste sich das Unsichtbar-Werden antrainieren!

Nicht gesehen und nicht gerochen werden. Beides entfachte in einer Achtjährigen nur schlechte Laune, ob nun Frieden war oder nicht. Erst als Elsa sich vorstellte, dass man das lernen konnte – wie die Rolle in einem Theaterstück, war ihr Ehrgeiz erwacht. Nicht zu hören zu sein, das zählte auch dazu, deshalb flüsterte sie möglichst, was ihre Großmutter dazu trieb, sich eine zunehmende Hörschwäche eingestehen zu müssen. Elsa hatte sich fortan in ihrem Training zu beschränken: Wenn die Großmutter mit im Spiel war, musste sie Präsenz zeigen und deutlich sprechen.

Seit Elsa wie ein Geist durch das Haus schlich, fühlte sie sich wirklich wie auf einer Bühne, testete ihre Wirkung und huschte wie ein Schatten über den Hof – meist geradewegs am Bäcker vorbei, der sowieso keine Notiz von ihr nahm. Das war also kein Kunststück. Schwieriger war es, unsichtbar an seiner Frau vorbeizuschweben, die vom ersten Tag an in das Kind vernarrt gewesen war, ihm aber auch nicht viel mehr geben konnte als ihren stillen Kummer und das Brot, an das sich Elsa schnell gewöhnt hatte.

Wenn Elsa sich im Winkel neben der Hoftreppe versteckte, spürte sie ihre flexible Tarnkappe, die sie wie einen Eimer über ihren Kopf stülpen und an den Schultern vorbei bis zu den Knien herunterlassen konnte. Wer im Theater eine Rolle spielte, brauchte ein Kostüm, und dass ihre Tarnkappe unsichtbar sein musste, ja, auch die Kappe an sich, verstand sich von selbst.

Mit der Geduld, einen halben Nachmittag ungesehen neben den Treppenstufen zu verbringen, war es eine andere Sache. Wenn Elsa wenigstens ein Buch gehabt hätte! Stattdessen war ihr Schulranzen bis zum Rand mit Kakao gefüllt gewesen! Beim bloßen Gedanken an die edlen, trockenen, braunen Klumpen schien Elsas Verdauung zu kapitulieren. Schönes neues Wort. Kapitulation. Das klang wie ausgedacht, fand sie. Als wollte einer ein Wort mit vielen Selbstlauten erfinden. Und keiner wusste, was das nun genau bedeutete. Ob sie nach Hause konnten, zum Beispiel? Und ob der Vater auch wieder aus dem Krieg heim durfte? Oder ob Elsa sich hier in der Schule anmelden musste? ‚Das steckt da nicht hinter, Kind‘, hatte Großmutter gesagt. ‚Kapitulation heißt Untergang.‘

Hanni und Gigi hatten ein Buch von der *Titanic* gehabt, da ragten die Schornsteine des Schiffs noch schräg aus dem Wasser. Elsa fröstelte, wenn sie daran dachte. Nachts, im Traum, musste sie sich immer an der Großmutter festhalten, weil alles zu verrutschen drohte und das Wasser von den Füßen her anstieg. Aber Großmutter lag ja auch schon schräg … Immerhin hatte Elsa ihre Tarnkappe, im Meer würde kein Hai sie je finden.

Sie hatte die Backstubentür nicht gehört, nicht die Schritte auf den Stufen, auch das kurze Verharren war ihr entgangen. Doch plötzlich fühlte sie sich ungeheuer sanft in einen Arm genommen, wie seit Menschengedenken nicht mehr. Noch ehe sie die Augen geöffnet hatte, erkannte sie die Mutter. Am Geruch. Aus dem Osten. Aber so hatte Mutter immer schon gerochen, auch in guten Zeiten.

„Ist das deine kleine Träumer-Ecke, mein Kind?"

Es war nur der Winkel hinter der Hoftreppe. Aber das konnte sie Mutter nicht sagen, weil in ihr ausgerechnet jetzt eine riesige Blase platzte - im Hals, in der Nase und hinter den Augen. Sie schrie so laut und durchdringend, dass die Leute gedacht haben mussten, es sei schon wieder Fliegeralarm.

4 Heringshäckerle

„Nicht am Hosenbund festhalten, Hanni", lachte Franz, „da reißt du mir ja was kaputt!"

Wo dann? Wenn Hanni samstags beim alten Bauern auf dem Gepäckträger mitradelte, hatten sie sich nach wenigen Pedaltritten eingeschwungen, und sie wusste jetzt nicht, ob sie sich bei ihm überhaupt festhielt. Doch Franz war schmal – einer, dem das Hemd um die Rippen flatterte. Der saß auch anders auf dem Sattel als sein Vater und ließ das Rad immer ein wenig nach rechts und links kippen, das spürte Hanni in ihren Hinterbacken, die auf dem Gepäckträger jede Bewegung ausgleichen mussten.

Während der Fahrt fingerte sie blindlings am Rand des Ledersattels entlang, vorsichtig genug, um mit den Fingern nicht in die Federspiralen zu kommen.

„Geht's hier?" rief sie.

„Was?"

„Na, festhalten?!" Aber sie wusste, unter dem Sattel riss sie ihm nichts kaputt.

Franz war schon vierzehn, fast ein Mann. Aber noch kein Bauer. Da fehlten noch der Bauch und der Bart. Aber der konnte schon alles. Wenn er im Sommer die Schule abschloss, dann war er nicht nur schlau, sondern auch lebensklug, hatte Hanni die Bäuerin einst zu Tante Alma sagen hören. Der hatte das Wort so gut gefallen, dass sie es nun auch benutzte, wenn sie es für passend hielt. Hanni wusste, was damit gemeint war, seit Franz ihr kleine Eselsbrücken für das Einmaleins-Lernen baute.

Nach Lohne, zu Mama und Gigi, ging es durch den Wald. Hanni war anfangs jeder Baum vertraut vom Tannenzapfen- und Holzsammeln für den Hof. Aber je weiter sie nach Lohne kamen, umso mehr kannte sie nur noch die Huckel auf dem Weg. Manchmal fuhr Franz im

Stehen, damit er vorwärtskam. Hanni bewegte sich nicht und hielt die Beine abgespreizt, damit sie nicht in die Speichen kamen. Mit den Zehen krallte sie sich an den Pantinen fest.

„Hopsa!", entfuhr es ihr, als sie eine Wegkuhle mit ihrem Körper nicht ausbalanciert und einen der Latschen verloren hatte. Ganz kurz war sie mit der Stirn an Franz' Rücken gekommen. Tat nicht weh.

„Anhalten, Franz! Mein Schuh!"

Er stoppte sofort und atmete schwer.

Hanni stieg vorsichtig vom Gepäckträger und spürte noch im Stehen die Metallstreben wie Wäscheklammern in den Hinterbacken. Bloß nicht bücken. Sie konnte aufrecht in den Latsch hineinfahren, der Sand würde schon herausrieseln.

„Weiter?", fragte sie. „Gigi wartet. Und meine Mama auch."

„Pause, Kind!" Er war noch ganz aus der Puste.

Hanni war fast elf. Kein Kind mehr! Wenn Tante Alma sowas zu ihr sagte oder der alte Bauer, wollte sie nicht aufmucken, doch Franz war selbst noch ein Schüler!

Aber sie entgegnete nichts, konnte ja froh sein, dass er sie mitnahm.

In den ersten Wochen nach ihrer und Tante Almas Zuweisung in das Dorf hatte sie jeden Tag geweint und inbrünstig gebetet, damit sie bald bei Gigi und Mama wohnen konnte. Die Kammer in Lohne war für sie alle zu klein. Und weil Gigi schon in die Mittelschule ging, musste sie in der Stadt wohnen. Für Hanni wäre es doch nicht so schlimm, hatte Mama gesagt. Das Dorf sei nicht aus der Welt, und sie würde sich mit Tante Alma gut vertragen. Beim Bauern würden sie außerdem besser auskommen als die beiden in der Stadt. Das stimmte. Auf dem Hof war sogar jeden Samstag ein Beutelchen Gemüse übrig, das sich Hanni mit einem Riemen über die Schultern hängen konnte, damit Mama am Wochenende etwas Schönes kochen konnte. Sie schob den alten Kopfkissenbezug an ihrem Rücken zurecht, heute waren da Kartoffeln drin, und Tante Alma hatte noch Zwiebeln dazu gepackt.

Sie wohnten schon über ein Jahr auf dem Dorf, nun war es genug, fand Hanni. Bis zum neuen Schuljahr musste Mama ein größeres Zimmer gefunden haben, dann kam Hanni in die Mittelschule. Aber nur, wenn sie das Einmaleins konnte und die Aufnahmeprüfung schaffte. Wer das Einmaleins nicht beherrschte, könnte nie die Bruchrechnung erlernen und gehörte weiter auf die Volksschule. Das hatte

Gigis Lehrerin gesagt. Gigi ging in eine katholische Mittelschule, in der viele Nonnen unterrichteten. Hanni betete jetzt inbrünstiger als früher, vielleicht half das sogar beim Einmaleins. Sie fand es leichter, die Acht drei Mal zu nehmen, als die Drei acht Mal. Wenn sie drei Mal acht Bienen aus einem Bienenstock fliegen sah, waren die doch einfacher zusammenzurechnen, als wenn sich acht Mal drei Bienen auf den Weg machten! Drei mal acht. Neulich hatte sie es noch gewusst. Jetzt summte es nur in ihrem Kopf. Im Unterricht kam das Rechnen immer zu kurz. Also musste Franz mehr mit ihr üben.

„Wann fahren wir?", fragte sie vorsichtig.

Franz holte tief Luft und hielt mit einer Hand den Lenker, mit der anderen den Sattel fest.

„Jetzt. Steig auf."

Beim Anfahren holte er richtig Schwung, und Hanni hatte Mühe, hinten im Gleichgewicht zu bleiben. Langsam wusste sie, wie sie sich als lebendiges Gepäckstück zu verhalten hatte. Nur ihr Hintern, der tat weh, als hätte sie Stockschläge bekommen.

„Wieviel ist eigentlich acht mal drei, Franz?"

„Das weißt du doch."

Hanni sah den nächsten Huckel kommen und saugte ihre Zehen an den Pantinen fest.

„Sag du!"

„Genau so viel wie vier mal sechs", keuchte er.

„Und wie zwei mal sieben?"

„Nein. Wie zwei mal zwölf."

„Das ist ja einfach."

„Genau."

Als sie endlich vom Waldweg auf die Landstraße wechselten, kamen sie schneller vorwärts.

„Ich setz dich am Bahnhof ab. Das letzte Stück kannst du laufen."

Am liebsten hätte Hanni gefragt, was er denn in der Stadt zu tun hatte. Aber sie wusste, dass sie das nichts anging. *Geschäfte wohl*, hätte Tante Alma gesagt. Was sonst.

Sie schulterte die Kartoffeln neu und hob die Hand. Nicht so steil, wie sie es früher getan hatten, aber so, dass Franz zurückgrüßte.

Wäre sie mit geschlossenen Augen durch diese Stadt gelaufen, hätte sie den Gasthof schon am Geruch erkannt. Durch die geöffneten

Fenster des Tanzsaals drang der allzu vertraute Staubmief, der Hanni nach ihrer Ankunft fünf lange Wochen umgeben hatte. Mit Gigi, Mama, Tante Alma und sechs anderen Familien hatte sie in diesem Saal auf einem Strohlager gehaust. Sie hörte noch das Wimmern, die Gebete, unterdrücktes Gekeife und hastiges Flüstern, Kinderweinen und abends Heimatlieder, oftmals alles gleichzeitig und nebeneinander. Zum Glück hatte Gigi für sie beide eine kleine Höhle gebaut, sogar mit Dach, für das sie eine ausrangierte Tischdecke mit einem Schirmständer und der Garderobe verknotete. Wenn sie sich beide unter diesem Dach nach Hause träumten, dann hörten sie die vielen Stimmen im Saal nicht mehr. Nur die Kühe im Gutenfelder Stall und die putzigen Königsberger Mähnenspringer. Und Rieke, das Pferd, das in Pillau bleiben musste, weil es nicht mit auf das Schiff durfte. Ein Bauer hatte ihnen Rieke abgenommen. Der wetzt doch schon das Messer. Sie hörte jetzt noch Mamas Stimme!

Stopp! hatte Gigi in der Höhle immer geflüstert, wenn Hanni sich verzehrte vor Heimweh. Gigis Regel lautete: Hier träumen wir, und es gibt keine Toten.

„Und wenn die einfach von selbst in die Gedanken kommen, Gigi?", hatte Hanni geflüstert.

„Dann sind sie so lebendig wie wir. Jeder darf kommen".

„Und was, wenn ich doch weinen muss?"

„Das musst du nicht. Wirst sehen."

Sie hatten sich aneinandergeschmiegt und von den Sandburgen geträumt, die sie gerade in Rauschen an der Ostsee bauten. Hanni wollte Möwenfedern als Festungsschmuck, Gigi schlug ein richtiges Muschel-Mosaik vor, mit Bernsteinen vielleicht. Da musste Hanni gegen die Erinnerung an das Glas mit dem gesammelten Bernstein, das vielleicht immer noch zu Hause im Kinderzimmer stand, ankämpfen. Und sie hatte sich gezwungen, nur noch an das Mosaik im festgeklopften Strandsand zu denken. In die Mitte durfte ein kleiner Bernstein. Wie der leuchtete!

Irgendwann hatte eine schlesische Mutter Mama und Tante Alma um das Tischtuch gebeten, das sowieso dem Wirt gehörte. Sie wollte in der anderen Saal-Ecke für ihre Babys genau so eine Höhle bauen. Mama muss sofort die Knoten gelöst und der Traum-Höhle das Dach geraubt haben. Hanni war klar gewesen, dass nun die Toten rücksichtslos wiederkommen mussten. Nacht für Nacht. Und das

Wimmern sowieso. Und die Gebete. Gigi hatte gesagt: „Hör einfach woanders hin." Gigi war stark.

Hanni gab sich einen Ruck, schob den Kartoffelsack zurecht und ließ auf ihrem Weg die Gastwirtschaft hinter sich. Wenn es erst Kürbisse gab, was hatte sie da zu schleppen! Hier noch die Straße weiter, am Schreibwarenladen und der Druckerei vorbei, über den Kirchhof bis zu den Villen und dann in eine Seitenstraße.

Vorn, bei den Struppmeiers, sollte sie nicht klingeln, sie durfte gleich über den Hof, wenn das Tor nicht verriegelt war. Durch die Ritzen zwischen den Tor-Brettern sah sie den angeketteten Howard vor seiner Hütte. Er hatte sie schon gewittert und sprang auf.

„Hanni?", hörte sie ihre Schwester. „Bist du es?"

Dann erblickte sie Gigi durch die Ritze, wie sie am Hund vorbei auf das Tor zukam.

„Hier bin ich!", rief Hanni. Sie hatten diese Begrüßung schon oft gespielt.

Gigis Kleid versperrte kurz die Sicht. „Ja, hier!", lachte Hanni.

Kannte Gigi doch die breiteste aller Hoftürritzen! Sie bückte sich zielgerichtet auf Hannis Größe und zeigte ihr weit geöffnetes Auge so dicht vor Hanni, das die kichernd zurückwich.

Knarrend öffnete sich das Tor.

„Ach du", flüsterte Gigi zärtlich, als Hanni ihr in die Arme flog. „Heute wieder Kartoffeln?"

Gigi klang fast enttäuscht und fingerte weiter am Kopfkissenbezug auf Hannis Rücken herum.

„Alles, was du willst. Ich komme vom Schlaraffenlandhof."

„Das trifft sich gut, junge Dame. Treten Sie ein."

Mama stand plötzlich in der Schuppentür, mit verschränkten Armen. Vor ein paar Wochen hatte sie Arbeit in der Korkenfabrik gefunden. Seitdem sah sie immer müde aus. Frische Luft gab es dort nicht. Eigentlich hätte sie mehr auf den Bauernhof gepasst, so wie früher zu Hause. Tante Alma konnte doch genauso Korken stanzen gehen und mit Gigi hier wohnen, dachte Hanni plötzlich. Dann wäre Mama mit Hanni aufs Dorf gezogen und die alten Bauern hätten eine wirkliche Hilfe gehabt.

Doch Mama hatte sich wegen Gigis Schule *ins Zeug gelegt*, wie sie immer sagte, um die eine Kammer im Schuppen zu bekommen. Alles war ruckzuck entschieden worden, ehe noch eine andere Mutter die kleine Bleibe wegschnappte, in der aber nur Platz für zwei war. Mama musste bei Gigi wohnen, weil sie so oft krank war. Der schlimme Husten. Und Tante Alma willigte ein, dem Bauern im Dorf auf dem Feld zu helfen. Dort gab es schließlich auch eine Volksschule für Hanni! Also war erst einmal alles da, was sie brauchten. Wenn Hanni es aber zur fünften Klasse in die Mittelschule schaffte, musste Mama endlich ein größeres Zimmer gefunden haben!

Mama duftete wie eine Blume. Hanni verweilte einen Moment länger in der Umarmung.

„Riechst du das etwa?", fragte Mama.

„Ja. Schön!"

„Pssssst", zischte Gigi. „Müssen ja nicht alle mitkriegen."

In der zweiten Schuppen-Kammer wohnten zwei schlesische Schwestern, die Gigi nicht ausstehen konnte, weil sie sie seit ihrem letzten Husten nur *das Hundche* nannten. Durch die Wand hatte Gigi das gehört, während sie nach Luft rang und genau wusste, dass sie nicht leiser husten konnte. Mutter hatte noch ein Stückchen Torf nachgelegt im Schuppen-Öfchen, damit sie den Kamille-Wickel immer wieder erneuern konnte.

Heute hatte Gigi noch nicht gehustet, jedenfalls nicht in den Minuten, in denen Hanni da war.

„Hier, die habe ich geschenkt bekommen", flüsterte Gigi, öffnete den Holzdeckel eines winzigen Emaille-Kästchens und hielt Hanni ein Stück Seife unter die Nase, das noch etwas feucht war.

Hanni atmete ganz tief ein. Blumen. Wiese. Kräuter.

„Von wem hast du die?"

Gigi hob die Augenbrauen und schmunzelte. Jetzt wirkte sie so viel älter als Hanni. Vielleicht aber auch nur, weil sie so blass und schmal und dabei so groß geworden war.

„Von den Engländern. Schokolade auch. Die ist nur zum Tauschen, Hanni! Aber die Seife", Gigi schluckte kurz, „brauchen wir selbst."

„Ja, zum Händewaschen", sagte Hanni und musste lachen.

Gigi streckte sich und schüttelte ernst den Kopf. „Seife macht schön, Hanni. Das verstehst du noch nicht."

Erst als der Holzdeckel zuploppte, spürte Hanni den leichten Stich. Gigi musste sich wahnsinnig erwachsen fühlen.

„Ich verstehe das längst", sagte sie tapfer. „Und ich brauche das auch."

„Du *bist* schön", sagte Gigi nur.

Der Bauernhof schien den Unterschied auszumachen. Dort litt Hanni keinen Hunger, obwohl Tante Almas Kartoffel- und Rübenspeisen einfallslos waren. Hunger machte hässlich. Aber Gigi hungerte doch auch nicht! Wenn Hanni versuchte, sie so anzugucken, als würde sie sie nicht kennen und auch noch nie gekannt haben, also wie eine Fremde, dann musste sie zugeben: Gigi war auch schön. Fast wie ein Fräulein.

„Du bist es auch", sagte sie.

Mama sagte nie Kammer oder Schuppen, sie sprach immer von der *guten Stube*, als wäre die kleine Bude mit dem Salon zu Hause vergleichbar. Dazu erwähnte sie gern noch das Badezimmer, das aber dem ganzen Haus als Waschküche diente und nur halb so geräumig war wie die Futterküche daheim in Gutenfeld. Immerhin gab es dort einen Wasseranschluss, und niemand musste sich zu irgendeiner Pumpe auf den Weg machen.

Mama verstand es, die Umstände schönzureden, sagte Tante Alma manchmal. So gut es ging, versuchte sie wirklich, die Kammer in eine Stube zu verwandeln. Über dem Bett, das Mama sich damals noch mit Gigi teilte, hingen getrocknete Blumensträuße an der gekalkten Wand und darunter, kurz über dem Kopfkissen, hatte sie mit einer Nadel Papas Foto festgesteckt, einen Rahmen besaß sie nicht mehr. Wahrscheinlich drehte sich Mama nachts in Papas Richtung.

Hanni hatte kein einziges Foto, obwohl Papa die Abzüge damals in seiner Dunkelkammer selbst angefertigt und in beschriftete Kartons sortiert hatte. Niemals hätte Mama, als sie gehen mussten, in diese Sammlung gegriffen, um ein paar Fotos mitzunehmen. Ach, warum denn nicht?! Hanni hätte sich eines herausgesucht, auf dem sie mit Gigi und Elsa auf dem Hof stand. Elsa mit ihren feinen Lederschuhen, weil sie keine Stall-Pantinen hatte! Die konnte noch so sehr aufpassen, sie hatte immer einen Placken Jauche an der Sohle.

Eine heftige Sehnsucht rüttelte kurz in Hannis Brust. Sie wollte zu Hause im Stall helfen, die Ziegen und die Königsberger Mähnenspringer streicheln und nicht beim Bauern Flüchtlingskind sein. Sie stieg auf das Bett und näherte sich Papas Foto. Das konnte er ja gar nicht selbst gemacht haben. Da war er doch drauf! Und ihr fiel wieder die Zackenschere ein, mit der er immer so akkurate Ränder geschnitten hatte. Papa war Bauer und Fotograf. So einen wie ihn gab es nicht noch einmal.

„Wir werden ihn suchen. Jetzt ist es so weit", sagte Mama plötzlich. Hanni hörte, wie sehr sie sich bemühte, fröhlich zu klingen.

„Wo denn?", fragte sie.

Mama schwieg.

„Wir lassen uns beim Suchdienst eintragen. Und den Papa auch. Und wenn er dort nach uns fragt, sagen die ihnen, dass wir hier sind", sprang Gigi ein, die schlaue, große Gigi, die jetzt ein paar Karten vom Bord über der Tür zog. „Wir müssen das hier nur ausfüllen."

„Werden wir denn hier bleiben? Und ich? Ich bin doch beim Bauern!", entfuhr es Hanni.

Wie dumm sie sich fühlte, als Gigi und Mama gleichzeitig anfingen zu lachen!

„Wir gehören trotzdem zusammen", sagte Mama zärtlich. „Und du bist doch immer bei uns."

Das stimmte gar nicht. Hanni hätte jetzt etwas sagen können vom harten Gepäckträger und dem langen Weg, den sie am Wochenende manchmal auch ganz allein zu Fuß zurücklegte.

„Und wenn wir doch mal woanders hinziehen?"

Jetzt setzte sich Mama zu ihr auf das Bett und nahm sie in den Arm.

„Struppmeiers werden immer wissen, wo wir sind. Die geben die Nachricht dann weiter."

Struppmeiers, ach so.

„Dann können wir Elsa auch suchen?"

Gigi kniff die Lippen zusammen, wie immer, wenn sie nachdachte.

Mama schien sich auch nicht sicher zu sein.

„Ich frage beim Amt, ob wir noch eine Suchkarte bekommen", entschied Gigi. „Und du musst mir sagen, wann ihre Mama geboren ist. Und alles. Denn vielleicht stellen sie nur für Erwachsene Stammkarten aus."

Stamm-Karten. Hanni dachte an eine Eiche. Sie kannte den Geburtstag der Mutter nicht, aber sonst wusste sie alles über Elsa. Das musste reichen.

„Ich schreib dir auf, was ich weiß", sagte sie. „Du kennst doch Elsa auch. Den Rest kannst du selbst eintragen."

Am Abend legte Gigi ein Minzeblatt in Hannis Spülbecher. Wenn Hanni kam, verwöhnte Mama ihre Mädchen immer und setzte auch für die Körperpflege noch einen kleinen Kessel Wasser auf. An allen anderen Wochentagen musste sich die große Schwester kalt waschen. Hanni war wie immer fasziniert von Gigis Gurgel-Künsten.

„Du musst nur *Rrrrrrrrrrrrr* machen und kein Wasser durchlassen, das ist alles." Hanni legte den Kopf in den Nacken und prustete los. Lachend spuckte sie den Rest Wasser in den Ausguss an der Wand. Gigi hielt durch. Sie schien zwischendurch heimlich einzuatmen und verschüttete keinen Tropfen. Dann hielt sie den Kopf gerade und pumpte das Minz-Wasser vor und zurück für die Zahnpflege. Zu Hause hatte es Bürsten gegeben, jetzt musste es so gehen.

„Jetzt darfst du auch", flüsterte Gigi und öffnete ihr Seifenkästchen. Hanni ließ das Stück durch ihre feuchten Hände gleiten, strich sich über Brust, Schultern und Arme und schloss die Augen. *Seife macht schön.* Eigentlich wollte sie die feinen Schlieren einfach auf ihrer Haut belassen, doch Gigi hatte gesagt, die zögen nicht ein. Sie müsste sie abwaschen. Das tat sie nun mit wenigen Tropfen Wasser. Dann brauchte sie sich auch gar nicht so sehr abzutrocknen mit dem derben Stück Leinen.

„Beeilung", rief eine der schlesischen Schwestern vor der Waschküchen-Tür. „Gleich wird der Strom abgeschaltet."

Gigi wartete, bis Hanni wieder in ihr Hemdchen geschlüpft war und riss die Tür auf.

„Wuff!", bellte sie in Richtung der wartenden Nachbarin und zog ihre lachende Schwester die paar Schritte in die gute Stube.

Hanni freute sich, dass die große, vernünftige Gigi, *das Hundche,* noch rumalbern und einfach loskläffen konnte. Auf dem Bett sitzend gab sie dann selbst ein kurzes Bellen von sich und beide Mädchen hatten Mühe, sich wieder zu beruhigen. Immer wenn eine dachte, jetzt wäre das Spiel vorbei, fiel der anderen ein neues Hundegeräusch ein und schließlich fing Hanni an zu schnüffeln wie ein Spürhund. Gigi schlug ihr jubelnd auf die Schulter, doch nun wurde Hanni plötzlich ernst.

„Mama, hier riecht's nach Fisch!"

„Hier nicht, aber nebenan wässern zwei Heringe vor sich hin. Die gibt's morgen bei denen."

„Die stinken jetzt schon!", blaffte Gigi.

„Ich finde nicht, dass die stinken", meinte Hanni.

„Wieso? Die beiden Tanten stinken genauso. Guck die doch mal an!"
Hanni zog ihre Stirn in Falten. Wie die rochen, konnte sie doch nicht
sehen!

„Wenn die das gehört haben!", mahnte Mama und schüttelte das Bett
auf.

Als das Licht in der vergitterten Deckenlampe zu flackern begann,
legten sie sich hin. Am Wochenende teilten sie sich das Bett zu dritt.
Mama schlief andersherum, mit dem Kopf am Fußende. Hanni fiel
ein, dass sie so den Papa nicht sah beim Einschlafen. Aber es war
auch nicht mehr hell genug. Alle drei hielten noch eine Weile ihre
Augen offen und verscheuchten die Gedanken an Hund und Fisch
und die beiden Nachbarinnen.

„Erzählst du wieder von früher?", fragte Hanni.

„Ach, lass sie doch", flüsterte Gigi.

„Jetzt ist doch aber Dunkelstunde", maulte Hanni.

„Ja, da wird immer von früher erzählt", sagte Mama.

Und sie erzählte von den beiden Trakehnern, die vor ihre Hochzeits-
kutsche gespannt waren, weil der Schwiegerpapa mit einem Züchter
befreundet war. Der Kutscher war mit der geschmückten Droschke
vor die Kirche gefahren und Mama hatte vorher nichts davon gewusst. Papa hatte ihr nur versprochen, sie würde staunen. Und dann
war auf dem Weg nach Hause ein Regenguss gekommen, und der
Bräutigam versuchte, das Verdeck von innen herüberzuziehen. Aber
der Kutscher musste erst anhalten und von außen zupacken, damit
die Brautleute ihren Regenschutz bekamen.

Mama hörte auf zu erzählen.

„Ist das schon die ganze Geschichte?", fragte Hanni.

„Natürlich nicht!", fuhr Gigi sie an und es klang wie *bist du aber
dumm!* Klar, dass sie nun wieder die kluge, große Schwester her-
auskehren musste. Dabei konnte Mama doch auch eine längere Geschichte daraus machen! Vielleicht hob sie sich noch ein paar Erinnerungen für später auf? Von einer Torte wussten sie zum Beispiel
noch nichts. Es musste aber auch immer etwas passiert sein, sonst
war es keine richtige Geschichte.

„Was hattet ihr für eine Torte, Mama?"

„Die Königsberger Hochzeitstorte. Mit einem Brautpaar aus Liedtke-
Marzipan obendrauf."

Sie schwiegen alle drei. Hanni stellte sich die Torte in mehreren Etagen vor, die nach oben immer schmaler wurden und an den Rändern mit Zuckerblüten geschmückt waren. Sie konnte sich kaum erinnern, wie Marzipan schmeckte. Ein bisschen nach Nuss vielleicht. Einen Walnussbaum hatte der Bauer auch. Oder nach Mandel? „Habt ihr euch dann geliebt, Mama?" Hanni hielt die Luft an. Was stellte Gigi denn für eine Frage! Darüber sprach man doch nicht. Das meinte jedenfalls Tante Alma. Gigi musste doch auch hören, wie Mama am Fußende schluckte! Doch in der Dunkelstunde durften sie über alles reden. Das war hier schon immer so. Tante Alma kannte gar keine Dunkelstunden. Jedenfalls nicht solche. Woher sollte sie also wissen, worüber man alles reden konnte?

Doch Mama antwortete nicht. Weil es eben doch Dinge gab, über die man nicht sprach, nicht einmal im Dunkeln. Am liebsten hätte Hanni nun Gigi deswegen zur Rede gestellt, Aug in Auge, wie unter Erwachsenen, aber das ging nicht, weil sie so nahe beieinander lagen.

Das Schweigen tat richtig weh, und Papa fehlte umso mehr. Aber sie würden ihn nun suchen lassen. Und vielleicht ging es ja auch umgekehrt, und er würde sie finden, sobald sie in der Kartei gemeldet waren.

Hanni wollte unbedingt noch etwas sagen, etwas Schönes über Papa. „Papa war doch der Familienchef!", sagte sie fest. „Ist er das dann immer noch, wenn er wieder da ist?"

„Lasst ihn erstmal heimkommen."

Dann hörten sie, dass Mama einschlief.

Als Mama nach der Frühmesse die Sonntagskartoffeln schälte, waren Struppmeiers und die schlesischen Schwestern noch nicht wieder zurück aus der Kirche. Das abgewetzte Holzbrett, das Mama mit den Nachbarinnen teilte, glänzte feucht und roch nach Hering. Winzige Fetzen Fischhaut waren im dichten Muster der Messereinschnitte hängen geblieben. Die Schwestern müssen es plötzlich eilig gehabt haben. Gewöhnlich war die gemeinsam genutzte Kochecke in der Nische blitzblank geputzt. Ohne das jemals besprochen zu haben, machten es die Bewohnerinnen einander leichter, wenn sie immer schnell den Lappen zur Hand hatten. Heute musste den Schwestern etwas in die Quere gekommen sein.

Mama trug das Brett in die Waschküche und bürstete es so gründlich, dass sich aus manchen Schnittritzen kleine Späne lösten. Hanni sah zu, wie einige Splitter über den Löchern des Ausgusses strauchelten und begann sogleich mit ihrem heimlichen Wettspiel, dessen Ausgang ihr manchmal selbst Sorgen bereitete: *Bleibt ein Splitter im Becken hängen, dann kommt Papa bald.* Oder sollte sie lieber sagen, bleibt *keiner* hängen, kommt Papa? Noch konnte sie die Regel bestimmen. Also, wenn er hängen blieb, dann kommt Papa ... - *nicht* wollte sie schnell noch hinzufügen, doch das wäre Mogelei gewesen. Hätte sie sich nur nicht auf dieses dämliche Wettspiel eingelassen! Hoffentlich zählte das diesmal nicht. Sie hatte ja auch nichts laut gesagt.

Auf der Suche nach Trost, der ihr von Gigi bestimmt versagt worden wäre, näherte sie sich dem Hofhund, der träge in seiner Hütte vor sich hindöste und nur ein Auge halboffen auf Hanni gerichtet hielt, die sich in einigem Abstand vor die Hütte hockte. Mit Papas Schäferhund hatte sie zu Hause gern Rücken an Rücken gelegen, doch sie wusste, dass sie diesem hier noch nicht vertraut genug war. *Howard*, was für ein Name. Gigi hatte ihr erzählt, dass ein Engländer den Welpen hier abgegeben hatte. Bestimmt hieß der auch so. Und schon hört ein Schäferhund auf so ein gehauchtes Wörtchen ohne T oder P oder K! Das hätte Papa auch nicht gefallen.

Sie rief ihn so, wie er nun mal genannt wurde, und sah, wie er die Ohren spitzte. Als sie sich erhob, stand Howard auch auf und kam zu ihr, soweit die Kette reichte. Mit flinken Fingern fand sie hinter dem Ohr eine Stelle, die auch dieser Hund gekrault haben wollte. Howard wedelte so heftig mit dem Schwanz, dass er im Takt Hannis Beine streifte, immer wieder. Mit glänzenden Augen bestätigte er sein Wohlgefühl, doch dann drehte er den Kopf weg. Einen Moment später hörte auch Hanni die Schwestern und die Struppmeiers vor dem Tor. Nach der Messe muss es bei denen noch hoch her gegangen sein, sonst würden sie nicht in solch einer Feierlaune hier ankommen.

Als das Tor sich öffnete, schlug Howard an. Hanni ließ von ihm ab und sagte mehrmals „*Moin*" in das Begrüßungsgebell hinein. Doch die Erwachsenen übersahen sie, weil ihr Gespräch über ein *Klausele* ins Strudeln geraten war. Struppmeiers lachten, und die Schwestern umarmten sich. Irgendetwas war passiert.

Dann war es Howard, der Hannis Nähe suchte, sie anstupste und ihr die Hand leckte, als wären sie einander jetzt vertraut. Sie ging in die Hocke, massierte ihn und freute sich, als er die Ohren ganz flach anlegte. Stundenlang hätte sie ihre Hände in seinen Zotteln vergraben können. Immer wieder tastete sie mit den Fingern nach der Wuchsrichtung seiner Haarwirbel. Als sie spürte, dass er die Ohren wieder spitzstellte, war es schon zu spät. Mit einem Ruck war sie aus ihrem Gleichgewicht nach hinten gezogen worden. Gigis Kleidersaum fiel über ihren Schenkel. Was erlaubte sie sich? Von hinten anschleichen und einfach umreißen?

„Pssst, Hanni! Ganz sicher ist es noch nicht, aber vielleicht kannst du mit Tante Alma zu uns ziehen!" Gigi strahlte vor Freude und sah sich kurz zum Schuppen um, ob dort jemand mithörte. „Die beiden haben einen Verwandten gefunden! Zu dem ziehen die hin. Und Struppmeiers wollen euch beim Amt gleich angeben für die zweite Kammer."

In Hannis Kopf purzelten die Gedanken durcheinander. Dann würde sie Howard jeden Tag sehen! Das war das Erste, was ihr klar vor Augen stand. So wie der Hund selbst. Sie musste lachen.

Sie würde sich nicht mehr auf den Weg machen müssen am Wochenende und müsste sonntags nicht mehr Abschied nehmen von Gigi und Mama?

„Und wann wissen wir, ob das stimmt?"

Als Hanni mit Tante Alma in das Dorf ziehen musste, hatte sie noch das Gefühl gehabt, dass alles immer nur schwerer wurde. Niemand hatte sie zu viert aufnehmen wollen. Die Trennung von Mama und Gigi hatte ihr so zugesetzt, da konnte sie manchmal gar nichts aufheitern. Und zurückzudenken hatte sie sich oft verboten. Das machte es noch schmerzhafter und trauriger. Ging es nun vielleicht endlich andersherum?

„Die hauen bestimmt nächste Woche ab, Hanni, dann könnt ihr kommen."

Ob sie dann vielleicht schon früher in die Mittelschule gehen konnte? Mit Gigi zusammen? Nein, das fragte sie jetzt nicht. Sie wusste ja nicht einmal, ob Gigis Einmaleins so sicher war, dass sie sie abfragen konnte. Aber vielleicht? Wenn Gigi sogar schon Bruchrechnung konnte?

Mama rief zum Essen, und Hanni sah ihr sofort an, dass stimmen musste, was Gigi gesagt hatte. Die schlesischen Schwestern würden ausziehen. Gigi schnalzte mit der Zunge und lächelte ihr stumm ein *hab ich dir doch gesagt* zu.

Auf dem Tisch stand ein Teller mit einem merkwürdigen Häufchen Kleingeschnittenem, das in verschiedenen Grautönen glänzte und wie Schneckenpampe aussah.

„Das haben die Nachbarinnen rübergegeben."

„Ich esse nur Kartoffeln", sagte Gigi empört, aber Hanni sah, dass ihr Zorn gespielt war. Die beiden würden bald nicht mehr *Hundche* zu ihr sagen.

„Das nennt sich Heringshäckerle", erklärte Mama. „Sogar ein gekochtes Ei ist mit eingerührt, original schlesisch."

„Ich probiere das Käckerle, dann kackt es sich besser, Gigi. Deshalb heißt es auch so", freute sich Hanni.

Selbst Mama lachte wie lange nicht.

Apfel war auch dran, und wenn Hanni nicht hinsah und ein bisschen Kartoffel drunter mischte, schmeckte das Käckerle gar nicht übel.

Dass die Nachbarinnen Mama eine kleine Mahlzeit davon abgaben, hatte bestimmt mit ihrer Feierlaune zu tun.

„Wie haben sie denn den Verwandten gefunden, Mama?", fragte sie.

Mama ließ sich die Fisch-Pampe auf der Zunge zergehen, schloss die Augen und wartete mit ihrer Antwort, bis sie hinuntergeschluckt hatte.

„Über den Suchdienst. Und weil der Verwandte nicht weit ab wohnt und auch nach ihnen gesucht hatte, bekamen sie schnell Bescheid."

„Glück gehabt", sagte Gigi.

„Der heißt Klausele", klärte Hanni auf.

„Bestimmt nur Klaus, du Dummerle!", lachte Gigi.

Mama lachte mit, kratzte mit einem Löffel das Häckerle zusammen und schob ihn Hanni in den Mund. Und dann dachte sie an Papa.

Manchmal konnte Hanni Gedanken lesen.

„Kommst du wieder ein Stück mit?", fragte Hanni. Obwohl sie bald auch hier wohnen würde, schob sich ihr ein Kloß in den Hals.

„Bis zur großen Lichtung", versprach Gigi.

Das war etwa der halbe Weg. Wenn Hanni ein eigenes Fahrrad hätte, wäre sie jetzt nicht so wehmütig. Aber daran war gar nicht zu denken. In Gutenfeld standen die Räder ... Sie musste sich zwingen, nicht wieder an ihr altes Zuhause zu denken, sonst begann auf dem Fußmarsch wieder die große Heulerei.

„Dann bring auf dem Rückweg gleich Zapfen mit zum Anfeuern, Gigi", bat Mama.

Hanni schlich auf den Hof, Howard kam ihr so weit entgegen, wie die Kette es zuließ.

„Bald bleib ich ganz hier. Aber ich weiß noch nicht genau, wann." Sie griff in sein Fell und kratzte mit den Fingern ein kleines Büschel zusammen. „Meinst du, dass dann alles ein bisschen besser wird?" Wenn er jetzt die Ohren anlegte, sollte das *ja* heißen und wenn er sie spitzte, hieß es *nein*.

Aber Howard reagierte nicht. Doch! Er wedelte mit dem Schwanz. Das hieß: *Kraul' mich!* und war in Hannis Regeln nicht vorgesehen.

Mama hatte in den Kissenbezug einen Brief für Tante Alma hineingelegt. Sie schnürte Hanni den fast leeren Sack um. Hanni fasste nach hinten. „Und was ist da noch drin?"

Mama beugte sich zu ihr hinab und flüsterte:

„Schön vorsichtig. Das ist Schokolade. Die gibst du Tante Alma für den Bauern, dann kriegen wir für nächsten Sonntag vielleicht Schinken. Und Eier auch."

„Und kann ich dann gleich hierbleiben?" Hanni sah sie flehend an.

„Wenn die schlesischen Damen raus sind, muss die zweite Stube sofort bewohnt sein!"

Hanni umarmte ihre Mama, und sie spürte den Kloß im Hals nicht mehr.

5 Platzmangel auf der Schulbank

Lohne, 1947

Die knarrende Ladentür stieß ein Glöckchen an. Hanni sah sich mit ihren feuchten Schuhen einen fein gemusterten Linoleum-Fußboden betreten, sie schlurfte langsam vorwärts und spürte, wie sie in eine andere Welt eindrang. Hinter sich wusste sie Gigi.

Auch hier musste Strom gespart werden, daher war es ein bisschen dämmerig im Laden. Es roch nach Zeitungen, Büchern und nach Weihrauch. Oder bildete sie sich das ein, weil sie zunächst nur die Taufkerzen und Rosenkränze in den Auslagen gesehen hatte? Dabei gab es hier noch viel mehr. Eine ganze Parade mit Holzbechern, aus denen farbige Stifte in exakt gleicher Höhe ragten, war auf dem Tresen aufgereiht. Davor lagen auf winzigen Treppchen verschiedene Arten von Radiergummis, weiche, harte und ganz harte, große und kleine. Alles noch Friedensware, wie die Erwachsenen manchmal sagten. Hanni hob vorsichtig einen der kleineren Radiergummis hoch und staunte, dass die Stufen darunter aus Kork gefertigt waren. Das musste sie Mama erzählen, die arbeitete doch in der Fabrik!

„Guten Tag, Fräulein Klüttermann", sagte Gigi endlich. Sie besuchte das kleine Geschäft mit der großen Druckerei im Hintergelass fast jede Woche. Nicht, weil sie immer etwas brauchte, sondern weil sie gern am Bücherregal stöberte und hier auch vorsichtig in den bunten Heftchen blättern durfte.

„Nun geht es also los", antwortete die lange, dünne Verkäuferin mit einem hübschen Lächeln. Sie musste die Mädchen, von Hanni unbemerkt, schon eine Weile beobachtet haben. Hanni machte ein freundliches Gesicht und stellte sich mit ihrem ganzen Namen vor.

„Du wirst dich schon eingewöhnen", sagte Fräulein Klüttermann.

„Ich bin sogar schon eingewöhnt", bekräftigte Hanni und dachte an das Zimmer, das sie sich nun mit Gigi teilte, weil Tante Alma im Dorf geblieben war. Dann fiel ihr erst ein, dass Fräulein Klüttermann wohl die Schule gemeint hatte, in der sie bisher nur zur Aufnahmeprüfung gewesen war. Aber die hatte sie bestanden, und wenn sie daran dachte, kribbelte es ihr unter dem Pullover. Wenn das Kribbeln zu kleinen Schweißperlen führte, dann fingen die Maschen an zu pieken, und Hanni musste schnell an etwas anderes denken.

Also – in der Schule eingewöhnt haben konnte sie sich noch gar nicht, aber sie hatte sich lange darauf gefreut, mit Gigi alles Nötige für den Unterricht einzukaufen. In Lohne gingen alle dafür hierher, zu den Klüttermanns.

„Was fehlt dir denn noch für die Schule?", fragte die Verkäuferin.

„Ich habe schon ein Heft und einen Stift."

„Hanni, was du hier kaufen möchtest, sollst du sagen", stellte Gigi klar.

Natürlich. Hanni fragte sich, warum ihr Kopf ausgerechnet jetzt so leer war wie die Bonbonniere auf Struppmeiers Anrichte. Waren nicht Heft und Stift das Wichtigste? Vielleicht würde sie auch ein Lineal brauchen oder einen Füllfederhalter. Aber den konnte sie doch nicht einfach auf Verdacht kaufen. Das war etwas Großes.

„Was meinst du denn, Gigi?"

„Wenn du bei Schwester Eulalia hast, brauchst du gar nichts."

Fräulein Klüttermann räusperte sich: „Doch, das Gesangbuch sicherlich." Sie wandte sich dem Regal mit den Mess- und Liederbüchern zu, und Hanni bewunderte den kunstvoll gesteckten Haarknoten in ihrem Nacken, der von einem hauchdünnen Netz überzogen war. So schöne Fräuleins hatte sie bisher nur in Königsberg gesehen.

Ein Gesangbuch, das wäre großartig. Und ein Messbuch auch.

Die sparsame Gigi hielt sie zurück: „Du kannst doch meins nehmen."

Das stimmte. In der Messe schauten sie jetzt ja auch gemeinsam in das alte, das Gigi von Struppmeiers bekommen hatte.

Die Ladenglocke schellte, und ein Schwung Mädchen, die Hanni schon vom Sehen kannte, stürmte herein. Hanni spürte den frischen Luftzug, den sie mitbrachten und beobachtete, wie ihre Schwester sofort in das fröhliche Weibergeflüster einbezogen wurde. Hoffentlich würde sie hier auch bald Freundinnen haben.

Fräulein Klüttermann räusperte sich erneut. Sie hatte eine sehr feine Art, dies zu tun, ohne dass es genervt oder zornig klang. Hanni wollte gern etwas kaufen. Aber es war einfach zu viel, was sie hätte haben mögen und vielleicht doch nicht brauchte.

„Ich bin sicher, du wirst auch in Mathematik unterrichtet werden", sagte Fräulein Klüttermann, und Hanni schoss die Röte ins Gesicht, weil sie am meisten Furcht vor der Nonne hatte, die ihr die Bruchrechnung beibringen würde. Das Einmaleins saß jetzt wie ein Bienenkorb in ihrem Hirn, und wenn sie etwas multiplizieren oder teilen musste, lockte sie ihre Arbeitsbienen aus den Löchern und schickte sie zu dritt, zu fünft oder zu acht in Position. Während sie sich die fliegenden Formationen vorstellte, sah sie schon das Produkt oder den Quotienten. Trotzdem kam es immer noch vor, dass es in ihrem Kopf nur brummte – erst recht, wenn es schnell gehen musste.

Hanni nahm das karierte Heftchen in die Hand, das Fräulein Klüttermann auf den Ladentisch gelegt hatte. Immerhin: Die Aufnahmeprüfung hatte sie bestanden, darüber konnte sie sich gar nicht genug freuen.

„Das nehme ich", sagte sie stolz und legte die Münzen auf den Tisch, die Mama für den Einkauf vorgesehen hatte.

Fräulein Klüttermann griff sich die passende und legte zum Restgeld noch ein kleines Marienbildchen, das Hanni vorsichtig in ihr neues Heft steckte, damit es keinen Knick bekam.

„Wenn du noch etwas brauchst, dann kommst du einfach wieder."

„Ganz sicher", sagte Hanni und beobachtete, wie anders Gigi plötzlich aussah im Kreis der Freundinnen.

„Fräulein Klüttermann, Sie haben doch bestimmt das Kinoprogramm aus der Zeitung ausgeschnitten", schnurrte eines der Mädchen mit dicken schwarzen Zöpfen und einer erstaunlich tiefen Stimme.

Das Fräulein schnalzte leise mit der Zunge, als wären sie Komplizinnen in ihrer Gier nach Filmen, und griff in ein Fach unter der Registrierkasse. Unerträglich langsam faltete sie die Zeitungsseite auseinander und schmunzelte.

„Was gibt's heute um drei?", fragte die Dunkelhaarige hastig.

„Wie wollt ihr das denn schaffen?", fragte das Fräulein entrüstet. „Es ist viertel vor!"

„Was wird denn gespielt?", wollte Gigi wissen und zupfte gespannt an ihrem Kinn herum.

„Mädels, den kennt ihr sowieso schon!"

„Sagen Sie es doch!", bat ein anderes Mädchen, das seine Zöpfe zu Schnecken gesteckt hatte. Als es schon fast nach der Zeitungsseite langte, erbarmte sich Fräulein Klüttermann und flüsterte: „Die drei … "!

„… von der Tankstelle!", jubelte das Zopfmädchen. „Kommt, Mädels, den sehen wir uns an!" Schon rannten sie zur Tür.

Gigi drehte sich zögernd zu Hanni um, setzte einen flehenden Blick auf und streckte ihr gleichzeitig die Hand entgegen.

„Ich komm da doch nicht blank rein!", flüsterte sie.

Ach so. Das Schreibwarengeld. Sie hatte ja nur ein bisschen davon gebraucht.

„Und Mama?"

„Mama sagst du, dass ich nur gucken will, ob ihr der Film auch gefallen würde."

„Und ich?"

„Ja, das muss ich auch erst rausfinden, ob der gut für dich ist."

„Gigi!", schrien die Mädchen, die es nun sehr eilig hatten.

Hanni schüttete ihr die Münzen in die geöffnete Hand, und mit dem Zuschlagen der Tür waren die Mädchen schon um die Ecke verschwunden, während wieder ein Schwall frischer Luft in den alten Laden drang.

„Das schaffen die noch", meinte Hanni tapfer. Erst jetzt wurde ihr bewusst, dass Gigi nicht einen Moment daran gedacht hatte, sie mitzunehmen. Richtig abgeschüttelt hatte sie sie! Sie fühlte sich so allein wie ein verirrtes Küken. Und das, wo sie doch jetzt erst wieder richtig mit Gigi zusammen sein konnte! So sehr hatte sie sich darauf gefreut. Monatelang. Und jetzt musste sie Mama auch noch klarmachen, dass das Restgeld ins Kino gewandert war!

„Hast du hier noch gar keine Freundin?", fragte Fräulein Klüttermann.

„Nein. Nur den Franz."

Das Fräulein zog die Augenbrauen in die Höhe, als wäre ihr ein Franz niemals in den Sinn gekommen.

„Dann wird es wirklich Zeit mit der Schule!", sagte sie.

Das fand Hanni auch. Sie verabschiedete sich höflich und beobachtete, während sie die Tür öffnete, wie die Glocke klirrend vom Rahmen gestreift wurde. Das Schellen ertönte erst, als sie wieder frei hin und her schwingen konnte.

Mama stanzte ihre Korken freitags und samstags in Heimarbeit, seit sie das *schlesische Zimmer* besaß. Nach dem Auszug der Schwestern hatte sie der Kammer diesen Namen verpasst.

Hanni dachte, der Raum wäre wieder in eine Korken-Manufaktur verwandelt und sie müsste über Holzkisten steigen, doch Mama schien gerade zu schwänzen. Eilig versteckte sie eine Handarbeit unter dem Tisch.

„Ach, du bist es", sagte Mama erleichtert, zog ein dunkelrotes Ungetüm aus Wolle wieder auf ihren Schoß und strickte eilig weiter.

Gigi wurde genau am Herbstanfang vierzehn, und Mama hatte Wolle aus einem alten Pullover aufgeribbelt, heimlich natürlich, und schien schon eine Weile zu stricken.

„Ich verrate doch nichts", sagte Hanni.

An diesem Tisch würde sie ab Montag nach der Schule ihre Aufgaben rechnen, Texte schreiben und Gedichte lernen. Die Gedichte doch eher draußen, vielleicht bei Howard. *Herr von Ribbeck auf Ribbeck* ...

„Damit kannst du schon mal anfangen", hatte Gigi ihr neulich geraten und es im Eiltempo heruntergeleiert. Hanni wusste jetzt schon nicht mehr, wie es weiterging. Das konnte noch was werden mit der Schule!

„Wart ihr bei den Klüttermanns im Laden?"

„Ja. Bei dem Fräulein mit den schönen Haaren."

Mama lächelte sanft. Hanni wusste, dass sie sich von Frisuren und Düften beeindrucken ließ. Nie ging sie ungekämmt in die Stadt. Obwohl ihr Dutt in letzter Zeit immer kleiner geworden war, rollte sie weiterhin allmorgendlich das dünne Zöpfchen zusammen und steckte es fest. Das gehörte zu den Gewohnheiten, die sie schon in Gutenfeld gepflegt hatte. Haar- und Körperpflege gaben ihr so etwas wie weibliche Würde.

„Aber ich kaufe bei den Klüttermanns erst ein, wenn ich eine richtige Liste habe."

Mama schien das nur recht zu sein: „Oft braucht man gar nicht alles, was sie in der Schule sagen."

Sie zählte die Maschen auf der Nadel zusammen und fingerte eine Lücke in die Reihe, dort sollte wohl ein Muster oder das Abnehmen beginnen. Hanni konnte noch nicht stricken.

„Und wo ist Gigi?"

„Bei *den Dreien von der Tankstelle*", antwortete Hanni schnell.

Mama ließ die Handarbeit sinken und merkte gar nicht, wie die Maschen auf der Nadel wieder zusammenrückten.

„Da geht sie nun schon allein hin", murmelte sie.

„Die sind zu fünft oder zu sechst."

„Ohne was zu sagen", seufzte Mama. „Nur von Klüttermanns war die Rede!" Sie schien sich Mühe zu geben streng zu klingen, doch es war einfach nur Traurigkeit, die mitschwang.

„Der Film ging um drei los, Mama". Jetzt verteidigte Hanni ihre Schwester schon, obwohl sie sich vorhin noch seltsam ausgeschlossen gefühlt hatte.

„Und ich habe ihr das Geld gegeben." Nun war alles raus. Den Rest musste Gigi selbst klären.

„Das ganze Geld?"

„Sie hatten es plötzlich so eilig."

Arme Mama. Wie ein dünnes, verschrecktes Gutenfelder Zicklein sah sie aus. Aber Hanni tat sich selbst leid. Gigi hätte sich passend das Geld nehmen und ihr den Rest für Mama zurückgeben sollen! Jetzt saß Mama da. Und sie strickte für Gigi anstatt Korken zu stanzen.

Hanni mochte sich kaum eingestehen, dass sie sich jetzt für einen Moment zurück auf den Bauernhof hinterm Wald wünschte. Sie würde in den Stall gehen und beim Füttern helfen. Und Franz würde sie abfragen, falls er Lust hatte. Aber manchmal hatte er auch keine gehabt. „Dir ist ja nur langweilig, und deshalb willst du mich aufhalten." Dann hatte sie sich so gefühlt wie jetzt.

„Mama, ich geh zu Howard."

Als sie sich ihre Schuhe neu schnürte und den Knoten festzog, riss ein Senkel. Das fehlte gerade noch! Montag würde sie mit diesen Schuhen die Mädchen in der Schule kennenlernen. Und das Schuhband war so kurz abgerissen, dass sie keine Schleife mehr binden konnte. Wie ein Lumpenkind würde sie in der Bank sitzen. *Ostpreußische Ziege* würden die Mädchen sagen. Und falls ihr dann aber noch was von *stinkendem Pack* zu Ohren kommen würde, würde sie sich wehren.

Lieber Gott, mach, dass alles anders kommt. Dass ich eine Freundin haben werde.

Howard genoss ihr Kraulen hinter dem Ohransatz. Er legte sich flach auf den Boden und fiepte vor Vergnügen.

Und dass die Bruchrechnung nicht schwerer ist als das Einmaleins. Ach, lieber Gott, hätte ich an der Volksschule im Dorf doch nur mehr gelernt. Deine Wege sind unergründlich, ich weiß. Mach, dass Gigi nur eine einzige billige Kinokarte gekauft hat und noch ganz viel Geld zurückbringt. Und mach, dass das dunkelrote Strickzeug vor ihrem Geburtstag fertig wird. Lieber Gott, mach's mir bitte nicht so schwer. Amen.

Die Frühmesse. Zum ersten Mal nahm Hanni am Montag, direkt vor ihrem ersten Unterricht, daran teil. Mama hatte gesagt, sie müsste nun jeden Morgen vor der Schule in die Messe gehen. Nur mit Gebeten ließe sich für Gigi und Hanni das verminderte Schulgeld ausgleichen. Und sie sollte nicht aufmucken, sondern sich an Gigi ein Beispiel nehmen.

Hanni hatte sich schon so oft ein Beispiel an ihrer Schwester genommen!

Aber heute war alles neu.

Gewöhnlich legte sich sonntags eine Spur von Langeweile auf Hannis Gemüt, wenn sie die Gebete heruntersprach. Fast schläfrig wurde sie dann und nur vom Rhythmus des Murmelns getragen. Jetzt aber klopfte ihr das Herz so sehr, dass sie sich verhaspelte. Sie starrte auf die vielen Mädchenhinterköpfe in den Reihen vor ihr, durchweg mit sauber gezogenem Scheitel und frisch geflochtenen Zöpfen. Hanni schien es, als würden sich alle kennen, obwohl das Schuljahr gerade erst begann. Sicher waren sie zusammen in die hiesige Volksschule gegangen oder schon seit Kriegsende gemeinsam in der Mittelschule gewesen. Die Mädchen brummten ihre Gebete herunter und immer wenn die hellblonde Vorbeterin, die nicht älter als Hanni zu sein schien, die neuen Zeilen las, versanken sie kurz in sich, um dann gemeinsam wieder einzusetzen. Das Gemurmel wirkte wie eine Welle, die auf Hanni zurollte.

Bald konnte sie nicht mehr mithalten. Ihr Herz schlug so heftig, dass sie es sogar in der Kehle spürte und den Mund schließen musste. Gigi neben ihr fasste nach Hannis Unterarm.

„Ich hab dich lieb", flüsterte sie.

Die Stelle, die Gigi berührt hatte, spürte sie noch, als sie schon in der Klasse saß. Sie waren sechsundvierzig Schülerinnen und teilten sich jeweils zu dritt eine Zweierbank.

Hannis Schuhe waren bisher für niemanden wichtig gewesen. Gigi hatte auch den anderen Schnürsenkel gekürzt und ihr geraten, die beiden oberen Haken einfach offen zu lassen. Hanni fand, das sah verwegen aus, und sie war Gigi wieder einmal dankbar. Jetzt aber waren ihre Füße unter dem Tischkasten verschwunden. Hanni saß zwischen Gudrun und Antonia. Diese beiden Namen wollte sie sich zuerst merken. Die Hefte und der Stift lagen vor ihr, und der leere Kopfkissenrucksack, dem Mama vorn noch eine Außentasche mit einem schönen Korken-Knopf verpasst hatte, ruhte in der Ablage unter der Bank.

Im Vergleich zu diesem Schulhaus war die Volksschule im Dorf hinterm Wald so winzig gewesen! Drei Räume nur mit jeweils zwei halbwegs gefüllten Bankreihen. Weil so viele Kinder im Sommer auf dem Feld helfen mussten, war die Lehrerin immer sehr nachsichtig gewesen.

Das würde hier anders sein, daran musste Hanni sich gewöhnen. Die Hefte würde sie heute vielleicht noch gar nicht brauchen, weil Schwester Eulalia den Mädchen zunächst eine Einführung gab.

Die Haube fasste ihr Gesicht streng ein, und das Nonnengewand hing in glatten Bahnen an ihrem Körper herab. Einzig die Kette mit dem Gekreuzigten geriet hin und wieder in Bewegung, je nachdem, mit wie viel Nachdruck Schwester Eulalia die Hausregeln erklärte.

„Antonia, meine Schwester Gigi kennt die Eulalia schon", flüsterte Hanni. Sie wollte endlich Kontakt aufnehmen, und das war das einzige, was sie im Moment mitzuteilen hatte.

„Kannst Toni sagen", flüsterte die Nachbarin zurück.

„Ich bin Hanni!"

„Das weiß ich doch", lachte sie.

Schwester Eulalia änderte ihre Stimmlage und richtete ihren Finger auf Hannis Bank: „Und ihr schwätzet noch, wenn Schwester spricht!"

Hanni sank das Herz hinab. Schon am ersten Tag fiel sie auf. Völlig unnötig noch dazu! Sicher hatten hier zwanzig Mädchen eine größere Schwester. Und alle kannten die Nonnen, die hier unterrichteten. Das war also nicht einmal etwas Besonderes gewesen.

„Wo kommst du denn her, Hanni?", fragte Toni in der Pause.

„Meinst du: wirklich?"

„Ja, also wo kommst du richtig her?"

„Aus Gutenfeld bei Königsberg. Und du?"

„Aus Habelschwerdt bei Glatz. Niederschlesien."

„Ist ja jetzt auch egal, oder?", fragte Hanni vorsichtig.

„Ganz nicht, finde ich."

„Stimmt. Ganz nicht."

Dann schwiegen sie. Jede mag ihre eigenen Gründe gehabt haben, und davon konnte es so viele geben, da reichte eine Unterrichtspause sowieso nicht.

Toni zog einen Lederranzen mit richtigen Schließen unter der Bank hervor. Hanni wartete gespannt, was sie dort nun herausnehmen wollte.

„Hast du da schon was drin?"

„Eine Birne."

Sie öffnete die Klappe und korrigierte sich: „Eine Matschbirne."

„Trotzdem toll", fand Hanni.

„Gar nicht. Jetzt klebt da Birnenmus drin. Da kann ich heute kein Heft mehr hineintun."

„Das kriegst du doch ab!" Hanni fuhr mit dem Zeigefinger hinein und musste sich schließlich den ganzen Handballen abschlürfen. Es schmeckte mehr nach Ranzen.

„Siehst du? Schon sauber. Muss nur noch trocknen."

„Pssst", zischte Gudrun von der anderen Seite. „Habt ihr das Glöckchen nicht gehört?"

Hanni setzte sich aufrecht, während Antonia ihren Ranzen wieder unter die Bank schob. Sie legten die Unterarme übereinander, wie es schon in der Volksschule erwünscht gewesen war. Jetzt wollte Hanni nicht mehr auffallen.

Am nächsten Morgen gab es eine andere Vorbeterin in der Frühmesse. Das hellblonde Mädchen sah Hanni erst im Unterricht. Es war ihr aufgefallen, weil es ihr so mutig erschien und weil es das Gedicht über Herrn Ribbeck und seine Birnen schon auswendig konnte, obwohl dies doch erst nach dem Wochenende verlangt wurde. Gigi hatte Recht gehabt: Das war das Erste, was sie lernen mussten. Aber zunächst hatten sie es aufzuschreiben in das neue Heft, und Hanni gab sich große Mühe, doch Gudrun machte sich so breit, dass Hanni zwischen ihr und Antonia kaum die Arme hochziehen und ablegen konnte.

Toni saß auch schon auf der Kante!

„Machst uns bisschen Platz?", fragte Hanni zur rechten Seite.

„Ist keiner!", zischte Gudrun.

Pssst, dachte Hanni. Du kannst doch Platz machen ohne rumzumurren! Doch Gudruns linker Arm blieb kurz vor der Mitte fest liegen, und sie sah Hanni nicht einmal an, als sie ihren Blick suchte.

„Sie rückt nicht weiter", flüsterte sie Antonia zu.

„Das kenn' ich", antwortete die leise.

Sie schrieben das von der Lehrerin diktierte Gedicht eng aneinandergedrängt, Hanni verlor dadurch im Heft immer wieder den Kontakt zur vorgedruckten Linie. Und das auf der ersten Seite! Als sie nochmals versuchte, rechts ein wenig Land zu gewinnen, spürte sie den Widerstand einer Mauer und sie konnte zugucken, wie ihr Unterarm immer weiter nach links geschoben wurde, so dass sie auf der Sitzbank bald mit dem Hintern folgen musste, um nicht umzukippen. Heulen hätte sie können!

Aber sicher würde der Lehrerin bald auffallen, dass hier der Platz nicht redlich geteilt wurde. Hanni versuchte mit einem stummen Flehen, die Aufmerksamkeit der Lehrerin auf sich zu lenken. Dafür rückte sie sogar noch ein Stück näher an Toni heran. Doch das Augenpaar unter der Haube war für solche Nöte blind. Hauptsache, es war Ruhe im Klassenzimmer!

Hanni nahm sich vor, in der Pause mit Gudrun zu sprechen. Sonst konnten sie nicht nebeneinander sitzen bleiben.

Doch als die Fenster geöffnet wurden und die Mädchen aufstehen durften, drehte sich Gudrun weg.

Wenn die nicht wollte, musste Hanni sich bemerkbar machen. Sie spürte wieder dieses wilde Herzpochen, das ihr fast den Mut nahm.

„Mit der kannst du sowieso nicht reden", sagte Antonia.

Das wollte Hanni nun sehen. Sie atmete einmal tief ein und legte der rechten Banknachbarin ihre Hand auf die Schulter.

Als die sich kurz umdrehte, versuchte Hanni ganz ruhig zu atmen und ihre Frage zu stellen:

„Was ist denn los?"

„Ja, was denn?"

„Warum machst du keinen Platz?", fragte Hanni und konnte ihre Wut kaum verbergen.

„Ist kein Platz. Hab ich doch gesagt!"

Hanni dachte an den Arm, der zu einer Mauer geworden war und fühlte jetzt, wie das ganze Mädchen zu Stein wurde.

„Dann rücken wir eben zusammen", presste sie hervor und sah schon das schwarze Nonnengewand aus einem Augenwinkel. Gleich würde es Strafen geben.

Doch Gudrun krallte ihre Hände in ihre Hüften und schrie: „Müssen wir gar nicht! Geh doch in die Russenzone, da haste ne Schulbank für dich! Kommst doch aus dem Osten!"
Ach, *das* war es. Hanni setzte sich erschöpft auf das kleine bisschen Sitzfläche und wusste nichts mehr zu entgegnen. Niemand sprach. Gudrun hatte nun das letzte Wort gehabt, und auch Antonia blickte verschämt nach unten.
Da wieder Ruhe eingekehrt war, wandte sich die Lehrerin ab und bewegte sich langsam wieder nach vorn.

Nachmittags hatten andere Klassen in der Schule Unterricht, wochenweise wurde gewechselt. Es gab für alle hintereinander eine Frühwoche und eine Spätwoche. So musste Hanni zu Hause warten, bis Mama endlich aus der Fabrik kam. Sie setzte sich neben die Hundehütte und hatte ihr Schreibheft mitgenommen.

Herr von Ribbeck auf Ribbeck im Havelland,
ein Birnbaum in seinem Garten stand,
und kam die goldene Herbsteszeit
und die Birnen leuchteten weit und breit.

Howard hechelte. Als hätte der Ahnung von Birnen! Ein leichter Wind mischte das Laub im Hof auf.

Die Blätter begannen lustig zu tanzen,
die Birnen, die matschen in Tonis Ranzen.

Wie kam sie denn darauf? Das stand dort doch gar nicht. Es war ihr einfach so eingefallen und machte ihr für einen Moment gute Laune.

Antonia verteilt ihr Birnenmus,
das ist für alle ihr Pausengruß.

Für alle? Wenn Hanni an Gudrun dachte, würde sie ihr am liebsten eine Matschbirne an den Kopf werfen! Aber eine faulige! Sie spürte, wie gut es tat, die Wut endlich rauszulassen und suchte in ihrem Inneren nach Schimpfwörtern, die den Kummer ausgleichen konnten.

Wenn sie in Gutenfeld hätte bleiben können, ginge sie jetzt bestimmt in Königsberg an die Mittelschule und hätte ihre Schulbank am Fenster stehen, bäääh!

Howard sprang auf und spitzte die Ohren.

Obwohl er nur eine Armlänge von ihr entfernt stand, war er plötzlich weit weg, weil er trotz seines englischen Namens hierhergehörte – und sie nicht! Aber diese Gudrun! Die hatte einfach die Trumpfkarte gezogen, weil sie eine von hier war. Alte Gewitterhexe! Da überkam Hanni wieder die Erinnerung an den Hof zuhause, das Pferd Rieke, die Ziegen und die Königsberger Mähnenspringer. Wie Trugbilder standen die Tiere plötzlich vor ihr, aber sie sahen mit toten Augen durch sie hindurch. Hanni hielt sich die Hände vor das Gesicht, um das Vieh wieder loszuwerden. Doch es blieb einfach stehen, und die Augäpfel waren mit einer Haut überzogen, keines der Tiere bewegte sich. Nicht einmal ein Ohr zuckte. Sie zitterte und schluchzte und fand endlich jammernd einen Klageton, der ihr mit jedem Atemzug ein bisschen Erleichterung verschaffte.

„Sind die in der Fabrik zu dir auch so gemein, Mama?", fragte Hanni abends am Tisch, als Mama gerade ihre Jacke auszog. Noch nie hatte Mama etwas von der Arbeit erzählt, nur wie das ging mit dem Korkenstanzen.

„Sind das denn die Mädchen in der Schule?", fragte Mama leise zurück.

Gigi kam ihr zuvor: „Da musst du dir nichts draus machen. Mit denen gibst du dich gar nicht ab."

„Jessesmaaria, so einfach ist das nicht!" Hanni fühlte sich nicht verstanden.

„Doch, so einfach ist das. Punkt!" Gigi ahmte Hannis Tonfall nach.

„Ich hör da nicht hin, wenn solche was sagen", meinte Mama schlicht.

„Aber das tut doch weh!" Hanni verstand nicht, wie sie ihre Ohren verschließen sollte. Außerdem *sagten* die ja nicht nur was, sie machten auch keinen Platz auf der Schulbank!

„Irgendwann tut das nicht mehr weh, Hanni", tröstete Mama. „Schweig einfach drüber weg. Das vergeht mit der Zeit."

Drüber weg schweigen, das musste sie erst einmal lernen.

Noch später, im Bett, versuchte Hanni das Ribbeck-Gedicht wieder zusammenzukriegen. Sie fand es ein bisschen unhandlich zum Lernen. *Junge, wiste ne Beer?* Wer sprach denn so? Die Blätter, die tanzen und das Mus im Ranzen – das ging ihr aber nicht aus dem Kopf. Nicht, dass ihr bei der Kontrolle die falschen Zeilen im Weg standen! Sie sollte erst anfangen, um ein Gedicht herumzureimen, wenn sie es bereits aufgesagt hatte! Aber vielleicht hatte es an Toni gelegen, die hatte ihr so gutgetan. Die war hier auch nicht zu Hause, das machte ihr ein bisschen Mut.

Zu Gigis Geburtstag hatte Mama eine dünne Kerze angezündet, die Hanni aus Klüttermanns Laden kannte. Auf dem Tisch lag eng zusammengefaltet ein dunkelrotes, wollenes Päckchen. Wie Mama das nur geschafft hatte! Hanni hatte sie nur ein einziges Mal stricken sehen. Gigi, die immer fror und so oft an dicken Mandeln litt, faltete das Kleidungsstück andächtig auseinander, schlüpfte hinein in die Jacke und schnurrte wohlig. Die Knöpfe aus Kork hatte Mama selbst geschnitzt, das wären Unikate aus dem Material von der festen Sorte, die nicht bröselte, sagte sie stolz. Gigi legte den Kopf schief und strich immer wieder über die gestrickten Maschen. „Die behalt ich jetzt immer an."
„Auch beim Schwimmen im Sommer?", neckte Hanni sie.
Gigi ging gar nicht darauf ein.
„Ich wachse ja nicht mehr."
Mama nickte. Deshalb hatte sich der Aufwand jetzt richtig gelohnt. Hanni hatte für Gigi Geburtstagsverse gedichtet. Die sagte sie jetzt auf. Bis dahin hatte sie sie nur vor sich hin geflüstert. Ein einziges Mal hätte sie das Gedicht laut üben sollen! Jetzt schlug ihr das Herz wieder so sehr! Mama sah es und nickte ihr zu, und ihre Augen wurden immer größer. *Na los, trau dich doch mal*, hieß das. Die letzte Strophe fand Hanni eigentlich am schönsten, weil da bisschen Liebe drin vorkam.

Ich weiß, dass mal dein Mann
sich riesig freuen kann.
Denn so eine wie dich,
die fand der vorher nich.

Nicht musste es heißen. Aber dann war es ja kein Reim.

Gigi fiel ihr um den Hals, lachte und küsste sie und war so fröhlich, dass Mama auch aufstand und ihre beiden Töchter umarmte, bis Hanni spürte, wie warm es so dicht an der dunkelroten Strickjacke wurde.

„Die Frühmesse!" Hanni machte sich frei.

Sie hatte sich daran gewöhnt, Antonia kam auch immer. Wer weniger zahlte, musste mehr beten. So einfach war das. Und wenn Lotti vorbetete, die mit den hellblonden Haaren aus ihrer Klasse, dann liefen sie nach der Messe zu dritt in die Schule. Lotti gehörte zu Klüttermanns Laden, das schöne Fräulein war ihre Tante.

Gigi kam immer auf den letzten Drücker in die Messe, weil sie an der Hecke zuerst die eine und mit dieser gemeinsam vor der Kirche die andere Freundin traf. Hanni dagegen hatte es eiliger und schaffte es doch nie, früher als Toni dort zu sein. Jessesmaaria, war sie heute spät dran.

In der Schule fragte sie Lotti, warum sie sie nicht bei der Frühmesse gesehen hätte.

„Wer will das wissen?", fragte Lotti zurück.

„Es ist immer so schön – danach", sagte Hanni verschämt.

„Die paar schnellen Schritte geradewegs in den Unterricht?"

„Ja, die", sagte Hanni fest.

„Weißt du, was auch schön ist? Bisschen später loszugehen, wenn ich nicht vorbeten muss."

Aha, dann ließ sie die Frühmesse einfach sausen!

„Geht das denn?"

„Meine Mutter meint, man könnte auch zu Hause beten."

Hanni verstand. Dann zahlte die Mutter bestimmt das volle Schulgeld. Sie hatte keinen Antrag stellen müssen. Vielleicht hatten die Klüttermanns auch genug Geld, da dem Vater die Druckerei hinter dem Laden gehörte.

„Ich glaube, bei uns geht das nicht, Lotti."

„Macht doch auch nichts", sagte sie unbekümmert.

Und schon schlug die Glocke zur nächsten Unterrichtsstunde.

Schwester Eulalia hatte ihre eigene Methode, ein Gedicht abzufragen. Die ersten Ribbeckschen Birnbaum-Zeilen sagte sie selbst auf, dann machte sie eine Pause und zeigte mit ihrem krummen Finger auf diejenige Schülerin, die fortfahren sollte, unterbrach sie mitten in der Zeile und wählte ein anderes Mädchen für den Anschluss aus.

Hanni war gerade aus dem Takt gekommen, als plötzlich der Finger endlos weit über Antonia herüberreichte, um hämmernd auf ihrer Schulter zu landen.

„Hat-die-Han-ni-wie-der-mal-nicht-auf-ge-passt?" Elf Mal pochte sie auf Hanni herum, und der Schrecken ging ihr bis unter die Haut. Und das an Gigis Geburtstag! Hanni hätte heulen können. Gedichte machten ihr doch Spaß! Nur, weil sie gern das ganze aufgesagt hätte und am Auseinandergehackten keine Freude hatte, musste sie nun von so einem Runzelfinger zerhackt werden.

„Ich kann's ja aufsagen, das ganze sogar", sagte sie leise.

„Das sollst du ja gar nicht. Aufpassen sollst du!" Zehn Vaterunser nach dem Unterricht! Hier in der Schule!

Zehn Vaterunser. Sie betete sonst eines mit Inbrunst. Aber doch nicht zehn zur Strafe!

Und Mama hatte bestimmt einen Kuchen gebacken für Gigi und ihre Freundinnen und für Hanni. Hanni würde nun erst später kommen. Aber sie würde nichts sagen über Schwester Eulalia und ihre Methoden. Wie hatte Mama gesagt? Drüber weg schweigen.

Von Antonia bekam sie einen kleinen Stoß. „So klagten ...!"

Hanni fing sich sofort, stand auf und rezitierte: „So klagten die Kinder. Das war nicht recht, ach, sie kannten den alten Ribbeck schlecht." Das genügte Schwester Eulalia schon. Sie nickte und eilte weiter.

Als Hanni nach ihren zehn Vaterunser-Gebeten zu Hause ankam, hielt Gigi einen zugeklebten Briefumschlag hoch. Vom Roten Kreuz. Ihre Hand zitterte so sehr, dass er ihr fast heruntergefallen wäre.

„Aber wir warten auf Mama!", flüsterte sie.

Hanni nickte. Jessesmaaria, wie konnte ihr Herz plötzlich so schauerlich klopfen! Sie wusste gar nicht mehr, wie Papa aussah. Immer, wenn sie an ihn dachte, hatte sie nur das Bildchen über Mamas Bett vor Augen. Sein eingefrorenes Lächeln, immer wieder dasselbe, ein Stückchen an ihr vorbeiguckt. Anders kannte sie ihn nicht mehr.

„Und das am Geburtstag!", sagte Hanni froh.

„Ich kann mich noch gar nicht freuen!", seufzte Gigi.

„Wollen wir ihn vorsichtig aufreißen?"

„Da steht aber Mamas Name drauf", betonte Gigi.

„Aber es ist doch Geburtstag! Heute Abend ist der schon fast vorbei!"

Na gut, sollte Gigi entscheiden. Und sie durfte den Brief auch öffnen, fand Hanni. Mama konnte für sich das Schreiben ja auch noch einmal aus dem Umschlag ziehen.

Da hörten sie heftiges Pochen am Hoftor. Bis Gigi sich wieder gefasst hatte, hatte Hanni schon den Riegel gezogen und drei von Gigis Freundinnen eingelassen.

Viel Glück und viel Segen auf all deinen Wegen . . . Hanni setzte als vierte Stimme mit ein, und Howard an seiner Kette geriet außer sich. Hanni griff ihm mit einer Hand in das Nackenfell und flüsterte: „Ist doch schon vorbei."

Ein Stück Kuchen ließen sie für Mama.

„Und dies ist unser Geschenk", johlten die drei Mädchen und überreichten ihr einen kleinen Umschlag.

„Schnell auspacken, sonst verfällt er!", sagte die Dunkelhaarige. Hanni kannte inzwischen ihren Namen: Marie. Marie war Gigis beste Freundin hier.

Als Gigi eine Kinokarte aus dem Kuvert zog, sprang sie auf. „Für heute! Dann muss ich ja gleich los!"

„Wir kommen mit", lachte Marie. „Goldrausch!" Gigi warf sich mit Schwung die neue Strickjacke um, sodass der Saum einmal knapp an den Tellern auf dem Tisch vorbeifegte, und weg waren sie. Hanni wünschte sich auch, mit Freundinnen ins Kino zu gehen. Sie stellte sich vor, neben Toni zu sitzen. Und jede hätte einen ganzen Platz für sich.

Plötzlich war es so still, dass sie das Knacken in den Wänden hörte, das sie sonst nur aus der Nacht kannte. Sie aß von allen Tellern die Kuchenkrümel ab. Tante Alma hatte extra Eier aus dem Dorf gebracht. Und jetzt hatten die Mädchen den Kuchen nur so heruntergeschlungen, weil der Film anfing. Diesmal würde Mama nicht traurig sein, Gigi war jetzt vierzehn, und sie war ins Kino eingeladen worden. Außerdem hatte sie Mama neulich das ganze Restgeld zurückgegeben. Was denn sonst.

Der Brief vom Roten Kreuz lag wie eine Wundertüte vor ihr. Man musste solch einen Umschlag zu zweit öffnen. Mit wem hätte sie sonst ihre Freude teilen sollen? Also wartete Hanni und spülte die Teller in der kleinen Waschküche, in der inzwischen ein Tisch mit zwei ausziehbaren Schüsseln aufgestellt worden war. So einen hatten sie in Gutenfeld auch gehabt, aber einen ganz ohne Kratzer, dieser hier stammte vielleicht noch aus Kaiserzeiten. Der Spediteur aus der Korkfabrik hatte ihn hier abgeladen und nicht mal Geld dafür verlangt.

Mama hatte also auch Freunde bei der Arbeit. Ganz sicher. Als Mama zur Tür hereinkam, brachte sie wie immer ihren Fabrik-Geruch mit, eine Mischung aus Schweiß und Bahnhofshalle. Doch Hanni sagte ihr das nie. Mama wäre entsetzt. Sie wusch sich die Hände und starrte in der schlesischen Stube auf den Brief. Der würde einiges verändern. Vielleicht. Wie froh war Hanni nun, dass sie und Gigi sich beherrscht und die Freundinnen sie im rechten Moment aus dem Vorhaben gerissen hatten, den Brief vielleicht doch zu öffnen.

Mama atmete heftig, steckte ihren Zeigefinger unter die zugeklebte Lasche und riss das Kuvert mit einem Ruck auf.

„Wo ist er?", rief Hanni, als Mamas Blick allzu lange auf dem Formular verweilte.

„Das ist nicht Papa", sagte sie überrascht. „Das ist ... das ist ... "

Hanni wollte ihr schon den Zettel aus der Hand reißen, aber ihr Arm gehorchte ihr nicht, sie war erstarrt wie eine Säule.

„Das ist Elsa, mein Schatz!"

Die Säule, die sich jetzt mitten in Hannis Brust zu teilen begann, klaffte weit auf, so dass sie sich am Stuhl festhalten musste, um nicht halb nach links und halb nach rechts auf den Boden zu sinken.

„Mama", kam es aus ihr heraus. „Und wo ist Papa?"

„Da müssen wir noch warten."

„Und wo ist Elsa?"

„An der Elbe. In Mecklenburg."

Sie hatte sich so sehr auf ihren Vater gefreut, dass kaum noch Gefühle für Elsa übrig waren. Die Stuhllehne vor ihr gab ihr kaum Halt, dann fiel ihr ein, dass ein Stück tiefer noch eine Sitzfläche sein musste. Hanni drehte den Stuhl so, dass sie sich einfach darauf fallen lassen konnte. Elsa. Es stimmte. Sie hatten sie suchen lassen. Sie würde ihr schreiben.

Es ging keine weitere Nachricht mehr vom Roten Kreuz ein. Im November kam andere Post. Mit Papas Blechmarke. Papa hatte die Adresse seiner Familie vom Roten Kreuz nicht mehr erfahren, nur der Beamte, der die Todesnachricht abschicken musste. Hanni konnte nicht glauben, dass Papa tot war. Gigi weinte einen Nachmittag lang und schwieg den ganzen Abend. Mama starrte vor sich hin.

Papa war in Russland gefallen. Die Blechmarken der Toten waren eingesammelt und aufbewahrt worden. Irgendwann musste jemand die Zeit gefunden haben, die Adressen der Familien herauszufinden und die Marken abzuschicken.

„Dann haben wir jetzt Gewissheit", sagte Mama am Abend und zündete das Nachtlicht an.

„Bist du gar nicht traurig?", fragte Hanni sie verblüfft.

„Doch." Mama blieb gefasst. „Aber ich habe das gewusst."

„Warum hast du uns das nicht gesagt?"

„Weil es nur so ein Gefühl war. Darüber darf man nicht reden, das macht sonst alle traurig."

6 Gigi

Lohne, 1948

Immer dieser Husten! Und dann war Gigis Luft weg, und sie quälte ihren Oberkörper in die Höhe, weil es der Lunge im Sitzen etwas besser ging, aber da kam keine Luft. Seit Nächten und Tagen ging das so.

Wasser, dachte Hanni. Sie rannte mit nackten Füßen in die kleine Waschküche und griff Gigis Tasse. Seit sie so fieberte, hatte sie eine ganz für sich. Schnell, doch es tröpfelte nur, weil die Leitungen angefroren waren. Schnell. Schneller. Mama stand plötzlich neben ihr. Sie hatte Schnee in ein Tuch gewickelt, um es Gigi um die Waden zu binden.

„Sie phantasiert, Hanni. Wir brauchen den Doktor."

Nein, ich möchte nicht loslaufen jetzt, mitten in der Nacht, dachte Hanni. Zurück, an Gigis Bett, wollte sie der Schwester die Tasse an den Mund halten, doch Gigi riss den Mund viel zu weit auf, gierig nur nach Luft, da schien immer noch keine zu kommen, aber da war doch ein Röcheln zu hören! Hieß das etwa nicht, dass die Lungen auf Volldampf arbeiteten?

„Trink, Gigi", flüsterte sie.

Gigi jammerte, als die Kälte des Schneewickels ihr in die Waden stach, und beim Jammern kam plötzlich Luft, und Worte fanden in die Stube. Wirre Worte.

„Bringt mich nach Hause, Soldaten!"

Hanni zog sich ihr Strickkleid an, die Schuhe, den Mantel. „Mama, der Doktor wird was tun."

„In Gottes Namen, ja, Kind, lauf!"

Am liebsten hätte sie Howard mitgenommen, doch der hatte sie noch nie vom Hof begleitet. Also rannte sie, obwohl sie selbst hustete und den Schal vergessen hatte, aber deshalb wollte sie nicht zurück. Es war nur die Straße herunter bis zu Klüttermanns und dann links weiter, hinter der großen Kurve. *Mein Gott. Mach, dass der Doktor aufwacht, mach, dass der Doktor mitkommt, weil doch Sperrstunde ist, mach, dass er Gigi helfen kann, mach, dass alles gar nicht so schlimm ist, mein Gott!*

Nachts sah die Stadt anders aus. Nur weil der Himmel so klar war und der Mond sein kaltes Licht sandte, konnte sie so schnell rennen.

Sie wettete wieder mit sich selbst: Wenn ihre Puste bis zum Doktor reichte und sie nicht anhalten musste, dann würde der Doktor mitkommen und Gigi helfen.

Die Puste reichte, Hanni war froh.

Eine verglaste Treppenstiege führte hofseitig zur Arzt-Wohnung hinauf. Hanni zögerte nur kurz, bevor sie auf den Klingelknopf drückte. Es dauerte die Zeit von drei Stoßgebeten, bis sie endlich eine Tür klappen hörte und schließlich den Doktor auf der Treppe. Als er die Außentür öffnete, versagte ihr die Stimme. „Ein Notfall, Herr Doktor, meine Schwester!" Hanni fluppten die Tränen aus den Augenwinkeln.

„Wieder die Luft?", fragte er. Kannte er doch Gigi!

„Sie kriegt keine mehr. Und sie spricht von Soldaten."

Der Doktor stöhnte, ließ sie noch so lange an der Treppe warten, bis er den Arztkoffer geholt hatte, und sagte: „Lauf, Kind!"

Lieber Herr und Vater, du bist so gütig.

Hanni wusste, jetzt würde es Gigi gleich besser gehen. Wenn sie doch erst dort waren! Wie zwei Landstreicher tobten sie durch den Schnee, der Doktor kriegte auch kaum Luft. Er musste noch den schweren Koffer tragen mit den Spritzen und was er dort alles drin hatte.

Die Hoftür knarrte, Howard schoss aus der Hütte. *Still, Howard, der Doktor ist da.* Hanni rannte voraus, hielt dem Besucher die Tür auf und stoppte an Gigis Bett.

Gigi schlief. So entspannt hatte sie lange nicht ausgesehen. Und so schön. Mama saß am Fußende und konnte den Blick nicht von ihr wenden. Sie schien nicht zu bemerken, dass der Doktor gekommen war. Der verharrte an der Tür und hielt seine Tasche mit beiden Händen fest.

Als Hanni sich hastig nach ihm umdrehte, um ihn zu ermuntern, Gigi endlich abzuhorchen, sah sie, dass er sich verneigte.

„Sie ist schon beim Herrn", flüsterte er, trat an das Fußende zu Mama und legte ihr seine Hand auf die Schulter. Dann öffnete er das winzige Fensterchen. Eisiger Wind schoss in die Kammer. Er schloss es wieder.

Beim Herrn. Da solte sie doch noch gar nicht sein. Gigi, warum konntest du nicht warten bis der Doktor kam? Der hätte doch noch was gewusst für dich.

Hanni fiel auf ihr eigenes Bett und ließ die Tränen laufen.

Hätte sie doch nicht noch die Tasse gefüllt und bei Gigi gesessen, hätte sie doch nicht noch über Howard nachgedacht, hätte Mama sie doch schon am Abend nach dem Doktor geschickt! Hanni hatte versagt. Sie schluchzte und zitterte gleichzeitig in ihrem Strickkleid und Mantel, sie versuchte nicht, mit dem Weinen aufzuhören, sie versuchte nicht, sich die Schuhe auszuziehen, sie ließ den Schmerz einfach kommen, weil er viel größer war als alles, was sie bisher erlebt hatte. Gigi. Sie hatte nie Gisela zu ihr gesagt, weil sie schon immer Gigi hieß, dabei wollte sie doch seit langem testen, was die Schwester sagen würde, wenn sie sie bei ihrem Taufnamen gerufen hätte. Aber selbst die Nonnen hatten sie Gigi genannt, weil es noch andere Giselas gab. Nun wusste sie nicht, ob sie sich geärgert hätte. Vielleicht hätte sie gesagt, *ach, du kleine Hannelore.* Hättest du das gesagt, Gigi? Hanni hob ihren Kopf und sah neben der dicken Nachtkerze den Rest von Gigis Geburtstagskerze brennen. Die beiden Lichter warfen Schatten auf Gigis Lächeln. Es war gar kein richtiges Lächeln mehr. Ihre Augen waren tiefer gesunken, als würden sie sie von innen betrachten. Und das Fieberrot war einer wächsernen Blässe gewichen. Mama schien sich nicht wegbewegt zu haben vom Fußende, sie war dort einfach versunken. Vielleicht in ein Gebet. Der Doktor war gegangen.

Hanni spürte die Zeit, es war Aufstehzeit, Zeit für die Frühmesse. Doch ihre Augenlider waren so schwer geworden über Nacht, dass sie sie nicht anheben konnte und erstmal versuchte, mit den Fingerkuppen die Schläfen wachzureiben. Je heller es in ihr wurde, umso größer wurde der Kloß in Hannis Hals. Schließlich nahm sie das Nachtlicht wahr, das Mama nicht ausgepustet hatte. Langsam drehte sie ihren Kopf in Gigis Richtung. Mama hatte sich zu ihr gelegt. Hanni traf der Schlag. Gigi war tot. Die halbe Nacht schon. Und sie hatte geschlafen, ein wenig, und trug noch den Rock, die Jacke und die Schuhe. Sie brauchte nur loszugehen zur Messe. Einfach so, ohne Gigi anzuschauen. Sie hatte Angst, dass ihr der ganze Magen hochkam, ohne dass sie sich überhaupt erinnerte, was da noch drin sein konnte.

Howard. Der Hund lief ihr entgegen, ließ sich kraulen und fiepte wohlig. Hanni wärmte ihre Hände an seinem zuckenden Rücken. So viel Leben war in diesem Tier und keine einzige Spur von Trauer. Ob er verstand, wenn sie es ihm sagte? Vielleicht spürte er, dass etwas anders geworden war. Dass die ganze Welt nun anders war. *Wir haben Gigi verloren,* flüsterte sie.

Howard hechelte, sein Wasser war eingefroren. Ein neuer Tag hatte begonnen, und Hanni war bei ihm. Sonst hatte sie früh keine Zeit, aber heute. Er hätte mit seiner Hundenase herausfinden können, dass es ihr nicht gut ging, aber er wedelte nur mit dem Schwanz und ermunterte Hanni mit der Schnauze, ihn weiter zu kraulen, dort, wo er es so gern hatte. Hanni spürte, wie sie sich trotz ihrer Tränen dabei entspannte. Das war das Leben, das weiterging.

Als sie den Hof verließ und das Tor sorgsam wieder verschloss, sah sie Marie, die ihr eilig entgegenkam. Unter ihrer Mütze schwangen nur die Enden ihrer dicken Zöpfe ein Stück weit hin und her.

Ach, Marie. Hanni sah ihr an, dass sie es schon wusste. Ihr Mantel war warm, als Hanni ihre Wange an den festen Kragen drückte. Plötzlich standen sie beide vor der Kirche, Marie hielt sie um die Schultern gefasst und hatte sie irgendwie bis vor das Portal geschleppt.

Die Frühmesse war Gigi gewidmet. Hanni lehnte sich an Marie, die ihre Hand hielt, wenn sie sie nicht brauchte, um das Kreuz vor ihrer Brust zu schlagen.

Sie konnte gar nicht anders als sich anlehnen, weil sie nicht wusste, wo sie sich sonst hätte festhalten sollen auf der kalten Bank, sie wäre umgefallen. Ihren Leinenranzen hatte sie vergessen, das auch noch. Vor der Kirche trat Schwester Genoveva zu ihr. Hanni kannte sie noch nicht aus dem Unterricht, aber Gigi hatte Religion und Latein bei ihr gehabt.

„Ich möchte mich von deiner Schwester verabschieden. Gott hab sie selig."

Hanni wurde jetzt erst gewahr, dass sie sie begleiten wollte – nach Hause, an Gigis Bett. Marie und Genoveva nahmen sie in die Mitte, und die Kinofreundinnen folgten ihnen.

Howard bellte wie verrückt, nun hatte auch er verstanden.

Mama schien sich nicht zu wundern. Sie hatte die Stube aufgeräumt, Gigis Decke glattgestrichen und eine Christrose, die Frau Struppmeier ihr gegeben haben musste, und Gigis kleines Holzkreuz in die bleichen Hände ihrer Tochter gelegt. Stumm begrüßte sie die Lehrerin und die Mädchen, die sich bekreuzigten.

Genoveva zog unter ihrem Nonnengewand eine Kerze hervor und zündete sie an. So konnte das Nachtlicht gespart werden, Mama stellte es an die Seite. Kerzen waren so knapp. Wärme auch.

Gigi schien sich ihr zuzuwenden, als Schwester Genoveva ihr mit dem Finger ein Kreuz auf die Stirn zeichnete. Doch das sah nur so aus, weil die frische Kerzenflamme sich flackernd erst strecken musste und alle Schatten ein wenig zuckten.

Da fing Genoveva an zu singen. *Herr, gib Frieden dieser Seele.* Marie summte mit, und Hanni spürte plötzlich die Wucht einer bizarren Feierlichkeit in ihrer Brust und wie gut ihr ein Gesang tat, wenn sie so traurig war. Das Türscharnier quietschte, Hanni drehte sich nicht um, erkannte aber am Flüstern, dass es Frau Struppmeier gewesen sein musste. Nach dem Lied fanden sie sie im *schlesischen Zimmer*, in dem sie in ein Sammelsurium von Tassen heißen Pfefferminztee gefüllt hatte. Mama nickte ihr dankbar zu, die Mädchen pusteten über den Tassenrand kleine Strudel in das Getränk, und auch Schwester Genoveva schien den Tee dankbar anzunehmen.

Noch nie hatte Hanni so viele Menschen in den beiden Kammern erlebt und so viel Halt.

Sie überlegte, ob Genoveva zu Gigis Lieblingslehrerinnen gezählt hatte, aber sie konnte sich nicht erinnern, dass von ihr jemals die Rede gewesen war. Schade, Hanni fand, dass die so eine war, die einfach die riesige Last mittrug, so wie Marie auch und selbst Frau Struppmeier.

Als sich die Mädchen und Schwester Genoveva verabschiedeten, griff Hanni ihren Leinenranzen und umarmte ihre Mama. „Ich möchte gern mitgehen." Sie fürchtete sich vor dem Moment, in dem Gigi abgeholt wurde, das würde nun passieren und heute Abend würde ihr Requiem stattfinden, der Tag war zu schwer, wenn sie nur hier bei Mama blieb.

Frau Struppmeier berührte sie am Arm und flüsterte. „Geh ruhig, ich bin ja hier."

Das hatte sie nicht erwartet. Mama wohl auch nicht. Weil sie doch nur Zugezogene waren.

Hanni hatte nie testen wollen, wie weit die Struppmeiers sie mochten, einfach als Menschen. Sie war bisher lieber schnell über den Hof gegangen oder hatte sich dort nur mit Howard abgegeben, aber nie hätte sie sich dabei eine zufällige Begegnung mit Struppmeiers gewünscht. Es war schwer genug, bei Gudruns Sprüchen drüber weg zu hören und darüber zu schweigen. Aber sie wusste, dass es mit Mama und Frau Struppmeier anders war und dass Mama über deren Mann sogar die Arbeit mit den Korken gefunden hatte. Nun blieb die Wirtin sogar hier an Gigis Totenbett.

Marie nahm Hanni an die Hand und führte sie den gleichen Weg wie am frühen Morgen hinauf, an der Kirche vorbei, bis zur Schule.

Dort betrat Hanni leise, mitten im Unterricht, den Klassenraum.

Mathematik wurde von Herrn Clemens unterrichtet, einem jungen Kriegsinvaliden mit Holzbein. Wenn er durch die Klasse ging, tockte er rechts immer mit der Prothese auf, dadurch konnte er nicht schleichen und Hanni wusste immer, wann er sich ihrer Bank näherte.

Toni ließ sie vorbei, und Hanni hatte die Mitte für sich, weil Gudrun sich heute taktvoll ganz nach rechts zurückzog.

Hanni packte ihr Rechenheft und den Stift aus und sah auf Antonias Heft. „Was machen wir heute?"

„Bruchrechnung, Hanni. Kleinstes gemeinsames Vielfaches finden, damit man mit den Brüchen losrechnen kann."

„Ach so." Hanni schrieb ein ganzes Rechentürmchen ab. Die Aufgaben gerade untereinander und immer ein Gleichheitszeichen daneben. Sie kniff die Augen zusammen und sah nochmals auf Tonis Heft. Deren Ergebnisse erschienen Hanni so plausibel, dass sie sich entschied, sie alle gleich mit hinzuschreiben. So schwer konnte das Ausrechnen auch nicht gewesen sein! Hanni wollte Toni mal fragen, wie sie das hingekriegt hatte. Dann würde sie das auch können. Wenn sie sich das jetzt richtig vornahm? Sie musste nur ganz genau mitdenken und sich die Zahlen im Nenner dabei vorstellen. Falls sich wieder ein Schleier mit Zweifeln über die Brüche legen sollte, sodass sie nur noch undeutlich zu sehen waren, würde Hanni ihn mit beiden Händen raffen und beiseitelegen. Das war auch immer Gigis Art gewesen: einfach tun, was getan werden musste. Genau dies wollte

Hanni jetzt von ihrer Schwester erben. Die Bruchrechnung war ein wunderbarer Test, ob ihr das kleine Erbe zustand.

„Erklärst du mir das nochmal, Toni?", flüsterte sie.

„Ist alles nur Arithmetik", schmunzelte die.

„Das klingt gut."

„Ist es auch, Hanni."

Gigi hatte ein Grab an der Friedhofsmauer bekommen. Nachmittags verfing sich die Sonne an den Ziegeln. Hanni konnte in den nächsten Wochen zuschauen, wie eine Efeuranke Stein für Stein diese Mauer erklomm, in ein paar Jahren würde die von einem Blättervorhang verdeckt sein. Die Mauer sah aus wie die Stallmauer in Gutenfeld, da waren Wicken hinaufgerankt. Hanni wollte, dass sich hier irgendwann auch Wicken am Efeu hochhangelten.

Tante Alma hatte mehrere Bündel Schneeglöckchen vom Bauern hier eingepflanzt, Gigis erste Blumen. Hanni lief fast jeden Tag auf den Friedhof. Einmal, nach der Schule, legte sie ihr ein glitzerndes Steinchen auf das Grab, ein anderes Mal steckte sie eine Feder in den Sand. Und nachdem sie mit Antonia zum ersten Mal im Kino gewesen war, rollte sie ihre zerknitterte Eintrittskarte zusammen und schob sie ganz tief neben eines der Schneeglöckchen.

So lange es noch kalt war, trug Hanni die rote Strickjacke, die Gigi zu ihrem vierzehnten Geburtstag bekommen hatte. Mama hatte überlegt, der toten Tochter diese Jacke anzuziehen. Doch dann dachte sie praktisch: Hanni konnte noch hineinwachsen, und das wäre Gigi auch recht gewesen.

In der Woche vor dem Palmsonntag war es früh schon so hell, dass Hanni kurzentschlossen statt zur Frühmesse auf den Friedhof ging. Sie wollte sehen, wie schön es Gigi morgens hatte. Beten konnte sie dort auch. Da hatte Lottis Mutter wahrlich Recht.

Hanni hatte für Mama ein Ostergedicht geschrieben, für Gigi hatte sie es auf einen winzigen Zettel notiert, den sie schon seit Tagen in ihrem Leinenrucksack herumtrug. Aber nein, Gigi sollte das Gedicht auch erst zu Ostern bekommen. Hanni überlegte schon, in welcher Ecke des Grabes sie es verstecken würde. Also – heute noch nicht.

Und schon war sie ein paar Minuten zu früh in der Schule, schlich über den Flur und traf Gudrun, die auch so herumschlich, nein, nicht genauso. Sie trug ein in ein Tuch eingeschlagenes Stück Gepäck, das ganz verführerisch duftete.

„Auch schon da?", fragte Hanni und ging nahe an sie heran, um zu erschnuppern, was sie mitgebracht hatte.

Gudrun drehte sich weg.

„Morgenstund ...", blaffte sie nur.

Es war geräucherter Schinken, jetzt erinnerte sich Hanni. „Räuchert ihr selbst?"

„Füttern, züchten, schlachten, räuchern, pökeln – alles", sagte Gudrun. „Und glaub nicht, dass ich mal Zeit hab ein Buch zu lesen oder Vokabeln zu lernen!"

„Das weiß ich! Wir hatten auch einen Hof in Ostpreußen. Ich kenne das."

„Ja, und hundert Hektar Land und ein Gutshaus wie im Märchen. Ganz bestimmt!", piesackte Gudrun.

Drüber weghören, an gar nichts denken, ernst gucken, aber nicht böse, sagte sich Hanni.

Da öffnete sich die Bürotür der Schule, Schwester Eulalia musste sie von drinnen gehört haben.

„Ah", lachte sie freundlich Gudrun zu. „Lob und Dank", flüsterte sie verschwörerisch und nahm dann erst Hanni wahr, die einen Schritt abseits stehen geblieben war.

Als die Nonne das Päckchen angenommen hatte und wieder im Büro verschwunden war, hatte Hanni ihre Überraschung noch nicht verwunden.

„Ist das eine Opfergabe?", fragte sie Gudrun ganz direkt.

„Eher ein Akt der Barmherzigkeit", sagte sie.

Hanni stutzte. Barmherzig hatte sie ihre Banknachbarin bisher nie erlebt. Sie war doch eher eine von denen, über deren Herzlosigkeit *drüber weg zu schweigen* Hanni erst hatte lernen müssen! Hier stimmte etwas nicht.

Als Lotti, die heute wahrscheinlich wieder länger hatte schlafen dürfen, plötzlich bei ihnen stand, grüßte Gudrun nur kurz und schlenderte in Richtung Klassenraum. Lotti hatte ihre hellblonden strähnigen Haare zu so engen Zöpfen geflochten, dass sie an den Ohren abstanden, als wäre ein Draht hineingezogen worden. Hannis Haare hielten zum Glück auch nach lockerem Flechten.

„Wonach riecht es hier wohl?" fragte sie Lotti, in deren Gegenwart sie sich immer wohlfühlte, weil sie so schön trösten konnte.

Lotti zog ihre Nase kraus und schnupperte:

„Nach Bohnerwachs, altem Weihrauch und Angstschweiß."

„Ich habe aber keine Angst", lachte Hanni.

„So riecht es hier immer."

„Nicht nach Räucherschinken? Ausnahmsweise?"

Lottis Mund veränderte sich ganz langsam zu einem sehr breiten Grinsen. Und ihre Zöpfe standen ab! Weil Lottis ganzer Kopf dadurch fast moppelig wirkte, musste Hanni nun lachen. So schnell konnte man miteinander fröhlich sein.

„Wieso ausnahmsweise?", fragte Lotti. „Denkst du, sie würde die Klasse sonst schaffen?"

„Ohne Räucherschinken?"

Lotti nickte.

Das konnte Hanni nicht sagen. Bei ihren eigenen Leistungen war es auch manchmal knapp. Obwohl sie bei Herrn Clemens in Mathematik den Anschluss geschafft hatte und in Deutsch auch. Schade, dass es für das Chorsingen keine Zensuren gab, da war sie richtig gut.

„Die Schwestern brauchen auch mal einen Braten", flüsterte Lotti, und Hanni spürte, dass sie es ernst meinte.

Jetzt kamen die Mädchen in Scharen von der Frühmesse.

Das Mittsommerkonzert, auf das sich Hanni seit Wochen gefreut hatte, fiel genau auf den Tag X. Das wusste vorher aber niemand. Erst am Freitag war bekanntgegeben worden, dass ausgerechnet an diesem Sonntag die Währungsumstellung erfolgen sollte.

Mama sagte: „Dann kommt Tante Alma auch in die Stadt, sie muss hier doch ihr Kopfgeld eintauschen."

„Ob sie dann auch in unser Konzert kommt?", fragte Hanni vorsichtig. So sehr, wie alle diesen Tag X erwartet hatten, konnte ein Mittelschulchor schnell unwichtig werden.

Mama nickte, aber eigentlich war sie mit den Lebensmittelkarten beschäftigt, die sie sich zurechtlegte für Sonntag als Nachweis, dass sie für zwei angemeldete Personen Geld empfangen durfte.

„Da stehen die bestimmt an, Mama."

„Hoffentlich reicht das Geld. Am besten, wir gehen schon ganz früh dorthin. Alma wird am Samstag schon hier sein."

Als Howard am Samstagabend anschlug, war es Mama, die Tante Alma vom Tor abholte.

Die Sonne schickte sich noch lange nicht an unterzugehen. Gigi hatte Hanni einmal erzählt, dass sie in Königsberg gleich wieder aufging zur Sommersonnenwende.

„Wird es zu Hause jetzt gar nicht dunkel?", fragte Hanni, nachdem sie die Tante begrüßt hatte.

„Zu Hause?", fragte die. „Meinst du in Gutenfeld?"

Hanni nickte. Dort wäre sie jetzt gern, um nachzuschauen, ob Gigi Recht gehabt hatte.

„Da ist die ganze Sonne zugehängt, Hanni", sagte Tante Alma. Obwohl es spöttisch klingen sollte, hörte Hanni heraus, wie traurig sie darüber war. „Aber wenn jetzt das neue Geld kommt, dann geht hier eine ganz andere Sonne auf!"

„Dann gibt es wieder was zu kaufen, sagt Lottis Mama."

„Dies ist aber geschenkt!", sagte Tante Alma und legte drei Eier auf den Tisch im *schlesischen Zimmer*.

„Zur Feier des Tages", meinte Mama.

Das war ein guter Moment, fand Hanni: „Zur Feier des Tages gibt es morgen ein Mittsommerkonzert!"

„Aber Hanni, doch nicht morgen, wenn alle ihre Portemonnaies neu einrichten müssen", lachte Tante Alma.

„40 Deutsche Mark. So viel Geld ist das wohl auch nicht", meinte Mama und richtete für ihre Schwester das zweite Bett in der guten Stube her.

„Gegen 60 Reichsmark. Die müssen wir erstmal hinblättern."

Keine der beiden wusste, wie sie sich am Montag fühlen würde und erst einen Monat oder ein Jahr später. Schweigend schüttelte Mama das Kopfkissen nochmal auf. Ihren Lohn musste sie dann auch in Deutschen Mark ausgezahlt bekommen, hoffentlich klappte das alles.

Als Hanni und Tante Alma sich wenig später zur Ruhe gelegt hatten, war der Himmel draußen blassgrau, und Hanni konnte die Baumkronen auf der Straße noch sehen.

„Ist das komisch für dich jetzt in Gigis Bett?"

„Du meinst, weil sie darin gestorben ist? Nein. Ich kann jetzt sehen, was sie vor dem Einschlafen immer gesehen hat. Das ist doch schön."

„Aber nur, weil es noch hell ist."

„Ja, als sie starb, war Winter."

„Tante Alma, ich lege Gigi meine letzten Münzen in die Erde."

„Dann blüht ihr Geldbaum später in der falschen Währung", lachte Tante Alma.

Aber Hanni freute sich, dass ihre Tante solch einen Spaß mitdenken konnte, obwohl er einem Grab galt. Im Halbschlaf guckte sie sich an der Efeumauer fest, der Trieb hatte sich schon verzweigt. „Du, Hanni", da schreckte sie wieder hoch. „Ich glaube, manche Münzen bleiben noch gültig. Behalt sie mal lieber."

Falls Hanni irgendwann noch einmal einen Tag X erleben sollte, würde sie zeitgleich jedes Chorkonzert absagen. An solch einem Tag gab es keine Andacht und keinen Nachhall. Da konnte die Sonne scheinen, solange sie wollte. Der Herr Pastor beendete das Konzert mit einem Segen für die Gemeinde und für die neue Zeit. Hanni hätte durchzählen können, wie wenig Leute in den Kirchenbänken saßen und sich bekreuzigten. Mama und Tante Alma waren zu spät gekommen, aber immerhin.

Der Tag X war ein Tag, der Hanni die Laune verderben konnte!

Am Tag danach aber sah sie alles in einem anderen Licht. Wie geblendet blieb sie nach der Schule vor jedem Geschäft stehen, das den Weg in die vom Pastor gesegnete neue Zeit gegangen war. In übervollen Regalen wurden überall Waren angeboten, an die Hanni seit Jahren nicht gedacht hatte. Die Schaufenster luden wie kleine Bühnen zum Staunen ein, doch Hanni traute sich noch in kein Geschäft hinein. Nur den Klüttermannschen Laden wollte sie einmal besuchen, obwohl sie gar kein Geld hatte. Diesmal überhörte sie das vertraute Schellen der Türglocke. Auch hier hatte über Nacht eine Zauberhand gewirkt. Füllfederhalter, Tinte in verschiedenen Farben, sogar Fallbleistifte, Zeichenfedern und Papiersorten unterschiedlichster Art waren in die Fächer einsortiert.

„Möchtest du dich umschauen oder möchtest du Lotti besuchen?", fragte das schöne Fräulein Klüttermann, das seinen Stolz über das Sortiment mit einer großen Armbewegung kundtat.

„Beides", antwortete Hanni. „Zuerst aber zu Lotti."

Fräulein Klüttermann führte sie in das Büro, das direkt neben der Druckerei lag und in dem man die Maschinengeräusche deutlich hören konnte.

Lotti saß am Schreibtisch und gähnte. Vor ihr ringelte sich eine Schlange einfach gefalteter Kärtchen, auf die sie mit einer Schreibfeder in schönsten Rundungen die neuen Preise notiert hatte. Nicht in RM, sondern in DM.

„Wie du das kannst, Lotti!"

„Gar nicht. Ich verschreib mich manchmal." Sie zeigte auf ein Türmchen mit ebenso schön gestalteten Zahlen-Kärtchen, aber entweder hatte sie sich beim Preis geirrt oder aus Versehen RM geschrieben. „Da können wir die Rückseite nochmal verwenden."

Hanni setzte sich auf eine Holzkiste und wartete, bis Lotti die Feder auf einem Schmierblatt abgestrichen und abgelegt hatte.

„Hast du das die ganze Nacht gemacht?"

„Da haben wir eingeräumt. Gleich nach dem Konzert, die ganze Familie."

„Und wo habt ihr die Ware her?"

Lotti gähnte erneut, aber Hanni kam es so vor, als wollte sie nur die Frage nicht gleich beantworten.

Es ging sie ja auch nichts an, aber neugierig war sie trotzdem. So viele Wunder gab es doch gar nicht in einer kleinen Stadt. Dafür musste es doch eine Erklärung geben!

„Das war gesammelt, Hanni, und eingelagert. In einem Speicherhaus. Die obere Schicht in jedem Karton war ganz eingestaubt. Da mussten wir erstmal putzen." Jetzt, da sie darüber sprach, wurde sie nochmals von ihrer zähen Müdigkeit überwältigt.

„Solange die Hände wie Maschinchen schreiben ohne nachzudenken, bleibt man wach. Aber wehe, man gönnt sich eine Pause, Hanni!"

Sie sprach schon wie eine Erwachsene, fast so wie Mama.

Hanni hatte plötzlich das Bedürfnis, ebenso gebraucht zu werden. Sie wollte auch müde werden, weil sie so fleißig war.

„Kann ich dir helfen, Lotti?"

„Oh ja. Aber du müsstest das alles genau im selben Stil schreiben."

Hanni stand von der Kiste auf und setzte sich neben Lotti auf den Arbeitsstuhl.

„Kannst ja mal probieren auf einer falschen Karte."

Lotti tauchte den Federhalter kurz ins schwarze Fässchen, strich die Feder ab und schob den Halter Hanni zwischen die Finger.

„Viel zu klein, Hanni! Das ist ein Preisschild!"

Hanni zog den Stehbalken ihrer Eins länger nach unten.

„Und nicht so eng. Das darf nicht aussehen wie im Rechentürmchen von Herrn Clemens."

An den und sein tockendes Holzbein hatte Hanni auch gerade gedacht. Bei Zahlen war das eben so, dass sie an ihren Mathematiklehrer denken musste. Oder an Franz. Oder an Gigi.

Lotti schüttelte den Kopf. „Der Preis muss den Kunden anlächeln, die Rundungen müssen deshalb mit der Feder gezeichnet werden. Guck, so ..."

Sie löste den Halter wieder aus Hannis Fingern und zeichnete eine Drei mit einem dicken Hintern.

„Ja, die lacht wirklich", musste Hanni anerkennen. „Meine Dreien würden wie Hungerleider aussehen."

„Diese Liste muss ich noch abschreiben, dann bin ich fertig", sagte Lotti.

Eigentlich wären dann noch Latein-Vokabeln zu lernen, aber Hanni wusste, die konnte Lotti immer schon beim ersten Hören.

„Ich geh dann mal, hab auch noch zu tun."

„Gott segne dich", flüsterte Lotti und zeichnete eine glatte, runde, freundliche Zwei. Und daneben: D und M.

Hanni lernte Vokabeln am liebsten im Liegen mit geschlossenen Augen. Selbst wenn sie dabei einschlief, hatte sie das Gefühl, dass die Wörter einen Weg in ihr Gedächtnis fanden und dort irgendwo haften blieben. Sie musste sie nur flüsternd in ihren Kopf eingelassen haben, dann konnte sie sich später auch an sie erinnern.

Plötzlich, Hanni musste tatsächlich eingeschlafen sein, ohne eine Nacht lang Lagerware geputzt zu haben, hörte sie Mama nebenan in der Waschküche. Als sie schließlich in die gute Stube trat, sah sie anders aus als sonst, beinahe fein.

„Was hast du denn gemacht, Mama?"

„Hanni-Kind, ja, was hab ich gemacht?", lachte Mama.

„Korken gestanzt?"

„Nein, ich bin doch jetzt beim Vertrieb. Da muss ich Lieferscheine schreiben." Sie setzte sich auf Gigis Bett und sah aus dem Fenster. „Und manchmal fahre ich auch mit."

„Das ist doch besser als vorher, oder?"

„Und ob!"

Mama hatte Glück gehabt bei ihrer Arbeit, und Hanni erfuhr jetzt erst davon!

„Wie kam das denn?"

„Die Frau in der Buchhaltung ist krank. Da brauchten sie schnell jemanden. Und das hat mir unser Spediteur erzählt."

„Der uns den Spültisch gebracht hat? Und die Betten?"

Mama stutzte und nickte dann langsam. „Ja, das war der wohl."

„Und dann habe ich ein paar Tage zur Probe im Kontor gearbeitet."

„Und jetzt bleibst du dort?"

„Vielleicht", sagte Mama vorsichtig und schaute versonnen an Hanni vorbei.

„Du siehst so gut aus!", entfuhr es Hanni.

Mama legte ihre Hände wie ein junges Mädchen an ihre Wangen und flüsterte:

„Ich habe mir einen Lippenstift gekauft heute."

Am ersten Tag in der neuen Zeit! Das war doch nicht ihre Mama? Die das Geld sonst immer zusammenhielt?

„Und Fisch in der Dose. Schau mal."

„Heringshäckerle!" Hanni musste lachen. Solche Sachen kaufte Mama am Tag nach Tag X!

„Das fühlt sich gleich ganz anders an", gestand Mama, „wenn man sich ein bisschen pflegen kann.

Jetzt haben wir auch wieder gute Seife, Hanni." Gigi hätte sich gefreut. Hanni nahm das abgeschnittene rohe Stück in die Hand und roch daran.

„Die duftet. Aber wonach, weiß ich nicht."

„Duften reicht doch auch", lachte Mama und nahm ihr das Stück wieder ab, um auch daran zu schnuppern.

Früher sahen Mamas Hände trocken und schuppig aus, jetzt hatte sich die Haut schon erholt vom Korkenstaub. Dass Hanni das bisher nicht aufgefallen war!

„Ob jetzt alles besser wird, Mama?"

„Ich weiß es nicht." Sie legte die Seife in die Emaille-Schale mit dem Holzdeckel und stöhnte: „Wenn der Winter wieder so hart wird, nicht."

„Vielleicht doch? Mit dem neuen Geld?"

„Wenn sie das alles richtig bedacht haben, Kind. Wir haben doch schon so viel erlebt."

„Und wie viel Kopfgeld haben wir jetzt noch?"

„Ich habe es eingeteilt."

Dann musste es reichen.

7 Das E auf dem Füller

Pasewalk, 1948

Der gestrickte Badeanzug erlebte seinen vierten Sommer. Beim ersten Schwimmen schon war er länger geworden, sogar viel zu lang. Der Steg im Schritt war halb die Oberschenkel hinab gerutscht, als Elsa aus dem Wasser lief. Tante Anni hatte ihr Werk öfter ein wenig angepasst, jetzt schien es sich nicht mehr zu dehnen. Die Wolle hatte längst alle Elastizität verloren, und Elsa war gewachsen. Sobald sie Grund unter den Füßen spürte und sich aufrichten konnte, musste sie blitzschnell an sich herabschauen, auch hinten. Häufig war ein Woll-Knoten aufgegangen, der dann ein Gucklöchlein auf ihre nackte Haut freigab. Auf der Wiese knüpfte ihn Elsa dann eilig wieder zusammen, wenn gerade niemand guckte.

Die Kinder aus Pasewalk fuhren alle zum Kiessee, da musste Elsa aufpassen, wer schon da war, zu wem sie sich setzen konnte oder ob es besser war, nicht lange zu bleiben.

Diesmal war die Wiese leer. Elsa war gleich nach der Schule mit ihrem alten Ranzen hierher gegangen, in den sie morgens sicherheitshalber schon ein Leinen-Handtuch und den Badeanzug hineingestopft hatte. Sie breitete das Tuch, das schon fadenscheinig und an manchen Stellen geflickt war, auf dem sonnigen Rasen aus und legte sich darauf. Eigentlich war es ganz schön, dass die anderen noch nicht da waren, so brauchte sie sich nicht so anzustrengen, ihnen gleich zu sein. Die festen Grasbüschel unter ihrem Rücken störten sie nicht. Sie schloss die Augen in der prallen Sonne und hörte prompt Großmutter, wie sie sie in den Schatten verfrachtet hätte. Mutter war zu ihrem Lehrgang gefahren, wie immer in der Woche. Wenn sie im Herbst ihren Abschluss hatte, durfte sie in Schwerin bei der Post Karriere machen, hatte ihr jemand zutragen lassen. Allerdings sollte sie sich das Wort Ostpreußen abgewöhnen, das hätte auch in keinem Formular etwas zu suchen!

Blick nach vorn. Ihren Laden und das Wohnhaus wiederzubekommen, hatte Mutter schon abgeschrieben, als sie mit Elsa, Großmutter, Onkel und Tante auf dem Rückweg nach Hause nur bis Pasewalk gekommen war. Die Grenze war dicht, dahinter begann nun schon Polen. Und Königsberg war weit ab, in der Sowjetunion. Basta. Wer von den Deutschen dort hatte bleiben wollen, musste Russe werden oder wurde vertrieben. Mutter hatte sich auf die Lippen gebissen und die Lektion angenommen, während Tante Anni und Onkel Gustav immer wieder flüsterten, es wäre besser, in den Westen zu gehen.

Elsa wartete einfach ab. Seit sie gelernt hatte sich unsichtbar zu machen, wurde sie meist auch übersehen. Bruni, Klaus und Günter aus Oberschlesien und Anna aus Westpreußen – also: jetzt wären sie alle aus Polen, korrigierte sich Elsa im Stillen – die wehrten sich, wenn sie gehänselt wurden. Und niemand stand ihnen bei. Auch Elsa nicht. Die vier sollten ruhig auch lernen, wo es langging, herrje! Manchmal aber beneidete Elsa die Bruni, wenn die sich bei ihrer großen Schwester heimlich auf dem Schulhof ausheulen konnte – sie sah sowas! – dann spürte sie, dass irgendwelche festgezurrten Gefühle in ihr rappelten und sie nur noch funktionierte.

Immerhin, sie funktionierte gut.

Es krachte an ihrer Schulter. Nein, kein Krachen! Es war ein plötzlicher, geräuschloser Schmerz im linken Oberarm. Sie wurde beschossen! Ein kleiner Stein war gerade von ihr abgeprallt. Sie schnellte hoch, wandte sich um und sah den Weg zum See menschenleer und still. Als sie sich wieder hinlegte und die Schultasche zum Schutz gegen ihren Kopf lehnte, hielt die den nächsten Stein ab. Mit einem Ruck hatte sie sich umgedreht und sah, wie ein Rudel aus ihrer Klasse sich offen auf dem Weg zeigte und sie auslachte.

„Das Polackenkind verdorrt gerade in der Sonne!"

„Fressen und auf der faulen Haut liegen, ja, das kann die!"

„Aber zum Aufräumen ist sie sich zu fein! Im weißen Badeanzug geht's eben nicht! Ts-ts-ts ... "

Elsa wurde ganz schlecht. Sie hatte sich diesmal noch gar nicht umgezogen, aber natürlich war sie in ihrem Gestrickten schon oft verspottet worden. Dabei fand sie es schlimmer, in Unterwäsche baden zu müssen wie die meisten. Aber es war sowieso egal, was sie anzog.

Als die Jungen Elsa fast erreicht hatten, wiesen sie einander schein-heilig auf den gepflegten Rasen hin, der in Wirklichkeit schon seit Wochen keine Sense gesehen hatte.

„Immer auf dem Weg bleiben, Jungs", sagte der Kräftigste und wies mit dem Arm eine Linie, die genau über Elsa und ihr Handtuch führ-te.

„Die legen solche Wege doch nicht umsonst an, Klaus!", schrie er, als Klaus knapp an Elsa vorbeihuschen wollte.

„Hier ist doch gar kein Weg", wagte Klaus zu widersprechen.

„Blindfisch!", entgegnete der Große, und trat Klaus so heftig in die Kniekehlen, dass der das Gleichgewicht verlor und wie ein nasser Sack seitlich auf das Mädchen fiel. Seine Hüfte rammte Elsas Unter-bauch. Er versuchte sich schnellstmöglich zu sortieren und wieder aufzuspringen, und Elsa spürte mit einem Entsetzen, das schreckli-cher war als der Überfall selbst, dass ihre Blase nicht gehalten hatte. Sie kniff die Beine zusammen, doch es lief warm aus ihr heraus und war nicht zu stoppen. Erstarrt blieb sie sitzen, raffte das Tuch unter den angewinkelten Beinen zusammen und versuchte mit angestreng-ter Willenskraft rückgängig zu machen, was doch längst geschehen war. Tränen drängten in ihre Augenwinkel, einfach so, Elsa wischte sie zwar weg, aber sie kamen wieder.

Klaus nuschelte ein „was sitzte auch auf'm Weg!" und glotzte sie an, anstatt den anderen zu folgen, die schon die Hosen fallen ließen und sich selbstverständlich in Unterhosen dem Ufer näherten.

Elsa beugte sich vor und umschloss ihre Knie mit den Armen. So konnte keiner sehen, wie nass es unter ihr geworden war. Wahr-scheinlich musste sie nun den ganzen Nachmittag so sitzen bleiben.

„Du heulst doch sonst nicht!", sagte Klaus hoch über ihr.

Sie wollte antworten, aber da kam nichts. Kein Wort. Nicht einmal ein Gedanke.

„Hast du den Arbeitseinsatz wirklich vergessen – oder was?"

Arbeitseinsatz. Arbeitseinsatz?

„Heute?"

Klaus nickte, und sie hatte das Gefühl, dass er ein wenig triumphierte. Hatte die Klassenbeste doch einmal richtig versagt!

Der Schuppen vom alten Hausmeister. Sie erinnerte sich, dass der entrümpelt werden sollte. Irgendwann. Aber doch nicht heute!

„Ja, heute."

„Habt ihr das denn geschafft?"

„Klar. Aber das Beste war schon weg. Da soll sogar ein Fahrrad gestanden haben!"

„Glaub ich nicht. Da waren doch nur leere Flaschen und kaputte Ziegel und sowas." Elsa merkte, dass sie langsam ihre Fassung wiedergewann.

Der alte Suffkopp von Hausmeister hatte eines Morgens tot in der Schule gelegen. Kaum jemand war berührt oder gar erschrocken gewesen. Alle waren noch an Tote gewöhnt. Manchmal mochte er im Schulschuppen geschlafen haben. Und der sollte nun leergeräumt werden. Elsa hätte es nichts ausgemacht dabei mitzuhelfen. Da sie sich nicht vorstellen konnte, diesen Arbeitseinsatz verschwitzt zu haben, keimte in ihr ein Verdacht.

„Mir hat keiner gesagt, dass das heute passieren sollte."

„Das wird ja auch nicht jedem einzeln gesagt, sondern einmal für alle."

Aha. Wahrscheinlich war sie da gerade nicht dabei gewesen. So hatte sich heute jeder etwas aussuchen können, was noch brauchbar war im Gerümpel, sicher war alles noch ein bisschen zu gebrauchen, und ihr galt die Häme. Alles klar: Was sonst hast du verdient, du Eindringling!

Wenn sie solche Gedanken sich selbst gegenüber zuließ, konnte sie sie besser abstreifen.

„Merkst du gar nicht, dass du voll im Nassen sitzt?", fragte Klaus lachend.

„Hab mich dran gewöhnt."

Klaus wandte sich ab von ihr, blickte zu den im Wasser tobenden Klassenkameraden und entgegnete heiser:

„Ich nicht."

Zu Hause zog Elsa den Waschtisch mit den zwei Emailleschüsseln auf. In der rechten war das ineinander verkeilte Geschirr vom Morgen längst getrocknet, in der linken hatte Großmutter dunkle Wäsche eingeweicht. Elsa hätte das Handtuch nicht dazutun können.

Unter dem Herd zog sie eine kleinere Schüssel hervor, die dem Nachbarn gehörte. Egal. Die brauchte sie jetzt an der Pumpe. Der Flanellrock gehörte nun ihr, er war im Sommer viel zu warm, aber niemand sah, dass sie darunter gerade keinen Schlüpfer trug. Den steckte sie tief in die Falten des Handtuchs, klemmte sich die Schüssel wie eine

Alte unter den Arm und ging hinten raus, auf den Hof. Der Schwengel der Pumpe quietschte und erst nach dem vierten Drücken kam das Wasser.

„Machst du deins jetzt selbst?"

Großmutter. Sie lehnte am Küchenfenster und beobachtete Elsa. Vorhin war sie nicht zu Hause gewesen.

„Heute mal."

Sie wedelte das Handtuch durch das kalte Brunnenwasser, quetschte die Falten, hob das Gewebe triefend aus der Schüssel und legte es wieder hinein, wo es sich kurz im Wasser aufblähte, bis die Luft entwichen war. Als sie sich den Schlüpfer vornahm, schaute sie zuerst zum Küchenfenster.

Großmutter hatte zu tun. Elsa brauchte nicht zu rubbeln, weil alles sauber war, außerdem wurde ihre Wäsche immer dünner und musste schonend behandelt werden. Fertig. Mutters Leine spannte noch zwischen den Haken in der Sonnenecke. Elsa hatte keine Wahl. Sie musste das Tuch und ihre Unterhose drüber hängen, auch falls Fragen kamen. Wenn dann wieder ein *heute mal* genügte, würde niemand von ihrem Missgeschick erfahren.

„Lass nicht die Schüssel stehen!", kam es aus dem Fenster.

Der Nachbar, mit dem sie die Küche teilten, hatte nur die eine. Er war Neulehrer und so unverschämt jung, dass Großmutter ihn manchmal wie einen fast erwachsenen Enkel behandelte, wenn er am Küchentisch seinen Unterricht vorbereitete und sie ihm dabei über die Schulter schaute. Genervt war er daraufhin einmal ganz plötzlich aufgesprungen. Ihre Nasenspitzen hatten sich fast berührt.

„Ich bin immer noch gut im Rechnen!", hatte Großmutter schnell gesagt.

Elsa hatte mit einer schlagfertigen Entgegnung des Lehrers gerechnet, doch sein Vorrat an Sprüchen hatte sich wohl schon an diesem anstrengenden Schultag erschöpft; er knurrte wie ein böser Hund – „*rrrrrrrrrrrrrrrrrrrrrr*" – die Haare standen ab wie gesträubtes Fell und ein Ohr zuckte. Elsa presste eine Hand vor den Mund, schaute aus dem Fenster und ließ den Lachtränen freien Lauf.

Als sie nun in die Küche zurückkehrte, nahm ihr der Lehrer wortlos seine Schüssel ab, während Großmutter die dunkle Wäsche walkte.

Das Frühstücksgeschirr war weggeräumt.

„Du hattest gar nicht nach Post geguckt, Kind!"

Da sah Elsa den Brief von Hanni auf dem Küchentisch, den der Lehrer halbseitig auch wieder in Beschlag genommen hatte, argwöhnisch darauf bedacht, dass seine Unterlagen keine Spritzer abbekamen. Er reichte den Brief Elsa herüber, weil Großmutter feuchte Hände hatte. Am liebsten hätte Elsa ihn sofort geöffnet, aber ihr war es hier zu eng und allein die Ankunft dieser Post so erregend, dass sie Platz und Ruhe dafür brauchte und keine dunkle Wäsche und keinen Lehrer mit raschelnden Blättern ertragen konnte. Da ging es ihr diesmal wohl genauso wie ihm.

Ein Brief von Hanni stach im Bauch und im Herzen gleichzeitig, als wenn Papa plötzlich mit ausgebreiteten Armen in der Tür stehen oder sie nach einem Fingerschnipsen in ihrem Kinderzimmer zu Hause aufwachen würde. Genau so.

Elsa nahm den Brief mit auf den Hof und setzte sich auf den gemauerten Absatz an der Pumpe, dort wo es nicht hin gespritzt hatte. Siedend heiß erreichte sie erst jetzt wieder der Schmerz aus Hannis letzter Post. Seltsam, dass sie kaum an Gigi gedacht hatte. Mit der Fingerkuppe öffnete sie den Umschlag in der bangen Hoffnung, dass Hanni etwas Schönes schrieb. Allein, dass sie voneinander wussten und sich schreiben konnten, war schön.

Lohne, den 14. Juni 1948

Liebe Elsa,

Gigi hatte eine Lungenentzündung. Die hat sie nicht überlebt. Wenn du doch mal kommen kannst, dann gehen wir zu ihr. Es gibt hier viele Gemeinschaftsgräber. Da hat sie noch Glück gehabt. An einer Mauer, die so aussieht wie die Stallmauer zu Hause. Weißt du? Wo die Wicken hochgerankt sind! Ich will ihr auch Wicken pflanzen, dann denkt sie vielleicht an zu Hause. Mama sagt, wir kommen nicht mehr nach Ostpreußen zurück. Und wenn doch, müsste Gigi hierbleiben. Das geht doch nicht! Elsa, ganz ehrlich, hier will uns keiner haben.

Wenn ihr nach Schwerin zieht, dann schreib mir gleich. Vielleicht habt ihr es da ja besser.

Küsse,
deine Hanni

PS: Mama hat Nachricht bekommen. Papas Marke wurde gefunden.

Hier will uns keiner haben.

„Hanni, uns hier doch auch nicht, was glaubst du denn?"", flüsterte Elsa.

Sie musste sich plötzlich an die Pumpe lehnen und nahm dabei in Kauf, dass der Rock nass und fleckig wurde.

„Was schreibt denn Hanni?", fragte Großmutter plötzlich.

Dass sie sich neben Elsa auf den Pumpenrand setzte, tat dem Mädchen gut.

Vom Fenster hatte sie sie beobachtet! Und sie sah von dort aus nun mal alles. Nur nicht, was genau in dem Brief stand.

„Dass Gigi für sich ist, ... also allein."

„Im Himmel ist sie nicht allein. Da sind doch ihre Großeltern noch."

Elsa winkte ab.

„Schon gut, Großmutter." Wenn sie sie trösten wollte, dann ging das nicht mehr so wie damals, als noch nichts passiert war.

Großmutter konnte nicht still lesen. Sie zischelte die Silben leise vor sich hin und stieß schließlich ein bekümmertes *„der auch!"* hervor.

„Ja, mal sehen, wann sie Papas Marke finden."

„So darfst du nicht reden, Kind!"

„Ich weiß. Das darf ich nicht. Aber einfach vom Hoffen kommt Papa auch nicht!"

„Ist ja auch gar kein Platz ... ", Großmutter schien selbst erschrocken.

Elsa konnte sich kaum an einen gemeinsamen Moment mit Papa und Großmutter erinnern. Aber dass Großmutter ihn nicht gerade liebte als Schwiegersohn, das hatte sie früh gespürt. Schon deshalb, weil sie nie von ihm sprach.

„Für uns ist hier auch kein Platz."

„Wenn deine Mutter mit ihren Lehrgängen fertig ist, dann wird sich schon ein Plätzchen finden."

Jetzt brauchte sie nur wieder von dem *Kopf* anzufangen, der ihnen als einziges *Kapital* geblieben war. Elsa konnte es nicht mehr hören! Sie war doch schon die Beste in der Klasse, aber das schien Großmutter nicht auszureichen und dass Elsa deswegen einiges auszuhalten hatte in der Schule, brauchte sie ihr gar nicht zu erzählen. Sie hatten Schlimmeres erlebt und dennoch sowas wie Glück gehabt, daran wurde alles gemessen.

„Warte doch mal!" rief Klaus hinter Elsa.

Sie hatte keine Lust, sich mit ihm zu unterhalten, und legte einen Zahn zu.

In der Klasse spielte er den Angeber, als würde er sich damit den Anschein geben können, schon dazuzugehören. Ihr allein gegenüber konnte er die ganzen Jungs aber nicht ausstehen. Weil die ihm nicht glaubten: *Fahrrad mit Kettenschaltung – pah! Als wenn einer wie er in Schlesien sowas gehabt hätte. Warum er es denn nicht mitgebracht hätte?! Das könnte nämlich jeder sagen!*

Warum hielt Klaus nicht gleich die Klappe? Dann brauchte er nicht wieder bei ihr anzukommen, um sich auszuheulen. Nein! Sie drehte sich nicht einmal um.

Schließlich hatte sie zu ihrem letzten Weihnachten zu Hause auch ein Fahrrad bekommen. Und da sie ihres zurücklassen musste, war es nur gerecht, dass Klaus auch keines hatte. Basta!

Schnaufend hatte er sie eingeholt.

„Bleib doch mal stehen!"

„Warum?"

„Weil ich dir was zeigen will."

„Kein Bedarf heute."

„Du weißt ja noch nicht mal, was es ist."

„Ich weiß genug."

Klaus blieb stehen.

„Und ich wollte dir nur ... "

Er brach ab, weil Elsa vor ihm einfach weitergegangen war.

Na, was? Allein der veränderte Klang in seiner Stimme machte sie nun doch neugierig.

„... eine kleine Freude machen."

Sie drehte sich um und wartete. Dabei gab sie sich Mühe, den einen Mundwinkel gönnerhaft anzuspannen. Das wirkte manchmal.

Klaus näherte sich ihr langsam und schien wieder zu zweifeln, ob er ein Geheimnis mit ihr teilen wollte.

„Na, zeig", half ihm Elsa versöhnlich.

„Hab schon fast keine Lust mehr."

Elsa lachte: „Dann halt mich nicht auf!"

„Doch! Das ist was Besonderes. Aber nur, wenn du ganz normal bist. Nicht so zickig."

Elsa schnappte nach Luft. Zickig? So fand er sie? Sie machte sich doch nur *unsichtbar,* mehr nicht.

Sie entspannte ihre Mundwinkel und sah ihn gerade an. Ohne ihre alte Tarnkappe war sie hochsensibel. In diesem Moment spürte sie sogar die Steinchen unter der Schuhsohle, und ein Muskel am Knie fing an zu zittern. Dabei gab es keinen Grund nervös zu werden. Es stand nur Klaus vor ihr, der wollte ihr etwas Besonderes zeigen, und sie war dabei mit allen Sinnen, wollte sehen und hören und durfte nicht unsichtbar sein. Zickig! Dass man das auch so nennen konnte?

„Siehst du, geht doch", sagte Klaus.

Elsa schwieg. Es konnte sein, dass ihre Stimme nun auch gezittert hätte.

Klaus hatte eine Schulmappe aus fester Pappe, die nicht nass werden durfte, aber schon manchen Regenguss irgendwie überstanden hatte. Erst nach dem Trocknen konnte er testen, ob die Klappe durchhielt oder brüchig geworden war.

Diese Klappe hob er an und zog eine abgegriffene, fleckige FABER-CASTELL-Schachtel hervor. Als er sie mit einer Hand öffnen wollte, weil er in der anderen den offenen Ranzen hielt, wäre sie ihm beinahe heruntergerutscht.

Ein schwarzer und ein silberner Füllfederhalter lagen in der Schachtel, in den silbernen war der Buchstabe E eingraviert.

Elsa starrte auf diesen alten Füller und ahnte, dass sie ihn bekommen sollte, woher auch immer Klaus ihn hatte. Blitzschnell liefen in ihren Gedanken verschiedene Möglichkeiten ab, auf solch eine Gabe zu reagieren. Wenn sie ihn annahm, wurde sie zu einer Komplizin und konnte ihn niemandem zeigen, weil er sicher irgendwo vermisst wurde. Lehnte sie aber ab, war sie dämlich.

„Woher hast du die?", flüsterte sie.

„Aus dem Hausmeisterschuppen. Die hatte der Alte versteckt."

„Wo denn?"

„Da wo niemand hinfasst. Hinter dem unteren Dachbalken. Da sammeln sich die toten Vögel und die toten Füllfederhalter." Er lachte.

„Mehr Vögel oder mehr Füller?"

„Vögel."

Das Kästchen konnte schon ewig dort gelegen haben.

„Dann hat er die einfach behalten, wenn er Füllfederhalter gefunden hat?"

„Vielleicht hat er die gegen Schnaps getauscht?"

Elsa nickte.

Sie hatte sich schon entschieden, aber sie durfte noch nicht zugreifen.

„Und was hast du mit ihnen vor?"

„Meine Mutter heißt Elisabeth."

Elsa konnte nicht verhindern, dass ihre Enttäuschung nun *sichtbar* war.

Klaus schmunzelte. Wahrscheinlich wollte er sie ein bisschen zappeln lassen, da er sie nur selten ohne ihren Zicken-Panzer erlebte – so, wie er sich eigentlich einen Kumpel wünschte.

„Ja, die heißt so", setzte er nach. „Aber die würde sich über eine Nähmaschine mehr freuen. Sie schreibt nicht. Und wenn, dann mit ihrem Kopierstift."

Elsas Kniemuskel fing wieder an herumzuspinnen. Sie krümmte sich ein wenig und strich über die Kniescheibe, um das Zittern einzufangen.

„Tut das weh?", fragte Klaus.

„Zuckt manchmal."

Er hielt ihr die Schachtel hin und sagte: „Such dir einen aus."

Sie griff sich den silbernen und flüsterte: „Der bringt's auf mehr Schnaps!"

„Dann prost!", sagte er und hatte es plötzlich eilig.

„Weißt du eigentlich, was man dafür kriegen kann, Kind?"

„Ein halbes Schwein vielleicht?"

Elsa hielt den Füller fest in der Hand, aber das *E* sollte Großmutter gut erkennen können.

„Eine Gans würde uns schon reichen. Wo sollten wir denn das ganze Eingekochte lassen!"

Großmutter blickte sich in der Küche um. Der junge Lehrer hatte eine Hälfte des Tisches belegt, seine Neugier schien mit einem flüchtigen Blick auf das Schreibgerät schon befriedigt.

„Ich möchte den aber behalten, Großmutter."

Der Lehrer sah Elsa jetzt an, als nähme er sie zum ersten Mal wahr.

„Du musst doch nicht so einen haben, Kind."

Elsa biss sich auf die Lippen. Großmutter hatte ihre liebe Not, jeden Tag etwas zu essen heranzuschaffen. Die Rationen, die auf Marken zu haben waren, waren lächerlich. Oft gab es nicht einmal das, was einem zustand. Also blieb nur der Schwarzmarkt, aber Großmutter hatte nichts zum Tauschen.

„In die Schule kannst du ihn ja doch nicht mitnehmen!"
Wahrlich nicht. Das hatte Elsa auch schon gedacht. Aber kannte sie jemandem mit E an der Schule, der den Füller verloren haben könnte? Sie ging die Gesichter der Lehrer durch, fast alle waren so jung wie der hier am Tisch, und die Alten waren vor fünfundvierzig keine Lehrer gewesen. „Er ist ein Geschenk. So einen krieg ich nie wieder."
Großmutter holte sehr tief und sehr laut Luft; da steckte alles drin, was sie in ihrem Leben geschenkt bekommen hatte, aber daheimlassen musste, in Königsberg.

„Zeig her, Elsa", sagte der Neulehrer plötzlich, „wir werden ihn reinigen, sonst kommt da niemals Tinte durch und du hast nur Pech damit."
Elsa schaute ihn fragend an. Hieß das, dass sie ihn behalten durfte? Sie wusste, dass der Lehrer gerade die Toleranz der Großmutter auf die Probe stellte.

„Komm, das machen wir draußen", sagte er, griff sich seine Schüssel und einen der sorgfältig von der Großmutter zugeschnittenen Lumpen-Läppchen. Er zögerte kurz und nahm dann noch einen zweiten.

Auf dem Hof kitzelte es Elsa im Bauch vor Aufregung, gleichzeitig fühlte sie sich, als hätte sie Großmutter, deren Blick durch das Küchenfenster sich tief in ihren Rücken bohrte, verraten.

Vorsichtig öffnete der Neulehrer den Füller, es knackte leise, der Tintenkörper war eingetrocknet. Er zog die Stirn kraus, als er kurz seine Nase an das Kopfstück gehalten hatte.

„Tote Vögel lagen da auch, wo der her ist", flüsterte Elsa.

„Die liegen immer neben solchen Kostbarkeiten", antwortete der Lehrer. „Wenn du in meiner Klasse wärst, müsstest du mir das jetzt alles erzählen, aber du bist ja nicht einmal an meiner Schule!"

Ein Glück! Sie würde sich ständig beobachtet und dadurch noch beengter vorkommen!

Er pustete durch das Kopfstück, um die winzigen Bröckchen zu lösen, die vielleicht den Weg versperrten, aber es saß alles fest.

„Mach mal die Schüssel voll!"

Elsa griff den Schwingel und nach dem vierten und fünften Pumpen füllte sich die Schüssel. Der Lehrer legte alle eingetrockneten Teile in das Wasser.

„Das ist ein Füller fürs Leben, Elsa. So einen habe ich nie gehabt. Kann schon sein, dass der ein Schwein wert ist, wenn er wieder funktioniert."

Elsa drehte sich zum Küchenfenster um.

„Und wenn *Ihre* Großmutter Sie bitten würde, den herauszugeben zum Tauschen?", fragte sie.

Er nahm eines der Läppchen und drehte es zu einer schmalen Wurst, die er vorsichtig in den feuchten Füllkörper schob, hielt dann kurz inne und schien nachzudenken.

„Meine Großmutter ist tot. Und meine Mutter auch, falls du jetzt noch nach ihr fragen solltest."

Elsa nickte beklommen. Er hatte eine kurze Bewegung mit der Hand gemacht, einmal knapp vor dem Hals vorbei. Es hätte auch zufällig sein können. Nein, hätte es nicht. Einige Wasserspritzer waren auf seinem Hemd gelandet.

„Die sind vor Angst gestorben."

Elsa starrte in die Schüssel.

„Ach so", sagte sie, um überhaupt etwas zu sagen und hörte gleich, dass die Worte nicht passten. Jetzt würde er sie naseweis finden.

„Tut mir leid", flüsterte sie.

Sein Blick ging an ihr vorbei, doch der Hof hatte keine Aussicht und keinen Horizont.

„Wir werden den Füller über Nacht im Wasser lassen. Erst wenn der Durchfluss klappt, können wir ihn mit Tinte füllen. „Möchtest du etwas Besonderes damit schreiben?"

Ging ihn das etwas an?

„Ich möchte alles damit schreiben. Zuerst einen Brief an Hanni."

Hatte er ihr nicht neulich den Brief gegeben? „Die kennen Sie ja schon", sagte sie trotzig. „Ihre Schwester ist auch tot. Typhus. Nicht selbst gemacht!" Oh Gott, das saß.

Sie schlug sich die Hand vor den Mund. Jeder hatte seine eigenen Toten, das wusste sie doch! Aber die Welt, in der keine Karten mehr geschrieben wurden, verweigerte sich ihrem Vorstellungsvermögen. Die Nachricht von Gigis Tod schmeckte so bitter und machte Elsa die Glieder bleischwer, wenn sie nur daran dachte. Manchmal konnte sie dann nichts anderes tun als nur dazusitzen, als wäre sie auch tot. Und immer war sie es selbst, die all das Schwere versuchen musste abzuschütteln, niemand nahm ihr den riesigen Kummer ab. Großmutter sagte nur immer, sie könnten noch froh sein.

Dabei hatten so viele ihr Schmerz-Gepäck zu schleppen, das man nicht gleich sah, aber vielleicht doch, wenn man genau hinschaute. Der junge Lehrer buckelte auch seine Last, die Mutter und die Großmutter und wen sonst noch, Elsa wollte lieber nicht fragen. Er drehte langsam den Kopf zu ihr, es dauerte eine Weile, und Elsa wartete die Sekunden ab, bis er sie wirklich ansah. Sie atmete aus. Der war doppelt so alt, aber genauso wund von innen wie sie. Da durfte niemand dran kratzen, sonst heilte das nicht. Elsa legte ganz sanft ihre Hand auf seine Schulter in dem sicheren Gefühl, dass es ihm in diesem kurzen Moment guttun würde.

„Schreibt der denn?", fragte Mutter, während sie mit der Fingerspitze immer wieder über das E strich.

„Solange die Tinte reicht. Klaus hat mir ein ganzes Glasfässchen voll geschenkt."

„Wo hat der das denn her?", wollte Großmutter wissen.

„Vielleicht auch vom alten Hausmeister? Ich weiß es nicht". Es war Elsa anzuhören, dass sie der Zweifel überdrüssig geworden war.

„In Schwerin spielt das keine Rolle mehr", sagte Mutter.

Diese Stadt war für Elsa wie ein Phantom, das verheißungsvoll klang, aber wenn Mutter dann wieder zu ihrem Studium gefahren war, blieben Elsa nur die Leere, das Warten und Großmutters knallharter Optimismus.

Erst als Mutter Großmutter ihr Zeugnis zeigte, hatte Elsa das Gefühl, die Zeit rutschte ein Stück weiter.

Großmutter hatte noch nicht einmal ihre Brille zurechtgerückt, da nahm Mutter das Papier wieder an sich. Sie drückte die Knie zusammen und wippte aufgeregt wie ein Kind bei Blasendrang. Dann brach die Nachricht aus ihr heraus:

„Und morgen muss ich nach Schwerin!"

„Am Sonntag?", fragte Großmutter.

„Wegen der Wohnung!"

Elsa war sofort bereit, Mutters Freude zu teilen. Es war selten, dass die sich wie ein junges Mädchen benahm und auch so aussah!

„Du meinst das Zimmer zur Untermiete – keine ganze Wohnung", verbesserte Großmutter.

„Aber Zimmer mit Kammer!"

„Ja, immerhin."

„Wann ziehen wir um, Mutter?", fragte Elsa.

„Noch in den Sommerferien."

Elsa schloss die Augen und überlegte, wie viele Kartons sie wohl brauchte für ihre Schulsachen, Briefe, ihre Wäsche und den Heinerich. Großmutter hatte manchmal schon gesagt, bei Elsa hätte sich längst viel zu viel angesammelt.

8 Feindliche Stürme durchtoben die Lüfte

Schwerin, 1952

In der Aula wurde es still, als die ersten Mädchen im Gänsemarsch durch die Seitentür auf die Bühne schritten. Am richtigen Platz angekommen, wandte sich eine nach der anderen dem Publikum zu, feierlich dem vorgegebenen Rhythmus folgend, mit Grazie, wie sie es geübt hatten. Erst als der ganze Chor stand, wird das Publikum auch die kleine Gruppe von Tenören und Bässen in den Blick genommen haben. Der Chorleiter bettelte jedes Jahr um neue Männerstimmen. Wenn er ein Alpha-Tier unter den Jungs überzeugt hatte, um das sich dann bald ein Rudel Mitsänger scharte, erlebte der große Schulchor seine Glanzzeiten. Nachdem ein mehrjähriger Leitwolf im Sommer das Abitur abgelegt hatte, verzeichnete der Chor wieder eine Männerflaute. Das Festkonzert zum dritten Republikgeburtstag musste dennoch ein Erfolg werden.

Elsa stand im Alt und freute sich, als sie Onkel Gustavs großen kahlen Schädel – Tante Anni, verhärmt daneben – im Publikum sah. Waren sie also doch gekommen! Obwohl es mit dem Überlandbus doch so unbequem für sie war. Auf der anderen Seite saßen Mutter und Großmutter.

Winken und Zuzwinkern waren untersagt. *Ihr seid Künstler*, hatte der Chorleiter ihnen eingeschärft, *ihr sollt euch ausschließlich dem Lied widmen und nicht den Verwandten im Auditorium!*

Elsa sah am Ärmel ihrer FDJ-Bluse hinunter bis zu den geschlossenen Manschetten, aus denen ihre schmalen Handgelenke herausragten. Sie hatte das Gefühl, dass ihre Hände längst erwachsen geworden waren, eher als alles andere. Beim Singen wurde ihr die Anwesenheit ihrer Hände immer sehr bewusst. Hanni hielt in Oldenburg eine

Chormappe, da hatten die Hände zu tun. Aber Elsa musste auswendig singen, weil die Schule nicht genügend Liederbücher ausgeben konnte.

Sie hatte dem Schuldirektor bei der Rede nicht zugehört. Er klappte seine Mappe zu und nahm in der ersten Reihe Platz, aus der sich sogleich der Chorleiter erhob, dem Applaus dankte, der wohl noch dem Direktor gegolten hatte, und mit angespanntem Lächeln auf den Chor zusprang. Routiniert schnipste er an seiner uralten Stimmgabel, ließ sie summend in die Jackett-Tasche gleiten und erfasste mit einer zackigen Kopfbewegung, in der der Auftakt schon angedeutet wurde, seine Sängerschar. *Feindliche Stürme durchtoben die Lüfte, drohende Wolken verdunkeln das Licht. Mag uns auch Schmerz und Tod nun erwarten, gegen die Feinde ruft auf uns die Pflicht. Wir haben der Freiheit leuchtende Flamme hoch über unseren Häuptern entfacht: die Fahne des Sieges der Völkerbefreiung, die sicher uns führt in der letzten Schlacht . . .* Elsa genoss den stürmischen Galopp des Liedes; der Chorleiter bremste ein wenig, hielt mit hochgezogener Augenbraue alle im Zaum und ließ seine Mimik zwischen Schmerz und Genuss spielen. Elsa war sich nicht sicher, ob sie all das mit einer Chormappe vor der Nase im Blick gehabt hätte.

Hannis Chor sang Lieder aus dem *Freischütz*!

Elsa mochte die kraftvollen Kampflieder, die überall gesungen wurden, aber was war das schon im Vergleich zu Liedern aus einer richtigen Oper? Das *Jägervergnügen* wollte sie auch singen, aber da kam *fürstliche* Freude drin vor.

Der Chorleiter ließ auf dem Abschlusston die Hände kurz in der Luft verharren, bis der Applaus einsetzte. Elsa stellte sich schmunzelnd vor, sie hätte gerade den *Freischütz* gesungen.

Neulich hatte sie tatsächlich einen Jäger kennengelernt!

Brüder, zur Sonne, zur Freiheit! Im Publikum sangen erst einzelne, dann immer mehr Stimmen mit. Der Chorleiter drehte sich ermunternd um, schon ging der ganze Saal mit. Tante Anni und Onkel Gustav nicht.

Dieser Jäger hatte geklingelt und Mutter war eilig zur Tür gelaufen um zu öffnen. Erst nach einer Weile hatte sie Elsa zu sich gerufen. Dort stand ein kräftiger Blondschopf und lachte sie mit schnurgeraden weißen Zähnen an. „Elsa?"

Sein Blick hatte eine Weile auf ihr geruht, dann schob er ihr seinen Jackenärmel entgegen, und Elsa fuhr jauchzend zurück. Ein putziges Fellgesicht lugte ängstlich über den Saum. Dunkelbraune Knopfaugen.

„Das ist ein Frettchen, Elsa", sagte der Mann.

„Wie lustig!"

Mutter schickte sie wieder zurück in das Zimmer und kam wenig später auch.

„Wer war das?"

„Ein Jäger", hatte Mutter gesagt und nicht weiter über ihn gesprochen.

Von der Jagd wusste Elsa überhaupt nichts, aber wenn sie Hanni sah, wollte sie das *Jägervergnügen* von ihr lernen.

Als einer der Mitschüler ein Becher-Gedicht aufsagte, beobachtete Elsa unauffällig ihre Mutter, die die Augen geschlossen hielt und gegen ihre Müdigkeit ankämpfte. Wo wollte sie Anni und Gustav unterbringen? In Großmutters Kammer, so sagte die selbst immer, gab es keine Mäuse, weil die dort keinen Platz hatten. Und vorn im Zimmer schienen sich abends, wenn sie die Couch zum Bett für Mutter und Elsa umbauten und dafür den Esstisch verrücken und die Stühle stapeln mussten, alle Möbel in sperrige Ungeheuer zu verwandeln, die niemanden vorbeiließen.

Nach dem Konzert, zum Abendessen, reichte der Platz noch. Anni hatte eine ovale Strick-Tischdecke mitgebracht, die sie jetzt auf dem mit Bügelbrandflecken und Wasserringen gezeichneten Furnier ausbreitete.

„Extra für Ausziehtische", sagte sie stolz, „aber auch für das kleine Gedeck geeignet."

Sie sonnte sich in Mutters ehrlicher Freude. Das fadenscheinige Leinenlaken hatte ausgedient.

Elsa fuhr mit dem Finger eine Maschenreihe entlang.

„Wie hast du die alle auf einer Nadel gehalten?"

Hier mischte sich unerwartet Onkel Gustav ein.

„Guck doch hin, Elsa! Acht Einzelteile. Die liegen bei uns in solchen Stapeln zu Hause."

Er übertrieb deutlich mit beiden Händen.

„Zusammengenäht. Fertig."

Gustav schnaufte und setzte nochmals an: „Zwei Decken die Woche. Und wir haben den Sonntagsbraten schon rein, hahahaha!"

Die schmale Tante Anni flüsterte: „Ich kann's dir zeigen."

„Aber wir haben ja jetzt eine Decke", sagte Elsa ausweichend, „und ich muss noch so viel anderes lernen für die Prüfungen im Sommer." Großmutter nickte eifrig und legte Brettchen, Bestecke, Wurst und Brot bereit. Alles auf Marken zusammengespart.

„Kaffeezeit ist vorbei?", fragte Gustav. „Anni, was machen wir nun mit dem Kuchen?"

„Raus damit", rief sie deutlicher, als Elsa es ihr zugetraut hätte.

Gustav verschwand im Flur und kam mit einem Napfkuchen zurück, der Elsa an die Backstube erinnerte.

„Mit guter Butter und vier Eiern gebacken. Ein Gruß von der Elbe", sagte Gustav feierlich.

Tante Anni und Onkel Gustav hatten eine Rückkehr nach Hinterpommern für aussichtslos gehalten und waren gleich im Ort geblieben. Inzwischen konnten sie eine kleine Wohnung mieten mit einem Zimmer, in dem ein Vorhang das Schlafgemach abtrennte, und einer Küche.

„Hell – die ganze Wohnung", sagte Anni manchmal, um sich zu trösten.

Elsa ließ sich den Kuchen auf der Zunge zergehen. Abends gab es sonst nie etwas Süßes. Auch Mutter und Großmutter schienen diesen Moment auszukosten. Dass überhaupt Besuch am Tisch saß, war etwas ganz Besonderes, und Elsa fragte sich, wo der nun bleiben würde, denn nach Hause kamen die beiden heute nicht mehr. Und dass sie sich zu fünft die zwei Betten teilten, konnte sie sich nicht vorstellen.

Doch Mutter schien keine Eile mit den Gästen zu haben. Sie war ins Plaudern gekommen über das Post-Mobiliar aus Großherzogs Zeiten und dass sie die alten Vordrucke als Schmierpapier benutzten. Nur die Hakenkreuze aus der jüngeren Vergangenheit schwärzte sie lieber, obwohl sie nur auf der Rückseite schrieb und der Tintenkringel durchdrückte; es gehörte sich doch so!

„Unter den Nazis lief's bei mir am besten", sagte Onkel Gustav.

Mutter wurde bleich und brachte nur ein verärgertes „pscht!" heraus.

„Und wenn's so war?", flüsterte Tante Anni.

Großmutter legte ihrer Schwester eine Hand auf den Arm.

„Sieh mal, wir haben noch Glück gehabt. Sind alle am Leben."
„Alle nicht. Nur die Marke ist noch nicht da", korrigierte Mutter sie, immer noch erregt.

„Und Gigi ist auch tot", flüsterte Elsa, doch sie wusste, dass die in dieser Rechnung nicht mitgezählt wurde. Jeder hatte seine Toten und trauerte für sich. Sonst wäre es für alle zu viel.

Sie musste die Wanduhr schon angestarrt haben, jedenfalls hatte Mutter es bemerkt.

„Für die Übernachtung habe ich gesorgt."

Tante Anni nickte eifrig und flüsterte verschwörerisch: „Ist aber geheim."

Also fragte Elsa nicht weiter, obwohl sie keine Geheim-Domizile in der Stadt kannte. Jedenfalls würde sie ihre Betthälfte nicht räumen müssen.

In dem Moment, in dem ein anderes Thema hätte gesucht werden müssen, flüsterte Mutter: „Der Gastwirt an der Ecke hat wieder ein Fremdenzimmer freigemacht. Unter der Hand. Sonst nehmen sie es ihm weg."

Klar. Mutter kannte sich aus.

„Kann ich noch eins?", fragte Elsa und deutete auf den Kuchenteller.

Großmutter legte den Kopf schief und gab zu bedenken, dass morgen jeder noch einmal so ein Stück genießen könnte, wenn sie jetzt verzichtete. Ein Wurstbrot sollte sie sich noch schmieren.

Wozu das? Elsa war satt. Und Großmutter hatte Recht.

Wenn Elsa Mutter in ihrem Dienstzimmer besuchte, konnte sie jenen Seitenflügel des Doms sehen, in dem die Alte Bibliothek untergebracht war. Sie vermutete hinter den hohen Fenstern Katalogschränke und beobachtete die Schemen derer, die davor ausharrten, in leicht geneigter Haltung. Unten musste der Lesesaal sein, da sich der Lichtschein hinter einer Vielzahl von hohen Spitzbogenfenstern nicht veränderte. Wenn Elsa auf dem Heimweg von der Schule bei Mutter im Büro vorbeischaute, faszinierte sie diese Fassade wie ein altes, verschlossenes Puppenhaus, in dem ein besonderer Geist bewahrt wurde.

„Warst du da schon mal drin, Mutter?"

„Was denn *noch* alles?"

„Kann man da einfach so rein?"

Mutter löste ihren Blick von einer großen mit Lineal gezeichneten Tabelle auf ihrem Post-Schreibtisch.

„Wo?"

Elsa hatte in letzter Zeit öfter festgestellt, dass Mutter nicht richtig zuhörte.

„Da drüben ist eine Bücherei, glaube ich."

Mutter zog bedauernd die Schultern hoch.

„Die haben wohl nichts für Kinder."

Elsa beschloss, das selbst herauszufinden.

Die Bücherauswahl in der Schulbibliothek beschränkte sich auf die hauseigenen Jahrbücher und ein paar Klassensätze griechischer Tragödien, die um die Jahrhundertwende als Groschen-Ausgaben publiziert worden waren. Elsa hatte Lust auf Romane. Einmal hatte die Wirtin, mit der sie die Küche teilten, Mutter *einen Zweig* ausgeliehen, *Sternstunden der Menschheit*. Elsa war zuerst am Lesen gewesen und hätte sich gern noch mehr ausgesucht, doch dann hatte die Wirtin ihr vorgeworfen, jeden Abend zu laut zu singen. „Feindliche Stürme durchtoben die Lüfte, riesige Wolken verspielen das Licht". Es hieß aber: *drohende Wolken verdunkeln das Licht*, und Elsa hatte sie korrigiert.

Ob sie *jetzt noch frech werden* wollte?

Keinesfalls. Elsa hätte sich *nur darüber gewundert, dass sich der Text nicht einprägen konnte bei der täglichen Wiederholung.*

Großmutter hatte der Wirtin freundlich zugenickt und Elsa in das Zimmer gezogen.

„Haben wir solchen Streit nötig, Kind?"

„Das war nur eine Klarstellung, Großmutter, kein Streit." Aber ihr war die Lust vergangen, nach Büchern zu fragen.

Elsa schlüpfte durch die schwere Eingangstür der Bibliothek und stieß sie wieder zu, so dass es krachte und ein wenig nachhallte im kleinen Vorflur. Drei Stufen, noch eine Tür, und sie stand in einem hohen Raum, der dadurch, dass die Fenster am Ausleih-Tresen mit Bücherregalen halb verdeckt waren, künstliches Licht brauchte.

„Willst du in den Dom? Dann musst du vom Markt aus den Eingang nehmen", sagte ein Bibliothekar mit Nickelbrille aus Vorkriegszeiten und musterte sie freundlich.

„Ich wollte mir ein Buch ausleihen."

„Bist du denn schon sechzehn?"

„Gerade siebzehn."

Während er die Daten aus ihrem Personalausweis abschrieb, entzifferte sie die Buchtitel in den Regalen, die hinter ihm standen. *Werkstoffkunde, Karl Marx*, ein paar *Pädagogik*-Lehrbücher, Zeitschriften. Sie wollte Stefan Zweig! So eines lag da nicht. Möglicherweise konnte die Suche kompliziert werden. Dann entdeckte sie die Namenszettel in den Büchern und die Buchstaben an der Frontseite der Regalbretter.

„Hier wird abgeholt, nicht wahr?"

Der Bibliothekar stützte sich mit den Unterarmen auf und sah sie über den Rand seiner Nickelbrille an, belustigt, wie ihr schien. Dann erst nickte er.

„Am Sonnabend findet hier eine Führung statt, an der Sie teilnehmen können."

„Vielleicht. Eigentlich möchte ich nur ein Buch ausleihen."

Er schickte sie eine schmale gewundene Treppe hinauf in die Katalogabteilung. Dort stand sie zwischen den mannshohen Schränken und richtete den Blick aus dem Fenster. Vielleicht sah sie Mutter. Aber sie war sich nicht sicher, ob deren Zimmernummer und die Zählbarkeit der sichtbaren Fenster sie wirklich in das richtige Büro lenken würden.

Eine Bibliothekarin bot ihr plötzlich Hilfe an, zog zielsicher einen Katalogkasten auf und wies auf den beschrifteten Karteireiter *Stefan Zweig*. Die unten gelochten Kärtchen wurden über eine Stange zusammengehalten und ließen sich mit vier Fingern beider Hände durchblättern. Elsa hatte viel zu schnell gefunden, was sie suchte. Ihr gefiel das rasche Umschubsen der Kärtchen, die Buchtitel aufwiesen, von denen sie noch nie gehört hatte. Den Blick der Bibliothekarin im Rücken spürend, sah sie sich den Leihschein an, den sie ausfüllen musste. Schon tippte deren Finger auf ein dick umrandetes Feld, in das Elsa gerade den Code von der Karte eintragen wollte. „Hier, die Signatur muss zwei Mal drauf. Der rechte Teil wird nachher abgerissen."

So weit war Elsa doch noch gar nicht!

„Ich seh schon, danke."

Als sie zwei Stunden später das Buch abholen konnte, musste sie anstehen. Zum Feierabend hatten die Leute Zeit in die Bibliothek zu gehen. Elsa hatte im Ausgaberegal sofort ihr Buch entdeckt, legte ihre Lesekarte auf die Theke und fühlte sich ein Stück erwachsener.

In den Kartoffelferien hatte sie es sich schon ab dem frühen Nachmittag im Bett bequem gemacht und in Zweigs Novellen vertieft. Mutter sparte Kohlen, wenn sie sich gut zudeckte und den Bibliotheksbüchern widmete. Die Schachnovelle setzte ihr zu. *Dr. B.*'s Einzelhaft ließ sofort die dunklen Erinnerungen in Tante Annis Keller aufleben. Niemals wäre Elsa in ihrer Todesangst auch nur eines klaren Gedankens fähig gewesen. Dr. B. in der Novelle aber erlernte lediglich mit einem Buch, das die berühmtesten Partien nachzeichnete, das Schachspielen und entfloh dadurch dem drohenden Wahnsinn. Elsa meinte, auch über Disziplin und Konzentration zu verfügen, jedenfalls ein wenig, und wollte sich testen. Konnte sie sich eine Schachpartie überhaupt vorstellen, ohne Brett und Figuren vor sich zu haben?

Sie ließ ihren Blick durch das Zimmer wandern, folgte den verschlungenen Blumenmustern der Tapete, sah dabei Mädchenhände, die Löwenzahn-Kränze wanden, hörte Möwen draußen, auch den Dampfer, ließ die Gedanken immer weiter durch den vergangenen Sommer treiben und übte dann innerlich: *Stopp! Schachpartie!* Springer, Läufer, wo standet ihr gerade? Dann musste sie lachen. Sie wäre an Dr. B.'s Stelle eben doch wahnsinnig geworden in solch einer Einzelhaft. Ein Schachbuch hätte sie nicht aufhalten können.

Als Mutter in die Stube trat, trug sie ein neues, schickes Wollkostüm mit weit geschnittenem Rock und einer Jacke, in der sie wie eine Halma-Figur aussah.

Großmutter hatte sie kommen hören, trat aus ihrer Kammer und nickte anerkennend, als Mutter sich wie eine Tänzerin drehte.

Elsa fühlte so etwas wie Stolz, weil auch Mutter sich einmal etwas nähen ließ, was nicht alle trugen. Für den Winter. Das Sommerkostüm war fadenscheinig geworden, und Mutter musste ja auch etwas darstellen im Büro. In dieser Jacke zeigte sie eine andere Präsenz, mehr Fülle, mehr Stolz, mehr Größe.

„Du bist schön, Mutter", sagte Elsa.

Mutter trat an das gemeinsame Bett und sah ihre Tochter an. Der Krieg war aus den Falten ihres Gesichts gewichen, die Schatten unter ihren Augen hatten eher etwas Mondänes als etwas Müdes. Die Arbeit tat ihr gut.

Dennoch zuckte sie bei dem kleinen Kompliment zusammen, als wäre attraktiv zu sein unschicklich, wenn der Ehemann als vermisst galt.

Die Strapazen in der Weihnachtszeit änderten Mutters Konstitution. „Wir ertrinken in der Post-Flut", fluchte sie und schwor sich, keine einzige Weihnachtskarte zu schreiben, während Elsa sehnsüchtig auf Post aus Lohne wartete. Pakete aufzugeben wäre eine Zumutung für das Personal, schimpfte Mutter. Da konnte sie also froh sein, dass der Kreis der von ihr zu Beschenkenden mit ihr zusammenlebte. Sie hatte schwer *mit dem Wasser* zu tun, mit geschwollenen Beinen und Armen. Auf ihre aufgequollenen Finger passte kein Ring mehr. Elsa zitterte jede Nacht auf dem von Mutter nassgeschwitzten Laken, doch weil sie ihr leid tat mit dem Wasser und der ganzen Arbeit, sagte sie nichts. Am Abend wurde das Laken einmal *durchgedrückt*, am Ofen getrocknet und von Mutter wieder aufgezogen. Das Bett ließen sie den Tag über aufgeklappt stehen, auch zu Weihnachten, als sich Mutter immer wieder hinlegte.

„Ich hole einen Arzt", schlug Elsa vor.

„Lass den mal bei seinem Tannenbaum, Kind. Das geht vorüber."

Großmutter nickte. Sie hätte es damals auch ganz schlimm gehabt *mit dem Wasser*. Mutter warf ihr einen langen Blick zu, den Großmutter mit einem begütigenden „aber das ging dann wieder weg" begegnete.

Elsa konnte sich nicht erinnern.

Am ersten Schultag nach Neujahr empfing Großmutter Elsa schon an der Wohnungstür und schwenkte übermütig eine glänzende Weihnachtskarte, auf der ein mit Lichtern überladener Weihnachtsbaum in einer idyllischen Schneelandschaft abgebildet war.

Elsa genoss den kleinen Herzhüpfer, den Hannis Post bei ihr auslöste.

„Was schreibt sie denn, Großmutter?", fragte sie, als sie sich noch nicht sattgesehen hatte an dem märchenhaften Foto.

„Das weiß *ich* doch nicht! Es ist deine Karte."

„Als wenn du nicht mal draufgeschaut hättest", lachte Elsa. Dann zog sie ihr die Karte aus der Hand und bemerkte sofort, dass Hanni an ihrer Handschrift gearbeitet hatte. Schnörkel und Herzchen, na gut.

Liebe Elsa,

*zu Weihnachten werden wir schon bei Onkel Hermann wohnen. Dies ist
also meine letzte Post von Struppmeiers Hof. Mutter und Onkel Hermann
wollen nicht heiraten wegen der Rente und weil das mit dem Lastenausgleich dann nicht sicher wäre. Meine neue Stiefschwester heißt auch Gisela.
Sie ist so alt wie ich, wir werden uns ein Zimmer teilen. Ich bin immer sehr
aufgeregt, wenn ich sie sehe, dabei sollen wir doch Schwestern werden!
Schöne Weihnachten und bis zum Wiedersehen im neuen Jahr! Wir können
bestimmt zu dritt in dem Zimmer schlafen.*

Deine Hanni

Das war eine Einladung!
„Ich fahr zu Hanni!"
Großmutter lehnte am Türrahmen ihrer Kammer und nickte.
„Du wolltest schon längst mal dahin. Klappt ja immer nicht."
Aber es hatte nicht an Elsa gelegen. Mutter hatte immer Gründe
gehabt, sie den Besuch verschieben zu lassen. Entweder mangelte
es am Reisegeld oder am Pass, der noch nicht umgemeldet war, oder
an den Ferien, die anders verplant waren. Dabei hatte Mutter wohl
nur den Draht zu Hannis Familie verloren und die Mühe, ihn neu zu
knüpfen, mochte sie nicht aufbringen.
„Ich fahre, Großmutter. Im Sommer!"
„Ja, sicher", antwortete sie knapp. „Die kriegen einen Lastenausgleich",
schob sie nachdenklich hinterher.
„Ich würde deine Karten bestimmt auch lesen!" Elsa lachte.
Sie verteilte das Körbchen mit Mutters Medikamenten, eine Teekan-
ne, die Bücher aus der Bibliothek und eine Schale mit Nüssen auf
dem Bett und einer Konsole, auf der sich immer alles türmte, was
kurz im Weg lag. Jetzt hatte sie Platz für einen Antwort-Brief.

Liebe Hanni!

*Wenn deine neue Schwester auch Gisela heißt, dann ist das ein Zeichen!
Bestimmt ein gutes. Aber ich würde niemals Gigi zu ihr sagen.
Es ist schön, dass ich euch besuchen darf. Andersherum wird es noch nicht
gehen. Hier ist es so eng, daß wir immer nur am Räumen sind. Ein paar
Schulsachen und die Wörterbücher würde ich gern aufheben, aber wo?
Ich kann jetzt schon gut Russisch. Aber es fühlt sich anders an, weil hier
jetzt alles etwas anders ist und wir nach vorn gucken. (Außer Onkel Gu-
stav).*

Deine Elsa

Sie konnte ihren Umschlag frankieren, weil Mutter immer Briefmarken in der Schublade aufbewahrte, obwohl sie keine Karten schrieb. Als Elsa vom Briefkasten zurückkehrte, stellte sie sich vor ihre Großmutter und suchte nach besorgten Zeichen in deren Gesicht. Großmutter konnte sich mit Leib und Seele, Dutt und Brille in eine Arbeit versenken. Dann ging ihre Welt nicht über den Sessel hinaus, in dem sie kauerte, und ihr Draht zu den anderen reichte nicht weiter als der Faden, den sie durch das Nadelöhr gezogen hatte. Seit sie so beengt wohnten, war dies ihre Art, sich gelegentlich in sich selbst zurückzuziehen. Großmutter hatte sich für solche Momente ein zischelndes Pfeifen angewöhnt, das bei Elsa zu Ohrwürmern führte, sobald sie das Lied erkannt hatte. Dieses Mal erschienen Elsa die plötzlich hervorgekrempelte Näharbeit aber unwichtig und Großmutters innere Abwesenheit vorsätzlich.

„Wo ist Mutter?"

Großmutter pfiff weiter, drehte das Stück Stoff um, das einst eine Schürze gewesen war, und hielt den Kopf abschätzend ein wenig schief.

Sie hörte doch sonst noch gut?

Als Elsa erneut nach der Mutter fragte, stellte sie einen scharfen Unterton in der eigenen Stimme fest.

Großmutter gab vor, sich erschreckt zu haben und richtete sich auf.

„Was ist denn los, Kind?"

„Wo Mutter ist, möchte ich wissen."

Großmutter winkte ab und tat so, als wäre weiter nichts.

„Sie wollte dann doch ins Krankenhaus gehen."

„Wurde es so schlimm?"

Großmutter nickte.

„Ich hatte das auch. Die Ärzte können da aber helfen. Dann ist es wieder gut."

Sie starrte auf das Bett, in dem Mutter am Morgen noch gelegen hatte.

„Was könnte ich ihr mitbringen morgen?"

„Da ist nur sonntags Besuchszeit. Und bis dahin ist sie wieder zu Hause."

Großmutter sagte dies mit einer merkwürdigen Bestimmtheit und schlug die alte Schürze mehrmals auf ihre Oberschenkel. Elsa erwartete fast noch ein „Basta!", also hielt auch sie das Gespräch für beendet.

Wenn sie ganz allein war in der kleinen Wohnung, störte sie die Enge nicht. Sie nahm die Stühle, die vor dem Schrank Polster auf Polster gestapelt waren und in deren Geviert hochragender Beine der Wäschekorb geklemmt war, wie ein extra Möbel-Gebilde wahr, das sich bei Bedarf zerlegen ließ und an dem sie getrost vorbeigucken konnte, wenn sie die Linien der Tapetenblumen verfolgte. Vokabeln prägten sich ihr ein, wenn sie sie einzeln auf ein Stuhlbein, in das Schrankschlüsselloch oder auf einer der Tapetenranken platzierte. Im Unterricht sollte sie das Sortiment einer Bekleidungsabteilung vorstellen. Der Blüte, die knapp über der Schrankecke zu sehen war, hatte sie also *Schljapa* zugewiesen, weil sie schon wie ein Hut aussah! Die Stuhllehnen hier hatten zwar lange keine Herrenjacke in Form gehalten, aber das Wort *Pidjak* ließ sich an ihnen festklammern. Ein ärmelloses Kleid, womöglich an der Seite zum Reinschauen, erschien ihr reichlich verdorben in ihrem Alter, so dass sie es ins Schlüsselloch des Schranks verbannte; rein da, du *Platje bes Rukavov*. *Ja nje snaju svoevo rasmena*. Ich weiß meine Größe nicht. Herrje, und eigentlich gab es sowieso nichts zu kaufen.

Sie stand auf, es hatte geklingelt.

Hinter dem Türglas sah sie, wie jemand seine *Schljapa* abnahm, das war nicht die Großmutter. Die Kette spannte sich straff, als sie den Mann durch den Spalt fragend ansah.

„Elsa – nehme ich an?"

Sie nickte. Es gab Menschen, die schienen immer ein Stück weiter zu sein als sie und wussten mehr, als sie ihnen ansehen konnte. Dieser Mann gehörte zu denen.

„Deine Mutter! Ist die zu Hause?"

Elsa suchte diesen Satz und den Tonfall, in dem er gesprochen worden war, nach Bedrohlichem ab. Vielleicht mussten sie aus der Wohnung ausziehen, hatte Mutter Schulden gemacht? Aber das passte nicht zu ihr.

„Meine Mutter ist krank", sagte Elsa heiser und verschwieg, dass sie noch nicht wieder nach Hause gekommen war.

„Krank nennt man das eigentlich nicht." Er nahm die straff gespannte Türkette zwischen Daumen- und Fingerkuppe und flüsterte: „Nun lass mich mal eintreten."

Der Unterton duldete keine Kette mehr. Elsa schreckte ein wenig zusammen, als ihr bewusst wurde, wie schnell sie nachgegeben hatte. Ungebeten nahm der Mann am Tisch Platz. Elsa raffte ihre Hefte zusammen und legte sie auf dem Bett ab. Erstmals sah sie das Zimmer mit den Augen eines Besuchers, der gerade umständlich seine Jacke über die Lehne hängte. *Pidjak.* Sie musste schmunzeln, das Wort ging ihr nun nicht mehr verloren.

„Deine Mutter möchte ich sprechen."

„Das ist noch nicht möglich. Sie ist krank." Das letzte Wort betonte sie etwas, damit er es nicht erneut in Zweifel zog. Was wusste er denn schon?

Sie war sich nicht sicher. Höflich fragte sie nach seinem Namen.

Er käme vom Amt, hieße Soundso und wollte eigentlich nur das Formular ausgefüllt haben für die Akten.

„Lassen Sie es hier, ich gebe es Mutter, wenn es ihr bessergeht."

„Ein Wochenbett kann Monate dauern, so viel Zeit haben wir nicht."

Elsa spürte einen fiebrigen Schauer im ganzen Körper und vermutete einen Moment sich verhört zu haben. Jedes Nachfragen würde sie bloßstellen, doch sie sah das triumphierende Flackern im Blick ihres Gegenübers und dessen Freude daran, sie überrascht zu haben mit etwas Unaussprechlichem. Elsa fühlte sich so ahnungslos und nackt wie lange nicht.

„Mutter wird bald wieder zur Arbeit erscheinen", hörte sie sich sagen, einfach weil die Mutter allein für das Familieneinkommen sorgen musste und nie etwas anbrennen ließ.

„Dann soll sie dies schnell ausfüllen", sagte der Mann fast versöhnlich.

Er öffnete seine zerkratzte Aktentasche und entnahm ihr ein Formular, auf dem in großen Druckbuchstaben schon Eintragungen in einer ihr fremden Handschrift vorgenommen worden waren. Sie traute sich nicht, einen genauen Blick auf die Felder zu werfen, hatte aber das Wesentlichste erfasst. INA war geboren worden und trug ihren Nachnamen.

Eine irre Panik erfasste sie, die sie mit beiden Händen beherrschen wollte, indem sie sie auf ihr wild pochendes Herz drückte und schnell vor den Mund zog, als dem ein Schluchzen entwichen war.

Mutter, die Nacht für Nacht mit ihr ein Bett geteilt hatte? Sie hatte sich gefreut, als das sparsame Familienoberhaupt sich ein neues Kostüm hatte schneidern lassen. Sie hatte sich gewundert, dass es so schlimm werden konnte *mit dem Wasser*. Sie hatte sich geärgert über Großmutters pfeifend-fröhliche Gelassenheit, als Mutter in die Klinik gegangen war. Aber sie hatte nun mal überhaupt keine Ahnung, erst recht nicht vom Kinderkriegen.

INA. Wo sollte dieses Kind hin?

Elsa sah sich um im kleinen Zimmer und stellte fest, dass der Mann gegangen war.

Das Formular auf dem Tisch rührte sie nicht an.

Die Toilette für die ganze Etage lag im Treppenhaus, zehn Stufen tiefer.

Als Elsa zurückkam, war der Zettel vom Tisch verschwunden, die Tür zur Kammer der Großmutter stand offen.

Sie hätte geträumt haben können.

Zum Wochenende kam Mutter wieder nach Hause. Ihr bleiches Gesicht hob sich kaum ab von der Farbe des Kopfkissens, erschöpft und krank – doch, es sah krank aus! Elsa versuchte nicht, es mit anderen Augen zu sehen und Spuren eines Schuldbewusstseins zu suchen.

„Wie geht es dir, Mutter?"

„Recht gut. Wie immer." Sie wagte sogar ein Lächeln.

„Ein Mann vom Amt war da."

„Er hat ein Formular gebracht, ich weiß. Das muss ich nächste Woche abgeben, wenn ich wieder arbeiten gehe."

Elsa wartete, ob sie noch etwas dazu sagen würde. Sie traute sich nicht, nach dem Baby zu fragen. Es war so absurd. Niemals war von Schwangerschaft und Niederkunft die Rede gewesen, dann sollte beides wohl nicht zur Sprache kommen. Im Stillen wünschte sich Elsa, dass alles so blieb, wie es war. Das war schon schwer genug.

Die Mutter schloss ermattet die Augen. Elsa setzte sich auf das Bett und entdeckte zahllose winzige Pickel im erschöpften Gesicht, von dem sie nicht wollte, dass es ihr fremd wurde.

„Brauchst du etwas, Mutter? Müssen wir irgendwas besprechen?"

„Nein, Elsa-Kind, es ist alles gut, wie es ist. Mach dir keine Sorgen."

Manchmal dachte Elsa nun an INA, die irgendwo in einer anderen Familie aufwuchs.

9 Zwangshelden im Zweifel

Berlin, 1955

Da – *Tiergarten!* Elsa glaubte, ihre Jackenknöpfe hielten ihrem Herz-klopfen nicht stand. Die S-Bahn drosselte das Tempo, und die auf dem Bahnsteig Wartenden wechselten in einen aktiveren Modus, er-hoben sich von den Bänken, schoben eine gefaltete Zeitung in die Manteltasche und suchten die vorbeifahrenden Waggons nach den besten Plätzen ab. *Am Kiosk auf dem Bahnsteig,* hatte Hanni gesagt. Aber hier war kein Kiosk. Im Brief war doch von einem Tierpark die Rede gewesen, oder nicht? „. . . in Richtung Wannsee über Zoolo-gischer Garten, Westkreuz – einsteigen bitte!" Zoologischer Garten? Dann meinte Hanni den? Fast zeitgleich mit dem Schließen der Tü-ren sprang Elsa wieder in den Waggon, und sah sich scheu um. Nie-mand scherte sich um sie, es wurden Abendzeitungen aufgeschlagen und Handtaschen platziert, während die Bahn längst wieder Fahrt aufgenommen hatte.
Zoologischer Garten. Nun war sich Elsa sicher. Der Bahnsteig war überfüllt von Menschen, doch sie erblickte den Zeitungskiosk sofort. Zehn Jahre hatte sie Hanni nicht gesehen, also ihr halbes Leben nicht! Sie bahnte sich einen Weg und musterte die Gesichter derer, die ihr entgegenkamen. Vor dem Kiosk schoben sich die Menschen schritt-weise zum frischen Stapel der Abendzeitung in der Verkaufsluke, legten eine Münze auf den Glasteller und griffen zu.
Da stand sie! Hanni war ein Stück größer als Elsa und sah aus wie eine junge, sehr schlanke Variante ihrer Mutter. Das registrierte Elsa gerade noch, dann hing sie an Hannis dezent parfümiertem Hals, schloss die Augen und versuchte die Tränen zurückzuhalten, weil sie sich schwach fand, wenn sie jetzt heulte. Doch die kleine gemein-same Welt in Königsberg rückte so schmerzhaft nah, dass Elsa die Sofadecke spürte, unter der sie sich beim Kaffeekränzchen-Spiel ge-neckt hatten. Hanni war nun wirklich eine *feine Dame* geworden.

„Du siehst wie deine Mama aus!", kicherte Hanni.

„Nein, du!", lachte Elsa. „Wie deine!"

„Damals, musst du dazusagen."

„Klar."

Elsa hielt Hannis Jackenärmel fest, als sie mit den Menschenmassen die Stufen zur Bahnhofshalle hinuntergetrieben wurden. Als sie ins Freie traten, wusste sie nicht, ob sie sie loslassen sollte. Sie lockerte ihre Finger etwas und spürte jetzt das feine Gewebe. Langsam ließ sie ihre Hand bis zum Bündchen hinabrutschen. Hanni verstand diese Geste als Annäherung und so fassten sie sich an den Händen, während Elsa sich bemühte, an den Schaufenstern schräg vorbeizugucken, um nicht zu sehr auf die Auslagen zu starren.

„Den will ich mir kaufen, Elsa", sagte Hanni und deutete mit der Linken auf einen Kühlschrank, der hinter der geöffneten Schwingtür alles was das Herz begehrte als Attrappen präsentierte.

„Sobald es einen Nachfolger gibt, dann wird der günstiger, und ich greif zu, das wirst du sehen."

„Hast du denn den Platz dafür?" Elsa dachte an die Küche, die sich ihre Mutter und die Großmutter immer noch mit der Nachbarin teilten.

„Dann – ja."

Ob sie denn auch das Geld dazu haben würde, wollte Elsa nicht fragen. Sie durfte es wohl voraussetzen, sonst hätte Hanni ihr den Wunderschrank gar nicht gezeigt.

Ihre Hand fröstelte ein wenig in der der Freundin, die Finger wollten sich nicht recht anschmiegen, und Elsa löste sie behutsam, um ihre Handtasche einmal zu öffnen, ein wenig darin zu kramen und wieder zu schließen. Einfach so.

„Und du bist jetzt Bibliothekarin?", fragte Hanni.

„Nein. Ich studiere noch."

„Sowas studiert man doch nicht, Elsa."

Ach, nein? Elsa, die glücklich war, einen Studienplatz in der ersten Matrikel des Instituts bekommen zu haben, überlegte, ob sie ihr erklären sollte, dass die Bibliothekswissenschaft sogar schon eine Vorkriegstradition gehabt hatte.

Hanni legte ihren Arm um Elsa und flüsterte: „Hier jedenfalls nicht."

Allerdings. Das wusste Elsa auch.

Als sie an einer Konditorei vorbeikamen, hatte Elsa bereits vergessen, dass sie sich nicht um Schaufenster scheren wollte. Sie konnte sich einfach nicht sattsehen an den winzigen Törtchen, die mit Lochmuster-Papiermanschetten dekoriert und märchenhaft mit Zuckerwerk und Marzipan verziert waren. In solche Zauberwerke biss man nicht einfach hinein, doch Hanni, die sie amüsiert beobachtet hatte, zog sie schon die Eingangsstufen hinauf.

„Such dir eins aus, Elsa", lachte sie.

„Hanni, das ist nicht zum Aussuchen, nur zum Gucken", flüsterte Elsa heiser.

„Dann musst du nehmen, was ich für dich auswähle!" Sie machte eine Pause und leierte dann wie ein Ausrufer auf dem Jahrmarkt: „Dabei hättest du *jetzt* die Chance!" Dann lachte sie herzlich und flüsterte: „Wirklich. Hermann hat gesagt, ich soll dich einladen."

Hermann? War das Hannis Freund? Hanni und Hermann, das passte ja irgendwie. Elsa musste ihren Blick verdutzt der Freundin zugewandt haben, und die hatte sofort verstanden.

„*Onkel* Hermann! Der von meiner Mutter, weißt du?" Sie ließ in ihrer Jackentasche ein paar Münzen klimpern. Die waren also von ihm.

„Joachim ist noch nicht so weit, aber bald", schob Hanni nach.

Joachim, aha! Elsa wusste noch keinen Männernamen, den sie bei solcher Gelegenheit einflechten konnte.

„Halt uns die Ecke dort hinten mal frei, ich mach das hier schon", sagte Hanni geschäftig. Elsa setzte sich an den Zweiertisch und drehte eine schlanke Vase mit Blümchen ein paar Mal um sich selbst, bis Hanni ihre Bestellung aufgegeben hatte. Kaum, dass auch sie Platz genommen hatte, näherte sich die Konditorin mit einem Tablett und servierte die Tellerchen und zwei Tassen Kaffee.

Elsa starrte die Marzipanblüte auf dem Schokoguss an. Deren Ähnlichkeit mit dem Blümchen in der Vase verblüffte sie kaum noch.

„Schick, nicht wahr?", fragte Hanni lachend. „Wenn ich solche Kunstwerke sehe, muss ich immer an das Liedtke-Marzipan denken."

„Welches Marzipan?"

„Jessesmaaria, hast du das vergessen? Das Liedtke-Marzipan im Zoo?"

„In Königsberg, natürlich. Daran habe ich schon ewig nicht mehr gedacht, Hanni. Du hast Recht. Mit Tiergesichtern und Blüten."

„Genau! Lass es dir schmecken, Elsa!"

Hanni leckte sich die Lippen, wartete aber noch.

„Und du?", fragte Elsa.

Zum ersten Mal trank sie Bohnenkaffee, ihr Herz pochte strammer und sie war plötzlich hellwach.

Hanni schien die Frage zu erstaunen.

„Wieso – ich?"

„Was machst du?"

„Ich bin an der Schwesternschule. Und ich kann bei Hermanns Cousine wohnen." Sie nippte kurz an der Tasse. „Besser geht's nicht."

„Nein, besser geht es nicht", bestätigte Elsa.

Hanni wandte sich wieder dem Küchlein zu und drehte es einmal mitsamt der Lochmustermanschette.

„Du, sowas haben wir hier auch nicht jeden Tag."

„Das dachte ich mir. Warum dann heute?"

„Weil ich dir was bieten möchte, wenn wir uns schon mal treffen." Sie klopfte Elsa übermütig auf den Oberschenkel, und Elsa ahnte, dass es gleich knistern würde, weil sich der Rockstoff manchmal auflud, wenn jemand ihn berührte. Sie fühlte sich unterlegen und gleichzeitig doch ein bisschen schlauer als ihre alte Freundin.

„Du bist ja geladen, Elsa", kicherte Hanni.

„Immer."

„Perwoll", murmelte sie. „Aber das gibt es bestimmt nicht bei euch."

War das etwa ein Problem? Elsa fand, nein. Doch sie sagte nichts.

Sollte sie es etwa an solchen Dingen festmachen, dass sie sich voneinander entfernt hatten?

Sie hielten die Tassen auf ähnliche Art fest, als wollten sie ihre Hände an ihnen wärmen. Was konnte Elsa noch fragen? Vielleicht nach der zweiten Gisela?

„Und Gisela? Die Tochter von Hermann. . .? Wie kommt ihr miteinander aus?"

Hannis Blick verfinsterte sich, sie schwieg eine Weile und schaute so konzentriert in ihre Kaffeetasse, dass sich die Pupillen annäherten.

Wer am längsten schielen konnte, hatten sie früher auch manchmal gespielt, aber ohne Gigi, weil der jemand erzählt hatte, die Augen blieben stehen, falls genau dann eine Uhr schlug. Elsa hatte das ausprobiert. Es stimmte natürlich nicht.

Hanni sah sie jetzt an.

„Gisela hat ein Unglück gehabt."

Elsa war sich nicht sicher, wie sehr sie deren Schicksal wirklich interessierte. Sie wollte nur wissen, ob sie Hanni eine neue Schwester werden konnte. Aber Hanni schien mit sich zu ringen, wollte erzählen und dann doch wieder nicht. Sie nahm die zierliche Kuchengabel, knipste die Blüte vom Küchlein und schob sie in den Mund. Dann schaute sie sich in der Konditorei um.

„Sie musste zu einer Engelmacherin", flüsterte sie. „Das war ganz schlimm!"

Was für ein schönes Wort, dachte Elsa, und bemühte sich, nicht zu lächeln.

„Engelmacherin?", es zerging ihr auf der Zunge, und sie legte vorsichtig die halbe Marzipanblüte dazu. Dieser Tag hatte schöne Momente.

Hanni verschluckte sich.

„Du weißt nicht, was das ist?"

Sie lehnte sich weit über das Tischchen und wisperte: „Die machen ein Kind weg."

Elsa erstarrte.

„Da gibt's doch Adoptionen", sagte sie empört und viel zu laut, so dass sich Hanni erneut in der Konditorei umschaute.

„Dann weiß die Welt Bescheid, und du bist weg vom Fenster!"

Muss nicht sein, dachte Elsa im Stillen, sagte aber nichts. Das mit Mutter war wohl ein Sonderfall gewesen. Ihr war schon so, als hätte es niemals eine kleine Schwester gegeben. Hatte es ja auch nicht.

„Und jetzt?", fragte sie.

„Gisela wäre fast verblutet. Und der Arzt, der sie dann gerettet hat, wollte Anzeige erstatten." Sie teilte ihr Küchlein mit der Gabel, Elsa tat es ihr nach. „Hermann hat ihm ein Vermögen gezahlt."

„War der Hermann schon immer hier?"

„Nicht hier. In Lohne. Er hat ein Speditionsunternehmen. Erst war er in Mamas Korkenfabrik, aber jetzt ist er selbstständig."

„Oh, wie mein Großonkel Gustav, der hatte eine Gießerei in Hinterpommern."

„Das weiß ich noch, Elsa. Aber der wird nun nix mehr bei euch."

„Sowieso nicht, der ist im Westen."

Sie piekten die Reste ihrer Küchlein auf die Gabeln und tranken den Kaffee aus.

Hanni hatte schon bezahlt.

Als sie draußen auf dem Bürgersteig untergehakt ihre Schritte anpassten, schmunzelte Hanni:

„Ich hab dir noch gar nichts von Joachim erzählt."

„Doch", entgegnete Elsa, „ich weiß schon, dass es ihn gibt."

„Was willst du noch wissen?"

„Alles natürlich."

„Seine Mutter hat ein Kino. Joachim hat schon den Vorführschein gemacht, und irgendwann übernimmt er alles."

Als Elsa merkte, dass Hanni erst weitererzählen würde, wenn sie Erstaunen gezeigt hatte, zog sie die Brauen hoch und machte große Augen.

„Siehste. Das ist doch was!", reagierte Hanni.

„Gute Partie", lobte Elsa. Hanni freute sich.

„Ich bin aus dem Schneider, du. Angekommen. Nicht mehr das Ostpreußenkind so ganz ohne was!"

„So ganz ohne was war ich nie."

„Du Glückliche."

„Ja."

Was meinte Hanni denn mit *Glück*? Elsa dachte flüchtig an den Bäcker damals, an den Pasewalker Füllfederhalter und den jungen Lehrer in der Wohnung, von dem sie nie wieder gehört hatte. Wenn sie es so sehen *wollte*, dann hatte sie reichlich Glück gehabt. Es hing einzig von ihrem Bemühen ab. Aber es blieb für sie immer eine Art von Glück, das nur die Enge kannte und das Miteinander-auskommen-Müssen im Alltag, und sie wusste von so vielen Menschen, die all dies nicht Glück nennen konnten.

„Ganz einfach war es auch nicht, Hanni."

„Keine Frage!", antwortete diese eifrig.

Elsa begegnete einem verhuschten Blick an der Straßenkreuzung. Ein Junge in ihrem Alter taxierte die Passanten, als könnte er auf unauffällige Weise in ihren Gesichtern etwas erkennen, was ihn dann zu einer blitzschnellen Entscheidung trieb.

Als die Mädchen an ihm vorüberzogen, schnellte seine Hand vor, und Elsa griff automatisch zu. Es war ein Flugblatt, das er ihr so vor die Brust gehalten hatte, dass sie es gar nicht mehr hätte abwehren können. Als sie einen Blick darauf warf, erkannte sie den Stil, die Grafik und den Aufruf, zu einer Kundgebung zu kommen. „Jeder patriotische Deutsche ist für den Friedensvertrag." Auf dem Bildchen hämmerten ein West- und ein Ostdeutscher ein sperriges Schild mit der Aufschrift FRIEDENSVERTRAG quer über die Grenze. Elsa schloss die Augen. Das war doch genau das Flugblatt, mit dem die FDJ an der Uni ihre Jungs nach Westberlin geschickt hatte! Freiwillig natürlich – so freiwillig, wie es nur sein konnte, wenn man nach einer Verweigerung auf einer Liste landete. Listen waren beliebt bei der Partei und der FDJ. Elsa mochte die Vorstellung nicht, auf einer Liste zu stehen. Der Junge an der Straßenecke auch nicht, das hatte sie ihm angesehen. Hanni würde nicht verstehen können, was gerade in ihr vorging.

„Reklame?", fragte sie.

Elsa schüttelte den Kopf und steuerte einen Papierkorb an, doch Hanni schnappte sich kurz den Zettel, warf einen Blick auf das Bild und zerknüllte das Blatt.

„Ich hasse Propaganda!"

Elsa nickte und staunte, wie zielsicher das Papier in dem Metallkorb landete.

„Außerdem ist das sowieso Quatsch mit dem Friedensvertrag. Das schwächt die Wirtschaft", meinte Hanni.

„Ein Krieg erst recht.", sagte Elsa so ruhig sie konnte.

„Ja, aber nicht *so*."

Plötzlich hielt Hanni inne und wandte sich Elsa empört zu. „Du redest ja wie die Kommunisten!"

Hannis Gesicht kam ihr so nah, dass Elsa sich nicht entscheiden konnte, ob sie ihr in das linke oder rechte Auge gucken sollte. Sie war aus dem Osten, aber deshalb nicht gleich Kommunistin. Sie machte nur mit, weil es gar nicht anders ging.

„Ha! Du schielst ja. Ach, Elsa, ist das goldig. Weißt du noch, wie Gigi damals immer Angst gehabt hat?"

„Dass die Augen stehenbleiben? Daran musste ich vorhin schon denken."

„Ich hab das ausprobiert vor der Küchenuhr, Elsa. Aber da war Gigi nicht dabei."

„Ich sogar mit Gong-Schlag." Elsa dachte kurz an die alte Uhr im Königsberger Wohnzimmer und spürte, dass es in die Ferne gerückt war. „War Quatsch. Ich konnte gucken wie vorher."

„Meine Kinder dürfen so viel schielen wie sie wollen."

„Meine auch."

Als sie sich verabschiedeten, ahnte Elsa, dass sie nicht einmal davon erfahren würde, falls Hanni einmal ein Kind gebären würde.

Im Bibliographie-Seminar am nächsten Morgen fehlte Rudi, der sonst vor Elsa gesessen hatte. *Festgehalten*, wurde gemunkelt. In Westberlin. Elsa starrte auf die schäbige Rückenlehne seines Stuhls und schluckte gallebittere Spucke herunter. Den würde sie nie wiedersehen, nur weil er mitgemacht hatte bei der Aktion. *Ich hasse Propaganda* dröhnte es ihr in den Ohren, und sie schämte sich. Es war eben doch nicht legal, dort hinzufahren und Passanten zu bedrängen, auch wenn die Obergenossen der Uni das behaupteten. Obwohl es um den Frieden ging. Der obere Rand von Rudis Rückenlehne war schon richtig rundgegriffen. Wahrscheinlich hatte der Hausmeister die Stühle von anderen Instituten übernommen oder im Keller gefunden. Früher saßen Philosophiestudenten oder Theologen drauf oder es wurden Kisten aus der Pathologie auf ihnen abgestellt, wer wusste das schon.

Dieses Institut erlebte sein zweites Semester und war in einem Seitenflügel der Staatsbibliothek untergebracht. Auf dem Hof, der einst den üppigen Kuppellesesaal umschlossen hatte, reflektierte ein riesiges Uhren-Zifferblatt unter freiem Himmel die kalte Morgensonne. Der von Bomben schwer getroffene Bau war nur notdürftig geflickt worden. Durch die Fenster sah Elsa die Kanten der endlosen Magazinregale. Inzwischen wusste sie, wie es sich anfühlte, durch die Bücherwand-Schluchten zu laufen, den aufsteigenden Nummern der Signaturschilder zu folgen und die staubig abgehangene Speicher-Luft einzuatmen. *Muffig*, hatten andere gesagt nach der Führung, aber Elsa empfand eine Zärtlichkeit gegenüber den stummen Ledereinbänden, die knarzten, wenn sie sie im Praktikum vorsichtig geöffnet hatte, um einen alten Eigentumsvermerk zu suchen oder Notizen an den Seitenrändern. Nie würde sie in ein Bibliotheksbuch etwas hineinschreiben, aber wenn sie solch eine Marginalie fand, dann sah sie auch die Hand dazu, die vor Jahrzehnten oder Jahrhunderten auf der Seite abgelegt worden war beim Lesen und hörte das Kratzen einer Feder. Oft waren es nur ein Ausrufezeichen oder ein „sic", deren Urheber meist verborgen blieben, aber manchmal standen dort wortreiche Bemerkungen, die Elsa ehrfürchtig zu entziffern versuchte. Der Abteilungsleiter in der Staatsbibliothek hatte nur gelächelt auf ihre Frage, warum solche Funde nicht auf die Katalogkarten geschrieben wurden.

Es klopfte leise. Vom zackigen „Herein!" des Dozenten schrak Elsa auf. Die Tür wurde einen Spalt breit geöffnet.

„Der Herr?", fragte der Dozent gütig.

„Ich bin ... "

Da schien es ihm schon zu dämmern.

„Nehmen Sie Platz. Aber zügig!"

Rudi fiel auf den Stuhl, seine Tasche fiel eine Sekunde später und kippte nach hinten an Elsas ausgestreckte Füße. Rudi merkte es nicht, und Elsa zog ihre Füße nicht unter dem Leder hervor, um nicht auch noch Geräusche zu machen.

Die Seminargruppe verharrte schweigend. Rudi war zurück, obwohl es doch hieß, er säße in Moabit. Für immer, gefühlt. War es Glück oder Gnade? Oder war alles harmloser gewesen als befürchtet?

Der Dozent räusperte sich und wedelte mit der Handfläche über sein Jackett. Anscheinend wusste er nicht, ob er sich empören sollte oder lieber nicht. Gegen wen auch? Die Obergenossen hatten doch Recht, wenn sie einen Friedensvertrag propagierten. Aber mussten sie deshalb Studenten losschicken und in Gefahr bringen? Und durfte ein Bibliothekar mit Lehrauftrag solche Fragen stellen?

„Pause", flüsterte er und verließ den Raum.

Alle blieben sitzen.

„Ich fass sowas nicht mehr an", sagte Rudi in die Stille.

„Und hier sagen sie, die könnten uns gar nichts, das wär alles legal", brummte Werner, der Glück gehabt hatte.

„Das hast du geglaubt?", kam es von Rainer aus der letzten Bank.

„Legales hat keine Wirkung!"

„Ich wirk dir gleich was", empörte sich Werner.

Elke, die Primissima in Katalogisierung, hob beruhigend die Hände: „Gibt es eventuell noch ein Nachspiel, ein Verfahren oder sowas?"

„Eine Verwarnung. Aber die habe ich schon", antwortete Rudi.

„Dann sei doch froh", sagte Elke gereizt, erhob sich und ging vor die Tür.

Als wäre das ein Startzeichen, kam wieder Leben in die Gruppe, Stühle wurden gerückt, Brote ausgepackt, Stifte angespitzt. Die Raucher zogen sich ihre Jacketts an und gingen auf den Hof. Denn das Rauchen im Gebäude war nur Gästen des Instituts im Büro des Direktors und jenem selbst erlaubt.

Rudi drehte sich zu Elsa um und wiederholte *dann sei doch froh* mit quietschender Stimme und schüttelte verständnislos den Kopf. „Erzähl...", bat Elsa. Von rechts und links drückten sich mehrere Mädchen in ihre Nähe.

„Ich fand das ja zuerst auch gut, so einen Aufruf zum Friedensvertrag. Sag mal, das wollen wir doch alle, oder?"

Elsa nickte ermunternd.

„Aber die lassen sich nicht belatschern im Westen. Jedenfalls nicht mit solchen Aktionen. Die rufen die Polizei, dann wirst du abgeführt." Er starrte einen Moment auf die zerstörte Uhr hinter dem Fenster. „Wie sich das anhört, wenn dann der Riegel zugeschoben wird, das vergess ich mein Leben nicht."

Als Elke sich zu ihnen gesellte, drehte er sich langsam wieder nach vorn.

Die Mädchen, die ihm mit aufgestützten Ellenbogen zugewandt gewesen waren, machten sich langsam gerade und verständigten sich, auf ihre Plätze zurückzukehren, da auch der Dozent den Raum wieder betreten hatte.

Elsa fürchtete Elke nicht, sie fuhren manchmal gemeinsam mit der Straßenbahn, aber Elke galt hinter vorgehaltener Hand als der Quotenspitzel in der Seminargruppe. Sie schien aber so sehr in das Klischee eines Spitzels zu passen, dass sie es schon fast nicht mehr sein konnte! Allein das Schreibheftchen, in dem sie ständig etwas notierte, führte sie viel zu auffällig, als dass es für zwielichtige Zwecke noch tauglich gewesen wäre. Elsa glaubte daher, dass das Mädchen nur einem pedantischen Wahn verfallen war, der in der Bibliothekswissenschaft besonders gut gedeihen konnte.

„Gehst du trotzdem noch zu dieser Kundgebung?", fragte Elsa Rudi, als sie am Nachmittag die Letzten waren, die den Raum verließen.

Rudi stierte sie an, als hätte sie sich nach seinem letzten Stuhlgang erkundigt.

„Ich mach gar nichts mehr."

Elsa berührte auf der Treppe behutsam seinen Arm und bat um Verzeihung. Wie konnte sie so etwas fragen, nachdem sie für sich längst entschieden hatte, auch nicht dorthin zu fahren. Auf so einer Kundgebung in Westberlin konnte man vielleicht genauso weggesperrt werden wie mit einem Flugblatt in der Hand.

„Wie haben sie dich denn gekriegt?", flüsterte sie, als er die große Tür zur Straße öffnete.

„Du hältst mich für bekloppt, wenn ich dir das erzähle", flüsterte er unsicher.

„Ich habe auch schon bekloppte Sachen gemacht."

„*Du* doch nicht", lachte er.

Elsa zuckte mit den Schultern. Sie nahm sich vor, ihn nicht mehr nach der Verhaftung zu fragen. Dass ihr gestern selbst solch ein Flugblatt aufgedrängt worden war, wollte sie nun auch für sich behalten. Sie musste sich noch Brot holen für zu Hause, in der Kastanienallee, falls der Bäcker noch eines hatte. Das durfte sie in den Brotkasten ihrer Wirtin mit hineinschieben. Linke Ecke. Rechts lag immer der Kanten von Frau Eberling. Die Witwe vermietete seit Jahren das Herrenzimmer an Studentinnen, die waren ihr lieber als Einquartierungen vom Amt. Nur anmelden mussten sie sich, damit sie ihre eigenen Lebensmittelkarten hatten und es keinen Ärger gab.

Jetzt, als Elsa nicht mehr fragte, wollte Rudi doch erzählen.

„Blöd war ich. Ehrlich!" Er fingerte sein Fahrgeld aus der Hosentasche und zählte die Münzen nach. „Ich hab die Flugblätter durch die Briefschlitze geschoben. Einen nach dem anderen. Auf, rein, zu. Auf, rein, zu. Das klapperte nur so, erst parterre, dann Stockwerk für Stockwerk."

Elsa konnte sich vorstellen, wie das klang.

„Als ich die Treppen wieder runtergerast bin, fing mich die Polizei unten schon ab."

„So schnell waren die?"

„Wenn ich oben angefangen hätte, wäre *ich* schneller gewesen."

„Vielleicht, meinst du!"

„Sicher."

Rudi ließ die Münzen in seiner Hand klimpern und wies fragend zum S-Bahnhof Friedrichstraße.

Elsa schüttelte den Kopf, sie musste zur Straßenbahn.

„Und warum haben sie dich so schnell wieder freigelassen?"

„Weil sie nur meinen Namen wollten und die Adresse. Zum Einschüchtern hat die eine Nacht in der Zelle gereicht."

„Was für ein Aufwand!"

„Hat gewirkt."
Elsa nickte nur und gab ihm die Hand. Ihre Straßenbahn kam ihr schon quietschend entgegen.

In ihrem Zimmer hatte sie mehr Platz als zu Hause, zum ersten Mal seit der Flucht musste sie nicht mit Großmutter und Mutter Tisch und Bett teilen. Wenn sie die Tür schloss, hörte sie kein zweites Atmen, kein Stuhlbein-Schaben, das sie nicht selbst ausgelöst hatte, kein Flüstern der anderen. Doch, manchmal hörte sie Großmutter flüstern, obwohl sie gar nicht da war!
- *Der guckt so traurig, der Heinerich.*
- *Der guckt gar nicht, Großmutter, der hat noch nie geguckt. Dem hängt doch nur das eine Auge nach hinten.*
- *Das kannst du doch nicht so lassen, Kind.*
- *Doch, das kann ich!*
Großmutter! Wenn sie sie vor sich sah, dann aus der Ferne und doch endlich auf Augenhöhe. Schon immer war sie ihr näher gewesen als Mutter. Sie war mit Kopf und Leib Elsas Schutz gewesen bei der Flucht. Elsa hatte sich damals darauf verlassen dürfen, dass Großmutter immer eine Idee hatte für die nächsten Schritte. Wenn Elsa sich damals abwenden musste, müde und manchmal gar ohnmächtig, dann hatte sie sich Großmutter zugedreht, ihrem wärmenden Körper und ihrem Scharfsinn.
Nun überragte sie sie im Stehen und konnte ihr also über die Schulter gucken. Kein Unheil hätte Großmutter mehr mit ihrem Leib verbergen können. Jetzt würde Elsa selbst die Schultern straffen müssen und Großmutter halten, wenn es nötig wäre. Doch sie war in Berlin, mehrere Bahnstunden von ihr entfernt und nicht zu Hause, um ihr Blumen zu schenken. Bis vor einem Jahr hatte sie immer mit an ihrem Geburtstagstisch gesessen.
Großmutter, schrieb sie, *ich würde dir gern einen Marmorkuchen backen, wenn wir doch nur einen Schulranzen voller Kakao hätten! Mit Hanni habe ich gestern ein Törtchen gegessen, das hättest du wohl nur angestaunt. Aber das war auch schon das Spannendste. Jeder geht eben seinen Weg. Bleib gesund. Herzliche Geburtstagsgrüße von deiner Elsa.*
Mehr wollte sie nicht auf die Karte schreiben. Vielleicht las Mutter sie ja schon im Büro. Mutter, die neulich die Nachricht von Vaters Tod aus einem Briefbündel gefischt hatte, meinte manchmal, der Briefträgerin doch die Arbeit abnehmen zu können. Elsa stellte sich ihr

versteinertes Gesicht vor, als Mutter die Post von Anni, die in Westdeutschland Kontakt zum Suchdienst hielt, geöffnet hatte. Ob sie noch um Vater trauern konnte nach so vielen Jahren? Als Elsa Tage später nach Schwerin gefahren war, hatte Mutter eine der kostbaren Kerzen angezündet und den Brief dazugelegt.

„Jetzt haben wir wenigstens Gewissheit."

Das war alles.

Elsa hatte versucht, Mutters Gedanken zu lesen, aber die starr auf die Flamme fixierten Augen und die zusammengekniffenen Lippen zeigten nur ihre kontrollierte Unerschütterlichkeit. Dabei durfte sich Mutter jetzt vielleicht sogar einen anderen Blick auf die heimliche Geburt gestatten, obwohl nie wieder über das kleine Mädchen gesprochen worden war. Vielleicht dachte sie in diesem Moment gerade daran, dass sie anders hätte entscheiden können, wenn der Brief sie früher erreicht hätte?

Elsa hatte kurz gezögert und dann ihre Hand auf die der Mutter gelegt, gespannt, ob sie zueinander finden würden. In ihrer Erinnerung war die Hand der Mutter schwer zu umfassen gewesen, jetzt waren sie einander ähnlich, breit mit recht kurzen Fingern und gleich geformtem Nagelbett.

Elsa dachte an die Frau im Keller bei Tante Anni, die sich mit beruhigenden Handgriffen um sie gekümmert hatte, als die Russen kamen. Doch Mutters Hand reagierte nicht auf die Berührung, auch nicht, als Elsa sie streichelte und ihr die Knöchel sanft massierte.

Elsa spürte, wie Mutter den Blick von der Kerze ab- und der Tochter zuwandte. Eine kleine Augenbewegung genügte. Sie konnte Mutter ansehen, dass sie mehr von der plötzlichen Nähe irritiert zu sein schien als von der Todesnachricht selbst. Ob Elsa auch noch sentimental werden wollte in Berlin, fragte sie mit ihrem Blick. Doch sie sagte nichts, und Elsa war daran gewöhnt, dass schweigend über Gefühle verhandelt wurde. Sie hatte schon den Moment zuvor erwartet, dass Mutter ihre Hand zurückzog, bevor sie sie tatsächlich auf den Schoß zu ihrer anderen legte.

Am Bahnhof hatten sie sich die Hände gereicht, einfach so.

„Schreib Großmutter zum Geburtstag", hatte Mutter ihr noch zugerufen und Elsa hatte genickt mit einem Bild vor Augen, auf dem Mutter die nach Straßen sortierte Post durchguckte.

Nach dem letzten Seminar am späten Nachmittag war Rudi mit Elsa mitgefahren.

„Kann ich meine Schuhe anbehalten?", fragte er eine Spur zu laut, so dass Elsa reflexartig den Zeigefinger an die Lippen legte. Doch Frau Eberling schaute schon durch den Türspalt der Küche und zog eine Augenbraue hoch.

„Besuch heute?"

„Ein Arbeitsbesuch, Frau Eberling. Rudi und ich müssen ein Referat halten", erklärte Elsa.

„Ein Referat, soso."

Die Wirtin schien zu überlegen, ob sie wie immer auf *Schuhe aus!* bestehen sollte und ob Socken-Füße irgendwelche Dinge in Elsas Zimmer beschleunigen könnten.

„Sind die denn sauber?", fragte Frau Eberling.

Rudi sah Elsa verdutzt an.

„Die Sohlen, meine ich."

Er hielt sich umständlich an der Garderobe fest, als er einen Fuß drehte.

„Zieh lieber aus", flüsterte Elsa und sah gleich, dass es Rudi unangenehm war. Entweder hatte er Löcher in den Strümpfen oder Schweißfüße. „Ist doch egal", schob sie hinterher und öffnete die Zimmertür, während Rudi rasch die Schleifen löste, aus den Schuhen schlüpfte und ihr folgte.

„Die denkt jetzt bestimmt was anderes", brummte er.

„Das macht doch nichts, oder?" Elsa fand es schön, dass Rudi gekommen war.

Sie versuchte, ihr Zimmer mit seinen Augen zu sehen. Gleich würde er sich das Bücherbrett anschauen und auf Heinerich stoßen, den Elsa auf eine Vase von Frau Eberling gesetzt hatte.

Rudi schmunzelte tatsächlich. „Ein edles Klo. Aber ich glaube, der ist fertig", lachte er.

„Schon lange", freute sich Elsa. „Aber er bleibt immer so gern sitzen."

„Ist ja auch der beste Platz", legte er nach und verschränkte die Arme auf dem Rücken, als wollte er sich selbst daran hindern, etwas anzufassen.

Auf dem Stuhl lag ihr zerknülltes Nachthemd. Sonst hängte sie es zum Auslüften immer über die Lehne. Sie versuchte sich zu erinnern, was sie am Morgen davon abgehalten haben könnte und stopfte es verstohlen unter die zusammengerollte Bett-Wurst, die unter einer Tagesdecke verborgen war.

„So", sagte sie einladend, „jetzt ist der Stuhl frei." Sie selbst setzte sich auf den Rand der Bettmatratze, mit ausreichendem Abstand zur Liegekuhle.

Die *Nationalbibliografie der Union der Sozialistischen Sowjetrepubliken seit 1917.* Rudi blies die Backen auf.

„Wir sollten 1889 anfangen", schlug Elsa vor.

„Nee, bei Lenin, das reicht", empörte er sich.

„Du hast ja gar keine Lust", stellte Elsa fest.

„Ich wollte die Russen nicht."

„Ich hätte auch lieber Spanien genommen. War aber schon weg."

Elsa öffnete vorsichtig die *Bibliografija sovetskoj bibliografii,* die ihr der Dozent geliehen hatte.

„Hier steht das doch alles. Müssen wir nur übersetzen und ein bisschen anreichern."

„Früher war ich gut in Wandzeitungen", sagte Rudi ernst.

„Das hilft uns bestimmt auch", lachte sie.

Sie griff nach dem Wörterbuch und brachte Heinerich auf der Vase ein wenig in Bewegung.

„Ich mach die Listen und du nimmst dir das Lenin-Dekret vor?"

„Welches jetzt nochmal?"

Elsa verdrehte die Augen. Gleichzeitig spürte sie, dass ihr Plan das Thema überschaubar machte. Lenin drin. Chronologie. Wertung. Fertig.

„Das, in dem er alles dem Bildungswesen vermacht, Rudi!"

„Ja, klar."

„Vom 30. Juni 1920."

„Weiß ich doch, Elsa."

Die Türscharniere quietschten, als Frau Eberling mit zwei Tassen Tee ins Zimmer trat. Sie starrte auf die offenen Bücher und schien beinahe enttäuscht.

„Ihr müsst doch mal was trinken."

„Danke, aber das stört jetzt wirklich. Wir müssen arbeiten", sagte Elsa beflissen.

Frau Eberling stellte die Tassen nicht einmal ab, sondern verließ rückwärts das Zimmer. Dann kehrte sie mit leeren Händen zurück und schloss geräuschvoll die Tür.

„Ich würde mich nie mit meiner Wirtin anlegen", sagte Rudi.

„Das war *die* Gelegenheit für ein klares Wort."

„Das Dekret über die Privatsphäre", hauchte er.

Elsa sah ihn verschmitzt an.

„Ich hätte gern was getrunken", lachte er. „Zu spät."

„Gleich", flüsterte sie.

Die Übersetzung aus dem Russischen bereitete ihr keine Mühe. Rudi ergänzte das Dekret und formulierte eine heroische Wertung, die ihm selbst viel zu glatt erschien. Aber so war es gewollt. Als er die beschriebenen Blätter in seine Mappe sortierte, zog Elsa hinter dem Bett eine Flasche hervor. Dunkelrot und träge schwappte der Selbstangesetzte hinter einem handgeschriebenen Etikett.

„Keinen Tee?", lachte Rudi.

„Nee. Hab ich hier nicht!"

„Dann Kirschlikör", sagte er fröhlich.

Sie hielt ihm das Etikett vor das Gesicht, damit er es entziffern konnte.

In Schnörkelschrift stand dort: Für Elsa. Schlehe. Daneben waren ein paar Worte aufwändig überkritzelt.

„Was stand da?"

„*... aus dem Alten Land*! Das hat meine Großtante mit ins Paket gesteckt."

Rudi schluckte. „Und wer streicht das dann durch, Elsa?"

„Meine Mutter geht politisch lieber auf Nummer Sicher."

Elsa hatte sogar Gläser, die waren zwar nicht für Likör gedacht, sondern etwas fülliger, aber das war egal. Als sie glucksend einschenkte, überlegte sie, ob es unvorsichtig gewesen war, ihre Westverwandtschaft erwähnt zu haben.

„Prost!", sagte sie nüchtern.

„Auf – was?" Er sah sie erwartungsvoll an. „Elsa, wenn ich schon West-Likör trinke, dann nicht einfach so!"

„Auf deine Rückkehr! Aus Moabit, meine ich jetzt."

„Das war kein Spaß."

„Deshalb, Rudi! Prost!" Elsa schwenkte den Unterarm schon zum Anstoßen, während Rudi noch zögerte. Dann ließ er sich darauf ein, und die Gläser tönten sogar, was beide ein wenig verlegen machte.

„Ich war an dem Tag auch in Westberlin, das war genauso blöd", flüsterte Elsa. „Oder fast genauso", fügte sie unsicher hinzu.

Rudi schwieg, als wollte er keine Geschichten über jenen Teil der Stadt hören.

Elsa presste nun auch die Lippen zusammen. Gegen Rudis Nacht im Knast war ihre Begegnung mit Hanni nur schrulliger Mädchenkram. Warum hatte sie trotzdem das Bedürfnis, Rudi davon zu erzählen? Weil sie sich eingestehen musste, ihre älteste Freundin verloren zu haben? Konnte Rudi damit überhaupt etwas anfangen?

Sie beobachtete, wie er sich den Likör in winzige Schlucke einteilte. Eigentlich hatte er von Durst gesprochen.

„Ich brüh uns einen Tee auf." Dafür musste sie das Zimmer verlassen und brauchte sein Schweigen nicht weiter auszuhalten. Sie hätten nicht auf die Entlassung anstoßen müssen!

Im Flur begegnete sie Frau Eberling, die mit einem Staubtuch an der Wandgarderobe zu tun hatte.

„Ist das Referat denn fertig?", fragte sie bemüht desinteressiert und wischte immer wieder über die Handschuhkiste unter dem Spiegel.

„Frau Eberling, das dauert noch", sagte Elsa und spielte ein wenig erschöpft, wozu die eiligen Schritte in die Küche nicht so recht passen wollten.

„Der Herr bleibt also?"

Die Weißblechdose mit dem Schweriner Kräutertee schlug heftig auf dem Küchentisch auf, so dass Frau Eberling glauben konnte, nicht gehört worden zu sein. Dann kochte das Wasser im Kessel, die Tassen klapperten ein wenig, und beim Aufgießen konnte Elsa ehrfurchtsvolle Konzentration vortäuschen, die die Wirtin, die ihr gefolgt war, verstummen ließ.

Wortlos reichte sie Elsa das Tablett und öffnete ihr sogar die Zimmertür.

„Hab ich ja gleich gesagt, dass Trinken wichtig ist", meckerte sie dann doch noch.

Als sie die Tür wieder geschlossen hatte, lauschte Elsa noch einen Moment, doch es entfernten sich keine Schritte. Rudi schmunzelte. „Lass sie doch."

Wenigstens hatte sich seine Erstarrung gelöst, und sein Glas war leer. Er machte Platz auf dem Tisch für die Kanne und die Tassen, und Elsa stellte fest, dass ihr die Selbstverständlichkeit, mit der er es tat, gefiel. Als sie sich wieder auf ihr Bett gesetzt hatte, atmete er geräuschvoll ein und aus, als sollte es nach Bedeutung klingen.

„Was ist *dir* denn passiert neulich?", fragte er.

Also doch wieder Westberlin.

„Das lässt sich nicht vergleichen", antwortete sie leise.

„Wollen wir ja gar nicht." Jetzt atmete Elsa etwas tiefer ein als sonst und gab sich einen Ruck: „Ich habe meine beste Freundin von zu Hause wiedergesehen. Nach zehn Jahren."

„Das ist ja nichts Politisches", sagte er und Elsa konnte nicht heraushören, wie er es gemeint hatte.

„Ich finde, eigentlich doch!"

„Dann wäre wohl das ganze Leben politisch", lachte er.

Er war kein Flüchtlingskind, sonst würde er genau daran keinen Zweifel haben. Was sollte sie ihm also erzählen von ihrer Enttäuschung und dem Minderwertigkeitsgefühl, das allein schon durch Hannis Mantelstoff in ihr ausgelöst worden war. Wenn jemand besser gekleidet war als sie, hatte es Elsa nie gestört. Dass für Hanni solch ein Mantel jedoch selbstverständlich war, sie sich den aber nur leisten konnte, wenn sie der Abhängigkeit einer Ehe entgegenfieberte, hatte Elsa irritiert. Hanni schien das gängige westliche Frauenbild als persönliches Ideal angenommen zu haben. Elsas Gedanken drehten sich im Kreis, wahrscheinlich war der Schlehenlikör hochprozentig.

„Ja", sagte sie „das ganze Leben ist politisch!"

Sie goss Tee ein, und eine kräftige Minze-Kamille-Brise strömte aus der dampfenden Kanne.

„Prost!", sagte Rudi, und hob die Tasse ein wenig an. „Auch vom Alten Land?"

„Nein, aus Schwerin."

„Das mag ich", sagte er leise, berührte sanft Elsas Arm und zog seine Hand wieder zurück. Für Elsa war es wie ein kleiner Stromstoß, der nicht aufhörte, auf ihrer Haut zu kribbeln. Was hieß das jetzt? Sie versuchte ihren leichten Schwindel mit Tee zu stoppen und verbrannte sich die Zunge.

Sie war neunzehn, unberührt und hatte zum ersten Mal *Besuch*. Das Referat war fertig. So kess sie sonst in heiklen Situationen parieren konnte und sogar schon im Umgang mit Frau Eberling geübt war, jetzt erzitterte ihr Innerstes. Sie hatte von Männern keine Ahnung, und alles würde nun davon abhängen, wie Rudi sich benahm. War es nur eine zufällige Berührung gewesen oder ein gewisser Anfang von Dingen, die ihr unheimlich werden konnten?

Elsa pustete eine Delle mit gekräuselten Rändern in den heißen Tee und erkannte dann, dass es ihre Nase war, die sich groß und dunkel darin spiegelte. Der Dampf schlug sich feucht auf ihrer Haut nieder. Sie schaute nicht über die Tasse hinaus, presste die Arme fest an ihren Oberkörper und spürte, dass sie zu keinem Wort mehr fähig war.

„Spanien hätte doch mehr Spaß gemacht! Für das Referat", sagte Rudi plötzlich.

Elsas Blick wechselte in der Schärfeneinstellung vom Tassenrand auf ihren Kommilitonen am Tisch. Er war auf sicheres Terrain zurückgekehrt.

„Ich kann kein Spanisch", sagte sie trocken.

„Das kann keiner von uns", vermutete Rudi.

Sie entspannte sich und nahm einen Schluck aus der Tasse. Jetzt erst traute sie sich, Rudi wieder anzuschauen: seine schlanken Hände mit dem Flaum, der ein wenig gekämmt schien, seine Handgelenke mit den markanten Knöcheln, seinen alten Pullover, der am Halsbündchen den Kehlkopf frei ließ, seine bartstoppeligen Wangen, die sich spannten, wenn er einen Schluck Tee im Mund bewegte. Rudi.

„Aber als Wandzeitungsredakteur bist du gut. Vielleicht hätten wir eine basteln sollen?", lachte Elsa. Es war ihr gelungen charmant zu klingen.

„Russische Buchstaben ausschneiden? Und dann noch betrunken?" Er beugte sich ein wenig zu ihr, lachend. Sie wich nicht zurück.

„Ich hab die Russen nur betrunken erlebt", kicherte sie. Dann hörte sie dem Klang ihrer Worte nach und schwieg. Manchmal holte sie der Keller von Tante Anni unerwartet ein.

Rudis Hand fand erneut ihren Arm, kurz nur und mitfühlend, und es tat ihr gut.

Er sah auf seine Uhr, entschied, nach Hause zu müssen, trank seinen Tee aus. Elsa nickte und trank ebenfalls ihre Tasse leer.

Als Rudi auf dem Flur seine Jacke anzog, sah sie, dass er tatsächlich ein Loch in einer Socke hatte. Schnell schlüpfte er in die Schuhe, während Elsa in der Küche eine Handvoll Kräutertee auf ein Stück Zeitungspapier schüttete und blitzschnell ein kleines Päckchen faltete.

„Weil du das doch so magst", sagte sie an der Tür.

Er nahm das Päckchen schmunzelnd entgegen und verneigte sich. „Das Fräulein?"
Schon eilte er die Stufen hinunter und zog knarrend die Haustür auf. Elsa blieb so lange stehen, bis die Tür wieder zuschlug. Als sie sich umwandte, sah sie, wie die Klinke von Frau Eberlings Wohnzimmertür gerade wieder in die Waagerechte ging.

Es war das einzige und letzte Referat, das Elsa gemeinsam mit Rudi hielt. Frau Eberlings Wohnung betrat er nie wieder. Rudi feierte das Osterfest in Köln und kehrte nicht in den Osten zurück.

Unter den Stühlen mit den abgegriffenen Holzkanten im Seminarraum erkannte Elsa über Jahre einen einzigen immer wieder, weil sie einen Morgen so lange auf dessen Rückenlehne gestarrt hatte, als Rudi morgens aus dem Knast gekommen war.

10 Die Hochzeit

Lohne, 1961

Es blieben nur noch zwei Wochen. Als Hermann das in Seidenpapier gewickelte Kleid aus dem Kofferraum hob und in Hannis ausgebreitete Arme legte, bebten ihre Knie. Es war eines *von der Stange* und anfangs zu lang gewesen. Mit dem Kürzen hatte die Schneiderin warten müssen, bis bei Hanni die Entscheidung für ein Paar Schuhe getroffen war. Sie heiratete ja nur einmal. Alle Momente musste sie jetzt auskosten, erst recht jene, in denen sie eine Wahl hatte. Jetzt aber war alles entschieden, und das Kleid lag schwerer in ihren Armen als sie es erwartet hatte.

„Kannst es kaum fassen, was?", fragte Hermann und klappte den Kofferraum zu.

„Kaum tragen", lachte Hanni.

„Das war doch bei Gisela ganz genauso. Dabei hatte die noch Schleppe und Perlen!"

Das stimmte. Giselas Hochzeit mit Bernhard war ein Glitzerfest gewesen. Hermann, ihr Vater, hatte sich verausgabt vor Freude, sie unter die Haube zu bekommen. Weil sie doch keine Jungfrau mehr war. Und Mama war ihr fast zu einer Mutter geworden, die über das ganze Missgeschick kein einziges Wort verlor, auch gegenüber Hermann nicht. So etwas sollte den Familienalltag doch nicht trüben. Und Gisela, der strahlenden Braut, schien es so recht gewesen zu sein.

Hermann, der nun auch Hanni zum Altar führen würde, ersetzte ihr den Papa nicht. Aber er hatte Mama und sie aus Struppmeiers Schuppen gelockt, als sich die Leute schon bei den Klüttermanns erzählten, dass Mama und er was miteinander hatten. Doch heiraten wollten sie nicht. Dann gab es von Papa keine Rente mehr.

Hermann hielt ihr die Haustür auf. Mama kam sofort aus der Küche und lüftete das Seidenpapier.

Sie hatte Hanni beim Aussuchen begleitet, drei Mal sogar, und strich über die feine Spitze.

„Du wirst mir fehlen, Hanni."

„Ja, jetzt wird es ernst, Mama, mir ist ganz übel."

Mama warf ihr einen skeptischen Blick zu, dabei wusste sie doch, dass das nur die Aufregung war!

„Du wirst es gut haben bei Joachim."

„Ganz sicher, Mama."

„Und du brauchst nicht mehr in der Praxis zu arbeiten."

„Das stimmt." Als verheiratete Frau musste sie kein Geld verdienen. Die Leute würden sonst denken, Joachim könnte nicht für sie sorgen. Dabei stand er längst mit beiden Beinen im Kinogeschäft.

„Aber ich werde im Kino mitarbeiten."

„Das ist doch selbstverständlich, Hanni. Oder machst du's nicht gern?"

Sie erinnerte sich an ihre Anfangszeit in Joachims Familie. Knapp sechs Jahre war das nun her, dass sie beim Schützenfest von Joachim zum Tanz aufgefordert worden war und dieses irre Herzklopfen bekommen hatte, weil das doch *der vom Kino* war! Den hatte sie oft mit den Filmrollen im Fahrradanhänger zum Bahnhof fahren sehen. Eilig und umsichtig, um das gezeigte Material zum Zug zu bringen oder neues abzuholen. Schwer waren die Filme in den Metallschachteln gewesen, und Joachim hatte immer kleine Lappen zwischen die Behälter gelegt, damit es nicht so klapperte auf dem Heimweg. Doch konnte er das Geschepper nie ganz abdämmen, und so gehörte es wie ein Signal-Geläut zu den Geräuschen der Woche: Ein neuer Film ist da! Hanni hatte Joachim oft gesehen in den Lichtspielen, wenn er beim Einlass aushalf oder sogar die Lautstärkeregelung bediente. Sie wusste also gleich, wer er war, als er mit ihr tanzen wollte.

„Sind Sie schon eine fertige Krankenschwester?", fragte er sie beim Tanzen, obwohl sie noch gar nichts von sich erzählt hatte.

„Wieso Krankenschwester? Ich schreib Gedichte!", lachte sie.

Er schaute sie einen Moment zweifelnd an, als hätte er versehentlich ihre Zwillingsschwester aufgefordert.

„Ach ja, ein Federkiel passt auch zu Ihnen." Er lachte. „Und ein Diwan. Ja, ich stell Sie mir auf einem Diwan vor."

Was hatte er für eine Phantasie! Sie auf einem Diwan, war das nicht schon anzüglich?

„Sie haben zu viele Filme gesehen!"

„Allerdings, ja!", gab er zu. „Wo sollte Mutter mit uns hin? Mein Bruder und ich mussten immer mit in den Saal."

Das hätte sie sich gewünscht als kleines Mädchen.

Sie spürte seine Hand an ihrer Taille. Immerhin, er führte gut. Und irgendwie interessierte er sie auch.

„Aber das ist doch ein Traum!"

Er lachte. „Träumen ist gefährlich, was denken Sie!" Er wirbelte sie herum, offensichtlich froh, dass das Gespräch richtig in Gang gekommen war. „Als wir noch kleine Buben waren, hat Mutter uns abends vor die Leinwand auf die Holzbank gesetzt. Dort lümmelten wir uns hin und irgendwann schliefen wir ein. Wenn wir uns dann aber in die gleiche Richtung drehten, kippte die Bank um."

Wie komisch! Hanni musste lachen. „Wahrscheinlich gerade beim Kuss!"

„Den haben sie damals noch nicht gezeigt. Aber beim Augenaufschlag", flüsterte er.

Rrrrrums, dann fiel die Bank um. Hanni konnte kaum Schritt halten vor Lachen. Doch das machte nichts, weil er sie geschickt auf den Beinen hielt und einfach mitlachte.

Sie waren also schnell aufs Küssen gekommen, allerdings nur im Gespräch.

Später, als sie manchmal miteinander spazieren gingen, fragte Hanni ihn, woher er gewusst hatte, dass sie Krankenschwester werden wollte. Da duzten sie sich schon.

„Ich habe deine Freundinnen ausgefragt."

„Dann hätten die mir das doch erzählt."

„Sie haben es gar nicht gemerkt."

So ein geschickter Bursche!

Als Joachim sie seiner Mutter vorstellte, schmunzelte die hagere Kinobesitzerin und drückte Hanni beide Hände. Fortan durfte Hanni umsonst ins Kino. Joachims Mutter war die Chefin, seit der Vater im Krieg geblieben war. Sie steckte Hanni statt der Eintrittskarte manchmal eine kleine Rolle Drops zu.

„Damit der Hals nicht so trocken wird, Mädchen", flüsterte sie. Wenn Hanni dann auf ihrem Platz saß, oft ohne Joachim, weil der an den Vorführmaschinen stand, streichelte sie zunächst die Bonbon-Rolle, ehe sie an der Banderole riss. Es war für sie immer noch neu, wenn sie als Hanni einfach angenommen und nicht als Zugezogene abgelehnt wurde. Und das von einer Frau, deren Sohn sich in sie verguckt hatte! Wenn Hanni den Film schon kannte und Joachim keine Zeit hatte, sie zu treffen, lud er sie in den Vorführraum ein. Inzwischen durfte er ganz allein die Maschinen bedienen. Er durfte nicht nur, er musste. Wie ein Dompteur bewegte er sich zwischen den beiden riesigen Vorführkolossen, und bald konnte Hanni schon die Geräusche zuordnen, die die Geräte von sich gaben, wenn er die Rollen auf dem Bobby einrasten ließ, Kippschalter betätigte, Klappen öffnete und wieder schloss, den Motor anwarf und den Gong ertönen ließ. Dann wurde das Licht gedimmt und die Vorhangmechanik auf die richtige Filmbreite eingestellt. Wie ein Pilot steuerte er die Maschinen, bewegte sich geschmeidig, als gäbe es eine Choreographie für Filmvorführer. Manchmal warf er ihr zwischendurch einen Blick zu und schien zu genießen, dass sie ihn als denjenigen anhimmelte, der das knatternde Uhrwerk eines Kinobetriebs beherrschte. In den Wartezeiten bis zum Überblendsignal am Ende der Rolle legte er einen Arm um sie. Nicht viel mehr. Hanni hätte es sich kaum verziehen, wenn er ihretwegen ein Stocken oder einen Tonfehler übersehen hätte und es zu einer Unterbrechung der Vorführung gekommen wäre. Bei der Beichte hätte sie nur vor sich hinstottern können! Nein, sie war vorsichtig und Joachim in allem geduldig.

Als er sie einmal zu sich nach Hause mitnahm und ihr zeigte, wie er Eierkuchen in der Luft wenden konnte, nahm sie alles mit wachen Augen in sich auf. Es war so ein Zuhause, wie sie es auch von Lotti kannte, kein nach einer Flucht mühsam zusammengestückeltes. Fotos der Groß- und Urgroßeltern hingen an der Wand, und Andenken aus früherer Zeit standen vor den Büchern in der Vitrine. Sie bestaunte die kleinen Porzellanfiguren, die im Reigen aufgestellt waren und entdeckte ein weißes Döschen, dessen Deckel von einer Rosenblüte gekrönt war. Wer es öffnen wollte, musste die Rose anfassen. „Ein wunder Punkt", sagte Joachim. Es klang so, als würde er ihr erzählen wollen, warum. Hanni fragte nicht, sondern sah ihn nur an. Falls er es sich anders überlegte, würde sie nicht nachhaken. Warum an wunden Punkten rühren, wenn sie beide vielleicht einmal glücklich miteinander werden wollten? Joachim schob das Vitrinenglas zur Seite und holte die Dose hervor, ohne die Porzellanfigürchen zu berühren.

„Mach mal auf", flüsterte er, „dann lernst du Vater kennen."

Was sollte darin sein? Ein Ring? Eine Haarlocke? Nun war es ihr unangenehm, die Blüte zu berühren, aber der Deckel hob sich ganz leicht. In der Schale lag ein kurzer, eingerollter Abschnitt eines Films. Sie traute sich nicht, das Zelluloid zu berühren, aber Joachim nahm es aus der Dose und entrollte es zu einem Streifen, gut einen Meter lang.

„*Beiderseits der Rollbahn*, so hieß der Film", sagte Joachim. Er räusperte sich. „Über die Wehrmacht, eine Rückschau nach dem Krieg. Mutter saß am Tonregler."

Ganz vorn neben der Tür, Hanni wusste schon, wo.

„Vater ist vermisst. Du weißt doch, wir haben bis heute keine Nachricht von ihm."

Hanni versuchte zu erkennen, was der Film erfasst hatte. Fünfzig Mal fast dasselbe Bildchen, dessen Details sie mit bloßem Auge nicht erkennen konnte.

„Und da kam Vater auf der Leinwand plötzlich auf Mutter zu. Zwei Sekunden."

Hanni atmete tief ein und schloss die Augen.

„Mutter hat es noch in ihr Büro geschafft, aber dort ist sie zusammengebrochen."

Vielleicht hatte sie sich ja geirrt? In zwei Sekunden konnte man sich sonstwen auf die Leinwand wünschen.

„Mein Onkel hat sich das dann auch angesehen. Er ist es. Dann hat er die Stelle für Mutter herausgeschnitten."

Hanni hielt den Filmstreifen ganz dicht vor ihr rechtes Auge. Dort sah sie einen Mann, ja. Mehr nicht. Sie war fast froh, dass sie ihn so klein nicht erkennen konnte. Vor den Büchern stand sein Foto. Der war es also. Unglaublich! Was für ein Schock für Joachims Mutter! Der Zufall zwang ihr ein zynisches Spiel auf mit der Sehnsucht und mit der Ungewissheit. Vielleicht war Joachims Vater längst tot? *Vergib mir, oh Herr*, da war es doch besser, eine Todesnachricht zu bekommen! Dann durfte man trauern. Ganz tief trauern. So wie Hanni um Papa und Gigi. Mama wusste beide bei Gott. Und sie hat sich irgendwann bei Hermann anlehnen können.

Joachim nahm das Stück Film, das sich fast von selbst wieder einrollte, und steckte es zurück in die Schale. Deckel drauf! Ende.

„Du kennst meine Eierkuchen noch nicht!", versuchte er sie abzulenken.
Aber so schnell hellte sich ihre Stimmung nicht auf. Sie sah noch eine Weile seine ahnungslose Mutter am Tonregler vor sich. Wahrscheinlich würde sie nun immer an den Filmschnipsel denken müssen, wenn sie sie sah.

Zum Examen als Krankenschwester schenkte Joachims Mutter ihr ein längliches Kästchen in gepunktetem Papier. Joachim brachte es ihr mit, als er Hanni in einer freien Stunde am Nachmittag besuchte. Da waren sie noch nicht einmal verlobt.

Hanni traute sich nicht, das Geschenk zu öffnen, guckte sich am Papier fest und sah die Pünktchen größer und kleiner werden. Nicht, dass seine Mutter versuchte, etwas zu beschleunigen, wofür sie noch nicht bereit war! Hanni wollte sich noch gar nicht entscheiden müssen, und wenn das Päckchen nun etwas Wertvolles enthielt, das sie verpflichtete und das sie nicht zurückgeben konnte, weil es sich nicht gehörte? *Lieber Gott, bitte mach, dass es noch keine Kette ist . . .*

„Nun mach schon auf", flüsterte Joachim, der wieder losmusste, um die Filmrollen vom Lichtspielhaus abzuholen und zum Bahnhof zu bringen. Sie würden sich am Abend nicht mehr sehen, weil der Doktor im Nachbarort, bei dem Hanni bereits angestellt war, Not-Bereitschaft hatte. Auch Hanni hatte nun Dienstzeiten.

„Ich öffne es später", sagte sie. „Ich will es nicht in Eile tun."
Dann war er weg. Sie hörte noch, wie er die Schuhe wechselte, sich von Mama und Hermann verabschiedete und sein Fahrrad aus dem Schuppen holte.

Wieder verschwammen die Pünktchen vor ihren Augen. Bloß nicht, dass Mama jetzt hereinkam! Das hier war zu ernst. Hanni würde Ratschläge annehmen müssen, das wollte sie nicht.

Ganz langsam zog sie am Schleifenband und schüttelte das Kästchen vorsichtig. Es enthielt tatsächlich etwas, das innen erst vorn und dann hinten gegen die Pappe stieß. Bitte keine Uhr, dachte Hanni.

Dann streifte sie das Papier ab und hob den Deckel hoch.
Keine Kette. Nichts Spezielles für Krankenschwestern. Keine Uhr.
Es war ein Füllfederhalter. Dunkelrot mit Metallkappe.
Auf einem schmalen Papierstreifen stand *Für Ihre Gedichte.* Dazu die Initialen von Joachims Mutter.

Hanni fühlte sich überschwemmt von einer Art liebender Wärme, die sie so nur mit Mama oder Gigi erlebt hatte. Sie zog die Kappe herunter und setzte die Schreibfeder auf ein Stück Papier. Die Tinte hatte es nicht eilig und überstürzte nicht, was mit Bedacht eingenommen werden konnte. Nach und nach bahnte sie sich ihren filigran vorgezeichneten Weg und gab sich dann ganz fein zu erkennen. Hanni schrieb ihren Namen, dann Joachims. Dann den seiner Mutter. Zur Not-Bereitschaft am Abend wollte sie den Füller mitnehmen. Wenn die Patientenakten sortiert, die Geräte gereinigt und alles für die nächste Sprechstunde vorbereitet war und der Doktor sich verabschiedet hatte und in seiner Wohnung verschwunden war, würde sie ihr erstes Gedicht mit dem Füller schreiben. Wahrscheinlich aber würde Renate, seine Frau, mit einer Kanne Tee und belegten Broten nochmal bei ihr reinschauen.

„Du schreibst?", hatte sie sie neulich gefragt, als ein angefangenes Gedicht offen auf dem Tisch gelegen hatte. „Hast du denn hier den Kopf frei dafür?"

„Halb ist er immer frei", hatte sie einfach so dahingesagt und im Nachhinein gehofft, dass der Doktor dies nicht falsch verstehen würde, falls Renate ihm davon erzählte. Doch nein, er hatte sie danach nicht nach ihren Reserven gefragt, die er doch auch hätte nutzen können.

Meist war es so, dass in der Not-Bereitschaft die Klingel lärmte, sobald sie es sich auf der Couch bequem gemacht hatte. Denn die Leute sahen, dass die Bereitschaftslampe an der Praxistür eingeschaltet war. Also kamen sie oder riefen an, um den Doktor und Hanni zum fiebernden Kind zu holen, zu den Mittelohrentzündungen und den Blinddarmbeschwerden. Der Wagen des Doktors stand bereit.

Hanni hatte auch in der kommenden Nacht zu tun, doch folgte alles, was sie an Handreichungen, Mitschriften und unterstützenden Gesten zu leisten hatte, einem inneren Rhythmus. Nachts sprach der Doktor mit ihr und den Patienten nur das Nötigste, das war ihr recht. Sie war hellwach und bei der Sache, doch in ihrem Kopf kreisten Reim- und Füllwörter, Partizipien und sogar Gedankenstriche.

Nach zwei Uhr, als sie sich endlich hätte hinlegen können, schrieb sie zwei kleine Strophen für Joachims Mutter auf die Rückseite eines Formulars. Sie vergaß, dafür den Füller aus ihrer Handtasche zu holen, der Stift von vorhin lag ja noch vor ihr. Das Glücksgefühl, dass jemand etwas in ihr würdigte, das sie selbst manchmal zu pflegen vergaß, trug sie bis in den Schlaf hinein.

War das lange her! Inzwischen schrieb sie Joachims Mutter zu jedem Geburtstag ein Gedicht. Das war schon keine Überraschung mehr, es wurde erwartet.

Damit Mama sich nicht zurückgesetzt fühlte, reimte sie auch für sie, überreichte ihr die Schönschrift-Verse und sah mit an, wie die Zeilen flugs ihren Platz in einem Schnellhefter fanden.

„Fünf sind es nun schon", hatte Mama beim letzten Geburtstag gesagt.

Über ein Hochzeitsgedicht würde Hanni sich freuen, falls jemand daran dachte.

Mama hatte das Seidenpapier behutsam zusammengefaltet, ihr das Kleid abgenommen und mit einem Bügel an der Schrankseite aufgehängt.

„Da war Hermann doch nicht knauserig, findest du nicht auch?"

„Ich freue mich drüber, Mama."

„Hast du es ihm auch ein bisschen gezeigt?"

„Ein bisschen. Aber das ist eigentlich deine Sache."

Mama schien zu glauben, sie hätte sich verhört. Sie wich zurück, schaute kurz auf das Hochzeitskleid, dann wieder zu Hanni, prüfend, mit abgekühltem Blick. Sie hatte sich immer schnell in neue Situationen fügen müssen. Dass nun aber ihre 25-jährige Tochter, indem sie das Haus verließ, bestimmen wollte, wer was verantwortete, ging ihr zu weit.

„Du bist hier in seinem Haus, Hanni!"

Hanni sah sich um und tat, als sähe sie das gemeinsame Mädchenzimmer zum ersten Mal. Sie nickte.

„Lange genug." Sie biss sich auf die Lippe. Warum war sie plötzlich so wütend? „Es ist auch dein Haus, Mama!"

„So ist es nicht, Kind!"

„Ihr habt es doch ausgebaut!" Hanni holte tief Luft, damit sie sich überlegen konnte, ob sie es noch weitertreiben wollte. „Mit dem Geld aus unserem Lastenausgleich!"

Das war das, was sie für den Verlust von Gutenfeld bekommen hatten.

„Es war nur recht so", sagte Mama leise. „Jetzt bin ich nämlich hier zu Hause."

Hanni sah ihre Mutter an, die unter ihrer Schminke zu altern angefangen hatte. Trotzdem war sie auf ihre ostpreußische Art immer noch attraktiv und zupackend. Mama hatte einfach das Glück gehabt, im richtigen Moment Hermann gefallen zu haben, der nach dem Tod seiner Frau auch in gewisser Weise bedürftig gewesen war. Nur abgesichert war Mama bei Hermann nicht. Weil sie auf die Kriegsopferrente nicht verzichten wollte, hatten sie nicht geheiratet. Immerhin füllte er regelmäßig Mamas Portmonee mit dem Haushaltsgeld auf, und sie erledigte die komplette Buchführung für sein Fuhrunternehmen. So wusch eine Hand die andere, wie sie beide sagten. Und vielleicht liebten sie sich ja auch.

Also ging es Mama doch gut! Sie hatte nach Papas Tod hier einmal eine Wahl gehabt und sich entschieden. Hanni musste sich eingestehen, dass Hermann auch für sie ein Halt gewesen war, selbst seine Tochter Gisela, mit der sie im gemeinsamen Zimmer doch manches Geheimnis teilen durfte. Und nun hatte Hermann ihr das Kleid bezahlt – das war doch gerecht!

Hanni ging einen Schritt auf Mama zu und nahm versöhnlich ihre beiden Hände. „Ich bin doch froh, dass du dich hier wie zu Hause fühlst."

Sie spürte, dass der Satz so nicht stimmte. Zu Hause, das blieb nun einmal Gutenfeld und genauso wie dort würde sich Mama nirgendwo fühlen. Aber Mama nickte tapfer, löste ihre Hände aus Hannis Griff und strich nochmals über das Hochzeitskleid.

In einer Woche musste sie sich beim Doktor im Nachbarort verabschieden. Warum sollte sie dort noch immer arbeiten, wenn sie verheiratet war? Die Koordinaten hatten sich verändert. Als Joachims Ehefrau würde sie mit Haut und Haar zum Kino gehören, musste aushelfen, wo jemand gebraucht wurde und durfte sich Mutterpflichten widmen, sobald die sich einstellten.

Die kommenden Jahrzehnte lagen klar vor ihr. Sie würde Eintrittskarten und Süßwaren verkaufen, nach der letzten Vorstellung den Saal fegen und bei der Buchhaltung helfen.

„Was du mit den Matern machen musst, zeige ich dir ganz in Ruhe", hatte Joachims Mutter neulich in ihrem Büro gesagt.

Von den Matern war oft die Rede, es musste sich um eine kleine wiederkehrende Last handeln, die Termindruck schuf. Matern wie Martyrium.

‚Ich weiß immer noch nicht, was das ist", sagte Hanni.

Joachims Mutter schmunzelte.

„Was meinst du denn, wie die Kinoanzeigen in die Zeitung kommen?"

Ach so. Die gerahmten Bildchen zur Filmankündigung, oft kompakt nebeneinander auf eine halbe Seite gedruckt.

„Das habe ich mich schon immer gefragt", lachte Hanni.

„Dann zeig ich's dir schnell." Joachims Mutter hatte vergessen, dass sie das eigentlich ganz in Ruhe tun wollte. Sie war wohl daran gewöhnt, gleich zu erledigen, was gerade anstand. Außerdem schien sie sich auf die Aussicht, Hanni bald als Hilfe im Büro zu haben, zu freuen.

Sie nahm einen Stapel Filmplakate von einem kleinen Hocker, zog diesen an den Schreibtisch neben sich und bat Hanni Platz zu nehmen.

Hanni setzte sich auf den viel zu niedrigen Schemel, von dem sie wie aus einem Graben aufschauen musste.

„Wir werden einen zweiten Stuhl besorgen", meinte Joachims Mutter amüsiert. Der Hocker hatte jahrelang nur als Ablage für Plakate gedient.

„Die Verleihfirmen schicken mit den Fotos und Filmplakaten auch kleine, geprägte Druckvorlagen für die Werbung in Zeitungen mit." Sie nahm sich das Päckchen zum Film *Mariandl* vor: „Hier ist alles für die Schaukästen und hier sind die Matern. Da suchst du dir die passenden für die Zeitungen aus." Jeder Millimeter in den Zeitungen kostete Geld, und Hanni sollte sich dann überlegen, ob es sich lohnte, eine größere Anzeige mit Foto und Werbespruch zu schalten oder nur eine kleine wie beim Wochenfilm. Da konnte sie ein wenig sparen mit reinen Textannoncen.

Hanni schaute ihre künftige Schwiegermutter schräg von unten an. Aus dieser Perspektive und so nah hatte sie sie noch nie gesehen. Joachims Mutter kniff die Augen eng zusammen, als sie die Worte auf den Matern entziffern wollte.

„*Höchst ... vergnüglich* soll das heißen, siehst du? Das bietet die Verleihfirma an." Sie wandte sich Hanni zu, ihre Augen entspannten sich wieder. „Solch einen Slogan kannst du übernehmen, Hanni!"

Vielleicht brauchte die Mutter eine Brille? Lieber jetzt nicht fragen, Hanni wollte nicht sofort die wunden Punkte testen.

Genau wie Mama legte die Kinobesitzerin Wert auf pflegende Kosmetik, zog die Lippen nach und tupfte ein Tröpfchen vom Duft der letzten Saison hinter die Ohrläppchen. Doch Joachims Mutter hatte dabei etwas Männliches in ihrer Art. Hanni hätte sie gern neben Joachims Vater erlebt. Vielleicht war sie früher weicher gewesen, als sie nicht alles allein schultern musste.

„Hannchen, träumst du?", fragte die Mutter plötzlich mit anderer Stimme.

„Ich hab schon den ganzen Tag gearbeitet", entfuhr es ihr.

„Das brauchst du bald ja nicht mehr, dann bist du bei uns."

Ja, dachte sie. Bei Joachim. Aber dies alles gehörte zu ihm. Seine Mutter hatte Hannchen zu ihr gesagt. Zum ersten Mal. Ob Hanni das mochte, hing vom Tonfall ab. Es konnte auch wie *Dummchen* klingen. Sie sah ihre künftige Schwiegermutter an, und ihre Gesichter kamen sich dabei so nah, dass Hanni kurz den Atem anhielt. Da legte Joachims Mutter ihren Arm um sie.

„Hast du die Tischkarten schon geschrieben?", fragte Mama plötzlich und ließ das Kleid endlich los.

„Hilfst du mir dabei?" Hanni mochte Schönschreiben noch nie. Ihre Freundin Lotti hatte sie als Kind einmal darüber aufgeklärt, dass die Schrift allein in ihrer Schönheit eine Botschaft enthalten konnte. Da gab es die inhaltliche Information im Wortsinn und die Verpackung durch Schnörkel, Klarheit oder Federschwung. In ihren Geburtstagsgedichten verzichtete Hanni auf schmückende Kringel. Das waren für sie nur Staubfänger auf Papier. Aber eine Tischkarte sollte anziehend auf den Gast wirken, also musste sie sie gestalten.

„Gern, sogar sehr gern!", sagte Mama. Sie verließ das Mädchenzimmer. Hanni konnte hören, wie sie im Geschenkefach des Schlafzimmerschranks herumkramte. Das Fach war für die Mädchen tabu gewesen. Jetzt, seit Gisela zwei Kinder hatte, galt das auch für die Enkel. Sonst waren Geschenke doch keine Überraschung mehr! Und Mama kaufte immer wieder Geschenke und stopfte sie in jenes Fach. Vielleicht wusste sie gar nicht mehr von allen Schätzen, die sie dort hortete.

Sie kam zurück mit einer riesigen Packung Buntstifte, die sich farblich voneinander nur um Nuancen unterschieden. „Die machen wir jetzt einfach mal auf. Das ist doch ein Anlass!"

„Wir haben bestimmt noch irgendwo einen roten und einen grünen, mehr brauchen wir doch gar nicht. Lass zu, Mama!"
„Warum? Wir brauchen auch rosa, gelb und blau, wenn wir erstmal dabei sind."
Hanni erinnerte sich nicht, jemals mit Mama gezeichnet zu haben.
„Aber die Namen schreiben wir mit Feder."
„Ganz wie du willst."
„Zuerst die Namen, Mama!"
Hanni stellte die Pappkärtchen auf den Tisch im Esszimmer, holte Tintenfass und Schreibfeder aus ihrem alten Schul-Regal und legte noch Papier für das Ausprobieren und Abstreichen der Feder dazu. Mama kam mit der großen Stifte-Packung. Als sie sich beide über Eck setzten und die Gästeliste überflogen, hörte Hanni den Bus am Fenster vorbeifahren, das Lachen von Schulkindern, die gerade ausgestiegen sein mussten und ein Radio in der Ferne.
Aber Mama und sie saßen hier und hatten plötzlich Zeit. Wie selten hatte sie das bisher erlebt. Mama griff in das Schrankfach hinter sich, zog eine Packung Vollmilchschokolade hervor und brach die vorgestanzten Stücke in eine kleine Porzellanschale.
„Es soll uns an nichts fehlen", sagte sie fröhlich. „Möchtest du einen Tee dazu?"
Hanni nickte.
Als die beiden Tassen auf dem kleinen Tablett um die Wette dampften, hatte Hanni Lust loszulegen. Mit dem eigenen Kärtchen fing sie an. Klar und einladend. Die Feder kratzte nicht einmal.
„Haben Struppmeiers zugesagt?", wollte Mama wissen.
„Sie haben nicht geantwortet."
Mama griff nach einem Stück Schokolade und lutschte nachdenklich darauf herum. Dann prüfte sie, ob die Tinte auf Hannis Kärtchen schon trocken war.
„Wie schade." Mama pustete sanft auf die Tinten-Buchstaben. „Ich dachte, sie hätten es inzwischen verkraftet."
Hanni hatte schon die Namen von Joachim und seiner Mutter geschrieben.
„Was mussten sie denn verkraften?"
Mama nahm sich einen grünen Buntstift und entwarf eine zarte Ranke um Hannis Buchstaben.
„Wirst du mir Wicken zeichnen? Oh, Mama, versuch mal Wicken!"

Mama schmunzelte. Deshalb brauchte sie die zartrosa Stifte! Sie hatte gleich an die Gutenfelder Wicken gedacht. Während sie mit der ersten Blüte begann und sich auf die Stiftspitze konzentrierte, fing sie nochmals von den Struppmeiers an: „Das ging damals schon mit der Schleuder los, Hanni, das hast du gar nicht mitbekommen."

Nein, Hanni hatte nichts mitbekommen.

„Die hatten wir nämlich vor Struppmeiers."

Aber eine Schleuder war doch etwas Wunderbares. Alle hatten sich damals eine Schleuder gekauft. Hanni konnte am nächsten Tag ihre Sachen wieder anziehen, weil sie nicht so lange zum Trocknen brauchten. Oder sie nahm sich ihren zweiten oder dritten Rock aus dem Schrank. Sie erinnerte sich noch genau, wie sie sich plötzlich über ihre Garderobe freute, die sich Stück für Stück vermehrte. Und wenn sowas Wirtschaftswunder genannt wurde, dann war das nicht untertrieben. Mama hatte sofort einen Blick für günstige Einkäufe entwickelt. Da hatten sie noch in Struppmeiers Schuppen gewohnt, Jessesmaaria. Die Schränke waren nach einem halben Jahr voll.

„Dann hatte Frau Struppmeier mal zu mir gesagt, dass ich schön auf dem Teppich bleiben sollte!"

Mama verstummte und nickte vor sich hin.

Sie zeichnete tatsächlich eine Wicken-Ranke. Hanni würde das Kärtchen ihr Leben lang aufheben. Nicht nur, weil es sie am Hochzeitstag begleitete, sondern weil sie auch diesen gemeinsamen Moment nicht vergessen wollte. Wenn Mama aber in alle Kärtchen so viel Zeit und Mühe steckte, würden sie bis Mitternacht zusammensitzen. Hanni sollte es Recht sein. Obwohl noch etwas wegen Struppmeiers in der Luft hing.

Mama sah kurz auf und fuhr fort: „Das war, als Hermann seine Firma gründete. Und ich mittendrin. Das hat den Struppmeiers zugesetzt."

„Sie hatten doch damit gar nichts zu tun."

„Deshalb wohl. Ich weiß es nicht."

Mama nahm sich Joachims Tischkarte und suchte nach Farben.

11 Stillzeiten

Diepenburg, 1963

Nach der Hochzeit waren sie nach Diepenburg gezogen, weil auch das hiesige Kino der Familie gehörte. Vom kleinsten ihrer Zimmer konnte Hanni den Kino-Vorplatz überblicken. Die Schwiegermutter hatte ihre Zweigstellen aufgeteilt. Auch Joachims Bruder war ins Kinogeschäft eingestiegen. Hanni freute sich über die Wohnung im Kino-Anbau. Außerdem wohnte Gisela nur wenige Straßen weiter. Joachim brachte unten im rechten Schaukasten die Plakate für die nächste Woche an. Hanni beobachtete, wie akkurat er die Kanten ausrichtete und wie er sich erst nach mehrfachem Probehalten für die Platzierung der Filmfotos entschied. Hitchcock's *Schlinge* heute würde wieder ein Kassenschlager werden, hoffentlich! Seitdem in vielen Wohnzimmern bereits Fernsehapparate flimmerten, verließen manche Filmfreunde abends das Haus nicht mehr. Auf der Couch musste es wohl gemütlicher sein. Doch die große Leinwand hatte eine andere Faszination.

Hanni atmete geräuschvoll aus. Ihre Hand lag auf dem Seitengitter der Wiege und schaukelte das kuschelige Reich der kleinen Gabriele, obwohl der Säugling, seine Fäustchen neben den Ohren, wohlig schlummerte. Das winzige Gesicht war so entspannt, dass die Lippen sich voneinander gelöst hatten und ein dünner Milchfaden über die Wange gekrochen war. Hanni suchte das Spucktuch unter der Decke und tupfte das zarte Pausbäckchen sauber. Der Babyduft betörte sie, immer wieder kroch sie unter den Wiegenhimmel, um an Gabriele zu schnuppern. Du kleine, süße *Muckerhummel*, flüsterte sie und konnte sich nicht satt sehen an ihrem Winzling.

Als sie wieder auf den Vorplatz blickte, war das Schaukastenlicht angeschaltet worden, ein Novum, das Joachim als frisch gekürter Elektriker zuallererst installiert hatte. Dass er nebenher nochmals eine Lehre anfangen wollte, hatte Hanni nicht überrascht. Der Kinobetrieb war ohne Strom nicht möglich. Um die immer wieder auftretenden Störungen, die bis dahin von Elektrikern repariert worden waren, wollte Joachim sich lieber selbst kümmern. Die Schaukastenbeleuchtung einzurichten war ein Kinderspiel für ihn gewesen. Hanni ließ die Wiege ausschaukeln und erhob sich langsam. Nicht, dass der Türrahmen wieder Wellen bekam und der geknüpfte Wandteppich zu einem Farbfleck verschwamm. Ihr Körper hatte sich noch nicht ganz von der Geburt erholt. Als sie sich in der Küche ein Glas Wasser einschenkte, fiel ihr der Windeleimer im Badezimmer ein. Wenn sie mit gesenktem Kopf in der Badewanne hantierte, musste sie sich hinsetzen, also nahm sie den Hocker aus der Küche gleich mit. Solange Gabriele schlief, musste sie die Zeit nutzen.

Die Klingel schnarrte drei Mal hintereinander. Joachim hatte einen Gong einbauen wollen, aber der durfte nicht an eine Kinovorführung erinnern! Hanni würde ein sanftes Glöckchen genügen, sie wollte warten, bis Joachim Zeit dafür hatte.

„Aber ihr seid leise, wenn das Baby schläft", hörte sie geflüsterte Anweisungen vor der Wohnungstür.

Ach, Gisela! Beim Geräusch dieser Klingel sprangen Babies eigentlich aus den Betten, wenn ihre Beinchen erstmal wussten wie. Ein Klopfen hätte doch gereicht! Vielleicht sollte Joachim die Klingel lieber ganz abstellen.

Als Hanni die Tür öffnete, traten Nichte und Neffe auf Zehenspitzen in den Flur. Die fünfjährige Anke und Tobias mit seinen drei Jahren wussten bereits, was sich gehörte, außer wenn sie gerade mit den Gedanken woanders waren.

„Schläft sie?", fragte die Große.

„Jetzt wohl nicht mehr!", vermutete Gisela.

Sie umarmte Hanni und machte ein Kompliment für deren Oberweite.

„Mich zieht's vorne richtig runter", sagte Hanni.

„Das pegelt sich ein", meinte Gisela. „Aber du kannst das Kind auch mal warten lassen, sonst wirst du immer zu viel Milch haben."

Hanni schloss die Tür und registrierte, dass die Kinder ihre Stiefel schon an der Garderobe abgestellt und sich zu zweit auf den einen Küchenhocker gesetzt hatten.

„Dürfen wir gucken?", fragte Anke.

Hanni nickte schwach.

„Erst ...?", fragte Gisela.

„... Hände waschen!", kam es prompt aus beiden Mündern, und die Kinder stürmten ins Bad.

Hanni hörte, wie die Große ihren Bruder daran hindern wollte, in den Windeleimer zu greifen. Wahrscheinlich reichte Tobias nicht an den Wasserhahn heran und dachte, die Angelegenheit an der Wanne schneller hinter sich bringen zu können. Wenn Gabriele einmal laufen konnte, musste eine Fußbank am Waschbecken stehen. Hanni setzte sich auf den freien Küchenhocker, Gisela blieb stehen und stellte eine geräumige Tasche auf dem Tisch ab.

„Eisenmangel!", sagte sie prompt. „Deshalb ist dir so schwindelig." Klar, das gab Hannis Krankenschwesternwissen auch her. Aber sie konnte sich nun mal nicht jeden Tag Spinat kochen.

„Kennst du Mangold? Ich habe dir davon einen Salat gemacht." Gisela bugsierte eine mit Pergament und Faden verschnürte Schüssel aus der Tasche. „Aber ohne Zwiebeln!"

Hanni sah sie dankbar. Mangold sollte gut sein.

„Dürfen wir jetzt?", fragte Anke nochmals.

Hanni nickte und öffnete die Tür zum kleinen Zimmer. Das Schaukastenlicht auf dem Kinovorplatz sorgte für einen silbrigen Schimmer auf dem Bettchen-Himmel und der Wickelkommode.

„Ich seh nichts", jammerte der Kleine und drückte die Wiege an seiner Seite herunter. Mit einer rasanten Bewegung griff Gisela ein und hob das Bettchen wieder in die Waagerechte. Dann nahm sie Tobias auf den Arm und fuhr Anke zärtlich mit den Fingern durch die Haare.

„Ich seh nichts", wiederholte Tobias.

„Schläft", meinte Anke. Sie verließ enttäuscht das Zimmer und verpasste damit den Moment, in dem Gabriele den Besuch wahrnahm und ihre Arme mit maßloser Anstrengung anspannte und gähnend in beide Richtungen streckte. Hanni spürte einen deutlichen Milcheinschuss, so wie immer, wenn sie es vor Entzücken kaum abwarten konnte, ihre Tochter hochzunehmen und an sich zu drücken. Sie schaltete das kleine Licht an der Kommode an, Gisela machte Platz an der Wiege. Das Kind war noch so leicht. Hanni griff auch das Federbett mit. Der meiste Platz war im Wohnzimmer, wo auch der Ofen geheizt war und die große Nichte gerade nach den Buntstiften suchte, die sie sich sonst immer allein aus dem Kinderfach im

Schreibtisch geholt hatte. Hanni hatte umgeräumt. Das Kinderfach musste erst wieder neu eingerichtet werden.

„Dürfen wir zugucken?", fragte Anke, als sie das kleine Bündel auf Hannis Arm sah.

„Deshalb seid ihr doch hier", antwortete Hanni müde.

Tobias sah wiederum nichts. Beim Trinken zeigte Gabriele Besuchern grundsätzlich nur ihren Hinterkopf, und Hanni versuchte, sie möglichst nicht zu unterbrechen oder abzulenken.

„Wann gehen wir wieder?", flüsterte Tobias.

„Wenn Gabriele uns guten Tag gesagt hat", antwortete seine Schwester.

Hanni sah, wie Gisela den ausgestreckten Zeigefinger vor ihre Lippen hielt. Sie bewunderte sie umso mehr, seit sie selbst Mutter war. Ein drittes Auge musste man haben, wenn kleine Kinder auf Entdeckungsreise in einer Wohnung unterwegs waren. Gisela schien schon immer zu erahnen, welche Schubladen wie Magnete auf Kinderhände wirkten. Dass die tatsächlich mit einem Ruck krachend aus dem Schrank fallen könnten, war für Hanni eine Horrorvorstellung. Sie wäre zu schwach gewesen, mehr als das Alltägliche aufzuräumen. Doch Anke und Tobias spürten das dritte Auge ihrer Mutter so deutlich auf sich gerichtet, dass sie es nicht wagten, sich möglichen Gefahrenzonen überhaupt zu nähern.

Hanni zuckte kurz unter einer warmen Hand auf ihrer Schulter zusammen. Gisela, nah neben ihr, fragte, wo die Malstifte geblieben waren. Dann erhaschte sie von hinten einen Blick auf den Säugling, und Hanni konnte beobachten, dass Gabriele darauf reagierte. Sie war längst kein passives Wesen mehr.

Die Malstifte! Um die war es doch gegangen. Und Malbücher hatte sie doch auch gehabt? Früher war alles im Kinderfach gewesen, aber dort hatte sie jetzt die Mappe mit den Gebrauchsanweisungen liegen.

„Vielleicht im Bücherregal? Bestimmt da oben bei den Märchenbüchern."

Als sie wieder zu den Kindern schaute, saßen sie am Tisch und malten Umrissbildchen aus.

„Nicht so kritzeln, Tobias. Sonst ärgerst du dich später. Nur bis zum Rand! Guck? So!"

Eine große Schwester konnte immer alles besser. Hanni dachte an Gigi, aber es tat ihr jedes Mal weh, wenn sie sich an die eigene Unterlegenheit erinnerte. Dann schob sich sofort das Bild der sterbenden Schwester dazwischen. Als sollte sie sich jetzt nicht mehr über Gigis kecke Neckereien beschweren. Das tat sie ja gar nicht. Aber sie war eben auch einmal eine kleine Schwester gewesen.

Als Gisela ins Zimmer trat, stellte Hanni fest, dass sie ihr Verschwinden gar nicht bemerkt hatte. Gisela rieb sich ihre roten Hände.

Nun aber schaltete Hanni sofort. „Warst du etwa am Windeleimer?"

„Ich bin's gewöhnt, Hanni. Mir macht das nichts aus." Sie setzte sich neben sie, und Hanni gab ihr die Kleine, damit sie ihr auf den Rücken klopfte.

Gisela schmuste mit dem Kind und massierte sie behutsam, so dass Gabriele hörbar aufstieß.

„Das war ein ...!" Tobias kicherte und hielt sich die Hand vor den Mund.

„Das muss so sein", sagte Anke altklug und stand auf. „Darf ich sie auch mal halten?"

Beide Kinder nahmen so auf der Couch Platz, dass Hanni ihnen gemeinsam Gabriele in die ausgestreckten Arme legen konnte. Gisela bestärkte Tobias darin, dass die Füße genauso wichtig waren wie der Kopf und dass er sie vorsichtig streicheln durfte.

Hanni durchströmte ein Glücksgefühl.

Als Hanni Joachim an der Tür hörte, stand sie nochmal auf und setzte sich zu ihm in die Küche.

„War's voll?"

„Knapp 400 Karten verkauft."

Bei 520 Plätzen waren das drei Viertel. Hanni hatte auf mehr Zuschauer gehofft. Hitchcock, erste Woche, wäre früher ausverkauft gewesen. Mit Zusatzvorstellungen.

„Reicht doch", sagte sie tonlos.

„Ja, keine Sorge."

Aber Hanni sah ihm an, wie Joachim still vor sich hinrechnete, da doch jetzt Trudi eingestellt worden war als Ersatz für Hanni. Trudi war nun mal teurer.

„Was ist das?" Joachim rührte im Mangoldsalat.

„Rate mal, wer hier war."

„Muss ich nicht. Die Schüssel sieht nach Gisela aus."

Wie konnte er sich an das Muster von ihrem Geschirr erinnern? Hanni war irritiert darüber, dass Joachim mehr von Gisela zu wissen schien als Hanni selbst. „Was an der Schüssel erinnert dich denn an Gisela?" Joachim schaute sie eine Weile an, als wollte er prüfen, wieviel von Hannis Gedächtnis Gabriele schon aus ihr herausgesaugt hätte. Dann lächelte er: „Die großen blauen Punkte. Siehst du die nicht? Die fand ich neulich auch auf der Terrine, und die war von Gisela!"

Die Wochenbettbrühe. Mit Suppenhuhn, Lauch und Sellerie. Hanni hatte sie sich tagelang tellerweise warmgemacht.

Joachim füllte sich ein wenig vom Mangoldsalat auf den kleinen Teller, und Hanni erinnerte sich an seine Frage.

„Das ist Mangold. Sehr eisenhaltig."

„Ich möchte nur mal probieren. Der war doch für dich gedacht."

Hanni sah, wie gut es ihm schmeckte. Mit Honig, Zitrone und Walnüssen. Das konnte sie doch auch mal auf den Tisch bringen, wenn sie denn an Mangold herankam.

Gabriele wachte auf, als sie ins Bett gingen. Dann durfte sie gleich ihre Nachtmahlzeit bekommen. Hanni konnte immer, obwohl sie sie nach Mamas Ansicht nur alle vier Stunden nähren sollte.

„Du erziehst Gabriele dazu, dass sie über dich bestimmt und nicht du über euch. Wie willst du dann alles schaffen? Dein Kind hilft dir dabei bestimmt nicht", hatte sie neulich gesagt.

Hanni hatte daraufhin beschlossen, Mama in dem Glauben zu lassen, sie nach der Uhr zu stillen. Und insgeheim gab sie ihr Recht. Es war praktischer, wenn sie ihrer geliebten *Muckerhummel* in einem festen Rhythmus die Brust gab und nicht, wenn Gabriele gerade wach war.

Jetzt genoss sie es, dass Joachim ihr zuschaute. Wie sehr er sich doch im Zaum halten musste!

„Ihr seid mein großes Glück", flüsterte Joachim plötzlich.

Gabriele reagierte auf die Stimme und drehte den Blick in seine Richtung, bis es ihr gelang, sich von Hanni zu lösen und ihren Kopf Joachim zuzuwenden. Hanni unterstützte sie, gab dem Windelpäckchen mit sanftem Griff die Richtung, und so schien es, als wäre Gabriele zum ersten Mal auf ihren Vater zugekommen. Es war wie eine kleine, spontane Vorstellung. Ohne Gong und Vorhang.

Joachim kostete den Augenblick mit allen Sinnen aus, zog die Kleine an sich heran und gab ihr die Kuppe seines Zeigefingers zum Nuckeln. Hanni verdrängte den Gedanken an Anke und Tobias, die zunächst ins Bad hatten laufen müssen, ehe sie an die Wiege treten durften. Aber Joachim hatte sich zumindest vorhin die Zähne geputzt. Niemals würde sie ihm verraten, was sie gerade gedacht hatte!

„Meine Hände sind blitzsauber, keine Sorge!"

„Du kannst Gedanken lesen, Liebster!"

„Kein Problem. Du bist wie ein offenes Buch."

Das hatte ihr noch nie jemand gesagt. Sie dachte immer, sie könnte gut verbergen, was sie gerade im Sinn hatte. Sonst hätte sie als Sprechstundenschwester jeden Tag versagt! Wenn sie sich vorstellte, dass in der Praxis der junge Patient mit den entzündeten Warzen ihren Ekel gespürt hätte oder die Oma mit der aufgerissenen Blinddarmnarbe? Was kratzte die mit ihren Gartenfingern auch an der juckenden Stelle herum! Der Doktor hatte Hanni sofort einen Krankenwagen rufen lassen. Blutvergiftung. Und immer in solchen Momenten hatte Hanni ihr vernünftiges Gesicht aufgesetzt. Alles, was ihr die Knie weich gemacht hätte, hatte sie abgekapselt und in ihrer Vorstellung im Treteimer entsorgt. Das war noch ein Gigi-Prinzip gewesen. *Was dir nicht gut tut, pack in Gedanken ein und wirf das Bündel auf den Misthaufen! Und dann lächle wieder.*

Hanni dachte, sie hätte das längst gelernt. Und nun konnte Joachim ihre Gedanken lesen.

„Du hast eben den Blick dafür", sagte sie und hoffte, das würde auch bei geheimen Wünschen funktionieren.

In der Adventszeit stieß Gabriele mit der Anorak-Kapuze schon am Wagenverdeck an, im Liegen war ihr die Welt im Kinderwagen zu eng. Am liebsten saß sie vor dem Kopfkissen, das Verdeck ganz heruntergeklappt, und lächelte der Straße, den Schaufenstern und den Passanten entgegen. Hanni war bei Mama und Hermann in Lohne zu Besuch und schubste das Gefährt manchmal von sich und fing es ruckartig wieder auf, bis Gabriele kaum noch Puste hatte vor lauter Lachen.

„Nicht, dass ihr noch schlecht wird", warnte Mama und legte auch eine Hand auf die Haltestange.

„Hier, schieb du", bat Hanni.

Mama war der Wagen noch von Anke und Tobias vertraut. „Jetzt sind wir zusammen eine richtig große Familie", sagte sie nachdenklich.

Es klang, als hätte sie sich damit abgefunden, dass es Papa und Gigi nicht mehr gab.

Das versetzte Hanni einen Stich. Ihre Nähe zu Gisela konnte den Verlust von Gigi nicht ausgleichen. Manchmal sah sie im Traum, wie Gigi Gabriele fütterte und mit ihr herumtobte, und wenn sie aufwachte, legte sich die Trauer wie eine zweite, schwere Decke auf sie. Gigi selbst hätte wohl gesagt, *dann wirf die Decken zur Seite und steh auf!* Aber die zweite Decke war zu schwer.

Joachim wollte von diesen Träumen nichts hören. Auch über seinen vermissten Vater wurde seit langer Zeit nicht mehr gesprochen.

„Ist doch schön, dass Gisela dir zur Schwester geworden ist", legte Mama nach.

Zur Schwester? Sie ist einfach da, Mama, und darüber bin ich froh! Aber mit meiner Schwester habe ich in Gutenfeld Ziegen gehütet und später die Flucht überstanden! Sowas kennt Gisela gar nicht! Doch sie schwieg.

Mama hätte keinen Riss in ihrem Kartenhaus zugelassen und ihr vermutlich mangelnde Dankbarkeit vorgeworfen. Schließlich hatte sie auch einmal alles verloren, aber dann die klaffende Lücke neben Hermann gefunden, in die sie sich hatte hineinschmiegen können. Hanni ahnte, dass Mamas Lebensbilanz inzwischen annähernd stimmte und erkannte darin einen Zug, den Gigi wohl von ihr geerbt hatte.

Sie drehte sich weg, weil es verdächtig in den Augen brannte.

Gabriele krakeelte fröhlich vor sich hin, als sie sah, wie in einem Schaufenster plötzlich eine Lichterkette zu leuchten anfing.

„Ja, du kleines Gabrijellchen, Weihnachten feiern wir alle zusammen, die ganze Familie!", lachte Mama. Sie tupfte dem Kind auf dem Anorak herum und kicherte mit ihm gemeinsam.

„Joachim muss arbeiten. Weihnachten gibt es Märchenfilme."

„Aber doch nicht das ganze Fest über."

„Immer um zehn und um drei. Und Heiligabend werden wir in Diepenburg bleiben."

„Weihnachten beginnt am ersten Feiertag."

„Genau, Mama. Und Joachim kommt dann erst nach fünf."

„Seine Mutter auch, das ist in eurer Branche nun mal so."

Ihre Schwiegermutter war also schon eingeladen worden.

Am ersten Feiertag war Hanni früh nach Lohne gefahren und nahm Anke und Tobias mit in die Messe. Sie setzte sich, Gabriele auf dem Arm, zwischen die Kinder.

„Bleibst du bei uns, auch wenn Mama nachgekommen ist?", fragte Anke.

„Natürlich, sie wird gleich hier sein."

Tobias sprang auf, hüpfte so gut es vor dem Kniebrett ging, ein paar Mal auf der Stelle und setzte sich wieder neben Hanni. Er klemmte kurz seine Hände zwischen die Schenkel und war so aufgeregt, dass er gleich wieder aufstand. Hanni drückte innerlich bewegt die kleine Gabriele an sich. Sie war jetzt schon neugierig, ob ihre Tochter bald zu den *Aufspringern* oder zu den *Anschmiegsamen* gehören würde.

Die meisten Kinder saßen kerzengerade neben ihren Eltern. Auf der anderen Seite des Mittelganges ruckelte ein Mädchen mit seinem kleinen Hintern immer wieder auf der Bank herum und lenkte Hannis Aufmerksamkeit auf sich. Die Ärmel seines Anoraks waren gekürzt und an den Schultern einmal umgeschlagen. Der Vater nahm das Kind auf seinen Schoß und da sah Hanni, dass eine Stummelhand aus dem Ärmelbündchen ragte. Mit einem Schrecken fiel Hanni ein, dass Gudrun die Mutter dieses Mädchens sein konnte.

Sie versenkte ihre Nase am Hals ihrer Tochter und ließ das Bild nachwirken.

Seit Gabriele auf der Welt war, hatte sie nicht mehr an das gedacht, was Mama ihr einst beiläufig von Gudrun erzählt hatte. Gudrun, die in der Schule neben ihr gesessen hatte. Die Hanni am liebsten wieder nach Ostpreußen geschickt hätte, weil sie nicht Platz machen wollte.

Aber was war das damals gegen *das* jetzt?

Gisela war außer Atem und drückte ihre kalte Wange gegen Hannis. Hanni sah die Erleichterung in Ankes Augen. Ihre Mutter kam nicht zu spät, jetzt konnte es losgehen. Die Orgel setzte mit machtvollen Akkorden ein.

Während der Messe zwang sich Hanni, nicht an das Kind von Gudrun zu denken und auch nicht in seine Richtung zu schauen. Dabei saß Gudrun vielleicht neben ihrem Mann und Hanni würde ihr zuwinken können und ganz natürlich gucken dabei, als hätte das Kind so lange Arme wie ihres. Das war doch richtig: so zu tun, als wäre nichts?

„Deine Mutter sitzt da hinten mit Vater", flüsterte Gisela plötzlich. Hanni drehte sich um und sah Mama in ihrem neuen Kaninfellmantel und Hermann neben ihr.

Einen Moment bedauerte sie, mit den Kindern nicht die ganze Bank freigehalten zu haben, aber Mama hätte sich nie nachsagen lassen wollen, wegen eines neuen Mantels an den Reihen vorbeiflaniert zu sein. Trotzdem hatte sie ihn schon vor der Bescherung angezogen!

„Hermann schenkt doch immer schon am Heiligabend", erklärte Mama später, als Hanni sich vor der Kirche gerade bemühte, Gabriele von ihrem plötzlichen Hunger abzulenken. Die ganze Messe über hatte das Kind entspannt an ihrem Körper geruht. Jetzt, in der frischen Winterluft, versuchte es, seinen Brei herbeizubrüllen.

„Hattet ihr auch schon eure Bescherung?", fragte Hanni Gisela nebenher.

„Nur mit Bernhard. Aber das wissen die Kinder nicht."

Mussten sie ja auch nicht, vielleicht war das zu intim. Bernhard hatte Joachim schon einmal einen Beate-Uhse-Katalog zugesteckt. Doch Joachim war nicht so entdeckerfreudig gewesen. Hanni erst recht nicht.

„Gleich gibt es Gänsebraten für alle, du kleines Leckermäulchen", wisperte Hanni ihrer Tochter zu und dachte dabei an das Gläschen mit Gemüsebrei, das sie vorhin schon in Mamas Küche abgestellt hatte.

„Heute Kinder, wird's was geben", trällerte Anke und drehte sich immer wieder zu den Erwachsenen um, weil es heute endlich wirklich so weit war. Nicht morgen! Sie kostete den kurzen Moment aus, in dem das Lied mit seinem Zeitbezug versagte.

Als sie Hermanns Haus erreichten, öffnete sich die Tür wie von selbst. Bernhard, der auch zu Weihnachten nicht in die Kirche ging, bat mit ausholender Geste in den Flur. Als Mama ihren Kaninfellmantel auf dem Bügel an der Garderobe platziert und sich alle ihrer Anoraks und Stiefel entledigt hatten, lockte Bernhard sie in die gute Stube, in der die Kerzen am Baum angezündet waren.

„Neuer Baumschmuck!", registrierte Gisela. „Rot-matte Kugeln, die hab ich schon im Katalog gesehen."

„Und Tannenzapfen", sagte Anke.

„Und Engelchen!", freute sich Tobias. „Ich hab auch welche", schrie er und rannte die Treppe hinauf in das alte Mädchenzimmer. Als er keuchend wieder am Tisch stand, verteilte er Tusche-Zeichnungen: Lach-Gesichter mit grünen oder roten Beinen.

„Alles Weihnachtsengel", sagte er ernst.

„Die haben ja Stiefel an", lachte Gisela.

„Das sind sogar Gummistiefel."

„Aber Engel brauchen keine Stiefel, weil sie Flügel haben", belehrte ihn Anke.

„Meine aber doch!"

„Ja, wenn's regnet, ich weiß," lenkte Anke ein.

Während Gabriele, ehe sie überhaupt hinuntergeschluckt hatte, schon den nächsten Löffel Gemüsebrei verlangte, stellte Mama die große heiße Platte mit der Gans auf den Tisch. Gisela assistierte beim Hereintragen der Beilagen. Hermann und Bernhard saßen auf ihren Plätzen und nickten zufrieden. Gisela hob die drei Tusche-Engel auf, die Bernhard unter den Baum gelegt hatte, falls die Kerzen tropften.

Als alle vor ihren Tellern mit den dampfenden Speisen saßen, räusperte sich Hermann und klopfte mit der Gabel an sein Weinglas. Er wartete mit dem Tischgebet, bis auch Tobias sich ihm zugewandt hatte.

Aller Augen warten auf dich, o Herr, und du gibst ihnen Speise zur rechten Zeit.

Joachim ist noch nicht da, dachte Hanni. Gerade jetzt! Wann ist denn die rechte Zeit, wenn er arbeitet und noch einen Märchenfilm zeigt? Ja, zeigen muss, weil es die anderen auch tun!

In diesem Moment fehlte er ihr so sehr, dass sie sich auf die Lippen biss.

Du tust deine milde Hand auf, setzte Hermann fort, *und erfüllst alles, was da lebt, mit Segen.*

„Aaaa-mennnn!", rief Tobias, „und reingehauen!"

„Guten Appetit!", sagte Mama schlicht und setzte sich so, dass sie unter dem Tisch mit dem Fuß Hannis Wade erreichte. Als Hanni hochschaute, nickte Mama ihr zu. Sie konnte also Gedanken lesen, so wie Joachim auch.

„Es ist alles sehr schön", sagte Hanni leise. Sie konnte sich nicht entschließen zu sagen: fast so wie früher und hätte damit *ganz* früher, in Gutenfeld, gemeint. Aber dass es wieder ein warmes Nest gab, in dem ein Weihnachtsbraten serviert wurde und in dem Kinder lustige Engel malen oder ihrem Brei entgegenfiebern konnten, das spürte

Hanni in diesem Moment überdeutlich. Sie hätte gern gewusst, ob Joachim ebenso empfand.

Beim Rotkohl hatte Mama genau die richtige Mischung aus säuerlichen und würzigen Nuancen getroffen. Hanni ließ die Kohl-Flüssigkeit ein wenig in der fetten Bratensoße verlaufen und tunkte einen Fetzen vom Kloß hinein. Auf ihrer Zunge sammelte sich schon der prickelnde Vorgeschmack.

„Ich seh schon den Ziehknochen, den müssen wir trocknen", sagte Anke und zeigte mit dem Finger auf die Reste der zerlegten Gans.

„Und dann aufreißen!", meinte Tobias.

„Nein ziehen, deshalb heißt der ja so."

„Und wer die Mitte kriegt, darf sich was wünschen", ergänzte Gisela. Eine richtige Szene war das früher nach jedem Geflügelessen gewesen. Gigi hatte sich eigentlich mehr wünschen können als Hanni, weil sie den Dreh raushatte und fast immer das Knöchelchen mit der Mitte in der Hand behielt.

„Was würdet ihr euch denn wünschen?", fragte Gisela die Kinder.

„Das darf man doch nicht verraten", lachte Anke.

„Sonst erfüllt's sich nicht", meinte Tobias.

„Ich habe mir immer gesunde Kinder gewünscht. Jetzt darf ich das ja sagen", verriet Gisela und schmunzelte ihre ahnungslosen Lieblinge an.

Hanni wusste, wie sehr das stimmte. Nach dem Eingriff der Engelmacherin damals fürchtete Gisela gar Kinderlosigkeit.

Unvermittelt sagte Mama: „Ich soll dich von Gudrun grüßen, Hanni. Die hat mir die Gans verkauft. Ist doch prächtig, nicht wahr?"

Kam sie jetzt darauf, weil sie gerade einen Bissen von der Gänsebrust auf die Gabel piekte oder weil Gisela ihren Wunsch verraten hatte? Hanni hielt inne.

„Bitter ist das mit dem Kind", sagte Bernhard.

„Das kommt nicht durch", behauptete Hermann.

„Doch, das hat's nur an den Armen, das ist sonst ganz normal", meinte Gisela.

„Das ist Almut", sagte Anke plötzlich. „Die kann sogar Memory spielen!"

„Woher kennst du Almut? Hast du mal mit ihr gespielt?", wollte Hanni wissen und legte Messer und Gabel ab.

„Auf dem Bauernhof", antwortete Anke.

„Bei denen kaufen wir manchmal ein. Vorher bestellen und dann rufen sie an, wenn wir das Fleisch abholen können", erklärte Gisela.

„Ja, und manchmal dürfen wir noch im Heu toben", sagte Tobias.

„Oder Memory spielen."

„So, nun esst mal erst eure Teller leer, ehe ihr weiterredet!" Hermann schien sich daran zu stören, dass die Kinder die Gespräche bestimmten. „Oder wir decken für euch nächstes Mal in der Küche!"

„Au ja!", freute sich Tobias.

Gisela erinnerte ihre Kinder an die eingeübten Tischsitten.

„Besser so einen Schlingel am Tisch als einen ohne Arme!", entfuhr es Bernhard.

„Da kann doch das Kind nichts für", mischte sich Mama ein. „Aber bei richtigen Wunschkindern passiert sowas eben nicht!"

„Mama", Hannis Ton klang entsetzt, „da ist ein Schlafmittel schuld. Das ist doch bekannt!"

„Nicht vor den Kindern", bat Gisela.

Schweigen setzte ein.

„Aber wozu brauchte sie wohl ein Schlafmittel", schob Mama flüsternd nach.

Hanni bemühte sich, die letzten Happen nicht kalt werden zu lassen. Mitleid mit ihrer damaligen Banknachbarin überkam sie jetzt. Wenigstens ihr zuwinken hätte sie doch können.

Nach dem Dessert legte Hermann eine Schallplatte auf.

„Wir müssen ja noch warten mit der Bescherung."

Anke maulte.

„Nichts da!", Hermann probierte einen künstlichen Schimpfton aus, „das Christkind kommt später zu uns. Gabriele möchte doch ihren Papa und auch die andere Oma dabeihaben."

„Wir können doch die Lieder mitsingen", schlug Hanni den Kindern vor.

Mehrmals drehten sie die Platte um, Hermann hatte nur die eine zum Fest. Dabei hätte Hanni so gern ein wenig vom Weihnachtsoratorium gehört und dabei Gabriele auf dem Schoß gewiegt. In diesem Jahr hatte sie ein Kind geboren, und ihr war auf ganz andere Art feierlich zumute.

Plötzlich standen Joachim und seine Mutter im Zimmer. Joachim stöhnte und übertrieb gehörig, als er die Last eines gefüllten Leinensacks vor dem Tannenbaum abstellte.

„Habt ihr das Christkind nicht gehört?"
Anke zog die Augenbrauen hoch. Sie war doch nicht schwerhörig und hatte die ganze Zeit auf seine Ankunft gewartet!
„Deshalb hat es wohl seine Gaben vor die Haustür gestellt."
„Oh, ich wollte ihm doch auch einen Engel schenken", heulte Tobias los.

„Das wirst du trotzdem noch können", beruhigte ihn Gisela, und Hanni sah, wie Joachims Mutter den kleinen Jungen kurz an sich drückte, ehe sie einen Blick auf Gabriele warf. Vielleicht hatte sie sich einen Enkel gewünscht?
Als Bernhard sich neben den Sack setzte, eilten die Kinder in seine Nähe. Tobias schien die Spannung kaum noch aushalten zu können nach seinem Kummer, das Christkind verpasst zu haben. Joachim setzte sich auf die Couch. Er zog Hanni an sich, zögerte einen winzigen Moment und legte dann den anderen Arm um seine Mutter. Er muss sich aufteilen, dachte Hanni und rückte näher an ihn heran.
„Du duftest gut", flüsterte er.
„Ist mir auch schon aufgefallen", sagte seine Mutter.
Seit Hanni nicht mehr stillte, entfaltete Parfum an ihrem Körper wieder eine Wirkung. Das genoss sie selbst.
Mama, Hermann und Gisela schoben sich die Sessel so zurecht, dass sie die Kinder gut sehen konnten.
Bernhard versuchte gar nicht erst, das Christkind zu ersetzen. Er mimte einen witzigen Krämer, der Geschenke nur für eine Gegenleistung reichte: ein Gedicht oder ein Lied.
„Ich kann auch was anderes", trumpfte Tobias auf.
„Kann ich auch", bemerkte Bernhard, „aber dafür gibt's nichts."
„Kunststücke zählen erst, wenn die Lieder ausgegangen sind", sagte Anke.
Die Lieder gingen nicht aus. Die Gedichte auch nicht.
Schließlich hielt jeder seine Geschenke auf dem Schoß, und Joachim legte Hanni ein feines silbernes Armband um. Überrascht hielt sie das Handgelenk in Richtung des Kerzenscheins und freute sich, dass Joachim ihren Arm dabei nicht losließ.
„Du möchtest mich anketten?", fragte sie schelmisch.
„Natürlich", sagte er.
Sie drehte den Unterarm und ließ das Schmuckstück durch ihre Finger gleiten. Es gefiel ihr, weil es so unaufdringlich und selbstver-

ständlich an ihrem Handgelenk aussah. Als hätte sie es sich selbst ausgesucht! Wie oft mag Joachim daran vorbeigegangen sein, bevor er sich entschieden hatte?

Hanni hatte es beim Kauf der Krawatte leicht gehabt, als ihr zehn in Frage kommende Schlipse mit blauen Mustern vorgelegt worden waren. Ihr hatte einer mit schmalen Streifen gefallen. Jetzt zog sie die Schachtel hinter dem Sofa hervor und überreichte sie ihm.

„Ich könnte dich auch anbinden", verriet sie, aber das Geschenk war nun mal verpackt.

„Dann tu es doch", lachte er, als er den Deckel angehoben hatte.

Sie erhob sich, um nach der nebenan weinenden Gabriele zu schauen und brachte das tränenüberströmte Kind mit ins Zimmer.

„Ich glaube, sie möchte mitfeiern", sagte Hanni und küsste ihrem Kind die Tränen von der Wange.

Joachim nahm es ihr ab und schaukelte es auf dem Weg zum Weihnachtsbaum. Die roten Kugeln gefielen auch Gabriele. Und die Kerzen erst! Während Joachim sie auf dem Arm hielt, zog seine Mutter dem Kind selbstgestrickte Socken zum Zubinden an.

„Dann musst du ihr aber auch die Schleife beibringen", forderte er im Spaß.

„Die kann ich schon!", jauchzte Anke und hob den Finger.

Sie nahm sich eines von Gabrieles Füßchen und demonstrierte ihre Schleifentechnik: zwei Ohren, die sie anschließend miteinander verknotete. „So geht's am einfachsten."

Joachims Mutter stimmte ihr zu und schaute in Hannis Richtung. Ja, Hanni hatte zugesehen. Sie würde sich freuen, dass die Großmutter die Nadeln in die Hand genommen hatte.

Hanni wandte sich Tobias zu, der gerade ein Holz-Lastauto mit Geschenkpapierschnipseln und Schleifenband belud.

„Du wolltest uns doch vorhin etwas zeigen?"

„Was denn?", fragte er müde.

„Ich weiß nicht, es war doch *was anderes.*"

„Aber die Lieder haben doch gereicht."

„Das stimmt." Hanni sammelte noch ein paar Papierschnipsel zusammen und versuchte, sie auf der Ladefläche zu halten, doch sie rutschten ab.

„Musst du festmachen", sagte er und legte Hermanns silbernes Zigarrenetui auf die Ladung.

„Hoho!", rief der Großvater, „nun wird mein Geschenk schon abtransportiert!"

Als Hanni es ihm zurückgeben wollte, winkte er schmunzelnd ab.

„Ich finde auch andere Kunststücke toll, Tobias."

„Jetzt nicht. Morgen."

„Und was zeigst du uns?"

„Den Hampelmann, Tante Hanni. Den kann ich jetzt oben und unten gleichzeitig", sagte er stolz.

Schon das Wort Hampelmann löste bei ihr eine Gedankenkette bis zu Gudruns Almut aus. Sie langte über das Spielzeugauto hinweg und umarmte den Jungen.

„Das will ich sehen. Aber morgen erst."

Wenn Almut Memory spielen konnte, dann konnte sie bestimmt auch den Hampelmann.

12 Wolkenbilder

Schwerin, 1964

Elsa streckte sich, bevor sie die drei Stufen zur Eingangstür der Alten Bibliothek hinaufstieg. Wie jeden Morgen genoss sie das erhabene Gefühl dazuzugehören und wartete, bis das wohlige Kribbeln die Schulterblätter erreicht hatte. Dann erst zog sie den Schlüssel aus der Tasche und steckte ihn in das Türschloss. Vertraut hallte das Schließgeräusch im kleinen Vorflur wider. In den Räumen lag für sie keine geheimnisvolle Fremdheit mehr, die sie damals vom Post-Büro ihrer Mutter aus erspürt hatte. Längst hatte sie die emsige Betriebsamkeit, die zwischen den Katalogschränken herrschte, übernommen. Sie zog gern rasant an den hölzernen Schüben und grub ihre Fingerspitzen zielsicher zwischen die Kärtchen, um einen Nachweis über ein Buch zu finden. Der Weg in ihr Büro, das sie sich mit Otto von Mandeloh und Gesine Plessmann teilte, führte am großen Schreibtisch von Hertha vorbei. Hertha war die Königin der Fernleihe und auf deren ondulierten Locken dachte sich Elsa immer ein Krönchen dazu, als i-Punkt auf einem ausladenden Körper.

„Guten Morgen, Hertha", sagte sie.

Hertha riss ihren rechten Zeigefinger an die Lippen und stoppte Elsa mit schreckgeweiteten Augen.

„Bleib heut lieber hier, *ihm* geht's nicht gut."

„Wem?"

Hertha versuchte ein Schluchzen zu unterdrücken und hielt mit beiden Händen das zitternde Gesicht zusammen.

„Seine Frau", wimmerte sie, „ist tot."

Elsa sah Herthas Frisur, die trotz der Erregung seltsam starr blieb, sie sah das Fensterkreuz und dahinter das Postgebäude, in dem Mutter wohl auch gerade ihr Büro betreten haben musste. Drei, sechs – siebtes Fenster von rechts, der Lichtschein war in allen Räumen gleich.

„Die Zwillinge! Oh Gott", heulte Hertha.

Otto von Mandeloh. Elsa schloss die Augen. Kurz nur. Dann sah sie wieder zu Hertha und begriff, dass sie von ihr bereits alles erfahren hatte.

Die Türklinke zu ihrem gemeinsamen Büro hatte plötzlich etwas Anziehendes und Abstoßendes zugleich. Es lag an Elsa, sie einfach hinabzudrücken, einzutreten, ihre Tasche abzustellen und die Jacke an die Garderobe zu hängen. Otto von Mandeloh war immer schon da, wenn sie kam. Er hatte jeden Morgen das gleiche Lächeln, wenn er sich ihr nickend zuwandte und die Zeitung sorgfältig zusammenfaltete, die er dann kurz vor zehn im Lesesaal abgab. Die Tür knarrte, das war Elsa noch nie aufgefallen. Sie erwartete Herthas Flüstern, sie sollte bei ihr im Büro bleiben, doch von Hertha hörte sie nichts. Elsa spürte ein Beben im Hals, als sie den schmalen Rücken im alltäglichen Jackett sah, und zwang sich zu den routinierten Handgriffen. Da er schwieg, reglos über die Tageszeitung gebeugt, grüßte sie zuerst. Wie kann der Morgen noch *gut* genannt werden, wenn die Frau tot war? Elsa hatte schon gesprochen, als die Stimme noch gar nicht da gewesen war. Sie räusperte sich und schämte sich gleich dafür, weil es so klang, als hätte sie auf sich aufmerksam machen wollen. Die Tasche schabte auf dem Boden, als Elsa sie ein Stück weiterschob, der Stuhl knarrte, die schwere Schreibtischschublade schurrte beim Aufziehen und beim Zuschieben. Elsa müsste jetzt ihren weichen Bleistift anspitzen. Doch das Schneidwerk hinter der Kurbel würde knarzende Geräusche machen, die mussten jetzt nicht sein. Von Otto von Mandeloh war nicht einmal ein Umblättern der Zeitungsseite zu hören.

Elsa wusste, was der Tod anrichten konnte. Sie wusste auch, dass es Worte gab, an denen man sich festhielt beim Kondolieren. Und sie ahnte, dass Hertha sie vor dieser Stille hatte bewahren wollen. Sie hielt den Bleistift wie eine Brücke zwischen beiden Händen und drehte ihn langsam. Wenn die Schriftprägung nach oben gelangte, las sie jedes Mal *Faber-Castell*. Sechs lange Seiten, und nur auf einer stand *Faber-Castell*.

„Möchten Sie lieber allein sein heute?", fragte Elsa plötzlich.

„Lieber nicht, nein."

Elsa wandte sich langsam um und sah unvermittelt in sehr müde Augen, die das Gesicht, das sie schon vertraut genannt hätte, so fremd und alt erscheinen ließen, als hätte für einen sehr langen Weg die Kraft nicht gereicht. Da ging doch alles kaputt, wenn die Frau starb, die Mama. Sie sah die beiden Jungs, wie sie neulich an Herthas Schreibtisch warteten, bis Hertha ihnen den roten Apfel aus ihrem Garten aufgeschnitten hatte. Sieben Jahre alt und einer genau wie der andere. Hendrik und Richard von Mandeloh.

Elsa spürte, wie der Trost, den sie hatte aussprechen wollen, zerbröselte, zerfiel und sich nicht mehr in Satzform bringen ließ.

Sie drehte sich wieder zurück. *Faber-Castell*. Ein Bleistift blieb so wie er war.

„Sollten Sie jetzt nicht bei den Jungs sein?"

Warum fragte sie das? Weil ihr der Blick, mit dem die Kinder Herthas geübte Schnitte beobachtet hatten, nicht aus dem Sinn ging? Weil da zwei Augenpaare genau gleich geguckt und sie angerührt hatten?

„Sollte ich wohl. Sie sind aber schon abgeholt worden", flüsterte Otto von Mandeloh.

„Abgeholt?"

„Mit dem Bus."

Elsa fuhr nie Bus. Sie ging zu Fuß oder fuhr mit dem Fahrrad. Wohin konnten die Kinder mit einem Bus gefahren sein?

Und was ging sie das an?

Sie spannte den Bleistift in die Anspitzmaschine ein und kurbelte. Das Schneidwerk fraß sich in das *Faber-Castell*-Holz. Sie hatte ein Gespür für den richtigen Moment und zog den Stift wieder heraus, als er spitz war. Otto von Mandeloh hatte die Angewohnheit, die Mine nach dem Schärfen einmal abzupusten, das tat sie nicht.

„Wer hat die Kinder abgeholt?"

„Marias Mutter. Die hat Hühner und den Hund."

Maria. Elsa hatte nicht gewusst, wie seine Frau hieß. Aber von dem Hof am Stadtrand hatte sie sogar schon Himbeermarmelade kosten dürfen. Hühner sind gut für die Jungs, fand sie. Ein Hund auch. Gerade jetzt.

Elsa sah die Bücherstapel im Regal, sie waren schon nach Sachgebieten geordnet. Sie konnte sich kein Buch holen und es aufschlagen. Die tapfer unterdrückten Gefühle des Kollegen lähmten sie.

„Warum ist Ihre Frau ...?", fragte sie vorsichtig, konnte aber kein Wort finden, das das Sterben umschrieb.

„Warumwarum! Das weiß ich auch nicht!", sagte er hastig. „Eine Apoplexie!"

Elsa schrieb sich mit dem Bleistift das Wort auf; sie wollte es nachschlagen.
„Letzte Woche war sie noch gesund, gestern früh ist sie gestorben."
Er betonte das Wort, das Elsa nicht einmal in der Lage war auszusprechen.
„Das tut mir so leid", schluchzte sie, sprang hoch, riss die Tür zu Hertha auf und war im nächsten Moment schon an der Treppe. Unten, durch die rechte Tür, ging es zur Damentoilette. Elsa wusch sich das Gesicht mit kaltem Wasser. Sie kannte Maria gar nicht und trotzdem riss deren Tod ihr in diesem Moment das Herz auf. Das karierte Handtuch benutzte sie nie. Sie fächelte über dem Ausguss die Hände trocken, ging direkt in den Lesesaal und knipste dort das Licht an.
Apoplexie. Seltsam. Ein klingendes Wort. Sie wusste, wo sie nachschlagen musste. Ein Schlaganfall. Maria war doch noch jung?
Elsa hörte, wie die Tür zum Lesesaal behutsam geöffnet wurde. Otto von Mandeloh, mit Hut und im Mantel, schien sie nicht zu bemerken und sich auch nicht über die angeschalteten Lampen zu wundern, als er die Tageszeitung auf der Auskunftstheke ablegte. Als er die Tür wieder hinter sich geschlossen hatte, überlegte Elsa, wie sie ihr Mitleid dämpfen konnte, wenn sie doch täglich mit ihm ein Büro teilte.

Als sie oben wieder eintraf, saß Gesine Plessmann, die Dritte im Büro, an ihrem Platz. Was sie auch sagte in ihrem pommerschen Singsang, es rollte immer wie ein Donnergrollen zwischen die Bücherberge. Elsa hatte anfangs gedacht, sie würde sich nie daran gewöhnen können. Die Flucht aus Bütow hätte ihr wohl die Stimmbänder verkorkst, hatte Gesine Plessmann ihr einmal erklärt, und Elsa hatte sich nichts ausmalen wollen und daher nicht weiter gefragt.
„Schlimm – das mit Marrria!", brummte sie von ihrem Arbeitstisch her. „Ich hab gesagt, der kann jetzt nicht arbeiten!
„Das habe ich auch gedacht."
Gesine Plessmann war schon so lange hier, die hatte die Frau natürlich gekannt.
„Ja, Elsa, Sie gehören zum Jungvolk hier, Sie dürfen sowas nur *denken*."
Elsa stöhnte. „Jungvolk gibt's nicht mehr, Frau Plessmann!"
Die kleine Stichelei lenkte ab, und das tat Elsa gut.

„Und dann ist der noch zur Arbeit gekommen?", fragte Mutter. Sie war doch auch einfach weiter jeden Tag zur Post gegangen, als die Nachricht von Vaters Tod eingetroffen war. Elsa wusste, dass sie das nicht vergleichen sollte.

„Nicht zur Arbeit, Mutter. Zum Zeitunglesen."

„Der hat die nicht gelesen."

„Wahrscheinlich nicht, nein."

Mutter ging *zu Großmutter*, wie sie immer sagte, wenn sie die Kammer betrat, in der sie nun selbst schlief. Großmutter hatte ein Zimmer in der Nachbarschaft gefunden. Elsa lehnte sich an den Türrahmen und staunte über die bronzene Abendsonne, die gerade jetzt durch das Seitenfenster drang und kurz an der Bettdecke leckte, bevor sie wegkippte und die Kammer nicht mehr erreichte. Elsa hatte sich einst vorgenommen, solche Momente als kostbar zu empfinden und sich an ihnen zu freuen. Das einzige, was sie jetzt spürte, war, dass sie vergänglich waren.

„Und die Plessmann, die aus Bytów, ist die dagewesen heute?"

„Aus Büüüütow, Mutter. Ja, die war da."

Elsa sah ihre Mutter das Gesicht verziehen, während sie die Nachttischlampe anknipste und in einem Ball aus Fäden-Resten nach einer bestimmten Farbe suchte.

„Bytów heißt das jetzt. Das weiß ich. Polen eben."

Sie schien den richtigen Faden gefunden zu haben, zückte ihr altes Nadelmäppchen, das es auf wundersame Weise von Königsberg bis hierher geschafft hatte, und fädelte ein.

„Mutter", flüsterte Elsa, „was ist los?"

„Frag nicht!", sagte sie streng und gab einem der Knöpfe an ihrer Kostümjacke mehr Halt. Wenn der ganz abgerissen wäre, hätte sie ihn nicht ersetzen können.

„Und merk dir: Kaliningrad. Da kommen wir her. Falls mal jemand fragt. Ist jetzt Russland."

Sie ruckelte an den anderen Knöpfen, einer löste sich sofort und zog seinen Faden mit.

Mutter maß ihn mit einem Blick und fingerte dann einen sehr kurzen Knoten hinein, der besser halten würde. Nach ein paar Stichen steckte der Knopf fest und unbeweglich auf dem Gewebe.

„Ich bin aus Königsberg, Mutter, aus Ostpreußen", sagte Elsa bestimmt. Sie fühlte ein Unbehagen, als sollte sie ihr altes Zuhause, das ihr ohnehin genommen worden war, nun auch noch in ihren Erinnerungen tilgen.

„Kind, du bist nicht aus Ostpreußen, du bist einfach dumm!", zischte Mutter und schluchzte kurz auf.

Elsa sprang erschrocken zu ihr, legte das Nadelmäppchen auf den Nachttisch und hielt die Mutter an den Schultern fest. Mutter sah an ihr vorbei. Die Nachttischlampe strahlte das halbe Gesicht an und legte die andere Wange in Schatten. Elsa versuchte sie zu streicheln, doch Mutters Mund blieb angespannt zu einem Strich verzogen.

„Das wird schon wieder, Mutter", flüsterte sie vorsichtig, ohne zu wissen, was denn wieder werden sollte.

„Sicher."

Wenn Elsa in der Bibliothek auf dem Klo saß, starrte sie immer auf die feinen Risse im Farbanstrich. Unter den bizarren Formen, die schon abzublättern drohten, waren eindeutig eine stehende Katze und eine grimmige Wolke auszumachen. Sie hatte Lust, die Gebilde aufzureißen und unter dem schmutzigen Grün das alte Blau freizulegen, doch jedes Mal widerstand sie dem Reiz und rieb lieber das zurechtgerissene Zeitungspapier weich. Mit forschen Schritten näherte sich jemand der zweiten Kabine. Elsa verhielt sich still und versuchte den strammen Strahl nebenan zu ignorieren. Ihr war gemeinsames Pinkeln immer peinlich. Aber dabei ertappt zu werden, die Nachbarin abgewartet zu haben, fand sie noch schlimmer, deshalb zog sie an der Strippe, knöpfte ihren Rock zu und eilte zum Waschbecken. Da stand die Andere schon neben ihr. Ein bekanntes Gesicht, keine Leserin. Es war die Assistentin des *Ersten Sekretärs der Bezirksleitung*. Elsa checkte ihr Sündenkonto. Gab es irgendetwas, das irgendwann bei irgendeiner unvermuteten Gelegenheit zur Sprache kommen konnte? Sie hatte lange keine Westkontakte gepflegt, das Licht am Fahrrad funktionierte, zur Gewerkschaftsversammlung war sie immer gegangen, den Treppendienst zu Hause teilte sie sich mit Mutter. Im Blick der *Assistentin* lag etwas Ermunterndes, als sie sich die feuchten Hände im Ausguss abschüttelte. Beflissen reichte Elsa ihr das karierte Handtuch, das nie richtig trocken wurde, was die Genossin nicht zu stören schien. Sie griff energisch in die muffelnden Karos und knetete das Gewebe. *Wie ein echtes Arbeiterweib*, dachte Elsa. Die machte einfach vor, dass man sich nicht zierte, und dass Grazie und Kommunismus nicht verwandt miteinander waren. Als Elsa sich an ihr vorbei zur Tür schleichen wollte, hielt eine kräftige Hand sie zurück. Die *Assistentin* schmunzelte kaum merklich und sah sie dabei gutmütig an, als erwartete sie von ihr nun zustimmende Worte oder die Bitte, endlich Kandidatin der Partei werden zu dürfen. Elsa war sich sicher, dass dies nicht der Moment für solche Anträge war.

„Mach dir keine Sorgen, Mädel."

In Elsa begannen wieder unklare Befürchtungen miteinander zu ringen. Die Launen von Parteifunktionären waren ihr suspekt, auch wenn sie wohlmeinend mütterlich daherkamen.

„Es ist schon gut", flüsterte Elsa.

„Das kannst du doch noch gar nicht wissen", sagte die Genossin bestimmt, hängte das Handtuch am Porzellanhaken auf und zog es glatt. Eine Müffel-Wolke trieb ihnen entgegen.

„Deine Mutter", sagte sie bedeutungsvoll und hielt inne, als wollte sie Elsa Gelegenheit für erschrockenes Bedauern und einen flehenden Gesichtsausdruck geben.

Elsa sah wieder die festgenähten Mantelknöpfe vor sich und ahnte, dass Mutters merkwürdiges Verhalten mit dieser Frau hier zu tun hatte. Ostpreußen hatte sie nicht sagen dürfen, so ein Irrsinn!

„Der Antrag auf Wiederaufnahme in die Partei ist so gut wie durch, Mädel."

„Wiederaufnahme?"

„Ach, hat sie das nicht erzählt?"

„Doch, natürlich!"

„Bürgerlich-dekadenter Starrsinn hat eben Folgen."

„Natürlich", sagte Elsa noch einmal. Sie wusste, dass sie dieser Frau keine Fragen stellen konnte. Jede Unsicherheit konnte als Eingeständnis, nicht linientreu zu sein, gewertet werden.

Vermutlich war Mutter wieder in die Rolle der ostpreußischen Kaufmannsfrau geschlüpft und damit bei ihrer Partei in Ungnade gefallen. Da verstanden die keinen Spaß.

„Sieh mal, ich komme aus Gliwice. Polen. Mir würde nichts anderes einfallen, wenn ich nach meinem Geburtsort gefragt werde", sagte die *Assistentin des Ersten Sekretärs* kühl, und es schien wohlüberlegt.

„Im Sozialismus gibt es kein Ostpreußen, Mädel. Das klingt auch gar nicht nach uns!" Sie lachte. „Und ich sag dir das, weil ich auf

dich setze." Sie fügte sanft hinzu, als wollte sie Elsa noch die Wange
tätscheln: „Und auf deinen Klassenstandpunkt natürlich."
Klassenstandpunkt. Den ganzen Tag kaute Elsa auf diesem Wort herum. Schon in den Pasewalker Zeugnissen war es verlässlich immer
wieder aufgetaucht. Wer sein Pionierhalstuch nicht sauber um den
Hals knoten konnte oder eine Großmutter in Westdeutschland hatte,
musste mehr Altstoffe als alle anderen sammeln, um seinen sozialistischen Klassenstandpunkt klarzustellen. Seit Onkel Gustav und
Tante Anni hinter Hamburg lebten, war Elsa angreifbar geworden.
Die seltsame Lektion der *Assistentin* am Waschbecken nach Mutters
unbedachter Äußerung über ihre Herkunft drückte Elsa wie ein Stein
im Schuh. Wie ein Stein, der sich nicht finden ließ, selbst wenn sie
die Sohle herausnahm. Kaum, dass sie wieder mit dem Fuß hineinge-
fahren war, die Schnürsenkel zur Schleife gebunden hatte und loslief,
scheuerte er ihr den Hacken wund.

Als Elsa zu Hause zur Tür hereinkam, hörte sie Mutter in der Küche
singen. *Das kann man doch verstehen, beim Gehen, beim Drehen, kann
man jetzt nichts mehr sehen und niemand weiß Bescheid!* Elsa spürte
plötzlich die Königsberger Steintreppe unter ihren Schenkeln und
das weiche Kissen, auf das sie gesetzt worden war, während Mutter, jung und riesengroß, sich beim Wäscheaufhängen hin und her
wandte und singend ihrer Tochter zuwinkte. Elsa hatte lange nicht
ihre satte Alt-Singstimme gehört und versuchte, sich von Mutters
Moment der Unbeschwertheit anstecken zu lassen. Im Garderoben-
spiegel probierte sie ein Lächeln. Es sah nicht echt aus, die Augen
folgten nicht. Musste jetzt hinter jedem Froh-Sein ein dunkler Schleier stehen bleiben? Als würde sie beim Walzertanzen in einen fröhlichen Strudel gedreht, aber eine eiserne Hand drückte ihr dabei den
Magen ab? Sie versuchte, nicht an der Hutablage anzustoßen, als sie
den Kleiderbügel von der Garderobe hob, knöpfte den Mantel auf
und hängte ihn vorsichtig an die Stange. Wie ein Eindringling fühlte
sie sich, obwohl sie doch hier zu Hause war, mindestens so lange, bis
sie eine Familie gegründet und einen stärkeren Anspruch auf eine
eigene Wohnung hatte. Wie absurd. Sie war längst älter als Mutter
damals an der Königsberger Wäscheleine.
Vielleicht hätte sie, wenn es anders gekommen wäre, Gefallen gefunden am Geschäft unter der Wohnung, hätte dort mitgearbeitet und
wäre längst verheiratet? Mutters Stimme näherte sich der Tür, *Wenn*

die Elisabeth nicht so schöne ..., Elsa vernahm ihre Schritte, sah, wie sich die Klinke bewegte.

„Also doch!", lachte Mutter. „Mir war so, als hätte ich dich gehört."

„Ich hab dich auch gehört", sagte Elsa. „Klang gut."

Mutter winkte verschämt ab. „Das war doch nichts." Sie strich die Handflächen an der Halbschürze ab und flüsterte eindringlich: *„Du kannst singen, Kind.* Du solltest in einen Chor gehen!"

„Den Domchor höre ich manchmal proben im Spätdienst", sagte Elsa. Mutters Blick ging zur Zimmertür der Wirtin. Sie deutete in die Richtung, nickte und führte dann den Zeigefinger an die Lippen. Die sang dort auch mit, ja. Elsa hatte die Wirtin glatt vergessen, wenn durch die offenen Fenster Choräle zu hören gewesen waren.

„Gibt ja noch mehr Chöre. Etwas Modernes ist doch sowieso schöner", begann Mutter wieder. Sie wirkte seltsam zupackend, als hätte sie sich gehäutet.

Im Zimmer ließ sie sich wie ein junges Mädchen auf den Sessel plumpsen. Die Sprungfedern japsten und ließen Mutter nochmal nachwippen.

Elsa setzte sich auf ihr Bett, das tagsüber als Couch diente, wie schon in ihrer Schulzeit. Die *Elisabeth* mit den schönen Beinen war ihr als Ohrwurm geblieben. Ganz früher gehörte dazu noch *Tante Hedwig, die Nähmaschine gehtnich.* Elsa räusperte sich. Fast hätte sie selbst mit dem alten Gassenhauer angefangen, weil er so sehr in der Luft hing. Doch Mutter schwieg und schob mit dem Daumennagel die Nagelhaut zurück, bis die Halbmonde wieder auftauchten. Nach dem Geschirrspülen oder Wäschewaschen ging das besonders gut. Elsa betrachtete die eigenen Hände, die sie sorgfältig pflegte, weil sich das Blättern im Katalogkasten umso geschmeidiger anfühlte. Der Staub an selten ausgeliehenen Büchern störte sie dennoch nicht. Eigentlich war sie sich sicher, den richtigen Beruf gewählt zu haben, obwohl ihr eine Kaufmannskarriere quasi in die Wiege gelegt worden war, einst.

„Ich glaube, nun wird es Zeit, Kind", sagte Mutter.

Sie würde gleich sagen, wofür.

Elsa wartete. *Die Nähmaschine gehtnich.* Welchen Chor Mutter wohl gemeint hatte? Den Postchor sicherlich. Da konnte sie doch selbst mitsingen!

Mutter versuchte, einen kleinen Hautfetzen am Zeigefinger mit den Zähnen zu erwischen und zog ihn ein wenig, doch er ging anders in die Breite als gedacht und gab einen winzigen blutroten Punkt frei. Die Nagelschere hätte nebenan gelegen. „Findest du nicht?", fragte sie. Elsa hob zweifelnd die Schultern und ließ sie wieder fallen.

„Du solltest deinen Antrag stellen."

Warum hatte sie nicht gleich daran gedacht? Mutter wollte, dass sie Partei-Kandidatin wurde.

„Ich würde gern, wenn ich selbst gern würde, Mutter!"

„Der Zeitpunkt jetzt wäre – sehr passend."

Natürlich. Damit konnte Mutter dankbar ihren *Klassenstandpunkt* untermauern, nachdem das Wiederaufnahmeverfahren geglückt war. Elsa würde nach zwei Bürgen suchen müssen, wahrscheinlich Bibliotheksdirektor und Parteisekretär, und sie würde nie das Wort Ostpreußen in den Mund nehmen. Sie spürte, wie sich ihr Gesicht verhärtete.

Nein, Mutter, dachte sie. Doch die Worte gingen ihr nicht über die Lippen. Sie beide waren nach der Flucht eine Gemeinschaft der schweigenden Übereinkünfte geworden, an denen nicht zu rütteln war, weil es kein Fundament gab, das Erschütterungen abfangen konnte.

Am nächsten Tag, als sie wortlos den Antrag abgegeben hatte, schloss sie sich auf der Toilette ein, bis nach ihr gerufen wurde. Die stehende Katze aus grüner Ölfarbe schien sie anzugrinsen.

„Bist du da immer noch drin?", fragte Hertha vor der Tür.

„Gleich fertig."

Elsa fingerte an der grimmigen Wolke und riss den Himmel auf.

13 Das tickende Uhrwerk

Schwerin, 1966

Zwei Jahre später, Mitte November, passierte, was Elsas Vorstellungsvermögen bis dahin nicht für möglich gehalten hatte. Sonntagmittag klingelte der Sohn von Gesine Plessmann Sturm.

„Kommen Sie, Elsa, die Bibliothek säuft ab", rief er, während er schon wieder die Stufen hinabstürzte. An der Haustür hielt er kurz inne, um sich zu vergewissern, ob Elsa begriffen hatte, dass ihr unverzügliches Erscheinen erwartet wurde.

Während Elsa den Mantel vom Bügel zog, riss die Wirtin ihre Tür auf.

„Himmelherrgott, was ist los?", fragte sie.

„Bombenalarm!", rief Elsa erregt, schlüpfte beim Loslaufen in den Mantel und hörte, wie die Frau hinter ihr die Wohnungstür ins Schloss warf.

Wie dumm. Irgendetwas war wirklich passiert, und sie hatte obendrein noch die Wirtin gereizt. Sie rannte. Die Mittagssonne stand grell über den sonntagsmüden Straßen, deren Häuserzeilen kurze Schatten auf den Asphalt warfen. Der Junge war irgendwo anders hingelaufen, vielleicht zu Hertha oder zum Direktor. Doch der war sicher längst in der Bibliothek.

Elsa hatte lange nicht solch ein gespanntes Herzklopfen verspürt, keine wirkliche Angst, eher eine triebhafte Neugier. Sie kippte nicht mehr um, so wie damals als kleines Mädchen, als wirkliche Bomben hinter der Bäckerei einschlugen. Wenn jetzt um sie herum Mauern einzustürzen drohten, konnte sie einen inneren Funktionsmechanismus aktivieren, das hatte sie gelernt.

Als sie an der Bibliothek ankam, war sie außer Atem. Die Tür stand offen, auch die Innentür, doch die Ausleihe war natürlich unbesetzt und die Bücher in der Ablage unbewacht. Sollte sie sich darüber jetzt Gedanken machen?

Im Lesesaal sah sie Gesine Plessmann zwischen eilig abgelegten Bücherstapeln Signaturen notieren.

„Du wirst hinten gebrrraucht, Elsa.. Bei Pa."

„Die Kunstbände, oh Gott!" Sie eilte die gewundene Treppe hinauf und stolperte auf dem schmalen Flur oben über einen Eimer. Über dem Kreuzgang reichten sich die Mitarbeiter Bücherstapel von Hand zu Hand. Elsa nahm eine der internen Magazintreppen und rannte über den zwischen den Regalen eingezogenen Laufboden bis zu den Kunstbänden, in deren Nähe wieder eine Treppe abwärts führte. Hertha und Otto von Mandeloh standen in Gummistiefeln und mit Fleischerschürzen am Anfang der Menschenkette, dort, wo ein Wasserfall in das Heiligtum eingedrungen war.

Elsa schluckte.

Als Hertha sie wahrnahm, band sie die steife Schürze ab und reichte sie ihr.

„Ich kann nicht mehr."

Elsa sah die grauen Schweißflecken an der mit dünnem Stoff bespannten Innenseite der Schürze. Sie behielt den Mantel drunter an.

Während Hertha mühsam den Weg nahm, den Elsa gerade gekommen war, trieb Otto von Mandeloh auf einer Kapsel mit Druckgrafiken die kleine Pfütze mit einem Lappen zusammen.

„Ihre Schuhe sind schon nass", sagte er.

Elsa nickte, nahm ihm die Kapsel ab und reichte sie weiter. Was machte das schon. Er sollte lieber sagen, woher das ganze Wasser gekommen war. Sie blickte am Regal entlang, als er die nächste Kapsel abwischte. Unter den Fenstern liefen Rohre entlang.

„Ist der Bruch schon geflickt?", fragte sie sachlich.

„Kein Rohrbruch", sagte er und wrang den Lappen in einem Eimer aus. „Eine Abdeckkappe vor dem Rohrknie hatte sich gelockert und keiner hat's gemerkt. Und dann war plötzlich der Wasserdruck höher, und die Kappe muss wie ein Geschoss durchs Magazin geflogen sein." Er reichte ihr einen Bücherstapel. Das Wasser hatte er vorsichtig vom Goldschnitt geschoben, am Einband hingen feucht-klumpige Staubreste.

Elsa reichte Bücher weiter und griff selbst nach den nächsten, presste sie zusammen und neigte sie ein wenig, damit das Wasser abfließen konnte, falls sich winzige Lachen auf dem Buchblock gehalten hatten. Doch meist war es schon in die Seiten eingedrungen, nässte das Papier seit Stunden und würde dort bestenfalls für immer als Wasserfleck bleiben, wenn sich nicht noch Schimmel ansetzte.

Sie spürte, dass von Mandeloh gründlicher war und jedes Buch begutachtete, um es vor Dauerschäden zu bewahren, doch aus dem langen Flur kam schon Unmut. Er sortierte die Schwergeschädigten an die Seite, um sie aufzuhängen, falls das ginge, wie er sagte.

„Eingeschlafen, oder was?", hörte sie den Haustischler murren.

„Festgelesen, wie immer!", scherzte der Heizer und ließ ein brüllendes Lachen hören, in das niemand einfiel.

Elsa beeilte sich nachzuliefern, Bücherstapel um Bücherstapel. Sie hatte den Kopf der langen Kette schon übernommen, während Otto von Mandeloh die Folianten zum Trocknen aufstellte. Irgendjemand musste aber doch notieren, was hier ausgeräumt wurde. Passierte das erst im Lesesaal? Ihre Finger wurden klamm. Nach einer Stunde spürte sie sie nicht mehr. Die Zehen auch nicht. Da waren der Tischler und der Heizer schon abgelöst worden, so wie alle einander abwechselten, damit sie im geheizten Pausenraum einen Tee brühen konnten und das Blut wieder in die Fingerspitzen gelangte.

Elsa blieb.

„Woher sind eigentlich die Gummischürzen?" fragte sie.

Otto von Mandeloh strich eine Schmutzschliere vom Latz und ließ ein winziges Schmunzeln sehen.

„Ich habe doch bei mir einen Fleischer im Haus, der war heute früh zufällig da."

„Und da wussten Sie schon, dass ein einfacher Mantel nicht ausreicht?"

„Das war zu befürchten, ja."

Als die betroffenen Regale geräumt waren, sollte es auf dem Laufsteg darunter weitergehen, weil es durch die Bodenbretter getropft hatte. Doch von Mandeloh rief: „Pause für alle."

Er hängte seine und Elsas Fleischerschürze über den Feuerlöscher und bat Elsa mit in den kleinen Pausenraum. Durch den Zigarettenqualm war kaum zu erkennen, wer da bereits saß. Hertha hatte schon die zweite Kanne Pfefferminztee aufgebrüht.

„Ein Schnaps wärmt aber besser", murrte der Tischler.

„Zum Frühschoppen!", wieherte der Hausmeister.

Elsa schenkte den Tee in die Tassen ein, die ihr gereicht wurden. Hertha rückte näher zu Gesine Plessmann, dann war auf der alten Couch auch Platz für Elsa. Als sie die Sprungfedern unter sich spürte, erfasste ihre Arme und Beine eine bleierne Müdigkeit. Hertha nahm ihr die Tasse aus der Hand. „Trink nachher, ruh dich erstmal aus." Da lehnte Elsa schon mit dem Hinterkopf an der Wand. Von Onkel Gustav hatte sie einmal gehört, dass ein Fünf-Minuten-Schläfchen alle Kräfte mobilisieren konnte. Aus dem Augenwinkel sah sie, dass von Mandeloh sich nur den Hocker genommen hatte.

Die Stimmen wurden leiser, und sie presste erschrocken die Lippen zusammen, als sie merkte, dass ihr der Kiefer schon heruntergesackt war.

Ein Kurzschlaf.

Sie sah die Hände von Mandelohs, die immer wieder über das Papier strichen, über illustrierte Initialen und handgeschriebene Randbemerkungen.

Da darf man nicht rauffassen, sagte sie im Traum.

Sonst schwimmt das aber alles weg, antwortete er.

Und dann bist du ganz allein, flüsterte sie und spürte dabei einen Anflug von Verruchtheit.

Als sein Hocker auf dem Boden schurrte, schreckte sie hoch.

„Jetzt trink aber", ermunterte Hertha sie. „Wir haben nur auf dich gewartet."

„Das ist lieb", sagte Elsa tonlos, trank und folgte den anderen ins Magazin.

„Ich hab schon davon geträumt", gestand Elsa Otto von Mandeloh, als die betroffenen Regale leergeräumt waren und sie sich darauf freute, nach Hause zu kommen. Die meisten anderen waren längst gegangen.

„Und was genau?"

„Dass Sie die Buchstaben retten wollten, jeden einzeln."

„Das versuche ich ja." Er winkte ihr zu, ihm zu folgen. Sie gingen an den ausgeräumten Regalen vorbei bis zum alten Kartentisch, auf dem er die Schwerverletzten sortiert hatte. Er öffnete vorsichtig eines der großformatigen Bücher, dessen Einband schon wellig geworden war. Ein paar Seiten Zeitungspapier sollten aus dem Titelblatt die Nässe saugen.

„Sehen Sie?"

Elsa las leise: *Aus dem Nachlaß des Hofbaurats, geschenkt von den Erben.* Der Hinweis war mit sehr zartem Tintenstrich geschrieben, und das Wort Erben stand schon im Wasser.

„Die Nässe muss abgetupft werden, aber manchmal geht dann die Tinte mit, Elsa."

„Verstehe", flüsterte sie ernst und ließ den Blick über den Stapel durchnässter Folianten schweifen, die nun zu sichten und zu retten waren. Das musste sofort geschehen.

„Wenn Sie schon mal die Stellen markieren? Ich bitte Hertha und den Direktor, Ihnen dabei zu helfen, die sind bestimmt noch da."

Elsa stützte sich mit gestreckten Armen am Tisch ab und ließ den Kopf hängen. Ihre Halswirbel knirschten kurz.

„Ich hole eine Wäscheleine. Wir werden einige Bücher aufhängen müssen." Über dem Kartentisch gab es keinen Laufboden, weil die obere Regal-Etage weiträumiger um den Schornstein herumgebaut war. Hier wollte er also Leinen spannen. „Ich muss meinen Jungs noch gute Nacht sagen. Die waren den ganzen Tag allein."

Ach ja, dachte Elsa. Heute waren ihr die Zwillinge aus dem Blick geraten.

„Gut, wenn noch jemand hilft", sagte sie dann und erinnerte ihn noch an die Schürzen, die der Fleischer wohl schon zurückbekommen könnte.

Da der Kartentisch belegt war, hatte er keine Fläche, auf der er sie zusammenlegen konnte. Also hängte er sich beide umständlich um den Hals.

„Und jetzt so nach Hause", lachte Elsa.

Er deutete einen kleinen Hüftschwung an, und ließ dabei die schweren Gummilappen aufeinander schaben.

„In Trippelschritten, Elsa! Ich dachte, ich soll heute noch mal wiederkommen?"

„Das wäre gut", flüsterte sie.

Als er um die Ecke gegangen war, begann sie, altes Zeitungspapier in handliche Fetzen zu zerreißen. Im Faschingskostüm krochen die Menschen auch in eine andere Figur hinein, ausgelassen und neugierig darauf, wie weit sie diese Rolle ausfüllen konnten. Otto von Mandeloh reichte eine Fleischerschürze, um einmal ein bisschen vergnügt zu sein. Aber vielleicht war er zu Hause fröhlicher? Es reizte sie zu beobachten, wie er das amtlich Distanzierte ablegte. Hertha stand plötzlich neben ihr, und sie öffneten gemeinsam den ersten Folianten. Die Seitenränder waren so durchnässt, dass die Randbemerkungen zu blassblau konturierten Schlieren gewaschen waren.

„Was gibt's denn hier noch zu tupfen?" Elsa starrte auf einen Flecken. Hertha legte ihre fleischige kleine Hand auf ihren üppigen Busen und schnappte nach Luft.

„Leg trotzdem eine Zeitungsseite hinein. Der Druck bleibt uns ja, wenn er nicht zu schimmeln anfängt."

„Und wenn die Druckerschwärze von der Zeitung abfärbt?"

„Dafür ist es gottlob doch nicht feucht genug."

„Meinst du?"

Hertha hob zweifelnd die Schultern, wahrscheinlich hatte sie keine andere Idee.

„Wo ist eigentlich der Direktor?"

„Der hat noch zu tun, Elsa."

„Was kann der denn Wichtigeres zu tun haben – als das hier?"

„Willst du etwa in sein Büro laufen und nachschauen?"

„Natürlich!"

Obwohl sie innerlich schäumte, bemühte sich Elsa um Sorgfalt, als sie zwischen zwei Buchseiten ein ganzes Zeitungsblatt schob, aus den aneinander haftenden Folgeseiten die nächste löste und wieder eine Seite dazwischen legte.

„Das macht sich besser mit ganzen Zeitungsseiten."

„Sag ich doch", murrte Hertha.

„Gar nichts hast du gesagt!"

„Ich sag jetzt auch nichts mehr!"

Schweigend nahmen sie die Zeitungen vom Stapel, fummelten die feuchten Buchseiten an den Rändern auseinander und legten das saugende Papier dazwischen. Elsa war flinker als Hertha. Sie ahnte, dass der Kollegin, die fast zwanzig Jahre älter war, die gewickelten Waden schmerzten, so wie sie die ganze Zeit in der Kälte stand. Hier gab es keinen Stuhl. Doch, oben, in der Buchbinderei. Aber dann musste sie erst den Schlüssel holen. Nein, so lange Hertha nicht darum bat, wollte Elsa nicht den Samariter spielen.

Von weit her waren Schritte auf dem Gang zu vernehmen.

Die beiden Frauen taten, als würden sie sie nicht hören. Elsa zerriss Zeitungsseiten für einen kleineren Band. DENKMÄLER DER KUNST. Drei Grazien hielten einander eng umschlungen auf einem Stahlstich, für den Elsa gern eine Lupe gehabt hätte. Dann hätte sie sich die Mühe gemacht, die Darstellung der Details bis zu den Fingernägeln zu untersuchen. Das Licht und ihre Sehschärfe reichten hier nicht aus, aber sie vermutete, dass jede Vergrößerung filigrane Details hervorbringen würde. Sie liebte solche Entdeckungen. Der Buchschnitt war rötlich verfärbt. Wahrscheinlich war von einem roten Einband über diesem einfach das Wasser heruntergetropft.

Als sie aufsah, stand Otto von Mandeloh an den Regalen in Schornsteinnähe und knotete eine Wäscheleine fest, spannte sie über den Kartentisch und zog sie mehrmals hin und her.

„Das ging aber schnell."

„Ich spanne jede Woche meine Leine", sagte er ernst. „Webeleinstek. Ein Seemannsknoten." Er schlug mit der Handkante auf das Tau. „Der hält!"

„Ich meinte", korrigierte Elsa, „dass Sie so schnell wieder hier sind."

„Sie sollten mich nie unterschätzen!"

Er sah sie nicht an, nahm vorsichtig einen der schweren Fälle und klemmte ihn mit aufgefächerten Seiten auf die Leine. Schlingernd fand das Buch Halt.

„So kommt Luft ran", sagte er zufrieden und hängte vorsichtig ein Buch neben das andere.

Elsa sprang hinzu in der Angst, die Bände könnten das Gleichgewicht verlieren. Aber das Wunder der Schwerkraft zog die Bücher nach unten und hielt sie gleichzeitig in der Waagerechten.

„Mich braucht ihr dafür wohl nicht", stellte Hertha fest, winkte und schwankte in Richtung Ausgang.

„Gute Nacht, Hertha", sagte von Mandeloh, „du bist großartig."

Hertha lachte, als wäre jedes Kompliment an ihr vertan.

„Willst 'ne alte Frau auf den Arm nehmen. Das schaffst du bei mir nicht!"

„Nein, leider nicht ganz", rief er munter und stoppte ein leichtes Schaukeln der hängenden Bücher.

Elsa versuchte einen Lachreiz zu unterdrücken. Weil es ihr nicht gelang, wandte sie sich hinter das nächste Regal, rutschte auf den Boden und kicherte bis ihr die Tränen kamen und sich von Mandeloh neben sie setzte. „Ich kann nicht mehr", schluchzte sie überdreht und übermüdet. „Und hier ist es zu kalt für eine Pause", sagte er nüchtern. „In der Buchbinderei oben ist es wärmer." Er hatte sogar einen Schlüssel, reichte ihr zum Aufstehen die Hand und stieg die Treppen hinauf. Hier hatte sich die Wärme tatsächlich gehalten. Elsa knipste das Licht an, holte zwei Stühle von der großen Buchbinder-Presse und stellte sie vor den Heizkörper, zog die Stiefel aus und drückte ihre Füße in Strickstrümpfen zwischen die gusseisernen Rippen. Sechs Minuten vor Zehn zeigte die Küchenuhr, die die Buchbinderin nach ihrem Fünfzigsten hier an die Wand gehängt hatte. Der Sekundenzeiger zog tickend seinen Weg.

„Deine Hände sind kalt", sagte von Mandeloh und fuhr über ihren Handrücken.

„Deine auch", antwortete sie.

Einen Moment lang setzte das Ticken aus.

Sie ließ ihm ihre Fingerspitzen, die grau waren von der Druckerschwärze und rot von der Kälte, gerade jetzt, als das Blut einschoss. Seine Hände, genauso verfroren, aber sauber – wo hatte er sie gereinigt? – massierten ihre Fingergelenke, griffen zu, rieben und drückten die raue Haut und brachten ihren inneren Wärmekreislauf in Gang, so dass sie bald gar nicht mehr fror, den Stuhl ein wenig drehte, die Augen schloss und seine immer noch kühle Hand mitnahm zu sich. Unter ihrem Mantel, der ihr jetzt so warm erschien wie eine Bettdecke, begann sie mit den Fingerkuppen auf seinem Handrücken zu kreisen. Dabei fand seine Hand Halt unter mehreren Pulloverschichten, gestrickt mit feiner Wolle von Tante Anni aus dem Westen. Sie musste schmunzeln, weil sie an Tante und Onkel denken musste, während seine Finger aktiv wurden, nicht so, dass es kitzelte, sondern so, dass sie Lust bekam, ihn zu führen, bis ihre nackte Haut kurz zusammenzuckte und er ein langes Ausatmen hören ließ. Da vernahm sie auch das Ticken der Uhr wieder. Es war wie ein Zeichen vom Hier und Jetzt, das sie registrierte, genauso wie den Holzrahmen der Sitzfläche unter sich. Würde sie sich anders hinsetzen, konnte diese Hand zur Besinnung kommen und ein Zurück erwägen, als wäre ihre Mission des Wärmens nun erfüllt, dabei gab es doch noch das vergnügliche Enträtseln, das sich Elsa vorgenommen hatte: was er vielleicht noch versteckte hinter dem Amtlichen. Seine Hand stützte sie jetzt rücklings und drückte sie sanft von der harten Stuhlkante. Auf dem Fußboden breitete sie ihren Mantel aus, während er das Licht löschte und sich schweigend zu ihr legte und sie beide zudeckte mit seiner großen Winterjacke. Ihre Hände waren einander vertraut geworden und halfen sich gegenseitig auf dem Weg, bis Elsa erhitzt seiner gewahr wurde, fordernd und fast ohnmächtig, und sie ihn aufnahm, als könnte sie ersetzen, was ihm genommen wurde. Daran wollte sie nicht zweifeln, als er ganz bei ihr und nicht mehr bei sich war, als sie zum ersten Mal spürte, wie sich alles anfühlte, als die Schemen der großen Buchbinder-Presse nicht mehr im Blickwinkel stehen blieben, sondern irgendwie seinen Rhythmus aufnahmen. Sie suchte seinen Hals, den sie in der Umarmung noch nicht berührt hatte, streichelte den Nacken bis er innehielt und sie mit einer Zartheit küsste, die beide erneut zusammentrieb.

Irgendwann strich er ihr mit den Fingern auf andere Weise über das Kinn. Irgendwann sprachen sie wieder. Irgendwann vom Aufstehen. Kurz standen sie einander nackt im Nachtgrau des Raumes gegenüber. Elsa breitete ihre Arme aus, spürte eine erregende Spannung im Leib und drückte sich ganz fest an seinen schmalen Oberkörper. Er hob sie ein Stück in die Höhe und trug sie wie ein Kind bis zu dem Stuhl, auf dem sie vor Stunden gesessen hatte. Jetzt hörte sie wieder das Ticken. Drei Uhr. Wie schön. Wie kalt. Eilig zogen sie sich an.

Ihre Schritte hallten wider von den Häuserfronten, die im schrägen Mondlicht wie Theaterkulissen aufragten. Er legte seinen Arm fest um Elsas Schulter und passte seine Schritte so an, dass sie auch jetzt noch mühelos die neue Nähe auskosten konnten.

Elsa genoss, hinter das Geheimnis des amtlichen Kollegen gekommen zu sein, sie hatte seine schmerzhafte Bedürftigkeit gespürt und die versteckten Reserven an Zärtlichkeiten gefunden. Sie durfte jetzt nicht damit spielen, das war ernst! Sie war doch kein Flittchen!

Sie würde also die Zwillinge *mitheiraten* und mit dreißig Stiefmutter von Zehnjährigen werden. Heute Nacht mussten sie nicht darüber sprechen. Aber so wie er sie an seine Seite genommen hatte, wie er sie anfasste und wie sie genau dies genießen konnte, war es unausgesprochen ausgemacht. Sowas überlegt sich ein Mann genau. Erst recht so einer wie von Mandeloh.

„Bis morgen", flüsterte er.

„Nein, bis nachher", lachte sie.

Mutter stand mit heißer Milch an ihrem Bett. Elsa hörte ihr Atmen, und sie meinte sogar, mit geschlossenen Augen ihre Gedanken lesen zu können. Nach einem deutlichen Seufzen sprach Mutter endlich: „Es war spät heute Nacht!"

„Ein Wasserschaden."

Die Augen konnte sie noch nicht öffnen. Und so wie sie lag, wollte sie einfach nur liegen bleiben, bleiern schwer und ohne die Kraft, sich überhaupt umzudrehen.

„Trink, das weckt die Lebensgeister."

Elsa hörte noch ihre Schritte, als sie das Zimmer verließ, und wenig später das Einrasten der Wohnungstür. Sie wusste nicht sofort, woher die innere Erregung stammte, die dieses Bett und den Geruch des Zimmers plötzlich fremd erscheinen ließ. Dann fiel ihr die Küchenuhr in der Buchbinderei wieder ein, das Nachtgrau und die Begegnung, die etwas Unaussprechliches angenommen hatte. Sie hatte ihn also verführt, schamlos und unvorsichtig. Dass sie so etwas überhaupt konnte! Und dann noch *vor der Ehe*. Mutter würde … nein, würde sie nicht! Auch sie hatte einst ein Begehren gehabt, nur sprach sie nie darüber. Vielleicht hatte Mutter sich verboten, an diesen fremden Mann mit dem Frettchen und an das andere Kind zu denken, so sehr verboten, dass sie nicht mehr daran glaubte, dass es sie je gegeben hatte. Allein die Vorstellung würde ihr so verwerflich vorkommen, dass sie es lieber als ungeschehen betrachtete und ihren alten moralischen Grundsätzen wieder folgen konnte. Unter diesen Umständen war es besser, sie würde von Otto erst erfahren, wenn die Verlobung bevorstand.

Noch nie hatte Elsa in diesen Dimensionen gedacht. Verlobung.

Sie öffnete die Augen, sah die Zimmerdecke über sich, die feinen Risse im Kalk und die vergilbten Dellen, die dem Maurer vor dem Krieg schon unterlaufen waren. Da ging sogar Otto noch zur Schule. Eine Welle heißer Erregung erschütterte ihren Leib, ein pumpender süßer Sog, der ihre Hände unter die Bettdecke lockte, um staunend Einhalt zu fordern, nicht ahnend, dass sie ihn damit antrieb und herausforderte, bis sie ihren Unterleib aufbäumte, bremste, fallen ließ und wieder straffte, lustvoll offen und gnadenlos ausgeliefert.

Die Milch half. Lauwarm. Sie strich mit der Zunge über die Oberlippe, um die Milch-Haut einzufangen. *Aus dem Bett, Frau von Mandeloh,* flüsterte sie ernst. Oh Gott!

Er saß an seinem Schreibtisch wie immer.

Gesine Plessmann lächelte, als Elsa sich ihr zuwandte.

„Ich dachte, du bleibst heute liegen, Elsa."

„Wir sind längst noch nicht fertig."

Während sie den Mantel ablegte, drehte er sich um und sagte: „Guten Morgen, Elsa."

Es lief ihr warm den Rücken hinab. Sie spürte den stechenden Blick von Gesine Plessmann, die sehr wohl wahrgenommen haben musste, dass er sie mit dem Vornamen angesprochen hatte. Damit nicht gleich alles herauskam, grüßte sie nüchtern zurück und sah angestrengt an ihm vorbei. Das schien Gesine Plessmann deuten zu wollen. Nichts von dem, was nun geschehen würde, wollte sich die Frau entgehen lassen. Mit offenem Mund. Elsa schwor sich, kein Futter zu liefern, das Gesine Plessmann schnappen und damit herumwedeln konnte, bis selbst Mutter, im Postgebäude gegenüber, davon Wind bekam.

„Ich mach da jetzt weiter. Die Bücher hier, die liegen doch trocken", sagte sie eine Spur zu scharf.

„Oder gibt es inzwischen einen Einsatzplan, damit jedem mal die Finger einfrieren?"

Otto von Mandeloh nickte und wandte sich seinen Listen zu.

Elsa verließ das Büro und schaute in den Vorraum des Magazins, grüßte die Mitarbeiter dort und schlängelte sich an ihnen vorbei zum langen Gang zwischen den Regalen, den sie vor ein paar Stunden entlanggetaumelt war und dem jetzt etwas anhaftete, was sie nicht benennen konnte. Ja, es musste einen Plan geben, der Chef persönlich beugte sich gerade über einen Folianten, sie schaute weg und nahm die Treppe zur Buchbinderei.

„Nanu? Verlaufen?", wurde sie begrüßt.

Die großen Lampen über den Maschinen gaben ein grelles Licht.

Die Buchbinderin warf einen Blick auf die Uhr an der Wand. „Oder wollnse wat?"

Sie trug eine graue Kittelschürze, die von der Druckerschwärze und vom Kleber mit schnurgeraden Strichen gezeichnet war.

Jetzt roch Elsa den Leim. Wahrscheinlich war heute Nacht der Deckel festgeschraubt gewesen, so dass sie ihn nicht wahrgenommen hatte. Aber auch frischgeklebte Einbände trugen den Geruch noch lange mit sich, vielleicht war sie einfach mit allen Sinnen woanders gewesen.

Die Stühle waren an den Tisch gerückt, die Buchbinderin stand neben der Presse, die Hände schon an den Griffen.

„Wegen der Partei brauchen Se auch nich mehr kommen."

„Ich weiß", sagte Elsa und versuchte zu lächeln.

Sie setzte sich auf ihren Stuhl, flüsterte im Stillen *mein Stuhl* und schob sich ein winziges bisschen nach vorn, sodass sie fast so saß wie ganz zum Anfang.

„Und? Wat is nu?", fragte die Buchbinderin ungeduldig.

Elsa setzte sich wieder aufrecht. Ja, wat is nu. Wenn sie das wüsste! Sie war verliebt. Das war schon alles, aber darum konnte es ja hier nicht gehen. Sie sah sich fest an den Fußbodendielen, wie weit hatte der Mantel gereicht? Sie kniff die Augen zusammen, um scharf zu sehen, ob dort vielleicht noch ein Fussel von ihnen lag, und riss sich in die Gegenwart zurück.

„Haben Sie sich die Schäden schon einmal angeschaut?" Das war eine Frage, die sie stellen konnte.

„Pausenlos. Immer wenn ich da vorbeigeh!"

„Sie haben doch auch Erfahrung mit altem Papier."

„Aber nich mit Wasser. Sowas hab ich hier nich."

„Natürlich nicht."

Die Buchbinderin drehte an den Griffen der Presse und schraubte das Buch zwischen den Platten so fest zusammen wie es ging.

„Is aber ein Jammer. Das da mit dem Schaden!", lenkte sie ein, „aber ich bin Buchbinder."

„Jawohl", sagte Elsa, schloss kurz die Augen, als sie nochmals zu den Dielen sah, und verabschiedete sich.

Zwei Wochen blieb die Alte Bibliothek geschlossen. Alle Mitarbeiter waren damit beschäftigt, Bücher umzulagern und bei der Trocknung der schwersten Fälle zu helfen.

„Ihr duzt euch ja jetzt", bemerkte Hertha, als Elsa an ihr vorbeiging.

„Ihr doch auch."

„Das ist ja noch von früher", erklärte die Ältere, als ließe sich freundschaftliche Nähe heutzutage nicht mehr aufbauen unter Kollegen.

Elsa ließ sie stehen. Je mehr sie sich rechtfertigte, umso aufmerksamer würde sie beobachtet werden. Otto war ein Meister der freundlich-neutralen Zurückhaltung, duzte sie tatsächlich nun auch vor anderen, kam ihr aber nicht zu nahe. Das weckte in ihr ein Begehren, das sie ihm in Blicken mitteilte, wenn sie sich sicher war, dass es sonst niemand bemerkte.

Einmal nahm sie ihn plötzlich hinter sich wahr, als sie vor einem Regal stand und Bücher einordnete. Sie tat, als hätte sie ihn nicht bemerkt. Nur so konnte sie herausbekommen, ob es ihm irgendwann ernster sein könnte. Ihr schlug das Herz jedoch so heftig, dass es fast schon die Ader am Hals sprengte.

„Die Jungs schlafen heute bei ihrer Großmutter", flüsterte er.

„Auf dem Dorf", sagte sie vorsichtig ohne sich umzudrehen. Es reichte ihr noch nicht.

Er wartete drei Atemzüge ab, viel zu lange, wie Elsa fand, weil doch jeden Moment jemand kommen konnte.

„Es ist nicht so hart bei mir von unten."

Das reichte! Sie fuhr herum, umarmte ihn heftig und legte ihre Stirn an seinen Hals, wobei sie sich auf die Zehenspitzen stellen musste. Dann senkte sie langsam ihre Absätze auf den Boden, und er legte sein Kinn auf ihr Haar.

„Ich bin genau einen Kopf größer als du."

„Und sechzehn Jahre älter." *Es wird Zeit*, wollte sie noch sagen, aber das verkniff sie sich.

Sie war froh, dass es schneite. So konnte sie unter ihrer Kapuze verschwinden, als sie durch die Altstadt streifte. Alle mussten ihr ansehen, dass sie sich heimlich verabredet hatte und mit einigem zu rechnen war heute Abend. Schon Mutter war argwöhnisch geworden, als sie nochmal loswollte. Sicher gönnte sie ihr, endlich einen Mann zu finden, aber Mutter fühlte sich wohl besser, wenn sie ein wenig auf dem Laufenden gehalten wurde und möglicherweise Einfluss nehmen konnte. Ach, Mutter! Wart's ab! Elsa hatte ihr was von Kino erzählt.

Sie musste unbedingt noch herausfinden, welcher Film gezeigt wurde. Mit dreißig Jahren! Ihr schossen Wut-Tränen in die Augen. Warum war das so? Als sie am Kino vorbeikam und las, dass keine Vorstellung gegeben wurde, beruhigte sie sich. Ihr würde schon noch etwas einfallen. Und falls nicht, konnte es auch egal sein.

Sie wischte über ihre Augen und versuchte in einer Art Tunnelblick zur bevorstehenden Begegnung vorzudringen, die anders sein würde als das, was sie bisher erlebt hatte. Es sei *nicht so hart von unten.* Das war ein Humor, den sie mochte. Konnte sie doch für sich selbst entscheiden, dass es eine Liebeserklärung war. Andererseits war es auch denkbar, dass es das gerade nicht war. Gehörte zu einer Liebe nicht auch das Bekennen zueinander?

Beim Fleischer beleuchtete ein kleines Schaufensterlicht die Weihnachtsdekoration. Die Haustür war unverschlossen, wahrscheinlich hatte Otto dafür gesorgt. Brauchte sie das Treppenlicht? Ja, leider. Sie ließ die Kapuze auf, es gab hier Türspione. Auf jedem halben Treppenabsatz musste sie hofseitig an einer Toilette vorbei. Sie hörte, dass das erste Klo besetzt war, und schlich weiter. Dritter Stock, rechts.

Nach ihrem Klopfen vernahm sie eilige Schritte hinter der Tür. Wenn sie hier über diese Schwelle ging, dann vielleicht für immer. Sie war sich aber nicht einmal sicher, ob ihre Gefühle beständig sein würden. Musste sie das jetzt schon wissen?

Da ließ er sie eintreten und schloss sofort wieder die Wohnungstür.

Sie hatte sich diesen Moment schon fast bis zur inneren Sattheit ausgemalt: Sie würden unbeobachtet sein und sich voller Erregung endlich minutenlang umarmen.

Doch nun war Elsa wirklich hier und spürte, dass ihre Sinne wahrnahmen, womit sie nicht hatte rechnen können. Dass es ein wenig nach Schuhwichse roch und dass die Flurlampe noch aus Kaisers Zeiten stammte mit Gravuren auf dem Glasschirm, die nicht mehr in die Zeit passten. Sie sah sich aufmerksam um, und Otto ließ es zu.

„Willkommen, junges Fräulein", flüsterte er ernst und berührte sie mit dem Handrücken an der Wange.

„Guten Abend", antwortete sie tonlos und ließ sich den Mantel abnehmen. Die Garderobe, mit Hutablage und Klappfach, erinnerte sie an die in Königsberg. Elsa wickelte ihren Schal ab und stopfte ihn in das Ärmelloch des Mantels. Versonnen schaute Otto ihr dabei zu und hängte den Mantel auf einen Bügel.

Weiter, dachte sie und luscherte in Richtung einer Tür, durch deren Spalt ein schwacher Lichtschein fiel.

„Ich habe noch ein bisschen Post erledigt", sagte er und ließ sie in sein Wohnzimmer eintreten. Auf dem Schreibtisch lag tatsächlich ein angefangener Brief, die Lampe war noch angeknipst. Die massiven Eichenmöbel außerhalb des Lichtkegels wirkten wie eine Festung. „Hier haben schon meine Großeltern gewohnt", erklärte Otto und zuckte mit den Schultern.

Deren Geister schienen noch in den Ecken zu hocken.

„Durfte denn Maria gar nichts verändern?", fragte Elsa und erschrak. Nach seiner verstorbenen Frau zu fragen war die sicherste Möglichkeit, dem Abend eine trübe Farbe zu geben, und Elsa hätte es selbst verbockt! Am liebsten hätte sie ihre Worte wieder eingefangen. Nun saß auch der Geist von Maria in einer Ecke.

Otto schien dies auch zu spüren oder er spürte sie sowieso stets. Dann allerdings wäre es von Elsa unbeabsichtigt sogar klug gewesen, jene Frau, die immer bei ihm war, einfach mit einzubeziehen. Sie war sich da im Moment nicht so sicher.

„Maria *hat* alles verändert", sagte er nun sachlich, „einfach, weil sie *da* war."

Elsa war berührt. Sie hatte aus dem Mobiliar etwas ablesen wollen, was dort gar nicht eingedrungen war. Für ihn schienen Vitrine, Schreibtisch und Vertiko eher hingenommene Kulisse zu sein als Ausdruck von Geschmack und Entscheidung. Sie hatten ihren Zweck zu erfüllen und wurden nicht in Frage gestellt.

Wenn jemand wie sie einst alles aufgeben musste, fängt er auch an, *die Dinge* zu lieben.

Und dann fiel ihr wieder sein Verlust ein. Die Gedanken drehten sich im Kreis und hingen fest.

„Magst du einen Pudding, Elsa?"

Einen Pudding? Sie musste lachen.

„Mit Erdbeeren natürlich."

Er führte sie in die Küche, auf dem Esstisch war schon alles vorbereitet. Das Erdbeerkompott schien von der Großmutter auf dem Lande zu stammen, aber wenn Otto es gerade jetzt hergab, dann nahm sie es als Wertschätzung.

„Puddingkochen kann ich im Schlaf", plauderte er. „Die Jungs lieben den so. Und ich sag dir, wenn man ein Ei mehr dafür aufschlägt, dann wird er richtig gut!"

Elsa schmeckte eine Prise Zimt durch, wahrscheinlich buk er auch Weihnachtsplätzchen mit seinen Kindern.

Sie entspannte sich und war bereit, bei allem, was folgen konnte, mit einer gewissen Komik zu rechnen, die sie durchaus amüsierte. War sie erst einmal darauf eingestellt, dann würde sie nicht enttäuscht werden.

Als sie das Schälchen ausgekratzt hatte, fuhr sie mit den Fingerspitzen über ihre Mundwinkel, falls dort noch Reste klebten. Allein der Gedanke, wie ein Kind mit Erdbeermund hier zu sitzen, war ihr peinlich. Sie wollte anziehend auf ihn wirken.

„Du bist neugierig, ich sehe es dir an", sagte er. „Komm, ich zeige dir die Wohnung."

Auf jedem der Kissen im Doppelstockbett saß ein gelblicher Teddy. Sie waren wohl einst einander ähnlich gewesen, wurden dann aber auf unterschiedliche Weise ins Struppige geliebt. Das Regal im Kinderzimmer war vollgestopft mit Schulsachen, Büchern und Spielzeug, sie wusste nicht, ob jeder eine Hälfte beanspruchte oder alles beiden gehörte.

„Kommt ihr klar, ihr drei?", fragte sie teilnehmend.

„Ziemlich gut."

Ob er meinte, dass sie zu ihnen passen würde, hätte sie gern gefragt. Aber erst, wenn sie sich sicher war, dass er sich überhaupt zu ihr bekannte. Und wenn es so wäre, dann wäre auch die Frage schon beantwortet.

Wortlos führte er sie ins Schlafzimmer. Beide Betten waren bezogen. Ein wenig verlegen standen sie davor.

„Beziehst du immer das zweite Bett mit?"

„Anfangs kamen die Kinder jede Nacht. Jetzt nicht mehr, aber ich mag nicht neben einer leeren Matratze liegen. Deshalb mache ich mir die Mühe." Er lachte.

Jetzt bin ja ich hier, dachte sie, aber es war noch nicht Zeit, dies auszusprechen.

„Ich möchte noch viel mehr wissen über dich."

„Oh, das erfordert einen gewissen Aufwand. Wo soll ich anfangen?"

„Ganz von vorn."

Er führte sie zurück ins Wohnzimmer und zog aus dem Schreibtisch ein Album, in das einige wenige Pappabzüge aus einem Fotoatelier sorgsam eingeklebt waren. Otto im Taufkleidchen mit seinen Eltern, mit seinen Paten, Otto bei der Konfirmation. Otto mit einer Zeitung auf einer Parkbank. Otto im Lazarett, ein winziger gezackter

Schwarzweiß-Abzug. Elsa sah sich dieses Foto genauer an. „Ein Granatsplitter", sagte Otto nüchtern und schob sein rechtes Hosenbein bis über das Knie hinauf.

Obwohl immer noch nur die Schreibtischlampe leuchtete, sah Elsa das mehrfach zusammengeraffte Flickwerk, das wohl lange gebraucht hatte, bis es in einer langen wulstigen Narbe seine Ruhe gefunden hatte. Sie fuhr mit dem Finger über die Hautpölsterchen und über die Naht, zuckte zusammen, weil diese nicht überall die gleiche Festigkeit hatten und ließ sich dankbar von seiner Hand führen.

„Hier spüre ich überhaupt nichts, Elsa, nicht einmal ein Kribbeln." Er hielt weiter ihre Hand und setzte sie oberhalb des Knies auf dem Hosenstoff wieder ab.

„Das fängt erst hier wieder an."

„Welch ein Glück", flüsterte sie und ließ ihre Hand auf seinem Oberschenkel wandern. Sie hatte eine kleine Geschichte von ihm erfahren, eine seiner Narben kennengelernt, und es war so natürlich, dass sie einander jetzt umarmten, während sie sein Bein bis zu den Lenden erkundete, was er mit tiefen Atemzügen zuließ. Er ermunterte sie nun wortlos und lieferte sich ihren Händen auch dort aus, wo Elsa zunächst noch zaghaft ausprobiert hatte, wie nahe sie ihm kommen durfte. Dann entwand er sich ihr, um die Hose abzulegen und um sie entkleiden zu können, behutsam, schweigsam und mit einem Ernst, den Elsa als kraftvoll verstand. Die Erregung machte ihn so anziehend, dass sie sich ihm lustvoll präsentierte und sein Lächeln, das vor allem aus seinen Augen sprach, immer wieder in zärtlichen Gesten erwiderte. Auf dem gemusterten Teppich war unendlich Platz für Varianten, sich zu finden, schweigend doch nicht lautlos.

Als sie später dem Bittersüßen nachspürten, flüsterte er plötzlich: „Ich bin verrückt!"

Irgendwann mussten seine Zweifel ja eintreten. Sie schwieg.

„Du könntest ein Kind bekommen", sagte er besorgt.

„Ich bin alt genug", sagte sie mutig, denn natürlich war dies nicht alles, sie müsste sich schon sicher sein, dass er sie heiraten würde. Aber sie sprach es nicht aus. Das, was von Maria geblieben sein mochte, hockte zu nah im Zimmer.

„Ich würde gern wiederkommen. Auch, wenn die Kinder da sind."

„Lass uns etwas Zeit, Liebste", flüsterte er.

Eine Stunde später, zu Hause, quietschte der Deckel vom Bettkasten, als Elsa die Decken herausnehmen wollte. Mutter trat aus Großmutters Kammer und blieb kopfschüttelnd im Türrahmen stehen. Nach einem Kinofilm fragte sie erst gar nicht.

14 Die Auferstehung

Schwerin, 1968

Lass uns Zeit, Liebste.
Im Dezember wurden es zwei Jahre. Die Zwillinge nutzten diese Zeit, um zu schlaksigen Burschen heranzuwachsen und liebten weiterhin ihre Aufenthalte bei der Großmutter auf dem Land. Otto und Elsa nutzten genau diese Zeit dann für schweigsame Zärtlichkeiten, nicht nur im Wohnzimmer, nein, Elsa durfte auch das *nicht so Harte* kennenlernen. Und Elsas Mutter nutzte all ihre Zeit und auch ihre Kontakte, sich nach einem Mann für ihre Tochter umzusehen. Solange Elsa den vermuteten Geliebten ihr nicht vorstellte, schien das nichts Ernstes zu sein. Und für etwas Ernstes wurde es nun Zeit. Zeit. Zeit. Zeit. Elsa spürte das Ticken der inneren Uhr. Ihre heimliche Beziehung zu Otto hatte an Gewohnheiten gewonnen, und Elsa meinte, dass ihr allmählich eine gewisse Verbindlichkeit zustand. Doch Otto wirkte kränklich, seit einigen Wochen vertrug er das Essen nicht mehr und quälte sich durch den Arbeitsalltag.
„Ein Magengeschwür wird man so schnell nicht wieder los", sagte er zu Elsa.
„So etwas kommt von der Seele", meinte sie. „Das wusste schon meine Großmutter."
Großmutter hatte sich im Frühjahr ohne großes Leiden davongemacht. Mutter hatte sie vorgefunden, als wäre Großmutter im Tiefschlaf gestorben, zugedeckt, die Hausschuhe ordentlich nebeneinander auf dem Bettvorleger, den Abwasch musste sie zuvor noch geschafft haben. Ausgerechnet an jenem Tag war ihre Vermieterin nicht zu Hause gewesen.
Elsa hatte das Zimmer der Großmutter sofort übernehmen dürfen und sich komplett neu eingerichtet. Endlich. Manchmal saß sie, vor Glück still vor sich hin schmunzelnd, auf ihrem Bett und schaute auf die kleine Straße, die sich durch die Altstadt wand und auf der sie Otto schon von weitem sah, wenn er nun hin und wieder zu ihr kam.

Sie wollte abwarten, bis es ihm wieder besser ging, dann war es Zeit, mit ihm über ihre gemeinsame Zukunft zu sprechen. Doch es gab Tage, an denen er nicht einmal seine Jacke ablegte. „Heute ist es nicht so gut", flüsterte er, „aber ich muss dich sehen, und ich brauche eine Tasse Kamillentee." Nach ein paar Schlucken stellte er sie wieder auf den Tisch, stützte sich beim Aufstehen ab und küsste Elsa.

Im Oktober war er schon im Krankenhaus gewesen. Elsa hatte ihn besucht, einmal war der Direktor mitgekommen. „Otto, was machst du denn?", hatte er hilflos gefragt. „Ich warte, bis ich wieder gesund bin." Mehr sagte er nicht.

Dass die Großmutter übergangsweise zu den Zwillingen in die Stadtwohnung gezogen war und ihren Hof derweil vom Nachbarn auf Sparflamme versorgen ließ, jagte Elsa einen Schrecken ein. *Übergangsweise*, das Wort war Otto belanglos über die trockenen Lippen gekommen, trotzdem biss es sich mit scharfen Zähnen in Elsa fest. Wenn es ihm ein bisschen besser ging, schöpfte sie gierig Hoffnung. So ein Magengeschwür war eben doch nur ein Magengeschwür.

Als sie im Februar die Wendeltreppe zu ihrem Dienstzimmer hinaufstieg, kam der Direktor ihr entgegen und schob sie in den Pausenraum auf halber Treppe. „Es ging ganz schnell. Heute Nacht. Das Krankenhaus hat angerufen."

Elsa ließ sich auf die alte Couch fallen und rammte mit dem Unterarm die Tischkante, doch sie spürte keinen Schmerz. Sie hörte nicht, was der Direktor noch sagte, sie sah Hertha nicht kommen, die sie nach Hause führte.

Elsa konnte sich später an keines ihrer Gefühle erinnern, ihre Sinne waren komplett abgeschaltet, und ihr Bewusstsein waberte in einer Art Schwebezustand, bis es *auf Sparflamme* Halt fand in einem wochenlangen Fieber. Mutter saß an ihrem Bett und umwickelte Elsas Waden mit nassen kalten Handtüchern. Immer wenn Elsa ein Bein dafür anheben musste, spürte sie dessen Betonschwere und ließ es abstürzen, ehe Mutter fertig war. Irgendwann spürte sie, dass es nicht Mutter war, die sie pflegte, sondern eine Krankenschwester. Wahrscheinlich war sie im Krankenhaus aufgenommen worden, damit sie bei Otto sein konnte. Sie wollte nach ihm fragen, doch die verschwommenen Gesichter nickten nur. Das war doch Zustimmung!

Also lag sie im Bett neben ihm und hatte ihm noch nicht einmal Guten Morgen gewünscht. Wenigstens wussten jetzt alle, dass sie zusammen waren. Das sah man doch! Sonst hätte es auch kein Krankenzimmer für ein Paar gegeben. Es hatte sich also von selbst geklärt. Gut gemacht, Otto. Wir werden heiraten. Pfingsten wäre gut. Aber jetzt lass mich bitte noch einmal ausschlafen, ich bin so müde. Vielleicht brüte ich gerade eine Erkältung aus. Dagegen hilft Schlafen und Schwitzen. Lass mich also schlafen und schwitzen, dann komme ich wieder.

Ihr Körper, der auch in seiner passiven Schlaffheit bereit war, neue Reserven zu sammeln, trotzte dem Fieber und gönnte Elsa kleine Genesungsschübe, die sie gar nicht bemerkte, weil sie fortwährend schlief. Sie wurde mit einer Glukoselösung am Tropf behandelt, die sie allmählich in allen Fasern zu stärken begann, so dass Elsa irgendwann bereit und in der Lage war, die Augen zu öffnen. Ihr erster Blick fiel auf hübsche Zweige in einer Vase. An den Blatt-Knospen hingen bemalte Eier.

Schon Ostern? Als sie sich dazu entschlossen hatte, den Kopf zu drehen und die Zimmerwände nach ihrem Kalender abzusuchen, wurde sie enttäuscht. Sie lag im Krankenhaus! Dabei war doch nicht sie krank gewesen, sondern Otto! Sie hatte sich nur so schlapp gefühlt.

Instinktiv spürte sie, dass sie sehr stark sein musste, wenn sie sich den Auslöser für ihren Zusammenbruch in Erinnerung rufen wollte. Der Direktor im Pausenraum, das war eines ihrer letzten klaren Bilder. Und diese furchtbare Mitteilung, die sie dann einfach umfallen ließ, gehörte dazu. Sie war noch zu ihr gedrungen, doch ihr Körper musste sich so massiv gegen die Todesnachricht gewehrt haben, dass Elsa einfach aus dem Alltag kippte. Wahrscheinlich hat er sich ähnlich verhalten wie in der Brandnacht, damals, in der Bäckerei. Ein wenig war sie ihm dankbar für den Versuch einer Schonung.

Zur nächsten Besuchszeit stand Hertha vor der Tür. Mutter war ihr schon auf dem Flur begegnet und berichtete Elsa, dass die Dame aus Bytów sie besuchen wollte. Gesine Plessmann? Das konnte sich Elsa kaum vorstellen.

Mutter zeigte ihre Freude darüber, dass es Elsa besser ging.

„Manchmal dachte ich, du kehrst nicht zurück, Kind."

In der Post wären mehrere Kollegen genauso krank gewesen.

„Ich hab schon immer vor den Marken-Schwämmchen gewarnt. Die werden nur feucht gehalten, aber nicht keimfrei. Klar, dass sowas krank macht in Grippe-Zeiten. Aber wie konnte das bei dir passieren?"

Elsa zuckte mit den Schultern und schwieg. Mutter richtete die Osterzweige neu aus. Das bewährte Schweigen schuf wieder die Art von Vertrautheit zwischen ihnen, die für Elsa die einzig taugliche schien.

„Ich werde deine Kollegin jetzt reinbitten. Ist dir das recht?"

Gesine Plessmann. Wenn sie sich schon auf den Weg gemacht hatte, warum nicht.

Mutter küsste Elsa zum Abschied und begrüßte die Eintretende im Vorübergehen. Es war Hertha.

Nach fünf Jahren kannte Mutter also immer noch nicht die Namen!

Elsa überließ ihren Kopf den tätschelnden Händen der Kollegin, die ihn dann, so gut es ging, fest an ihren üppigen Busen drückte. Elsa wertete diese Nähe als trauerndes Mitfühlen, obwohl sie doch immer Herthas Argwohn gespürt hatte.

„Da bist du ja wieder!", lachte Hertha.

„Was dachtest du denn?"

„Nichts, Elsa. Ich dachte gar nichts. Und ich sag auch nichts."

Sie sah sich um und versuchte jetzt schon, das Thema zu wechseln.

„Guck, der Osterstrauß. Den hab ich dir letzte Woche reinstellen lassen. Jetzt geht der erst auf! Bei mir zu Hause sind die Blätter schon weiter."

„Danke, Hertha. Dass du so an mich denkst!"

„Ja, und wenn *du* dann an die Vase denkst, die ist zwar nicht eine von den ganz guten, aber man kann keine einzige entbehren, das weißt du ja."

„Das weiß ich."

Elsa hatte gedacht, die Vase gehörte der Klinik.

Als Hertha Platz genommen und ausgeatmet hatte, sah Elsa sie besorgt an. Würde sie etwas erzählen? Konnte Elsa überhaupt schon ertragen zu hören, was in den letzten Wochen passiert war?

„Manchmal ist es seltsam hart, das Leben", stöhnte Hertha.

Elsa hielt die Luft an. Nein, sie konnte noch keine Details ertragen. Ihr wich das Blut aus den Wangen, sie legte sich lieber wieder hin.

Aber Hertha war die einzige, die ihr alles in behutsamen Dosen übermitteln würde.

„Erzähle bitte", sagte sie kurz. „Ist schon alles passiert?"

Hertha nickte.

„Und die Zwillinge?"

Hertha atmete aus. Elsa stellte sich vor, wie Hertha bei der Beerdigung auf die beiden Hinterköpfe gestarrt haben musste. Erst die Mutter und nun er auch noch.

„Die haben sich. Und ihre Großmutter, Gott sei Dank!"

Elsa dachte an die beiden struppig-geliebten Teddys und fühlte einen Schwall von Tränen hochsteigen. Sie ließ ihnen freien Lauf. Jetzt änderte es auch nichts mehr, wenn sie sich zusammenriss, gar nichts.

So kam es, dass Hertha sich über sie beugte und wieder stumm ihre Wangen tätschelte mit ihren kurzen krummen Fingerchen, die Elsa plötzlich guttaten.

„Lass alles raus, Elsa. Es wird Zeit."

„Hertha? Das war doch kein Magengeschwür, nicht wahr?"

Sie schüttelte den Kopf.

„Kannst du mir noch mehr sagen?", fragte Elsa schluchzend.

Hertha, die selbst mit den Tränen kämpfte, flüsterte: „Er hatte Krebs."

Krebs. Das war eine Krankheit, an die sie nie gedacht hatte. Elsa unterdrückte ein Schluchzen, dann ging es nicht mehr. Ein Weinkrampf tobte sich durch ihr ganzes Innere und sie konnte nur den Mund öffnen, um dem Druck nachzugeben und alles herauszulassen.

„Ja, so weh kann das Leben tun, Elsa. Es tut mir so leid, glaub mir das."

Hertha versuchte, Elsas Oberkörper zu wiegen, doch Elsa wurde es zu eng, und sie befreite sich.

„Möchtest du, dass ich gehe?"

Elsa schüttelte den Kopf.

„Bleib, Hertha. Ich habe sonst niemanden."

Hertha wartete, bis Elsa sich etwas beruhigt hatte.

„Das wird sich jetzt ändern. Du wirst wieder zu Kräften kommen und dann schon spüren, was dir guttut. Du hast das Leben noch vor dir, immer noch!"

Das sagte man doch nur so dahin. Trotzdem dankte Elsa ihr für die Worte, die hoffnungsvoll erscheinen sollten.

Gründonnerstag wurde Elsa entlassen. Sie wickelte die Blumenvase in Zeitungspapier, legte sie zwischen ihre Wäsche in die Tasche und verließ mit Mutter das Krankenhaus. Die Reisetasche, die noch aus Mutters Studienzeit stammte, trugen sie gemeinsam, jeder an einem Henkel.

„Möchtest du über die Ostertage nicht doch zu mir ziehen?", fragte Mutter.

„Ich komme morgen zum Essen."

Mutter nickte. Bestimmt war sie sogar erleichtert.

Es roch schon nach Frühling. Die Frische schien vom See her durch die Straßen zu treiben oder von den Wiesen. Elsa konnte sich nicht erinnern, wann sie zuletzt so mit Genuss geatmet hatte.

„Es ist schön, nicht wahr?", fragte Mutter vorsichtig.

„Ja", sagte Elsa und dachte schweigend den Satz zu Ende: Wenn es nur nicht so traurig machen würde.

Mutter kam noch mit hinein ins Zimmer. Elsa war dankbar, dass sie schon das Nötigste zu essen für sie eingekauft hatte und registrierte nebenher, dass Mutter sowieso nicht davon ausgegangen war, dass Elsa zu ihr mitgekommen wäre.

Neben dem einen Zimmer war die Küche nur zur Mitnutzung an Elsa vermietet worden. Die Wirtin, Frau Schiller, die sich mit Groß-mutter so gut verstanden und daher gern daran mitgewirkt hatte, dass der Mietvertrag auf die Enkelin übertragen wurde, saß in der Küche und streckte Elsa beide Hände entgegen.

„Trinken wir doch einen Gründonnerstagskaffee zusammen", forder-te sie munter auf.

Mutter verabschiedete sich eilig, sie hatte ihren Kollegen verspro-chen, gegen Mittag wieder da zu sein. Vor Ostern sei dort doch *wie-der die Hölle los*. „Elsa, für dich liegt übrigens ein Brief bei mir, ohne Absender. Den gebe ich dir morgen, wenn du kommst."

Ein Brief ohne Absender hätte Elsa sonst sehr neugierig gemacht, aber so weit war sie noch nicht.

„Ich trink hier erstmal Kaffee", sagte sie matt. „Bis morgen."

Frau Schiller öffnete feierlich ein Tütchen *Röstfein* und schüttete die Bohnen in die Kaffeemühle. Die Mahlgeräusche und das Reiben der Kurbel wirkten beruhigend, und Elsa schaute Frau Schiller gern da-bei zu, wie sie die kleine Holzschublade hervorzog und schwärmte: „Wie der duftet!"

Unwillkürlich näherte sich Elsa der Kaffeemühle und atmete den köstlichen Geruch ein, während Frau Schiller das Feuer im Herd schürte und den alten Wasserkessel zurechtschob. „Ist noch frisch von heute früh", erklärte sie, die keinen Tropfen Wasser vergeudete. Elsa erlebte diese Ankunft mit einer seltsamen Klarheit. Sie mutete sich zu, alles genau zu betrachten und sich daran zu erfreuen, dass ihre Sinne wieder wahrnehmen konnten. Dieser Gründonnerstagskaffee war ein Anfang in ihrer neuen Lebensphase, in der sie sich das Fühlen wieder angewöhnen wollte. Der Kaffeeduft erschien ihr stärker als jeder Westkaffee. Wie heiß sich doch die Tasse anfühlte, die ihr Frau Schiller auf den Küchentisch stellte. Als sie den Schluck Milch im Kaffee verrührt hatte, staunte sie über das Klingen des Löffels auf der Untertasse. Dann das erste Schlürfen, das sie sich mit spitzen Lippen erlaubte und der Kaffeegeschmack auf dem Zungenrücken! Elsa staunte wie über eine sanfte Metamorphose, die in ihrem Inneren stattfand. Größere Reize als die einer Tasse Gründonnerstagskaffee mochte sie sich noch nicht zumuten, aber dass sie in winzigen Schritten wieder lernen würde zu fühlen, das nahm sie dankbar zur Kenntnis. Solange nämlich ihre Gefühle abgeschaltet waren, rutschte sie auch schnell in die mögliche Gefahrenzone, *unsichtbar* zu werden. Damals beim Bäcker hatte sie es zu gut gelernt. Dabei war es doch viel gesünder und schöner, sichtbar zu sein!

„Sie sind Ihrer Großmutter sehr ähnlich!", sagte Frau Schiller im passenden Moment.

Elsa lachte. Sah sie nun schon so alt aus oder war es nur die Art, wie sie die Tasse anfasste?

Wie gut diese Frau ihr doch tat! Die Wirtin legte den Kopf schief, schaute sie freundlich an, widmete sich dann hörbar schlürfend ihrem Kaffee und atmete hörbar aus. Elsa fühlte sich leichter.

Neben Elsas Gedeck beim Mittagstisch lag der Brief. Elsa kannte die Handschrift nicht.

„Ich würde sagen, nach dem Essen, Elsa."

Mutter blieb Mutter.

„Es gibt doch Fisch", fügte sie noch hinzu. Natürlich, und der durfte nicht kalt werden.

Elsa hatte ewig keinen Karpfen gegessen.

Mutter erzählte, wie sie mit hüpfendem Netz in der Hand vom Fischladen nach Hause gegangen war. Wer langfristig bestellt hatte, konnte seinen Fisch auch bekommen dieses Mal, und sie hätte mehrere zuckende Beutel in der Stadt gesehen.

„Das führt die Menschen zusammen. Man lacht gemeinsam mit Fremden auf der Straße."

Apfelmeerrettich hatte sie zubereitet, so wie früher, mit etwas Rahm dran.

Elsa rührte in dem geschmeidigen Mus, und Mutter lächelte mütterlich.

„Du musst doch wieder zu Kräften kommen."

Sie selbst zerlegte ihr Karpfenstück mustergültig.

„Fischbesteck habe ich immer noch nicht. Aber so selten, wie ich es brauche! Greif nochmal zu, Elsa", forderte sie ihre Tochter auf.

Elsa nahm sich von allem noch ein bisschen, dabei war sie sehr schnell satt geworden. An feste Nahrung musste sie sich erst gewöhnen.

„Wann wirst du wieder arbeiten?"

„Jetzt, also nach Ostern."

Elsa wurde fast übel bei dem Gedanken, die Alte Bibliothek erstmals nach Ottos Tod wieder zu betreten. Sie schob den Teller ein Stück von sich.

„Schmeckt es dir nicht?"

„Ich bin schon satt."

Die Mutter kniff die Lippen zusammen. Sie hatte sich so viel Mühe gegeben.

„Aber Kompott rutscht noch."

„Sicher. Ich mach erstmal den Brief auf", sagte Elsa bestimmt.

Den Gabelstiel nutzte sie als Öffner, dann sah sie eilig geschriebene Zeilen und schaute zuerst, wer sie unterschrieben hatte. Hanni! Sie versuchte ihre Überraschung zu verbergen, um Mutter nicht gleich mit einzubeziehen.

Liebe Elsa,

ich bin mit unserem Chor in Westberlin, da bin ich kurz in den Osten gefahren, weil ich dich im Telefonbuch suchen wollte. Deine Mutter habe ich gefunden! Am frühen Nachmittag ist natürlich niemand da, aber ich habe jetzt die Nummer! Nun schreibe ich dir schnell im Postamt und kann den Brief hier gleich aufgeben.

Gabriele kommt nächstes Jahr schon in die Schule. Sie ist ein großes Mädchen geworden! Ich kann sie nicht mitbringen nach Schwerin, wenn ich dich mal besuche. Das an der Grenze muss sie ja nicht miterleben!

Aber du kannst ja nicht mehr zu mir kommen. Was doch alles passiert ist.
Einen Jungen hätt ich noch gern. Er kommt nicht. So, nun weißt du schon
alles. Grüß deine Familie. Ich möchte alle kennenlernen.

Liebe Grüße von deiner Kinderfreundin Hanni

Darunter hatte sie noch ihre Diepenburger Adresse geschrieben, und
Elsa dankte ihr im Stillen, dass sie es nicht auf dem Umschlag getan
hatte.
Mutter hatte geduldig gewartet. Elsa steckte den Brief ins Kuvert
zurück und schwieg.
„Ich leg die Reste sauer ein. In Aspik. Das kannst du dir nächste Woche abholen", sagte sie und reichte ihr ein Schälchen Birnenkompott.
Elsa liebte Birnen, mehlig eingekocht, mit Zimtstangen.
„Das rutscht wirklich. Danke, Mutter."
Vom schrillen Klingeln des Telefons schreckten beide hoch. Elsa
klopfte das Herz, das konnte nur Hanni sein. Mutter hatte durch
ihre Arbeit bei der Post das Privileg, mit einem Telefonanschluss aus-
gestattet worden zu sein und damit sogar ihrer Wirtin etwas voraus.
Wenn die dann mal telefonieren wollte, zeigte Mutter sich großzügig
und zog sich sogar solange in die Kammer zurück. Dort konnte sie
alles mithören.
Beim dritten Klingeln stand Mutter am Apparat, und Elsa verwünsch-
te sich, dass sie Mutter noch nicht in Kenntnis gesetzt hatte über
Hanni. Und dass Hanni Mutters Nummer wusste.
„Ja, stell' durch bitte."
Ein Ferngespräch. Mutter kannte die Genossinnen aus dem Fernmel-
deamt.
Jetzt würde sich gleich Hanni melden. Elsa erhob sich schon.
„Anni? Hallo, Anni?"
Nicht Anni – Hanni! Die Verbindung schien schlecht. Dann setzte
Elsa sich erleichtert und schüttelte den Kopf. Sie hatte sich so auf
die alte Freundin eingestellt, dass sie nicht an die Großtante im Al-
ten Land gedacht hatte. Natürlich. Auch ein Anruf aus dem Westen!
Mutter hatte ihre Westkontakte bei der Parteileitung angeben müs-
sen, und wenn Elsa nun Hanni antwortete, dann würde sie es auch
tun.
„Ist auch hier, ja ... auf dem Weg der Besserung ... "
Sie legte eine Hand auf die Sprechmuschel und flüsterte in Elsas
Richtung: „Ostergrüße von Tante Anni und Onkel Gustav!"

Elsa nickte.
Zu Großmutters Beerdigung waren sie hier gewesen. Das schwarze Kleid ließ die Großtante noch verhärmter aussehen, während der Großonkel seinen Dickbauch in eine Weste gequetscht hatte und mit einem übergroßen Sakko um feierliche Stattlichkeit bemüht war. *Jacobs Krönung* hatten sie mitgebracht für das Kaffeetrinken nach der Trauerfeier. Mutter sah sich damals gezwungen, den Kaffee sofort in eine neutrale Dose umzufüllen und die Verpackung im Zeitungspapier für den Ofen zu verstecken.
Noch ehe sie den Hörer aufgelegt hatte, schimpfte sie: „Sie soll hier doch nicht anrufen!"
„Aber das ist doch Familie. Und du hast sie angegeben. Also ist es in Ordnung. Mehr Familie haben wir nicht."
„Trotzdem!"
Hanni gehörte nicht zur Familie. Sollte Elsa ihren Brief also lieber gleich unbeantwortet lassen, ehe es Probleme gab mit der Parteileitung?
Während sie ihr Birnenkompott schon aufgegessen hatte, war Mutters Fisch kalt geworden. Mutter nahm vom Meerrettich nochmal nach, murmelte „der wird doch schlecht sonst" und drückte ihn zwischen die Kartoffeln.
„Was schreibt Hanni denn?", fragte sie mit vollem Mund.
„Wieso Hanni?"
„Dacht ich mir so. Ist doch ihre Schrift!"
„An der Schrift habe ich Hanni nicht wiedererkannt."
Woher wusste Mutter, wer den Brief geschrieben hatte? Elsa ahnte, dass sie ihr das nicht erzählen würde, und fragte daher auch gar nicht. Sie beschloss, ihr gegenüber auf diesen Brief nicht weiter einzugehen. Sonst war das Osterfest verdorben.
Mutter stand auf und holte noch ein Kuvert vom Regal:
„Ich habe heute schon ein Ostergeschenk für dich. Das ist nicht mehr lange haltbar."
Elsa öffnete den Umschlag und fand darin eine Theaterkarte. Für Karfreitag.
„Wie schön!", freute sie sich.
Dann schaute sie nochmals auf das Datum.
„Aber das ist ja heute schon!"
„Hast du Lust? Dann gehen wir gemeinsam", sagte Mutter.

Elsa konnte sich nicht erinnern, wann sie mit Mutter das letzte Mal zusammen im Theater gewesen war.

„Das ist großartig, Mutter", sagte sie leise.

Mutter lächelte breit und widmete sich ihrem Birnenkompott.

Als sie die Küchenarbeit gemeinsam bewältigt hatten, was mühsam war, da Mutter gleich die Reste des Karpfens separieren und für das Einlegen vorbereiten wollte, verabschiedete sich Elsa.

„Wenn ich heute Abend ausgehe, muss ich mich jetzt hinlegen."

Sie umarmte ihre Mutter und spürte ein herzliches Erwidern.

„Um sieben an der Theatergarderobe. Draußen möchte ich nicht warten."

Elsa nickte.

Anstatt gleich auf die Straße zu gehen, stahl sie sich noch in den Keller und suchte im Regal ein leeres Weckglas aus. Sie war sich nicht sicher, ob Mutter dessen Fehlen auffallen würde. Als sie dann das Haus verließ, bemerkte sie am Fenster das Erstaunen in Mutters Gesicht, sie hatte ein paar Augenblicke zu lange auf das Abschiedswinken warten müssen.

Elsa verbarg das Glas unter ihrem Mantel und winkte Mutter mit langem Arm. Dann lief sie den ganzen Weg zum See hinunter. Die Hecken dort trieben aus, die Forsythien hatten sogar schon Blütenknospen. Ohne Messer ließ sich ein Zweig nur schwer abknipsen, aber Elsa knickte ihn ein wenig vor und drehte dann das Zweiglein heftig, bis es am Knick zu zerfasern begann und sich mit einem Ruck abreißen ließ. Drei Zweige ergaben immerhin einen Strauß, und dem Busch sah man es nicht an. Dann entdeckte sie einen Schneeball-Strauch, der in voller Blüte stand. Sie hatte gar nicht gewusst, dass der im Winter so aktiv war, suchte sich einen zarten Zweig mit einer kleineren Dolde, knickte ihn ab und steckte ihn zwischen die Forsythien. Schön. Richtig schön.

Auf dem Weg zum Friedhof wurden ihre Schritte immer langsamer. Sie wusste, wo das Familiengrab lag. Es hatte in den letzten Jahren eine so große Rolle in Ottos Leben gespielt, dass er sie sogar einmal mitgenommen hatte – zu seinen Großeltern, seinen Eltern und Maria. Für Elsa war es ein feierlicher Moment gewesen, als hätte er sie der Familie vorstellen wollen. Doch es war nicht mehr dazu gekommen, dass er sie auch bei den lebenden Angehörigen einführte.

Als sie in den Querweg zum alten Gräberfeld einbog, sah sie rechtzeitig, dass Ottos Söhne und die Großmutter sich am Grab zu schaffen machten. Am Karfreitag – das war doch nichts für einen Feiertag! Ach, was wusste sie denn! Sie verbarg sich hinter einem Baum und hoffte, dass sie bald fertig waren. Andererseits spürte sie eine Mattigkeit in den Knien, die ihr nicht viel Zeit ließ. Nicht einmal an sein Grab konnte sie gehen, wann sie wollte. Tränen schossen ihr unvermittelt in die Augen und verschleierten das Bild von der Gräberreihe. Sie wusste: Wenn sie sich jetzt dem Selbstmitleid hingab, dann fiel sie wieder in das tiefe Loch. Aber sie musste doch trauern dürfen! Warum? Hatte sie ihn etwa lieben dürfen? War sie ihm je so nahe gewesen, dass sie jetzt und wann immer sie wollte neben seinen trauernden Kindern auftauchen durfte? Hatte *er* nicht alles dafür getan, dass so etwas nie stattfinden konnte? Vielleicht wusste er schon lange von seiner Krankheit und wollte ihr ein Leben als Witwe mit Stiefkindern ersparen? Das war das einzige, was sie ihm dann doch danken würde. Aber vielleicht wäre sie mit den Zwillingen auch gut klargekommen. Wer weiß.

Sie hätten darüber sprechen sollen, aber Elsa hatte doch nur das Erdulden und das Schweigen gelernt.

Sie stieß sich vom Baum ab, ging die Allee hinunter zu den jüngeren Gräbern und füllte das Weckglas mit Wasser. An Großmutters Grab durfte sie die Tränen kommen lassen. Sie drückte das Glas ein wenig in den Erdboden. „Frohe Ostern, Großmutter!" Ein Jahr war sie jetzt schon tot.

„Ich bin wieder da!" War das zu pathetisch? Nein, sie musste es doch einmal aussprechen!

„Und ich fang neu an! Denn was ich noch behalten habe, ist doch mein Kopf, nicht wahr? Wie recht du hattest, Großmutter! Und wie dankbar ich dir dafür bin! Lach nicht. Ich habe mal wieder eine Lektion gelernt. Ich glaube, ich werde immer klüger." Die schwere Dolde des Schneeballs neigte sich langsam. „Aber ich werde auch immer älter", flüsterte sie noch.

Dann schleppte sie sich nach Hause, wünschte Frau Schiller schöne Ostern, stellte den Wecker auf *sechs* und schlief, bis das schrille Klingeln sie aus dem Bett riss und sie sich zunächst fühlte wie an einem ersten Arbeitsmontag nach langem Urlaub. Dann fiel ihr Mutters Ostergeschenk wieder ein, sie zog ihr schönstes Kleid an und machte sich auf den Weg ins Theater.

Ostersonntag schrieb sie einen Brief.

Liebe Hanni,

danke für deine Post. Ich habe auch noch keinen Jungen bekommen, ein Mädchen aber auch nicht. Alles zu seiner Zeit. Meine Mutter hat schon vor Jahren gesagt, ich sei ja auch nur mit den Büchern verheiratet. Das stimmt natürlich nicht. Aber ich kann mir keine schönere Arbeit vorstellen. Mit einem Besuch ist es gerade schwierig hier, es ist eigentlich gar nicht möglich.

Sonst geht es mir gut.

Viele Grüße

Elsa

PS: Bei Mutter rufe bitte nicht an.

Sie schrieb noch ihre Adresse unter das Post Scriptum, aber nicht auf den Umschlag. Vielleicht würde das die Kontrolleure noch mehr reizen, aber dann sollten sie doch nachschauen. Elsa würde diesen Westkontakt ihrer Parteileitung sowieso mitteilen müssen.

Der Ostermontag war nun schon das zweite Jahr kein Feiertag mehr. Elsa ging früh los, um genügend Zeit zu haben auf dem Weg. Als sie die große Eingangstür öffnete und die Tür zur Ausleihe aufschloss, wirkten schon die vertrauten Geräusche und der typische Geruch in der Alten Bibliothek beruhigend auf sie. Elsa wollte zunächst zu Hertha, die gerade hinter der Schranktür schwer atmend ihren Mantel aufhängte und Elsas Eintreten nicht bemerkte.

Elsa wartete. Ein schöner Moment. Ein Nest.

Nach dem Schließen der Schranktüren, die schon immer verzogen waren und nach einem kräftigen Ruck verlangten, sah Hertha auf.

„Ach, Kind!"

Wenn Hertha das sagte zu einer Kollegin, die in diesem Jahr 32 wurde, dann war das ihre wahre mütterliche Zuneigung, und in Elsa Ohren klang es anders als damals bei Mutter und Großmutter.

Elsa wickelte die Vase aus und stellte sie auf Herthas Schreibtisch.

„Deshalb bist du heute schon gekommen?"

„Nur deshalb", lachte Elsa. „Ich hätte noch Blumen hineinstellen sollen." Sie ärgerte sich, dass sie daran nicht gedacht hatte.

„Die lassen wir gleich hier, Elsa. Falls es doch mal einen Strauß gibt."
„Wie schön", murmelte Elsa. Ihr wäre es lieber gewesen, Hertha würde die Vase bald wieder nach Hause mitnehmen. Manchmal sind es kleine Dinge, die Erinnerungen zurückholten. Davor fürchtete sie sich. Aber Hertha mochte wohl nie mehr tragen als nötig. Verständlich.

Als Elsa sah, was sich auf ihrem Schreibtisch angehäuft hatte, war sie froh. Sie konnte sich in die Arbeit stürzen. Ottos Schreibtisch war leer, geputzt und sogar mit einem Möbelpflege-Öl bearbeitet worden. Das hätte ihm gefallen.

Das Leben ging weiter, tatsächlich. Elsa registrierte es mit dem Frühling, der sich nun kraftvoll durchsetzte. Sie bemühte sich, mit Bedacht alles mit allen Sinnen wahrzunehmen und sich zu freuen, wenn der Stapel auf ihrem Schreibtisch kleiner wurde. Gesine Plessmann (aus Bütow, wie sich Elsa im Stillen immer wieder schmunzelnd sagte) schien mit Elsa ihren Frieden geschlossen zu haben. Als würde sie anerkennen, dass ihre Kollegin erwachsen geworden war, wodurch auch immer. Sie sprachen nie darüber, aber Elsa nahm diese Art respektvollen Umgangs dankbar an. Sie hatte keine Lust und keine Kraft, in diesem Raum unsinnige Schreibtisch-Fehden auszufechten.

Auf der nächsten Dienstberatung kündigte der Direktor die Ankunft von Frau Dr. Simokeit an. Sie sollte Otto ersetzen und frischen Wind ins Büro bringen.

„Eine junge promovierte Mutter, die schafft was weg."

Elsa war weder erfreut noch neugierig. Sie widmete sich nur dem, was sie gerade sah und spürte. Und solange Frau Dr. Simokeit noch nicht angefangen hatte, sandte sie auch nichts aus, was Elsa hätte beunruhigen können.

Als sie in das Büro des Parteisekretärs gerufen wurde, fiel ihr ein, dass sie den Kontakt zu Hanni bei den Genossen noch nicht angemeldet hatte.

„Wie geht es dir, Elsa?", leitete der Parteisekretär freundlich ein.

Elsa nickte gleichmütig.

„Sprache verloren?", fragte er nach.

„Ich bin dabei, sie wiederzufinden."

„Alte Freunde findest du ja auch wieder, nicht wahr?"

„Ich verstehe nicht."

„Ich glaube schon, dass du verstehst. Waren wir uns nicht einig, dass wir als Genossen nach vorn schauen und nicht in Richtung Westen?" Elsa versuchte, was er sagte, nicht allzu ernst zu nehmen. Sie kannte ihn seit ihrem ersten Tag hier. Er hatte ein Amt und vielleicht war es seine Pflicht, sie jetzt in die Mangel zu nehmen. Sie wunderte sich selbst, dass sich nicht einmal ihr Puls beschleunigte. Der Parteisekretär roch nach Schweiß, das schien das einzige zu sein, was er nicht manipulieren konnte.

„Genosse, gleich nach Ostern hatte ich vor, dir von der Karte zu erzählen. Als Kind war die Adressatin meine Freundin, jetzt schon lange nicht mehr."

„Dann hättest du ihr nicht noch antworten müssen!"

„Ich finde, das ist ein Akt der Aufrichtigkeit."

„Aufrichtig musst du *uns* gegenüber sein, *das* stärkt den Frieden!"

„Stimmt."

Er beugte sich über den Tisch und flüsterte verschwörerisch: „Dieses Mal halten wir den Ball flach, Elsa. Wegen der Umstände. Und wegen deiner Krankheit, Genossin! Aber aktenkundig ist der Fall allein schon dadurch geworden, dass er eingetreten ist!"

Elsa wunderte sich nicht und ihr Puls war weiterhin ruhig geblieben. Sie kannte die Spielregeln. Wahrscheinlich antwortete Hanni sowieso nicht, und die Genossen werden wohl auch gelesen haben, dass ihr nicht allzu viel an einer Korrespondenz mit ihr lag.

„War es das?", fragte sie selbstsicher.

„Ja", antwortete der Parteisekretär und winkte sie aus dem Büro.

Frau Dr. Simokeit kam an ihrem ersten Tag im maßgeschneiderten Kostüm und mit raffiniert hochgestecktem Dutt. Sie wurde vom Direktor von Büro zu Büro geführt, zuletzt in das, in dem ihr Schreibtisch stand. Elsa erhob sich und streckte der neuen Kollegin die Hand entgegen. Sie brachte tatsächlich frischen Wind mit und dazu eine dezent parfümierte Duftnote.

Dann wich Elsa zurück. Eine schale Erinnerung war mit diesem gepflegten Gesicht verbunden. Es gehörte zu Elke. Manchmal waren sie in Berlin gemeinsam Straßenbahn gefahren, aber Elsa hatte nie ihre Nähe gesucht, weil Elke damals als Seminarspitzel gegolten hatte.

„Siehst du, ich folge dir, Elsa", sagte Elke freundlich.

„Hast du nichts anderes gefunden?", fragte Elsa im selben Ton.

„Ich habe gefunden, was ich gesucht habe."

„Manchmal klappt sowas eben", meinte Elsa neutral und setzte sich wieder.

Gesine Plessmann scharrte schon unter dem Tisch mit den Füßen. Als der Direktor sie der Neuen endlich vorstellte, setzte sie ihr freundlichstes Lächeln auf, und Elsa hatte den Eindruck, es kam von Herzen. Sie würde sie nicht vor Elke warnen. Jeder war seines Glückes Schmied. Und vielleicht war Elke ja auch gar kein Spitzel? In Elsas Erinnerung hatte sie ihre Notizen so überdeutlich geführt, dass allein dies schon der Vermutung widersprach. Abwarten. Elke wollte sich heute nur vorstellen, wie sie verkündete. Sie hätte noch Amtliches zu regeln und verließ den Raum.

Gesine Plessmann hatte diesen Moment gar nicht abwarten können.

„*Casino de luxe*", brummte sie.

„Was?"

„Na, das Parfüm!"

15 Adebors Näs

Schwerin, 1972

Friedrich. Elsa konnte sich genau erinnern, wie es angefangen hatte. Sie war in einem Chorkonzert gewesen, bei dem sie jedoch auf niemanden der einzelnen Sänger geachtet hatte, weil sie mit ihrer spontanen Entscheidung, sich bei diesem Chor anzumelden, beschäftigt gewesen war. Die Augen geschlossen, hatte sie plötzlich eine innere Erregung gespürt, die ein warmes Kribbeln in ihrer Brust erzeugte und in sanften Stromstößen bis zu den Schultern gelangte. Die Lieder waren ihr buchstäblich unter die Haut gegangen. Das Fühlen und das Nachfühlen, das sie sich noch vor gar nicht so langer Zeit nur in kleinen Dosen erlauben wollte, hatten sie mitgerissen und ihr gezeigt, dass sie sich endlich wieder mit allen Sinnen gleichzeitig dem Leben aussetzen sollte.

Dass sie beim ersten Mal vor dem gesamten Chor vorsingen sollte, machte ihr nichts aus.

„Sie sind ein Alt", sagte der Chorleiter. Vermutlich hatte er sich einen hohen Sopran gewünscht.

„Ein schöner Alt", setzte er nickend hinzu und deutete mit einer Geste nach rechts, wo die Frauen mit den tieferen Stimmen in der Gesamtprobe saßen. Also fand sie ihren Platz neben Katja, die mit ihr im gleichen Alter war, schnell einen zusätzlichen Stuhl heranschaffte und sie in ihr Liederbuch mit hineinsehen ließ.

Elsa schaute sich die Ausgabe an: Impressum, Verlag, Erscheinungsjahr. So begegnete sie seit Jahren allem Gedruckten, wenn sie es in die Hand nahm.

„Arbeitest du im Buchhandel?", fragte Katja schmunzelnd.

Elsa lachte und nannte ihren Beruf. „Eine seltsame Angewohnheit, nicht wahr?"

„Jeder hat so seine", sagte Katja und erhob sich mit den anderen zum Einsingen.

Elsa fühlte sich an den Schulchor erinnert, der damals den jugendlichen Stimmen alles an Präzision, Taktgefühl und Sauberkeit in der Tonhöhe abverlangt hatte. Der Kehlkopf musste locker bleiben und der Übergang in die Kopfstimme mit Leichtigkeit gelingen. Dazu gehörten solide Bauchatmung und eine sehr bewusste Körperhaltung. Es war alles sofort wieder da.

Sie spürte die unauffällige Beobachtung durch den Chorleiter. Jede einzelne, also auch ihre Stimme, hörte er heraus, daher genoss sie seine bestätigenden Gesten.

„Werden Sie wiederkommen?", fragte er nach der Probe.

„Und ob!", antwortete sie übermütig und erntete fröhliche Zustimmung und sogar Applaus der Chormitglieder.

Nun ging sie montagabends immer zur Chorprobe und lernte auch das Scherzen wieder.

In der Bibliothek hatte Elke versucht, mit Elsa auf *alte Studienfreunde* zu machen, aber Elsa konnte ihr Misstrauen nicht ablegen. Seit Elke den Posten des Parteisekretärs übernommen hatte, herrschte im Büro eine Atmosphäre kühler Distanziertheit, die Elsa gerade recht war und in die sich auch Gesine Plessmann fügte. Es gab nichts zu lachen. Daher lachte auch niemand.

Im Chor war das anders. Elsa freute sich die ganze Woche auf den Montag, und wenn sie Katja traf, die manchen Abend noch eine Weile mit ihrer Tochter auf dem Spielplatz am See verbrachte, setzte sich Elsa dazu. Schweinebaumeln, das konnte sie auch. Aber dafür musste sie an die große Stange. Oftmals brachte sie die neue Freundin nach Hause. Das Kind wünschte sich „Holla-hupp", fasste beide Frauen je an einer Hand und schwang sich in die Höhe. Elsa tat das Lachen gut.

Während der Proben spürte sie nun auch Blicke, die sie fröhlich erwiderte. In einer Pause sprach Friedrich sie an. Friedrich, Bass 2, kam nie hemdsärmelig zur Probe, er trug immer ein Jackett und hinterließ allein dadurch bei Elsa den Eindruck einer besonderen Ernsthaftigkeit. So bemühte sie sich schmunzelnd um Haltung, als er plötzlich vor ihr stand.

„Du bringst aber Schwung in den Alt!"

„Ich finde eher, es ist umgekehrt", lachte Elsa. „Seit fast zwanzig Jahren habe ich nicht im Chor gesungen."

„Was hat dich denn abgehalten?"

Elsa wurde ernst. Das Leben, dachte sie. Aber das hätte in diesem Moment unpassend pathetisch geklungen.

„Ja, was eigentlich genau? Das ist eine lange Geschichte."

„Ich kann gut zuhören."

Der Chorleiter klatschte wie ein Sportlehrer in die Hände und wie folgsame Schüler eilten alle auf ihre Plätze. Friedrich sah jetzt ganz offen zu Elsa und deutete mit hochgezogenen Augenbrauen etwas an, was sie nicht entschlüsseln konnte. Vermutlich bezog es sich auf das gerade begonnene Gespräch.

Katja stieß sie an.

„Na, endlich hat er sich getraut", flüsterte sie.

Elsa spürte, wie sie rot wurde.

Der Chorleiter stimmte die Anfangstöne aller Gruppen an und lauschte auf das summende Echo, das der Chor ihm zurückgab. Dann hob er die Hände, wartete, bis sich auch der letzte Blickkontakt hergestellt hatte und gab den Einsatz.

Am Brunnen vor dem Tore, da steht ein Lindenbaum ...

Dann winkte er ab. „Schööön auf den Vokaaalen aushalten. Das ist doch nicht neu, meine Damen und Herren! Ich bitte Sie! Noch einmal."

Für die Registerproben, in denen jede Gruppe allein übte, gab es noch eine Menge Arbeit. Nach der Probe steckte Elsa ihr Liederbuch, das sie sich gekauft hatte, in den Chorbeutel. So wie es Arzt- und Posttaschen gab, hatte sie sich einen Chorbeutel zugelegt. Sie fand es schön, wenn einem Hobby auch ein Behältnis zugeordnet werden konnte.

Katja wurde nicht fertig. Sie hatte einen Stiefel ausgezogen und pulte an der Strumpfnaht herum. Elsa hatte den Eindruck, das war absichtliches Hinauszögern.

„Ich glaube, da wartet jemand auf dich", flüsterte Katja.

Elsa drehte sich um. Friedrich. Ach ja.

Sie verabschiedete sich und bemühte sich, nicht zu hasten.

„Wir waren bei der langen Geschichte stehengeblieben", nahm er den Faden wieder auf.

„Es war doch aber gerade so schön", sagte sie.

„Dann gehen wir eben ohne Geschichte ein bisschen spazieren."

Ohne Geschichte spazieren zu gehen, das gefiel ihr. Die Spätsommersonne war noch nicht untergegangen, und sie gierte nach frischer Luft.
„Da oben ist die Luft immer zum Schneiden", stöhnte sie, um überhaupt etwas zu sagen.
„Weil die Fenster bei der Probe geschlossen bleiben müssen. Sonst kennt die ganze Stadt schon vor dem Konzert unser neues Programm."
„Das stimmt doch gar nicht. Den Nachbarn ist das Einsingen irgendwann auf den Geist gegangen. Das hat mir Katja schon erzählt."
„Genau. Fenster zu. Und Ruhe."
Sie gingen zum Pfaffenteich hinunter und erzählten sich dann doch kleine Geschichten, die nicht wehtaten, und an denen sie messen konnten, wie weit der Humor des Anderen reichte.
„Du musst doch jetzt zu deiner Frau", sagte Elsa mutig, als sie schon am Ziegelsee angekommen waren.
„Ja, unbedingt!", antwortete er sofort. „Ich bin nämlich schon fast vierzig!"
„Und du bist schon seit Jahren unterwegs zu ihr, was?"
„So ungefähr. Aber ich glaube, ich war ihr noch nie so nah."
„Das glaube ich dir nicht", lachte sie. „Wenn du es immer so eilig hast, wirst du schon etliche Male kurz davor gewesen sein. Also, gaaanz knapp."
„Ja, die Betonung bitte auf den Vokaaalen, meine Dame. Wir sind doch keine Anfänger."
„Eben", sagte Elsa mehrdeutig.
Als er plötzlich ihre Hand nahm, war es von ihrer Seite Neugier, die sie erfasst hatte. So wie sie seit einiger Zeit überhaupt erst wieder in der Lage war, sich eher harmlosen Gefühlen hinzugeben, so sehr war sie jetzt bereit, auch gegen Hemmschwellen anzugehen. Oft würde es mit Mitte dreißig vielleicht nicht mehr vorkommen, dass ein Mann sie begehrte.
Friedrich, das nahm sie jetzt wahr, sah auch noch gut aus mit seinem dichten, kurzgeschnittenen Haar, das sich an den Spitzen krümmte, mit dem Schalk, den er einzusetzen verstand, und mit dem tiefen Grübchen im Kinn, das sie bei Männern schon immer als erotische Extragabe angesehen hatte.
Als sie die Haustür aufschloss und sich von ihm umarmen ließ, war es Mitternacht.

„Können wir uns schon vor Montag wiedersehen?", fragte er.

„Was meinst du?"

„Wir könnten zusammen essen gehen. Ich warte an der Eingangstür der Bibliothek."

„Das passt donnerstags am besten."

„Halbzeit vor dem nächsten Montag. Wunderbar!"

Als sie wenig später in ihrem Bett lag, staunte sie. Na sowas! Innerhalb von Stunden schien sich etwas in ihrem Leben zurechtzurücken, was seit Jahren eingeklemmt gewesen war.

Am Dienstag wischte sie Staub in ihrem Zimmer. Sie konnte ja nicht wissen, wie es sich entwickelte. Da musste es doch sauber sein hier! Am Mittwoch kramte sie in ihren Sachen, weil sie es nun doch natürlicher fand, wenn ein bisschen was rumlag. Heinerle? Nein, das passte nicht. Zurück in die Schublade, kleiner Kerl! Sie legte die Bücher, die sie sich aus der Bibliothek mitgebracht hatte, in zwei Stapeln auf ihr Schränkchen. Dann konnte er sehen, was sie las. Stefan Zweig, immer wieder. Und Hesse. Und Immanuel Kant, weil der aus Königsberg stammte. Oder den lieber nicht? Doch!

Am Donnerstag wurde ihr klar, dass sie gleich früh das anziehen musste, was sie dann abends anhaben würde. Kostüm oder Kleid? Das Kleid - und darüber die neue Jacke, die Tante Anni ihr gestrickt hatte. Niemand sah der an, dass sie aus dem Westen stammte, wenn er nicht in die flauschige Wolle griff. Sie steckte sich noch ein Pfefferminzbonbon in die Jackentasche und eilte in die Bibliothek.

Nicht, dass sie sich verrannte! Nannte man das nicht Torschlusspanik? Aber es zwang sie ja niemand, sofort etwas zu entscheiden. Sie konnten sich Zeit lassen. Dann strich sie diesen Satz wieder, er tat weh.

Während Elke am Nachbarschreibtisch ein Gähnen unterdrückte und entschuldigend erklärte, ihr Kind hätte die halbe Nacht gespuckt, zählte Elsa bis zehn. Sie hatte heute Abend nur etwas vor. Mehr war nicht.

„Und dann bringen Sie die Kleine in den Kindergarten?", fragte Gesine Plessmann empört und rollte jedes R wieder auf pommersche Art.

„Heute früh ging es ihr wieder gut. Sie geht gern dorthin."

„Das hab ich noch nie gehörrrt", kam es aus der hinteren Ecke.

Elsa ging hinaus und bemühte sich, die Türklinken mit dem Ellenbogen zu bedienen. Im Waschraum vor der Toilette wusch sie sich gründlich ihre Hände und wedelte sie auf dem Rückweg trocken. „Gute Besserung für deine Tochter", sagte sie, als sie wieder das Büro betrat.

Elke sah sie erstaunt an und nickte.

Sie öffnete die Eingangstür sehr langsam, wie um sich selbst auf die Folter zu spannen. Sobald der Spalt so breit war, dass sie einander im Blick hatten, kam Friedrich auf sie zu und schloss sie kurz in die Arme.

„Langsam – langsam", flüsterte sie nur.

„Ja, ganz langsam, natürlich", sagte er und löste sich wie in Zeitlupe von ihr. Er bewegte sich weiter absichtlich verzögert und hob die Augenbrauen, während er ihre Reaktion beobachtete.

„Du gehorchst ja aufs Wort!", lachte sie.

„Alte Schule."

Gesine Plessmann und Hertha kamen aus der Tür und wünschten Elsa einen schönen Abend.

Aus ein paar Schritten Entfernung drehten sich beide gleichzeitig nochmal um.

Elsa hatte damit gerechnet und winkte ihnen freundlich. Wie ertappt, wandten sie sich schnell wieder um und setzten ihren Weg fort.

„Wo gehen wir hin?", fragte Elsa.

„Ins Weinhaus. In einer Stunde ist dort ein Tisch für uns frei."

Im Weinhaus hatte Elsa bisher nur Betriebsfeiern erlebt. Die Plätze mussten ein halbes Jahr zuvor reserviert werden. Bestimmt, weil sie immer eine lange Tafel brauchten. Vielleicht war es leichter, einen kleinen Tisch zu bekommen. Ins Weinhaus also, wie schön!

Er bot ihr seinen Arm, und sie nahm an.

„Wenn wir jetzt um den Pfaffenteich gehen, zieht die ganze Stadt voreilige Schlüsse", flüsterte sie.

„Dann – zu *Adebors Näs*?"

„Wo ist das?"

„Wir müssten ein kleines Stück durch den öffentlichen Schlossgarten riskieren. Dann links. Und nochmal links."

„Sehr präzise. Ich bin gespannt."

Sie gingen schnell genug, dass Elsa warm wurde in ihrer Strickjacke. Als sie sie auszog, fiel ihr das Pfefferminzbonbon in der Jackentasche ein. Es war zu spät. Aber es war vielleicht auch egal. „Warum heißt das so?", fragte sie, als sie am Seeufer auf dem Stamm einer alten, halb liegenden Weide saßen. „Das heißt einfach Storchschnabel. Weil die Landzunge so geformt ist. Kannst du kein plattdeutsch?"

„Nein, ich komme ... woanders her."

„Wie so viele. Woher denn?"

Elsa zögerte. Dann sagte sie fest: „Aus Königsberg."

Sie hielt seinem Blick stand und dachte an Mutter, die sie in diesem Moment dämlich nennen würde, falls sie sich ausgerechnet jetzt etwas verscherzte mit ihrer sturen ostpreußischen Haltung.

„Dann sehe ich auch die lange Geschichte", flüsterte er nur.

Elsa nickte dankbar: „Einen Teil vielleicht, ja."

Er rückte sehr nah an sie heran und nahm sie fest in den Arm. Eine Oberarm-Naht seines Innenfutters gab hörbar nach, beide mussten lachen.

Nie hätte Elsa gedacht, dass sie sich irgendwann würde fallen lassen können in der Gewissheit, aufgefangen zu werden.

„Ich habe an dieser Geschichte noch zu tragen, Friedrich, vielleicht das ganze Leben."

Er schien sich festzugucken an der Silhouette der Stadt.

„Das muss doch jeder."

Sie fühlte sich verstanden, ohne viel erzählen zu müssen.

Er kam ihrem Gesicht so nahe, dass sie die Augen schloss. Sie musste an die Momente mit Otto denken, an sein Atmen, an seinen Blick, der immer etwas Verhangenes bekommen hatte, wenn sie zusammen waren. Otto, du bist doch schon so lange nicht mehr da, dachte sie still. Dann kam ihr erneut das vergessene Pfefferminzbonbon in den Sinn, aber es war viel zu spät.

Nach dem Kuss streichelte Friedrich ihre Wangen mit beiden Händen und flüsterte:

„Wach auf, kleine Elsa, wir sollten jetzt wieder gehen, ich möchte dich doch noch zum Essen einladen."

„Ich bin hellwach", lachte sie und ließ sich in die Strickjacke helfen. Als sie vom Weidenstamm aufgestanden waren, war sie es, die Friedrich umarmte. Sie zog seinen Kopf hinunter zu ihrem und legte ihre Wange an seine.

„Warte noch diesen Moment", sagte sie leise, „ich bin nicht so schnell."

Den schmalen Pfad zum gepflasterten Spazierweg, der einst Franzosenweg hieß, gingen sie hintereinander. Im Schlossgarten nahm er sie wieder fest in den Arm, und sie schwiegen, bis sie am Weinhaus angekommen waren.

Alle Tische waren anders gestellt als Elsa es kannte. Sie wurden an einen Zweiertisch geführt, etwas separat.

„Hast du das extra so bestellt?", fragte sie.

Er schmunzelte nur und sagte: „Such dir aus, was du möchtest."

Beim Wein wählte er die Hausmarke.

Sie schwiegen, aber unter dem Tisch fanden sie sich wie zufällig. Elsa schob ihre Füße zwischen seine, er rieb behutsam seine Wade an ihrer.

„Worauf trinken wir denn, Elsa?"

„Nicht so pathetisch, Friedrich. Ich trink sonst nur auf ein *frohes Fest* und sowas."

„Dann *frohes Fest*, Elsa, welches auch immer!"

Sie lachte und konnte sich plötzlich über alles freuen. Darüber, dass er die Thüringer Klöße genauso aufriss wie sie und dass er ihr nicht sagen wollte, ob sie nun einen rotkohlroten Mund hatte oder nicht. Sie tupfte sich mit der Serviette ab und lachte über die Flecken.

„Wer noch beim Essen ist, darf rotkohlrot aussehen", sagte er trocken.

Dann lachte sie darüber, dass er ein wenig gekleckert hatte.

„Oh, ich glaube, das ist der Wein, Friedrich. Du wirst mich unmöglich finden", jammerte sie und kicherte.

Er widersprach heftig und strich sich den kleinen Kloßfetzen von der Hose.

Später, an ihrer Haustür, fragte er sie, ob sie am nächsten Abend schon etwas vorhätte. Nein, das hatte sie nicht.

Als Mutter ihr am Sonntag beim gemeinsamen Mittagessen einen guten Appetit gewünscht hatte, konnte sie sich nicht zurückhalten: „Ein Kulturfunktionär vom Rat des Bezirkes! Den sicher' dir mal, Kind!"

Elsa hatte von Friedrich noch kein Wort erzählt. Woher wusste Mutter immer schon Bescheid? Und dass er Mutter gefiel, ohne dass er ihr vorgestellt worden war, war für Elsa eher ein Warnzeichen. Sie schwieg.

„Warum sagst du nichts?", fragte Mutter.

„Du weißt doch, mit vollem Mund ... " Elsa lachte, schluckte herunter und schwieg weiter.

Mutter schnitt an ihrer Boulette herum, obwohl die schon zerfallen war.

„Ich kann gerade nicht", sagte sie und kreuzte das Besteck auf dem Teller. „Mensch, Elsa!"

„Ist doch gar nichts", reagierte Elsa. War das nicht – noch – ihre Sache?

„Das macht ja auch nichts, dass noch nichts ist", lachte Mutter, viel lockerer als sonst.

„Woher weißt du überhaupt was?"

„Woher?" Sie zeigte ihre Daumen- und Zeigefingerspitzen, die sich fast berührten. „Die Stadt ist so klein. Da kannst du gar nichts machen."

„Doch", sagte Elsa eine Spur schärfer, „ich mach, was ich will!"

„Gut so!", lobte Mutter, und es war ihr anzusehen, dass alles sehr in ihrem Sinne war.

Elsa musste sich eingestehen, dass sie Mutters ungefragte Zustimmung zwar misstrauisch machte, aber andererseits auch erleichterte. Es würde kein Versteckspielen mit Friedrich und Mutter geben müssen, und das war ein kleines Glück, das ihr neu war.

Am Abend besuchte sie ihn in seiner Wohnung. Er hatte ein geräumiges Zimmer mit Balkon, einem Bad und einer aberwitzig winzigen Küche in einem Hochhaus. Keine Vermieterin lauschte an der Tür, aber vielleicht eine Nachbarin, wer wusste das schon.

„Die ganze Stadt weiß schon Bescheid. Meine Mutter jedenfalls", sagte sie.

„Mach dir nichts draus", antwortete er nur.

„Du bist ein Funktionär?", fragte sie vorsichtig.

„Das klingt so abfällig nach ... *funktionieren*."

Elsa nickte.

„Ich arbeite beim Rat des Bezirkes in der Abteilung für Kulturaufgaben."

„Da muss man wohl funktionieren?", fragte sie nach.

„Man muss die Spielregeln kennen."

„Wie überall."

„Ja."

„Friedrich, wenn wir nicht alle irgendwie funktionieren würden ... "

„... dann wäre die Maschine kaputt, genau!"

Er ging kurz in die Küche und kam mit einer Flasche Wein und zwei Gläsern wieder. „Es ist unser erster Sonntag, Elsa. Frohes Fest!"

„Das wünsche ich dir auch. Zum Wohl!"

Die Kruste, die für Elsa einst eine Schutzhaut gewesen war, um unsichtbar sein zu können, und die dann hart geworden war, weil die Umstände es verlangten, schien kleine Risse und erste Sprünge zu bekommen. Als Friedrich ihr die Bluse öffnete, spürte Elsa dies, als würde sie eine ewig getragene, aber zu klein gewordene Jacke ausziehen dürfen und sich plötzlich richtig bewegen können. Erstaunt stellte sie fest, wie gut ihr das tat und widmete sich ihm, damit auch er seine Hüllen, ob verkrustet oder nicht, loswurde.

„Frohes Fest!", flüsterte sie noch einmal, als sie so weit waren. Sie blieb die ganze Nacht. Als er aufstand und auf den Balkon trat, beobachtete sie ihn, wie er nackt an der Brüstung stand und von oben auf die Stadt schaute. Es wehte kühl herein, sie wickelte sich in die Bettdecke und erhöhte ihren Kopf durch das Kissen. So konnte sie ihn sehen und lag dabei gemütlich, sie wurde ganz ruhig. Sie hatte jetzt einen Mann, sogar mehr als das, sie hatte *sich selbst* zurückbekommen - nach der furchtbaren Flucht, nach der Ankunft als Unsichtbare und Unerwünschte und nach Otto, der heimlich liebte und heimlich starb. Endlich fand sie die Unbeschwertheit des kleinen Mädchens wieder, das mit den Botten über das Parkett gepoltert war. Im Schlaf bewegte sie ihre Füße, um auch diese Botten abzuschütteln, mit denen ging man doch nicht ins Bett! Noch sind sie aber sauber, Großmutter, ich war mit denen noch nicht im Stall.

„Welche Botten?", flüsterte Friedrich und nahm sie zärtlich in den Arm.

„Hab ich was gesagt?", fragte sie erschrocken und wusste sofort, wie überflüssig diese Frage war.

„So werde ich vielleicht die ganze Geschichte erfahren", lachte er.

Sie schwieg und ließ sich wieder in den Schlaf streicheln.

Am Morgen liefen sie Hand in Hand den Weg in die Stadt hinein. Abends, bei der Chorprobe, würden sie sich wiedersehen.

„Du bist ja verliebt!", flüsterte Katja beim Einsingen.

„Sieht man das etwa?"

„Wenn ich meinen Karlemann nicht hätte, würde ich neidisch werden!" Und nach dem nächsten Dreiklang in anderer Tonhöhe: „Dieses Gefühl, das bleibt ja nicht so lange!"

„Psssst!", machte Elsa, ehe noch der Chorleiter eingriff.

Sie registrierte, wie sehr Friedrich sich zwang, nicht immer wieder in ihre Richtung zu schauen.

Was konnte in einer einzigen Woche alles passieren! Noch einmal so lange, und er würde schon beim Sonntagsessen mit Mutter dabei gewesen sein. Hoffentlich ging nicht alles zu schnell.

Sie hatte nicht damit gerechnet, dass Mutter am Sonntag sogar in den *Stadtkrug* einlud. Vielleicht schien ihr das eigene Zimmer nicht angemessen.

Friedrich holte Elsa zu Hause ab und begrüßte auch die überrumpelte Frau Schiller, die ihren Kopf im rechten Moment aus dem Türspalt reckte. So etwas war Vermieterinnen nun einmal mitgegeben.

Er teilte einen Herbststrauß, den er gerade gepflückt zu haben schien, und überreichte die Hälfte Elsa. „Ich finde, das passt jetzt", sagte er und küsste sie.

Elsa wich zurück, in Frau Schillers Gegenwart war es ihr unangenehm. Doch die rettete die Situation, indem sie ihr eine Vase in der richtigen Größe lieh.

Mutter zeigte ehrliche Freude. Sie nahm die bunten Zweige wie einen üppigen Rosenstrauß entgegen und plauderte fröhlich, bis eine Kellnerin sie an den reservierten Tisch führte.

So kannte Elsa ihre Mutter kaum. In ihrer gemeinsamen Zeit war sie entweder abgespannt oder in Nöten gewesen und hatte bittere Züge bekommen, die ihr schon in die Falten gekerbt waren. Heute davon keine Spur.

„Ich mach das Jahr noch voll, dann geh ich in Rente. Und dann hab ich endlich Zeit für alles."

Für alles. Was war das? Friedrich stellte die Frage, als Elsa noch auf ihr herumkaute.

„Was so kommt", sagte Mutter ausweichend. „Theater, Kino, Kaffeekränzsche und sowas alles."

Das Wort *Kaffeekränzsche* hatte Elsa seit ihrer frühen Kindheit nicht mehr gehört. Das stammte noch vom Großvater, der bei den Kaffeebestellungen von Übersee nicht nur die starken Sorten orderte, sondern auch die, die Damen bevorzugten für ihr *Kaffeekränzsche*. El-

sa war diesem Moment dankbar, und um ihre Rührung ein wenig zu verbergen, studierte sie die Speisekarte.
Der Gulasch wurde von der Kellnerin ausdrücklich empfohlen, also warum nicht.
Sie entschieden sich alle drei für Gulasch, und Friedrich erzählte, dass er den *Stadtkrug* schon als Kind gekannt hatte. Seine Eltern hätten in der Brauerei gearbeitet. „Da gab es einen kurzen Draht", sagte er und seufzte.
„Das hab ich ja nicht geahnt", gestand Mutter, die hinter dem Seufzen etwas Tragisches vermutete, das mit Biergenuss zu tun hatte.
„Was machen Ihre Eltern jetzt?"
„Ich weiß es nicht. Wir haben keinen Kontakt."
Elsa warf ihm einen Seitenblick zu, das war neu für sie.
Mutter kaute anscheinend unbeeindruckt weiter und unterließ das Fragen, als wollte sie lieber die Stimmung nicht verderben. Es gab eben überall Dinge, über die besser geschwiegen wurde.
Vanilleeis mit heißen Kirschen hatten sie als Dessert bestellt. Elsa guckte zu, wie schnell das Eis schmolz und sich mit dem Kirschsaft vermischte. Dann löffelte sie die rotweißen Kringel und tupfte sich die Lippen ab.
„Seid ihr satt?", fragte Mutter plötzlich. „Dann - zahlen bitte!"
Friedrich nahm Mutters Herbststrauß, half beiden in ihre Mäntel und fragte Mutter, ob es ihr recht wäre, wenn sie sie noch ein Stück nach Hause begleiteten.
Mutter spitzte die Lippen, als müsste sie erst überlegen, aber Elsa wusste schon, wie sehr sie sich freute. Sie steckte aber beide Hände tief in die Manteltaschen, damit Friedrich nicht zu schnell Signale setzte in Mutters Gegenwart. Manchmal war er doch etwas unerschrocken, so wie vorhin bei Frau Schiller. Bestimmt würde Mutter bei nächster Gelegenheit davon erfahren.
Aber was machte das schon. Elsa war Mitte dreißig. Sogar etwas darüber hinaus.

„Warum hast du keinen Kontakt zu deinen Eltern?", fragte sie, als sie Mutter verabschiedet hatten.
„Du rührst an meinem wunden Punkt", sagte er.
„Ich habe auch einige."
„Ich weiß."

„Darf ich diesen wunden Punkt berühren, Friedrich? Ich glaube, es ist wichtig für uns."

„Sehr sogar. Sehr wichtig, meine ich."

Sie ließ ihm ein paar Schritte Zeit und nahm seine Hand. Am Pfaffenteich blieben sie stehen, die Fontäne bot ein Schauspiel im Herbstwind. Bald würde sie wieder abgestellt werden für die Winterzeit. Sie hielt seine Hand immer noch und bewegte die Fingerspitzen so, dass es ihm guttun musste.

„Was ist mit ihnen?", fragte sie nochmals.

„Sind in den Westen gegangen."

„Sag bloß", flüsterte sie, obwohl sie so etwas vermutet hatte.

„Sie wollten, dass ich mitkomme, Elsa. Aber der Herr Sohn konnte nicht. Er stand schon mit einem Bein im Examen." Friedrich sagte das, als würde er über jemand anderen sprechen. „Und dann kam ich zurück nach Schwerin, und sie waren weg."

Er wollte sich bewegen und Schritt für Schritt diese Geschichte hinter sich bringen, also begannen sie eine Runde um den Pfaffenteich.

„Und dann wollte ich nicht mehr. Sonst hätte ich diese Arbeit nicht annehmen können." Er lachte bitter. „Stell dir vor, damals bin ich in den Chor gegangen, den meine Eltern im Stich gelassen hatten. Mein Vater im Bass und meine Mutter im Alt."

„Etwa neben Katja?"

„Nein, so lange ist Katja doch noch gar nicht dabei."

Trotzdem dachte Elsa jetzt über die Symbolik nach, die ihr zu schaffen machte könnte. Es ist ein Zufall, sagte sie sich, und das wollte sie sich immer sagen, wenn es sie belasten sollte.

„Seit die Grenze dicht ist, ist es leichter für mich. Kannst du dir das vorstellen?"

„Meine Großtante ist auch viel weiter westlich gelandet als wir."

„Hast du zu ihr Kontakt?", fragte er ängstlich.

„Ich nicht. Mutter. Und die ist auch in der Partei. Die wissen das, falls du das meinst."

„Ja, das meine ich."

Sie hörte seine Erleichterung.

„Und du?", wollte er wissen.

Elsa ahnte, dass dies seine Gretchenfrage war, und dass an dieser Frage einige Frauenbeziehungen gescheitert waren.

„Ich? Nichts."

„Was – nichts?" Sein Ton klang ein wenig schärfer, so dass Elsa ihre Hand aus der seinen nahm.

„Es ist leider wichtig, Elsa."

„Das weiß ich doch!"

Er schwieg.

„Sonst müssten wir uns trennen, ehe es richtig angefangen hat, ich weiß. Wie schon so oft, nicht wahr, Friedrich?"

Er antwortete nicht.

„Sag's einfach, Elsa. Wir müssen das nur einmal geklärt haben. Dann ist es gut. So oder so."

„Also: *so!*"

„Welches – das erste oder das zweite?"

Sie freute sich, dass er auf den kecken Scherz eingegangen war, obwohl einiges für sie beide davon abhing, ob sie Westkontakte hatte oder nicht.

„Ich habe keine Kontakte in den Westen, Friedrich."

Sie wusste, dass damit die hauchdünne Beziehung zu Hanni gestorben war. Aber sie hatten schon in Berlin nicht mehr viel miteinander anfangen können. Dennoch war Hanni der einzige Draht zu ihrer Kindheit. Aber was war das gegen einen Mann wie Friedrich? Sie schluckte.

„Wirklich nicht?", fragte er vorsichtig.

„Na, höchstens den zu Tante Anni."

„Deiner Großtante."

„Genau. Die hat diese Jacke gestrickt."

„Das sieht man ja nicht."

„Doch, Friedrich, das fühlt man", sagte sie ernst.

„Liebste Elsa, wenn du zulässt, dass ich auf dem Auge blind bin, dann ist das kein Problem. Es ist nur so, dass ihr euch nicht sehen dürft, wenn wir zusammen ... bleiben."

„Das versteht meine Mutter übrigens besser als ich. Die kann sich auf sowas leichter einlassen. Aber sie nimmt das Telefon ab, wenn Anni anruft."

„Darf sie ja auch. Ist doch in Ordnung."

„Na, ein Glück", sagte Elsa spöttisch.

„Ja, ein Glück", sagte er dankbar, nahm sie endlich in den Arm und küsste sie mit einer innigen Hastigkeit, der noch seine Furcht anzumerken war, sie könnte ihm verloren gehen. Wegen irgendwelcher

Westkontakte. Das waren die Spielregeln, dachte Elsa. Sie wusste, dass sie sich schon längst auf ihn eingelassen hatte. Er hatte sie von ihrem Otto-Trauma befreit, ohne es zu ahnen. Schon das war ihm zu danken. Und da diese Gretchenfrage endlich geklärt und abgehakt war und sich langsam aus ihrem Kopf verabschiedete, spürte sie auch wieder die Erregung, die seine Nähe seit zehn Tagen in ihr auslöste. Sie stand vor ihm, er war einen Kopf größer als sie, und sie musste den Hals überstrecken, wenn sie ihm in die Augen sehen wollte.

„Ich möchte so gern mit dir schlafen", sagte er.

„Das spüre ich schon", lachte sie. „Wollen wir Frau Schiller überraschen?"

„Oh, was für eine verdorbene schöne Seele! Hast du keine Angst um deinen Ruf?"

„Du etwa?"

„Nein", sagte er sofort.

Das stimmte nicht, aber das hatten sie ja gerade geklärt.

„Komm, dann sind wir jetzt mutig", sagte sie und spürte, wie leicht alles wurde.

Sie verließen die Pfaffenteichpromenade, spazierten in ihre Straße, betraten das Haus, in dem schon Großmutter gewohnt hatte, schlichen in die Wohnung und schlossen die Tür.

Elsa hatte keine Bücherstapel bereitgelegt und nicht extra Staub gewischt. Beides war nicht mehr so wichtig. „Wenn du aufs Klo musst, dann musst du ins Treppenhaus", sagte sie ganz leise.

„Das hab ich doch längst gesehen."

Elsa legte ein Handtuch auf das Laken, er schmunzelte. Dann löschten sie das Licht und rückten so dicht zusammen, dass es beiden eine tiefe Freude war. Die ganze Nacht.

Am sehr frühen Morgen verließ Friedrich sie.

„Heute ist Montag. Wir sehen uns heute Abend."

„Gern", kicherte sie und küsste ihn zum Abschied. Bis zur Tür brachte sie ihn lieber nicht.

Wenig später klopfte Frau Schiller an.

„Müssen Sie heute nicht zur Arbeit, Elsa? Es ist gleich acht."

Sie stürmte zur Tür und öffnete sie.

„Danke, Frau Schiller!"

„Kaffee?", fragte sie freundlich.

„Zu gern."

Dann holte sie sich Wasser aus der Küche und wusch sich schnell und gründlich an ihrem Waschtisch. Im Keller war inzwischen eine Dusche installiert, aber dafür reichte die Zeit nicht mehr. Fünf Minuten später stand sie angekleidet und gekämmt bei Frau Schiller in der Küche.

„Ziehen Sie denn bald aus, Elsa?", fragte die Wirtin.

„Muss ich denn?"

„Meinetwegen nicht. Der Herr ist doch Gold!"

Kaffeetrinken mit Frau Schiller war immer schön.

„Gold? Ja, das finde ich auch", lachte Elsa.

Als Otto noch lebte, hatte sie ihre Tage immer durchgezählt. Das ließ sie nun sein.

Sie spürte ihre Schwangerschaft sofort, aber erst als sie sich sicher war und von einem Arzt die Bestätigung erhalten hatte, flüsterte sie Friedrich an einem Sonntagmorgen zu: „Jetzt wird es ernst, mein Lieber."

Friedrich verstand sofort. „So schnell?"

„Gewiss."

Er schien sie gleich mit anderen Augen zu betrachten, als müsste er das Elsa-Geschenk, das seit ein paar Wochen seinen Alltag beglückte, eintauschen gegen ein anderes, dessen Tragweite er noch gar nicht einschätzen konnte.

Er rückte ein Stück von ihr ab, um sie genauer zu betrachten. Elsa war sich nicht sicher, ob er bemerkte, dass sie sich bereits veränderte. Ihre Brüste spannten, und sie konnte keinen Gummizug mehr an ihrem Leib ertragen.

Sie nahm seine Hand und legte sie auf ihren flachen Bauch. Friedrich drehte sich zu ihr, küsste sie um den Nabel herum und legte vorsichtig sein Ohr an die Stelle.

„Es spricht", sagte er ernsthaft.

Elsa konnte sich kaum halten vor Lachen.

„Was sagt es denn?"

„Es macht sich über uns lustig. Das ist ja ein Ding!"

Dann lagen sie eine Weile eng beieinander und versuchten, zärtlich die Gedanken des anderen zu erraten.

„Darf ich dich denn überhaupt noch richtig anfassen?", fragte er.

„Das musst du sogar. Und immer hören, was es gerade sagt."

Dann eilte sie in das kleine Bad. Jetzt, nachdem sie mit ihm über ihre Schwangerschaft gesprochen hatte, wurde ihr auch schlecht. Als sie zurückkam, hatte er nachgedacht.

„Wollen wir uns morgen Abend Ringe aussuchen?"

„Schon heiraten?"

„Ich dachte an eine Verlobung."

„Morgen ist aber Probe."

„Ich meine ja auch nur, dass wir zum Juwelier gehen, vorher."

„Und wenn die Ringe fertig sind, verloben wir uns?"

„Zum Sonntagskaffee. Und ich lade ein."

Mutter, Katja und ihr Karlemann, Frau Schiller, Elsa und Friedrich saßen im Marktcafé zusammen, und alle wussten Bescheid. Als Katjas Tochter auf Elsas Schoß drängte, nahm sie sie dankbar in die Arme.

„Zeig mal dein Baby", sagte das Kind.

Elsa flüsterte dem kleinen Mädchen zu, dass es sich noch gedulden müsse. Aber dass sie sich freue, weil das Baby von Anfang an eine große Freundin haben würde.

Das Kind nickte stolz.

Elsa sah, wie stolz auch Mutter war, dennoch sah sie etwas irritiert aus. Dass ein Karl, den sie noch nie gesehen hatte, nun in der engsten Familienfeier dabeisaß, musste auf sie befremdlich wirken. Und dass Elsa mit Katjas Kind turtelte, als wäre es ihr eigenes, bescherte Mutter bestimmt eine widerwillige Gänsehaut. Elsa hielt die Hände der Vierjährigen in den eigenen und suchte den Blick ihrer Mutter. Ja, bei ihr sollte es Zärtlichkeiten geben, von Anfang an. So wie sie es bei Katja und ihrer Tochter gesehen hatte. Nähe war wichtig, Mutter. Und Liebe. Und Zuhören. Und Reden.

Da erhob sich Friedrich.

„Ich bin so glücklich. Ich glaube, Elsa ist es auch."

Das Kind drehte sich auf ihrem Schoß um.

„Jetzt musst du *ja* sagen!"

Alle lachten, und Elsa gab Katjas Tochter einen Kuss.

„Genau", nahm Friedrich den Faden wieder auf. „Darum geht es".

Er zog eine kleine Schachtel mit den Ringen aus der Jackett-Tasche, öffnete sie und steckte den kleineren an Elsas linken Ringfinger, danach griff Elsa nach dem anderen und tat es ihm nach. Dann küsste Friedrich sie und störte sich nicht daran, dass Katjas Tochter auf Elsas Schoß sitzen blieb. Er hatte sich mit Karl angefreundet, weil es praktischer war, ihn mit einzubeziehen, also gehörte auch das Kind dazu. So pragmatisch dachte Friedrich. Das wusste Elsa. Sie stießen mit Sekt an, Elsa mit Selters und dann gab es Torte.

Katja bat das Kind zu sich, es würde sowieso kein ganzes Stück schaffen.

Frau Schiller und Mutter sprachen von Großmutter, für die diese Verlobung ein Triumph gewesen wäre nach allem, was sie durchgemacht hatten.

„Triumph ist ein gutes Wort dafür", lachte Frau Schiller, „das klingt so siegesgewiss und feierlich. Das braucht man heutzutage aber auch mal!" Energisch stach sie ihre Gabel in die Quarksahnetorte mit Himbeerschicht und kam dadurch allzu schnell durch den Biskuit.

„Gekleckert", lachte das Kind.

„Verkrümelt", sagte Frau Schiller, und piekste den Bissen von ihrem Rock auf.

Elsa beobachtete die kleine Gesellschaft mit wohligem Vergnügen. Sie hatte ihre beringte Hand neben ihren Teller gelegt, damit sie sich an das Bild gewöhnte.

16 Käferfahrten

Diepenburg, 1974

„Warum habt ihr das Kino verkauft?", fragte Gabriele am Mittagstisch und durchstach die Käsekruste im Kohlrabi-Auflauf.

„Das rechnete sich nicht mehr", sagte Hanni und füllte der Tochter und sich selbst grünen Salat in die Schälchen.

„Bei Oma rechnet sich das doch auch und beim Onkel!"

„Ja, für zwei reicht es noch", erklärte Hanni. „Aber sonst hätten wir uns niemals ein Haus bauen können."

Gabriele löste einen Kohlrabistreifen aus der festen Eier-Masse und zerteilte ihn mit der Gabel. Es war der erste aus Hannis Garten, zart und kein bisschen holzig!

„Ihr konntet alle Filme gucken, Mama!"

„Das kannst du doch heute auch."

„Nicht bei Oma!"

Das stimmte. Joachims Mutter, die ihre kleinen Söhne im Krieg immer mit in den Kinosaal nehmen und ihnen damit etliche Erwachsenenstreifen zumuten musste, ließ ihre Enkelin nur in altersgerechte Filme. Das war Hanni auch recht. Gabriele gehörte noch in Kinderfilme! Sonst kam sie zu früh auf wackelige Pfade, so wie Anke. Tobias fing nun auch schon an. Er hatte Gisela erklärt, er bräuchte keinen Friseur mehr. Dabei wuchsen ihm die Zotteln schon über den Kragen!

„Ist was? Du stöhnst so", bemerkte Gabriele.

Das war Hanni gar nicht aufgefallen. Wahrscheinlich stöhnte sie noch öfter, wenn sie allein vor sich hin wirtschaftete. Seit Joachim im Versandhaus arbeitete, kam er oft später nach Hause als damals, als nur noch der Spätfilm hatte zurückgespult werden müssen. Das ließ sich eben nicht planen, sagte Joachim manchmal. Aber inzwischen zog er nicht mehr nur mit dem Kundendienst-Werkzeug los, sondern koordinierte die Einsätze. So weit hatte er es gebracht nach der Meisterprüfung. Er war ein Chef geworden. Ganz ohne Kino, Film und Vorhang. Ihr Joachim! Für das Aufbewahren des Haushaltsgeldes konnte, nein musste, sie sich ein größeres Portmonee kaufen. Das lag im neuen Haus in der neuen Küche im Fach neben der Besteckschublade. Es gab keinen Grund zum Stöhnen.

Oder vielleicht doch? Wenn Gabriele nun auch rebellisch werden wollte? Manchmal fing das mit Filmen an.

„Es ist nichts, mein Kind."

Sie überlegte, worüber sie gesprochen hatten. Über das Kino. Sie wünschte sich nicht in das kleine Büro zurück. Und wenn sie die Kinowerbung in der Zeitung sah und sich an die erhabenen Matern in ihren Fingern erinnerte, dann kam keine Wehmut auf. Vielleicht, wenn sie dort ihr eigenes Geld verdient hätte, aber dafür hatte es am Ende nicht mehr gereicht.

„In welchen Film möchtest du denn gehen?"

„Ich möchte immer in den neuesten gehen", sagte Gabriele und schob die Reste des Auflaufs auf ihrem Teller zusammen.

„Mit vierzehn geht das dann."

Hanni merkte, dass sich die Käsekruste schon abgekühlt hatte, das Gemüse im Inneren hielt die Wärme länger.

„Ich war auch elf, als meine Schwester vierzehn war. Die war kinoverrückt, kann ich dir sagen."

„Deine Gigi?", fragte Gabriele. „Und deshalb hast du Papa kennengelernt?"

„Da hat sie nicht mehr gelebt." Das wusste Gabriele doch alles! „Aber ich habe mir dann auch gern Filme angesehen, das stimmt."

„Und Papa hat die Öfen im Saal geheizt!"

„Genau!"

„Und das fandest du toll!"

„Mir hat er auf einem Schützenfest gefallen. Das war gar nicht im Kino."

Jetzt stöhnte Gabriele: „Das weiß ich doch alles, Mama." Sie schob ihren Teller weg und stand auf.

„Wartest du noch, bis ich auch fertig bin?", bat Hanni ruhig. „Ich hatte mich gefreut, zu zweit zu essen."

Maulend setzte sich Gabriele wieder. Ja, gemeinsam zu essen, war wahrlich nichts Besonderes, sie taten es jeden Tag.

„Ich muss noch was für die Schule machen und dann ist Tanzen."
Sie schaute Hanni mit ihrem durchdringenden *Ich-hab's-eilig-Blick* an.
„Das war doch deine Idee, Mama!"

Ja, das Plakat vom Tanztraining hatte Hanni gereizt. Wenn Gabriele schon nicht in den Chor wollte, dann sollte sie sich wenigstens bewegen.

Für Gabriele hing die Entscheidung nur von Dorit ab. Wenn die auch Lust hatte, würden sie zu zweit dort hingehen. Dorit sagte sofort zu, ohne ihre Eltern gefragt zu haben. So weit war es in manchen Familien schon gekommen. Die Kinder entschieden einfach selbst.

„Du brauchst nicht warten, dann schaffst du deine Schularbeiten vorher noch."

„Dann noch guten Appetit", sagte Gabriele schnippisch und eilte in ihr Zimmer.

Als Hanni den Tisch abgeräumt und das Geschirr gespült hatte, hörte sie ein knappes „Tschüß, Mama" und das Einrasten der Haustür. Durch das Küchenfenster beobachtete sie, wie Gabriele ihre Sporttasche auf dem Gepäckträger befestigte. Das Kind schien zu ahnen, dass Hanni sie im Blick hatte. Es drehte beim Vorbeifahren seinen Kopf in Richtung Haus, führte schnell beide Hände in Richtung Lippen und schickte ihr überdeutlich einen Luftkuss in die Küche. Dann schnellten beide Arme wieder zum Lenker, aber ihr Lachen blieb für Hanni noch im Fenster hängen.

Über zwei Stunden war sie nun wieder mit sich und der Hausarbeit allein. Allein. Allein! Allein!!

Aber das war es nicht nur. Wer seine Arbeit gut machte, wurde geschätzt. Manchmal konnte Joachim fast ins Schwärmen kommen über seine Jungs. Das Team. Die Höhe der Prämien hing davon ab, wie geschickt sie sich anstellten.

Was Hanni den Tag lang im Haushalt kochte, putzte oder flickte, würdigte Joachim selten mit ähnlichen Emotionen. Das waren Selbstverständlichkeiten. Und dass sie sich all den Kleinkram Tag für Tag zur Aufgabe machte, war auch selbstverständlich. Aber sein *hat gut geschmeckt*, auch selbstverständlich – schlimm, wenn nicht – reichte ihr nicht mehr. Ihr fehlte die Freude in der Magengrube. Geliebt und geschätzt wollte sie sein, auch dafür, dass sie noch viel mehr konnte als Hausarbeit.

Sie schlug einmal mit der Faust auf den Tisch und erschrak darüber. Sie sollte doch dankbar sein. Für das Haus und dafür, dass die Familie es geschafft hatte. Jessesmaaria, das war sie doch auch! Nur gab es für sie kaum noch einen Grund, das Haus zu verlassen, außer zum Einkaufen. Vielleicht sollte sie wieder im Kirchenchor mitsingen? Oder vielleicht über den Anruf des Doktors nachdenken?

Joachim schätzte es, wenn das Essen bei seiner Ankunft schon aufgewärmt war. „Vom Wagen schnurstracks an die Futterkrippe, das ist schön", sagte er manchmal, wenn er plötzlich im Flur stand. Eine Seitentür führte direkt in die Garage, das war der wetterunabhängige Clou des Hauses. Wer jetzt ein Haus baute, durfte auch praktisch denken!

Gabriele schlich im Schlafanzug mit an den Tisch. Sie war müde.

„Was habt ihr getanzt?", wandte sich Joachim ihr zu.

„Standard, Papa."

„Hast du denn schon einen festen Tanzpartner?"

„Wechselt immer."

„Macht's denn noch Spaß?"

Sie nickte stumm. Ihre Zopfhalter hingen auf halber Höhe. Kämmen nach dem Training lehnte sie ab. Dass sie ihren Schlafhasen im Arm hielt, rührte Hanni. Sie war eben doch noch ein Kind.

„Sonst alles fertig?", fragte Joachim.

Gabriele nickte wieder.

„Dann geh schön schlafen."

Wieder das Nicken. Immerhin reckte sie sich für einen Kuss zu ihm hinauf und kam dafür auch zu Hanni um den Tisch.

Hanni wusste, dass Gabriele sich jetzt nicht einmal mehr das neue Mickey-Mouse-Heft anschauen würde, das sie ihr auf den Nachttisch gelegt hatte.

Welch ein Glück, dass ihr das Tanzen gefiel. Sich zwei Mal in der Woche zu verausgaben, war das Beste für ein Kind. Wenn sie nur an Anke dachte!

„Gisela musste zum Gespräch ins Gymnasium."

„Hat Anke wieder Revolution gespielt?"

„Nicht sie allein."

„Aber immerhin so, dass Gisela zur Schulleitung zitiert wurde!" Joachim konnte es kaum fassen. „Die wissen gar nicht, wie gut sie es haben."

Dass Tobias sich die Haare wachsen ließ, brauchte Hanni ihm noch nicht zu erzählen. Vielleicht besann er sich ja noch, und die Aufregung wäre umsonst.

„Was wollen die denn?", stöhnte Joachim.

„Ich weiß es nicht. Gisela sagte was von Streikrecht an der Schule. Sie versteht das auch nicht."

„Stell dir das mal vor!"

„Kann ich nicht. Bei unseren Nonnen wäre niemand auf den Gedanken gekommen."

„Und wogegen wollen sie streiken?"

„Für Demokratie vielleicht?"

„Ja, aber das geht doch nicht schon in der Schule los!"

„Find ich auch. Gisela tut mir leid."

„Mir auch. Back ihr mal einen Kuchen."

„Dachte ich auch."

Der Kohlrabi-Auflauf war köstlich gewesen. Joachim erinnerte gelegentlich daran, dass er seinen Anteil am Gelingen der Gemüsespeisen hatte. Schließlich hatte er die Düngermischung ausgesucht, mit der Hanni im Garten solche Erträge erntete.

Joachim hatte sich angewöhnt, abends ein Glas Bier zu trinken. Nach den Anstrengungen eines Arbeitstages stimmte es ihn milde. Er nahm sich das Glas mit an den Wohnzimmertisch. Post lag nicht in der Schale.

Hanni spülte das Geschirr, band die Schürze ab und setzte sich zu ihm.

Sie war sich nicht sicher, ob sie ihm vom Anruf des Doktors erzählen sollte. Joachim schloss die Augen, als er das Glas Bier zum Mund führte. Ein Genussmoment.

Wenn er sein Bier auf dem Tisch abstellen würde, würde sie sich überlegen, wie sie das Thema anschnitt. Wenn er es in der Hand behielt, lieber nicht.

„Warum guckst du mich so an?", fragte er plötzlich, stellte das Glas auf der lackierten Armlehne des Sofas ab und hielt es mir zwei Fingern fest.

Das gibt einen Rand, dachte Hanni.

Sie stand auf, holte aus der Anrichte einen Glas-Untersetzer und legte ihn vor Joachim auf den Tisch.

„Richtig, ja", sagte er nur und wischte mit der Hemdmanschette über die Lehne. „Ist trocken."

Jetzt stand das Bier auf dem Tisch.

Hanni musste nun reden. So hatte sie es mit sich vereinbart.

„Einen schönen Gruß vom Doktor!", sagte sie. „Meinem Chef. Damals."

„Na sowas", meinte er.

Hanni wartete, ob er sie noch etwas fragen würde.

Doch Joachim hatte sich festgeguckt, entweder am Glas oder an der Post-Schale. Oder er hatte den Blick einfach nach innen gerichtet, weil er so am besten entspannen konnte. Und nun kam Hanni mit ihrem Doktor. Und ihrer Einsamkeit. Es könnte ihr noch leidtun. Ein Gedanke schien ihn aus seiner Erstarrung zu reißen. Er drehte sich zum Lichtschalter um, der sich mit einer Drehung dimmen ließ. Das war fast wie im Kino.

„Machen wir mal bisschen *muschebubu*", meinte er zärtlich, als das Licht ins Dunkelgelb geglitten war. „Grell ist der ganze Tag."

„Mir ist er manchmal zu fade", sagte sie plötzlich.

„Schlecht gewürzt, meinst du?", lachte er und nahm sie in den Arm.

„So kann man's sagen."

Er musterte sie, und sie bemühte sich, seinem Blick nicht auszuweichen. Sie wurde sich ihrer Hand auf seinem Oberschenkel bewusst und streichelte sein Bein nun in kleinen Kreisen. Er sollte doch wissen, dass sie ihn liebhatte.

„Aber uns geht es doch gut?"

„Ja, welch ein Glück, Joachim", sagte sie tapfer. „Trotzdem. Der Doktor hat mir ein Angebot gemacht."

Sie fühlte sich, als hätte sie eine ganze Wanne ungeschleuderter Wäsche drei Stockwerke hochgetragen, zog ihre Hand zurück und atmete tief durch.

„Was für ein Angebot?"

„Er hat hier angerufen, Joachim."

„Nun sag schon!"

„Er kommt nicht mehr hinterher mit dem Rechnungen-Schreiben."

„Das ist schlecht fürs Geschäft", lachte Joachim.

„Ja."

„Und jetzt sollst du also die Summen einsetzen?"

„Die Rechnungen tippen. Da hat sich etwas angehäuft. Und es gibt doch Fristen!"

Joachim beugte sich zu seinem Glas Bier und behielt den Schluck etwas länger im Mund. Zeit zum Nachdenken vielleicht.

„Er hat gern mit mir gearbeitet", sagte sie. Doch das war Joachim bekannt.

„Möchtest du nicht auch etwas trinken?", fragte er unvermittelt.

„Hab ich doch vorhin." Bier mochte sie nicht, Lust aufzustehen hatte sie jetzt auch nicht. Sie war in einen anderen Modus gerutscht und musste sich konzentrieren.

„Möchtest du einen Saft? Wir haben doch noch Sirup", bot er an.

„Wie lieb von dir", sagte sie und erschrak, wie nutzlos sie sich fühlte, als er das Zimmer verlassen hatte. Allein nur dazusitzen und auf ein Getränk zu warten, war sie nicht gewohnt. Also stand sie auf, holte eine Packung Salzgebäck aus dem Klappschrank und schüttete die krossen Kekse in eine Glasschale. Sie schob sich einen der zerbrochenen in den Mund und erinnerte sich sofort, dass sie nicht zu viel davon naschen durfte.

Dann stellte sie einen zweiten Glas-Untersetzer auf den Tisch und ging in die Küche, um nach Joachim zu sehen.

„Kein Sirup mehr da." Er war enttäuscht. "Möchtest du etwas anderes?"

Sie bückte sich und zog aus dem Vorratsfach eine neue Flasche Himbeersirup.

„Sieh an!", sagte er nur, öffnete die Flasche, goss einen Schluck in ein Glas und füllte aus dem Siphon Sprudelwasser dazu.

„Sekt gibt es nach der ersten Gehaltserhöhung!", lachte er.

„Du findest das doch auch gut, wenn ich den Doktor unterstütze?"

„Eigentlich hätte er wohl mich zuerst anrufen müssen."

„Aber, Joachim! Er wollte mich doch erstmal fragen, wie ich darüber denke."

„Und das hast du ihm gesagt? Ohne dass wir vorher darüber ... "

„Ich habe ihm versprochen zurückzurufen, wenn wir uns entschieden haben. Einmal die Woche, das geht doch! Und ich komm mal unter Leute."

„Das wohl eher nicht, Hanni. Da sind doch keine Leute, wenn du nur die Rechnungen schreibst. Aber einmal in der Woche? Natürlich geht das."

Sie setzten sich wieder auf die Couch.

„Du brauchst doch auch ein bisschen Abwechslung", flüsterte er liebevoll. „Aber ich möchte nicht, dass alle denken, du machst es wegen
des Geldes", fügte er noch hinzu.

„Nein, wegen der Abwechslung", sagte sie und war erleichtert.

„Wie spät ist es eigentlich?", fragte er und schaute gleich auf seine
Armbanduhr. „Columbo! Läuft schon!" Er sah sie fragend an. Filme
ohne den Anfang mochten sie beide nicht.

„Trotzdem", sagte sie. „Zur Ablenkung!"

Da erhob sich Joachim und schaltete das Fernsehgerät ein.

Joachim hatte schnell seine Entscheidung für einen gebrauchten VW
Käfer getroffen, gut gepflegt, hellblau. Wenn Hanni nun jede Woche
zum Doktor fuhr, dann nicht mit dem Bus, der sie auch noch zum
Umsteigen genötigt hätte. Das wäre für ihn nicht zu ertragen gewesen, gestand er Hanni, als er ihr die Autoschlüssel und die Papiere
in die Post-Schale legte. Er hatte sich extra den ganzen Nachmittag
freigenommen, um nach dem Abholen des Wagens auch noch die
Anmeldeformalitäten zu erledigen.

„Das ging aber schnell", lachte Hanni. „Wenn Gabriele vom Tanzen
kommt, lade ich euch zu einer Spritztour ein", freute sie sich.

„Ach was, wir holen sie direkt von der Halle ab."

„Sie ist doch mit dem Fahrrad gefahren, das passt nicht in den Kofferraum."

„Mit dem Fahrrad? Zum Tanzen auch? Aber das wird doch schon
dunkel, wenn sie zurück ist!"

„Ja, aber das Licht funktioniert", sagte Hanni.

Bis jetzt hatte Joachim kaum wahrgenommen, wie, wann und auf
welchen Wegen seine Tochter unterwegs war. Dass Hanni Gabriele
bei der ersten Dunkelfahrt sogar abgeholt hat und sie prompt zu viert
die fünf Minuten am Park entlang geradelt sind, weil Dorits Mutter
in ähnlicher Sorge gewesen war, hatte Joachim vermutlich vergessen.
Die Auseinandersetzung mit Gabriele danach, dass sie doch kein
Baby mehr war, das abgeholt werden musste, hatte sich tief bei Hanni
eingebrannt und war auch zu einem der Impulse geworden, sich
mehr um sich selbst zu kümmern.

Gabriele schlich ins Haus, weil sie dachte, es sei Besuch gekommen,
den sie noch nicht kannte. Der hellblaue Käfer hatte sie irritiert.

„Mama wird einmal in der Woche beim Doktor auf dem Dorf Rechnungen schreiben", erklärte Joachim. „Dafür braucht sie ein Auto."
„Ach so. Ich dachte, das macht sie hier, zu Hause?"
Hanni sank die Freude in die Knie. Hier sitzen und auf eine Schreibmaschine eindreschen? Als hätte sie sonst nichts zu tun im Haus? So würde das doch aussehen!
„Nein, nein. Das geht nicht. Ich fahre doch keine Patientenakten hin und her."
Die Spritztour führte in das Dorf, in dem der Doktor wohnte.
„Vorfahrt!", zischte Joachim. „Ich meine, Vorfahrt beachten!"
„Hatte ich doch", sagte Hanni arglos. Der Passat da hinten war noch viel zu weit ab, als dass Hanni nicht hätte fahren können. Ihr Käfer ließ sich leicht schalten, das freute sie.
„Du fährst wie ein Bierkutscher", stöhnte Joachim.
„Das ist das Erbe meines Stiefvaters", lachte Hanni.
„Das erzähl ich ihm! Das erzähl ich ihm!", frohlockte Gabriele auf der Rückbank.
„Mach das. Es wird ihn freuen", meinte Hanni und fuhr langsam am Haus des Doktors vorüber.
„Ist da noch Licht in der Praxis?", fragte Joachim, der sich auf dem Beifahrerplatz unwohl fühlte.
„Wenn, dann hat er Bereitschaft. Sonst knipst er die Lampen aus. Licht zieht immer die Leute an."
Hanni hatte Lust, die Knöpfe am Cockpit auszuprobieren.
„Geht hier das Wasser an?"
„Das brauchst du jetzt nicht", meinte Joachim.
„Aber wenn ich es mal brauche?"
„Dann hier." Joachim ließ die Düsen einmal ihren Strahl senden und setzte dann gleich die Scheibenwischer in Gang. „Funktioniert alles", sagte er befriedigt.
„Dann können wir ja jetzt zum Jugoslawen fahren", schlug Gabriele vor. „Eine Spritztour ohne Essen ist keine Spritztour."
„Du hast Hunger nach dem Training, nicht wahr?" Hanni spürte ihr schlechtes Gewissen. Nicht mal einen Saft hatte sie für Gabriele zubereitet. Der Tag heute war ein bisschen anders.
„Ja, auf Ćevapčići!"
„Ich auch!", gestand Joachim. „Und auf einen Schnaps!"

Hanni hatte keine Mühe beim Einparken. Der Käfer mit seinem flachen Rücken würde ihr Gefährte werden. Am nächsten Donnerstag fuhr sie das erste Mal zur Arbeit. So hatte sie es mit dem Doktor vereinbart.

Sie hatten sich eine halbe Stunde vor Sprechstundenbeginn verabredet. Der Doktor begrüßte sie an der Haustür seiner Villa. „Wie lange ist das nun her? Dreizehn Jahre?" „So fühlt es sich nicht an." Hanni trat in den vertrauten Flur und sah sich um. Selbst der Praxisgeruch war derselbe geblieben. Aus der oben gelegenen Wohnung kamen eilige Schritte die Treppe herunter, Hanni musste schmunzeln. Renate, genannt Frau Doktor, als Krankenschwester der Praxis manchmal eine Stütze, wollte sehen, ob Hanni sich verändert hatte.

„Adrett siehst du aus, Hanni", gestand sie ihr zu.

„Du hast dich gar nicht verändert", sagte Hanni ein wenig zu schnell, denn irgendetwas Gravierendes an Renate war doch anders, die Haare, natürlich. „Das Blonde steht dir."

„Macht ein wenig jünger, nicht wahr?"

Hanni nickte, um nichts zu verderben.

„Was machen deine Gedichte? Gibt's schon ein Buch?"

Hanni war sprachlos. Renate wusste noch, dass sie einst Geburtstagsgedichte geschrieben hatte! Das war doch eine Ewigkeit her. Länger als dreizehn Jahre.

„Ich habe in letzter Zeit keine geschrieben." Wie schade eigentlich, dachte sie sich. Warum hatte sie nicht mehr gedichtet? War ihr der innere Rhythmus beim Reimen in den letzten Jahren verloren gegangen?

Renate nahm ihr den Mantel ab und hängte ihn in den Schrank, den Hanni noch von früher kannte. An den Garderobenständer für die Patienten kamen keine Jacken des Personals.

„Sie kriegen den schönsten Platz im Haus", versprach der Doktor.

Die Veranda direkt neben den Praxisräumen, in der früher die Pflanzen überwinterten und die Gartenstiefel aufgereiht waren, hatte sich in ein Büro verwandelt. Ein Kofferradio stand auf der Fensterbank, das würde Hanni wohl anstellen, sobald sie sich eingearbeitet hatte. Aktenschrank, Schreibtisch und Drehstuhl sorgten für ein funktionales Ambiente, die Stiefel waren verschwunden. Der Doktor schien zu bemerken, dass sie sich nach einer Heizung umsah.

„Der Thermolüfter macht es hier sofort gemütlich warm." Sie kannte das Modell von Gisela. Dennoch ließ sie sich die dreistufige Regelung erklären, das Gebläse begann zu rotieren, und klang so wie manchmal in Tobias' Kinderzimmer.

Als der Doktor ihr die verschiedenen Varianten der Rechnungen erläuterte und einen Karton mit wartender Arbeit hinstellte, zog sich Renate zurück. Vielleicht hatte sie sich bereits vergeblich bemüht, den Stapel abzubauen, und die Veranda war eigentlich für sie eingerichtet worden? Renate ließ die Tür offen und erlaubte damit Ringo, einem Golden Retriever mit Löwen-Maßen, den Zutritt.

„Du bist aber neugierig", rief der Doktor mit Entzücken, das er wegen Hanni ein wenig unterdrückte. Vermutlich war das Tier an stürmischere Begegnungen gewöhnt. Der Doktor bückte sich, um Ringo auf Augenhöhe fest ins Nackenfell zu greifen.

„Er gehört seit einiger Zeit dazu", erklärte er. „Ich hoffe nur, Sie haben keine Angst vor Hunden."

„Im Gegenteil", sagte sie beglückt und kniete sich neben ihn, um Ringo zu begrüßen. Nun hatte sie wirklich Lust, möglichst oft herzufahren.

Kurz vor acht verließ der Doktor die Veranda und Hanni setzte sich hinter den Schreibtisch. Ringo kroch in die breite Lücke unter dem Tisch und rollte sich so zusammen, dass Hanni ihre Füße in seinem hellen Bauchfell verstecken konnte. Sie spürte, wie seine Muskeln zuckten, genoss seine Körperwärme und dachte an den alten Howard bei Struppmeiers. Ein Hund in der Nähe, und die Welt war in Ordnung.

Hanni nahm sich einen Stapel handgeschriebener Blätter mit den Rechnungsdaten aus dem Karton, spannte einen Kopfbogen in die Schreibmaschine und legte los. *Sehr geehrte Frau Sowieso, hiermit erlaube ich mir, Ihnen die Behandlung am ...* Was war schon dabei? Joachim wäre amüsiert, wenn er sich ausmalte, was sie hier tat. Dabei konnte er gar nicht mit der Maschine schreiben und hätte kapituliert wie der Doktor selbst. Und vielleicht auch Renate. Tippen war eben auch ein Handwerk, und orthografisch fit musste Hanni ebenfalls sein. Fertig. Sie richtete eine Ecke auf dem Tisch ein, in der sich die Schriftstücke wegen der noch fehlenden Unterschrift stapeln konnten. Auch die Briefumschläge bereitete sie vor.

Kurz unter der Spitze der Garten-Tanne vibrierte ein Zweig. Unwahrscheinlich, dass sich gleich ein Eichhörnchen in der Höhe zeigen würde. Vielleicht war da nur eine Taube oder eine Krähe gewesen. Trotzdem legte sich Hanni auf ein Eichhörnchen fest. Falls es in den nächsten fünf Minuten nochmals vorbeihuschen sollte, würde Hanni sich bei der Bank ein eigenes Konto anlegen. Während sie den nächsten Kopfbogen einspannte, behielt sie die Tanne im Auge. Der Zweig hatte wieder seine Ruhe gefunden. Auf dem Rasen hüpfte eine Elster. Ringo hob den Kopf. Den Vogel hatte er doch gar nicht sehen können? Spürte er ihre Unruhe, weil das Eichhörnchen sich aus dem Staub gemacht hatte?

Ringo wälzte sich ein wenig, entschied sich dann, den Rückzugsort zu verlassen und drehte zwei Runden in der Veranda. Hanni fing ihn ab, als er sich ihr zuwendete und schob ihre Finger in sein Nackenfell. „Was ist los, großer Junge? Meinst du auch, dass ich hier richtig bin?" Der Hund ließ beim Atmen leise quietschende Laute hören. Er legte den Kopf in den Nacken und genoss die kleine Massage, bis ihn die Aussicht lockte, sie könnte noch mehr mit ihm vorhaben. Mit drei Schritten war er an der Tür, die in den Garten führte. Hanni öffnete sie, frisch-feuchte Luft wehte in den kleinen Raum.

Der Hund drehte sich nach ihr um. Sie verstand.

„Komm, eine Runde", versprach sie, und stieg nach ihm die Stufen in den Garten hinunter.

„Und ab!" Ringo jagte los, verschwand in den Sträuchern, hetzte zu den Tannen und kam mit einem armdicken Ast zurück. Hanni nahm ihm den ab und warf ihn an die hintere Ecke des Rasenvierecks. Hinter sich vernahm sie, wie ein Fenster geöffnet wurde. Renate winkte von oben, lachte und nickte. Und *wutsch* segelte ein Eichhörnchen von der Tannenbaumkrone zu den Obstbäumen, hangelte sich weiter zur Hecke und verschwand bei den Nachbarn.

Hanni fühlte, wie sich ihr Lächeln nicht mehr auflösen wollte.

Als sie mit Ringo zurück in die Veranda kam, stand eine dampfende Tasse Tee neben der Schreibmaschine. Bis zwölf hatte sie noch zu tun.

„Beim Arzt kannst du dich auch anstecken", bemerkte Gabriele am Nachmittag. „Also bei den Kranken."

„Ich fass sie ja nicht an", erklärte Hanni. „Ich habe nur mit Rechnungen zu tun."

Gabriele lachte, und es klang sehr erwachsen. „Ich denk, du konntest Mathe nicht!"

„Später war ich ganz gut."

Gabriele riss plötzlich die Augen auf und schnappte nach Luft, weil ihr etwas eingefallen war:

„Wir haben eine neue Lehrerin! Die kennt dich, Mama! Und Papa kennt sie auch."

Eine Lehrerin?

„Frau Petschell!"

„Kenn ich nicht. Oder sie hieß früher anders."

„Ich soll dir sogar einen Gruß bestellen."

„Wenn ich aber nicht weiß, von wem?"

Gabriele war enttäuscht.

„Hat sie dir nicht gesagt, wie sie früher hieß?"

„Irgendwie komisch. Aber die haben einen Laden in Lohne, hat sie noch erzählt. Den gibt es immer noch."

„Lotti Klüttermann, Gabriele. Das ist Lotti!" Hanni sprang auf. Wie konnte in einer einzigen Woche so viel Aufregendes passieren? Als sie nach dem Telefonbuch griff, klopfte ihr das Herz, als hätte der Habit von Schwester Eulalia sie gerade gestreift. Sie blätterte sich durch das Alphabet. Petschell war im Diepenburger Abschnitt nicht verzeichnet. Vielleicht wohnte sie in einer anderen Gemeinde.

„Was unterrichtet sie denn?"

„Wir hatten Religion bei ihr. War aber nur Vertretung."

Hanni traute sich nicht zu fragen, wie Gabriele den Unterricht fand. Sie wollte ihre Erinnerung, in der Lotti als eine kindliche Heilige präsent war, nicht durch eine Zufälligkeit gefährden. Damals hatte sie die Schulfreundin verehrt, weil die sich nicht hatte anstecken lassen vom Hass auf die Flüchtlinge. Hanni hatte sich in ihrer Nähe immer aufwärmen können. Innerlich. So etwas kannte sie damals nur von ganz früher – mit Elsa. Elsa lebte in einer unerreichbaren Welt. Aber Lotti?!

In Hannis Kopf formten sich schon die ersten Sätze für einen Brief, den sie Gabriele mitgeben wollte. Wie klein doch die Welt sei, würde sie ihr schreiben, dann verwarf sie diesen Satz wieder. Vielleicht würde sie Hanni besuchen? Ja, sie wollte sie einladen! Wenn Joachim damit einverstanden war. Auch wenn er ohnehin nicht dabei sein konnte.

Hanni sah sich um. Selten hatte sie ihr eigenes Wohnzimmer mit den Augen einer anderen sehen wollen. Ja, es würde gemütlich sein, wenn sie die Wäsche gelegt hatte. Dazu war sie heute noch nicht gekommen. Sie hatte Rechnungen geschrieben und sich von einem Hund die Füße wärmen lassen. Das war schon fast der Beginn eines neuen Lebens. Oder eines Lebens mit neuen Donnerstagen.

„Wenn mir nichts anderes einfällt, kann ich auch Briefträger werden", sagte Gabriele und gab ihr einen verschlossenen Umschlag. „Von Frau Petschell!"
Es war Dienstag. Hanni gestand sich ein, schon am Montag mit Post gerechnet zu haben, so ungeduldig wartete sie auf Lottis Antwort.
„Das ist aber nett", sagte sie und stellte die Teller mit dem Bauernfrühstück auf dem Tisch ab. Den Brief legte sie in die Post-Schale. Sie scheute sich davor, Gabriele zu viel von ihrer inneren Bewegtheit spüren zu lassen.
„Hattet ihr wieder bei Frau Petschell Vertretungsunterricht?"
„Heute doch nicht. Religion ist donnerstags."
„Jessesmaaria, wir hatten jeden Tag Religion. Und morgens waren wir in der Frühmesse."
„Ja, ihr!", sagte Gabriele nur und füllte sich Kartoffeln und Gulasch auf den Teller. An staatlichen Gymnasien war es nun mal anders. Sie aß in Eile.
„Hast du viele Hausaufgaben auf?"
„Ja, und nach dem Tanzen mag ich nicht mehr damit anfangen. Tut mir leid, ich bin schon fertig", sagte sie und erhob sich, während Hanni noch ihre Kartoffeln in der Soße zerdrückte. „Hat aber gut geschmeckt. Nächstes Mal wieder mit Gurke", bat Gabriele und strich im Vorübergehen Hannis Schulter.
„Das Schälchen steht noch in der Küche." Hanni versuchte zu lächeln. Gabriele sortierte sich ihren Tag selbst, Hanni kam fast nicht mehr hinterher. Selbst beim Essen nicht.
Dafür hatte sie jetzt Zeit für sich.
Sie öffnete den Brief, erinnerte sich sofort an Lottis Schrift, die früher nur eine Spur weicher war, und fand unter dem Wunsch, ein Treffen zu verabreden, eine Telefonnummer.
Am Nachmittag sah sie immer wieder auf die Uhr. Ob es wohl noch zu früh war, die Nummer zu wählen? Gabriele war noch beim Training und Joachim längst nicht zu Hause.

Halb fünf! Saß um diese Zeit eine Lehrerin am Schreibtisch daheim? Hanni ging zum Telefon-Tischchen und nahm sich einen Hocker mit. Nach dem dritten Klingeln schon hörte sie Lottis Stimme und Kinderweinen im Hintergrund.

„Hier ist Hanni! Störe ich?", flüsterte sie.

„Bestimmt nicht! Das ist Kathrin! Ich glaube, sie möchte sich dir auch gleich vorstellen." Typisch Lotti.

„Wie alt ist Kathrin denn?"

„Drei Jahre schon. Eigentlich ist sie aber gerade erst auf die Welt gekommen."

„Meine Gabriele auch. Aber du weißt ja, wie groß die schon ist."

Hanni hörte ein liebevolles Flüstern, das Kathrin tatsächlich beruhigte.

„Wo ist Kathrin denn, wenn du in der Schule bist?", fragte Hanni.

„Da geht sie zu ihren Großeltern, die wohnen nebenan und kommen nun zu nichts mehr." Sie lachte herzlich.

„Ist das schön", seufzte Hanni.

„Das ist es", bestätigte Lotti. Hanni erkannte den Tonfall wieder, dem nur das *Amen* fehlte. Ob Lotti immer noch jeden Sonntag in die Kirche ging?

Nach einer Pause fragte Lotti: „Du bist doch Krankenschwester?"

„Ja, jetzt aber nur noch im Büro."

„Da steckst du dich wenigstens nicht an", lachte Lotti. „Möchtest du mich mal besuchen? Ich wohne aber ein bisschen außerhalb."

„Ich habe ein Auto." Hanni versuchte, dies ganz selbstverständlich klingen zu lassen.

„Natürlich." Lotti machte eine Pause. „Ich brauche immer zwanzig Minuten von der Schule nach Hause."

So weit war der Weg also nicht. Und es war viel schöner, Lotti mit ihrer Kathrin zu besuchen als sie hierher einzuladen.

„Donnerstags habe ich immer frei, da würde es passen", meinte Lotti.

„Ich kann erst ab frühen Nachmittag, dann komme ich direkt von der Arbeit."

„Ich freue mich, Hanni!"

Sie hatte mit Joachim noch gar nicht gesprochen. Aber nun war die Entscheidung schon getroffen.

„Ich mich auch. Bis Donnerstag!"

Am Donnerstag borgte Renate Hanni eine Vase, damit sich die Blumen hielten.

„Du bist eingeladen heute?"

„Ja, von einer Schulfreundin. Ich habe sie seit damals nicht mehr gesehen."

„Dann wird es Zeit", meinte Renate lakonisch und ließ Ringo in die Veranda.

„Stört er dich nicht bei der Arbeit?"

„Hat er dich gestört?", fragte Hanni und hörte dann erst heraus, dass die Frage brenzlig war.

„Hier im Büro?"

Hanni nickte vorsichtig. Sie wollte die Frau ihres Chefs nicht damit konfrontieren, dass die es nicht geschafft hatte, die Rechnungen zu tippen.

„Ich war hier nicht oft. Ich habe noch so viele andere Verpflichtungen."

Ringo rollte sich unter dem Schreibtisch wieder auf Hannis Füßen zusammen. Sie würde die Haare nachher abstreifen müssen, bevor sie zu Lotti fuhr. Jetzt freute sie sich über den Kontakt zum Hundekörper.

„Nein, er stört nicht. Ich freue mich, dass er mir Gesellschaft leistet und wir nachher zusammen in den Garten gehen können."

„Um zehn wieder einen Tee?", fragte Renate.

„Sehr gern. Oder einen Kaffee."

„Gut, dann Kaffee. Mag ich selbst auch lieber", kicherte sie.

Bei der ersten Rechnung fiel Hanni ein, dass sie sich ein Konto einrichten lassen wollte und die ganze Woche nicht daran gedacht hatte. Wollte sie es Joachim erst sagen, wenn sie das Scheckbuch besaß?

Nein, es war besser, ihn mit einzubeziehen. Heimlichkeiten würden Misstrauen bei ihm säen. Die steile Falte, die mit den Jahren tiefer wurde, sollte doch nicht ihretwegen seine Stirn zerfurchen!

Sie freute sich doch immer über die Lachfalten, die abends um seine Augen strahlten, wenn er von begriffsstutzigen Kunden erzählte, die die Waschmaschine nicht anstellen konnten oder wenn er die Witze zu erzählen übte, die gerade in der Abteilung für Gelächter gesorgt hatten. Er war so gut. Auch die Verabredung mit Lotti war für ihn selbstverständlich. Sie würde es ja nach Hause schaffen, bevor er kam. Und Gabriele hatte einen Haustürschlüssel und konnte sich die Reste vom Mittwoch allein aufwärmen. So einfach war das.

„So, Herr Müller, jetzt kommt Ihre Rechnung!"

Ringo regte sich.

Hatte sie laut gesprochen? Manchmal tat sie es, das war ihr schon zu Hause aufgefallen. Dann war es also Zeit, das Kofferradio auszuprobieren! Doch sie traute sich noch nicht, falls sie sich festhören und dann Fehler machen würde. Nicht, dass jemand für die verkehrte Behandlung bezahlen musste!

Dieser Tag kroch anders vor sich hin als der vergangene Donnerstag. Erst nach der Gartenrunde mit Ringo und der von Renate servierten Tasse Kaffee kam Hanni richtig in Schwung. Sie freute sich auf das Treffen mit Lotti, zog um Punkt zwölf die Blumen aus der Vase, strich die Hundehaare von der Strumpfhose und verabschiedete sich vom Doktor. Der Karton mit den unbearbeiteten Rechnungen war leer. Bis zum nächsten Donnerstag würde sich wieder etwas angesammelt haben, dann wollte sie ihn fragen, ob sie auch anderweitig in der Praxis helfen konnte. Der Ort tat ihr gut.

Im Auto setzte das Kribbeln im Bauch ein. Unterwegs hielt sie an einem Würstchenstand. Sie hatte vergessen, dass Mittagszeit war. So früh konnte sie nicht zu Lotti fahren. Sie stellte ihr Auto ab und bestellte sich eine Wurst.

„Gibt es auch ein Brötchen dazu?"

„Immer, junge Frau!", lachte der Grillmeister.

„Kann ich mich auch irgendwo hinsetzen?", fragte sie. Noch nie hatte sie sich eine Bratwurst auf der Straße gekauft.

„Wo Sie wollen, nur Stühle haben wir nicht!"

Dafür Stehtische.

Hanni bestellte sich noch eine Dose Cola dazu, auch das war nun das erste Mal in ihrem Leben.

Sie tunkte ein Wurstende in das Senfhäufchen und biss einmal vom Brötchen ab, das noch vom Vortag sein musste. Heiß war die Wurst. Kalt die Cola. Sie fühlte sich wie ein Kerl. Unwillkürlich sah sie sich nach Joachim um. Der war sonst immer dabei gewesen, wenn sie unterwegs war.

Alles ist neu, dachte sie. Dabei hatte sie nur ihren zweiten Arbeitsdonnerstag hinter sich, an dem sie zufällig auch noch verabredet war und vorher eine Bratwurst verzehrte. Reiß dich zusammen, dachte sie.

Reiß dich zusammen, dachte sie auch, als sie nach ausführlicher Zeitungslektüre im Auto endlich an der Tür von Familie Petschell klopfte. Klingeln wollte sie nicht. Vielleicht schlief das Kind ja noch.

Lotti hatte weiche Züge bekommen. Die fest geflochtenen dünnen Zöpfe, die morgens an den Ohren abgestanden hatten, waren äußerlich das Auffälligste an ihr gewesen. Jetzt trug sie die Haare wie Mireille Matthieu, nur blond. Nach heftigen Kopfbewegungen würde jede Strähne sofort wieder ihren Platz finden.

Sie umarmten sich stumm.

Im Wohnzimmer war der Kaffeetisch gedeckt, Lotti hatte gebacken.

„Klüttermannsche Apfeltorte", sagte sie, „erinnerst du dich?"

„Ich erinnere mich an den Geruch von Gedrucktem, an Stifte und an Füllfederhalter."

Lotti winkte ab.

„Natürlich. Das kennen alle noch. Aber seit es in Lohne das Kaufhaus gibt, ist es ein bisschen anders für den Familienbetrieb."

Und der Versandhandel wird euch auch zu schaffen machen, dachte Hanni. Aber Joachim arbeitete ja im Reparaturservice, nicht im Handel, das war also etwas anderes. Ein bisschen jedenfalls.

Als Hanni die Gabel in die Torte stach, erinnerte sie sich doch noch. Sie sah sogar Lottis Mutter vor sich, wie sie die Teigdecke über der Apfelmasse mit Zuckerguss bestrich. Wie hatte sie das vergessen können!

„Schmeckt wie früher, Lotti!"

„Damals haben sogar die Ersatzstoffe geschmeckt, nicht wahr?"

„Hauptsache, es sah echt aus."

Lotti, die ein altes Fotoalbum bereitgelegt hatte, blätterte sich zu einer Seite, auf der Hanni sie zur Geburtstagsfeier besucht hatte. Auf dem Foto war auch die Klüttermannsche Apfeltorte zu sehen.

„Wann war das?"

„Da wurde ich elf. Siebenundvierzig."

„Als Gigi starb, meine Schwester."

Lotti war eine, die Gigi noch kannte! Gigi, die nun schon fast doppelt so lange tot war, wie sie gelebt hatte. Hanni fühlte die vielen Jahre, die Gigi nicht mehr da war. Sie erzählte Lotti von Gisela, die ihr zu einer anderen Art Schwester geworden war. Nie würde sie sie mit Gigi vergleichen, aber sie war doch froh, sie zu haben.

Lotti, das Einzelkind, nickte.

Gisela hätte zwei große Kinder, Anke und Tobias, sagte Hanni. Im gleichen Moment bedauerte sie, die beiden erwähnt zu haben, denn Lottis Augen verengten sich ein wenig. Möglicherweise kannte sie sie, weil sie auch an das Gymnasium gingen.

Lotti nickte schweigend. Sie war neu an der Schule. Vielleicht hatte sie von Ankes Hobby, Revolution zu spielen, noch nichts mitbekommen. Hanni war es recht. Sie bewegten sich auf dünnem Eis.

Aus einem Nebenzimmer rief Kathrin.

Als Lotti sie an den Tisch holte, zog Hanni ein Malbuch aus ihrer Tasche. Kathrin rieb sich die Mittagsschlaf-Äuglein und freute sich. *Wir gehen einkaufen* stand auf dem Umschlag. Obst, Brot, Flaschen, Gemüse zum Ausmalen.

„Darf ich dafür Filzstifte?"

„Wenn du noch etwas dazu zeichnen möchtest. Aber das Ausmalen geht mit Buntstiften besser."

„Sonst saftet das."

Hanni wusste gleich, was Kathrin meinte, und musste lachen. So lange war es doch noch gar nicht her, dass sie sich bei Gabriele über solche Sätze gefreut hatte!

„Drei Jahre warst du nur zu Hause?"

Lotti nickte. „Es ist schon besser, wenn man nicht so knapp ist mit dem Geld. Mein Mann ist Holz-Künstler. Manchmal hat er Aufträge, manchmal nicht."

Hanni dachte an gedrechselte Kerzenständer und Schalen. Die wurden auf Märkten verkauft.

Lotti schien ihren Gedanken zu erraten. „Nicht für den Hausgebrauch. Eher Liturgisches. Kreuze zum Beispiel. Komm mal mit."

Sie führte Hanni in das Schlafzimmer, Kathrin zottelte mit ihrem Malheft hinterher.

Über der Tür hing ein Kreuz, in dem die Astlöcher als Kreise in abgestuften Blautönen betont waren. Einen Gekreuzigten gab es nicht. Und das bei Lotti, die früher so fromm war?

„Das ist sehr modern. Ein schönes Kreuz."

„Es ist wundervoll, das finde ich auch", sagte Lotti.

„Ich hab auch eins", rief Kathrin stolz und zog Hanni zu sich ins
Zimmer.
An ihrem Bettchen hing ein kleines Kreuz, in dem Hanni ein Auge
erkennen konnte.
„Guck, der lacht!", sagte Kathrin.
„Das ist Kathrins Taufkreuz", erklärte Lotti.
Da erst sah Hanni es im Ganzen. Es lächelte tatsächlich, wenn man
sich nicht gleich auf das Auge konzentrierte. Als sich auf dem Weg
zur Tür der Blickwinkel verschob, veränderte sich das Gesicht. Hanni
war fasziniert.
„Wenn du möchtest, zeige ich dir unsere Kirche. Dort hat er den gan-
zen Kreuzweg gestaltet."
Sie zogen sich die Jacken über, nahmen Kathrin in die Mitte und
gingen die paar Schritte zur Kirche hinüber. Lotti schien immer in
der Nähe ihrer Kirche zu wohnen, dachte Hanni.
Sie schritten den Petschellschen Schmerzensweg ab. Je näher sie der
Kreuzigung kamen, umso aufgeregter wurde Kathrin. „Und jetzt …
und jetzt" sagte sie immer wieder. Hanni wusste, sie würde auch
Vorbeterin werden. Sie hatte jetzt schon ihren Glauben.
Lotti drückte eine Türklinke und führte Hanni in einen kleinen Ne-
benraum, in dem ein Kreuz ihres Mannes hellfarbig leuchtete.
„Hier finden unsere Chorproben statt."
Hanni hatte plötzlich eine Ahnung von allem, was sie in den letzten
Jahren verpasst hatte.
„Im Chor singst du auch? So wie wir früher?"
Lotti schmunzelte: „Größer und inniger. Halb Diepenburg singt bei
uns mit."
„Wie kommt das?"
Sie hob die Schultern.
„Das ist wohl die Gemeinschaft. Antonia ist auch dabei. Aus der
Schule. Ihr habt doch sogar zusammengesessen."
„Nein!", entfuhr es Hanni laut und freudig.
Was war nur passiert? Nach mehr als einem Jahrzehnt bewegte sie
sich seit kurzer Zeit aus ihrer Häuslichkeit, und schon veränderte
sich ihre Welt.
„Ich brauche auch diese Gemeinschaft. Ich möchte mitsingen, Lotti!"
Sie war sich sicher. Da brauchte sie Joachim gar nicht mehr zu fragen.

17 Das Immerglück

„Elsa, ich bin's". Mutters Stimme in der Gegensprechanlage. „Der Fahrstuhl ist noch kaputt. Tut mir leid. Bis gleich." Sie drückte auf den Türöffner und hörte das Summen unten.

Mutter würde für die acht Stockwerke fünf Minuten brauchen. Kurz nach Simons erstem Geburtstag hatten Elsa und Friedrich eine Zweieinhalb-Zimmer-Wohnung im Hochhaus bekommen, ein paar Stockwerke über der kleinen Wohnung. Das Jahr zu dritt in der Enge hatte ihnen zugesetzt. Als auf ihrem Flur ein alleinstehender Haftentlassener sofort seine Wohnung bekommen hatte, war Elsa mit ihrem Baby in der Wohnungsverwaltung erschienen. Ob sie erst straffällig werden müssten, um angemessen versorgt zu werden? Ein verheiratetes Paar mit einem Kleinkind könnte nicht mehr in einem einzigen Zimmer hausen, wenn es mitansehen muss, auf welcher Grundlage Wohnungen vermittelt würden! Dem Staatsratsvorsitzenden schrieb sie einen Brief mit ähnlichem Inhalt, die Parteileitungen der Bibliothek und des Rates des Bezirkes versorgte sie mit Durchschlägen. Friedrich hatte nur genickt. Der offizielle Weg hatte auch bei seinen Versuchen nichts bewirkt.

Elsa passte es nicht, dass Elke nun ihren Brief bespötteln durfte. „Du gehst aber ran", hatte sie als Parteisekretär gesagt. „Der Knasti tut dir doch nichts mehr. Der ist froh, dass er untergekommen ist."

„Darum geht es gar nicht. Und das weißt du!"

„Wir müssen uns alle hinten anstellen. Ist doch noch kein Kommunismus!", belehrte sie Elsa. Dabei hatte sie ihre drei Zimmer zu dritt sofort bekommen.

Elsa öffnete die Wohnungstür und hörte Mutter auf der Treppe. Simon kam hinterhergelaufen, wartete an der obersten Stufe und sah sich nach Elsa um, damit sie ihn lobte: *Gut gewartet. Die Treppe nicht alleine, nein!*

„Fein", sagte sie, „guck, da kommt Omi."

„Oooooomiiiiiiii!", rief er.

Und da war sie, drückte ihren Enkel noch vor der Wohnungstür und wehrte ihn dann doch ab: „Ich kann dich nicht hochnehmen. Ich muss mich erst hinsetzen."

Als sie ihn dann auf dem Schoß hatte und anzweifeln wollte, dass es zum Abendbrot Eierpfannkuchen geben sollte, stellte Elsa beiden ein Glas Saft hin.

„Doch, Eierpfannkuchen!", beharrte Simon.

„Eine Ausnahme", bestätigte Elsa, „weil wir so viele Eier ausgepustet haben."

„Mit Apfelmus!", forderte der Kleine.

Mutter ging darauf nicht ein, aber Elsa nickte.

Sie sah ihre Sorgenfalten und ahnte noch nicht, welche Nöte Mutter plagten.

„Was ist denn los?"

Mutters Hände zitterten, und Simon, dem der Stimmungswandel nicht entgangen war, rutschte vorsichtig von ihrem Schoß.

„Ich habe einen Anruf bekommen."

Elsa wartete, dass sie weitersprach. Es konnte in alle Richtungen gehen.

„Verzeih! Nicht vor dem Kind!", zischte Mutter unwillig und versuchte, ihre Erregung wieder einzufangen.

„Simon werde ich jetzt nicht wegschicken. Wenn du uns vor sieben besuchst, dann ist er nun mal dabei."

„Aber Friedrich kommt doch bestimmt bald?"

„Morgen erst. Der ist in Berlin."

„Dann lass uns warten, bis Simon schläft, Elsa."

Mutter sah auf ihre Uhr und veränderte ihre Stimme: „Wann esst ihr denn eure Eierpfannkuchen? Vielleicht darf ich auch einen kosten?"

„Gute Idee, Mutter. Hast du auch Lust, sie anzurühren? Dann lege ich noch die Wäsche."

Mutter flüsterte Simon zu, dass sie die besten Eierpfannkuchen der Welt backen könnte.

„Der Welt, Mama!", erklärte Simon und zog dabei die Augenbrauen hoch wie sein Vater.

Elsa freute sich über den Zeitgewinn, holte den Wäschekorb aus dem Schlafzimmer und legte einen ganzen Stapel Kinderpullover, Strumpfhosen, Socken und ihre Nickis routiniert zusammen.

Als sie es in der Küche brutzeln hörte, war sie schon fertig, verteilte die gelegte Wäsche auf bestimmte Schrankfächer im Schlafzimmer und legte für Simon schon die Sachen für den nächsten Tag bereit. Zurück im Wohnzimmer, sah sie ihr Kind den ersten Teller mit einem Eierpfannkuchen abstellen. Wie groß es doch schon war! Und wie sehr sie es liebhatte!

Elsa fischte schnell noch die Platzdecken aus der Schublade und ließ Simon die nächsten Teller darauf abstellen.

„Ihr könnt schon anfangen", rief Mutter aus der Küche.

„Apfelmus noch", sagte Simon ratlos.

Elsa öffnete eines der Weckgläser vom letzten Herbst.

Dann setzte sie sich ihrem Kind gegenüber, und sie bestätigten sich, das wären die besten Eierpfannkuchen der Welt!

Mutter platzierte noch mehrere übereinander, aber Simon war schnell satt.

Er pellte sich in Windeseile aus seinen Sachen und rannte ins Bad.

„Mit Schaum heute, Mama!"

„Nein, keine ganze Wanne heute, mein Kind. Wir lappen ab."

Simon maulte, aber es ging schneller. Sie wollte Mutter nicht zu lange warten lassen. Zähneputzen. Schlafanzug. Fertig.

„Zeig Omi dein Buch", sagte sie.

Mutter setzte sich zu ihm in das winzige Kinderzimmer, und sie sahen sich das Papp-Buch vom Zirkus an.

Jeden Montagabend kam Mutter in die Wohnung und blieb bei Simon. Elsa war dafür dankbar. So konnte sie mit Friedrich zur Chorprobe gehen und manchmal danach noch ins Weinhaus, wenn es bei Katja und Karl auch passte. Großmütter waren einfach dazu da, ihre Enkel zu lieben. So hatte es Elsa auch gekannt. Und Simon hatte nur diese eine Omi. Die andere mag noch nicht einmal von ihm erfahren haben.

Sie ging Simon Gute Nacht sagen, sang ihm ein Schlaflied und sah, wie er erschöpft nach seinem Teddy griff. Heinerle lehnte oben im Kinderzimmerregal und schaute mit einem Auge zu.

Mutter saß schon aufrecht im Wohnzimmer und schien sich zu sammeln. Sie war längst wieder in die Welt gewechselt, die sie heute überraschend ins Hochhaus geführt hatte.

„Du hast noch keinen Pfannkuchen gegessen, Mutter."

„Später vielleicht." Elsa nahm sich trotzdem noch einen, strich Apfelmus drüber und schnitt einen ersten Bissen ab.

„Wer hat denn angerufen?"

„Eine Ina", flüsterte Mutter möglichst gleichgültig, stöhnte dann aber. Ina. Elsa ließ die Gabel sinken und starrte aus dem Fenster, über die Balkonbrüstung, auf die Stadt und sah endlich die gemusterte Tischdecke vor sich, auf der das Formular gelegen hatte. Dieser Mann mit der Aktentasche war ihr manchmal in ihren Albträumen begegnet. Ob sie noch etwas besprechen müssten, hatte sie Mutter später gefragt. Und die hatte gesagt, es sei *alles gut wie es ist* und sie sollte sich keine Sorgen machen. Nie ein Wort über Ina.

„Wie lange ist das her, Mutter?!"

„Sie ist zweiundzwanzig geworden."

Elsa schob ihren Teller von sich und wartete. Was wollte Mutter ihr jetzt erzählen – das, was damals passiert war oder das, was jetzt passieren sollte?

„Warum sagst du nichts?", fragte Mutter verunsichert.

„Du hast damals auch nichts gesagt. Gar nichts."

„Was hätte ich denn tun sollen?" Mutter liefen Tränen über die faltigen Wangen.

„Einen Wäschekorb zum Babybettchen herrichten. Fertig!"

„Dann hätte es aber Gerede gegeben!"

Elsa schwieg. Natürlich hätte es das. So war das damals.

„Es war so schon schwer genug", keuchte Mutter.

„Für mich auch. Das kannst du mir glauben!"

Elsa holte zwei Schnapsgläser aus der Küche und den Hochprozentigen.

Mutter nippte nur an ihrem Glas, Elsa schüttete alles mit einem Ruck hinunter und atmete hörbar aus.

„Was hat sie denn gesagt?", fragte sie ruhig.

„Dass ihre Adoptiveltern tot sind. Und dass sie sich nun auf die Suche nach uns gemacht hat. Sie hat einen Bescheid bekommen, dann hat sie meine Telefonnummer ermittelt."

Ermittelt. Das war noch ein Wort aus ihrer Post-Zeit. Mutter stützte ihren Kopf in beide Hände und sah jetzt unglaublich alt aus.

„Wo wohnt sie denn?"

„Nicht weit, kurz vor der Küste."

„Will sie dich sehen?"

„Am Freitag", sagte Mutter tonlos. Dann kippte sie auch ihren Schnaps.

„Hat sie ihren Vater auch gefunden?"

„Ich ... ich weiß es nicht. Ich hatte ihn nicht mit angegeben. Woher sollen die dann wissen, wer das war?"

Elsa bekam einen Hitzestoß und ganz schnelles Herzklopfen. Das kam nicht nur vom Schnaps.

„Wer war es denn?", flüsterte sie.

Mutter ging das schon fast zu weit, das sah sie. Sie war nicht daran gewöhnt, etwas preiszugeben. Aber nun war sie ins Hochhaus gekommen, um zu erzählen. Also auch das.

„Ein Mann, der plötzlich da war. Der war so stark und so wärmend. Und von Vater hatten wir noch keinen Bescheid. Und ich war so einsam. Auf jene Art."

Elsa fragte sich, ob sie ihn geliebt hatte oder ob sie nur gewärmt werden wollte. Mutter würde vielleicht nicht einmal die Frage verstehen. Sie schwieg.

„Aber er war verheiratet und hatte schon mehrere Kinder, das wusste ich zuerst nicht."

„Kanntest du seine Frau?"

„Der ist ja dann rüber gegangen und hat sie nachgeholt. Nein. Der war dann weg. Und ich hatte den Bauch."

„Du hattest aber auch Großmutter und mich!"

„Deine Großmutter hat mir das schon angesehen, da war ich mir selbst noch nicht sicher."

Mutter hätte zu einem Pfuscher gehen können und ihr Leben riskieren. Wenigstens das hat sie nicht getan.

„Einmal bist du ihm begegnet. Kannst du dich erinnern?" Mutter lächelte. Sie lächelte!

„An der Eingangstür", fügte sie hinzu.

„Der Jäger!" Jetzt lächelte Elsa auch. „Der mit dem Frettchen im Ärmel!"

„Ein Frettchen war das sogar? Das weiß ich gar nicht mehr."

„Das war so seltsam. Der steht da. Und du warst so anders als sonst, so schrecklich verlegen. Und dann zeigt er mir dieses feuchte Schnäuzchen, und ich war so entzückt!" Elsa lachte bitter.
„Ja, der war das."
„Hat er von dem Kind noch erfahren?"
„Von der Schwangerschaft? Ja. Ich sollte es mir wegmachen lassen!"
Sie schwiegen. Elsa musste an das Wort *Engelmacherin* denken. So hieß das im Westen. Das wusste sie von Hanni. Aber Hanni gab es nicht mehr. Den Brief, der bei Frau Schiller neulich eingetroffen war, sollte diese gleich vernichten. Vielleicht hatte Frau Schiller ihn vorher noch gelesen, das wollte Elsa gar nicht wissen. Aber so gab es auch zwischen Frau Schiller, Mutter und ihr ein bitteres Geheimnis, das Elsa am liebsten vergessen wollte, damit es Friedrich nie vor die Füße fiel.
„Mir ist jetzt leichter", sagte Mutter.
„Das kommt vom Schnaps", sagte Elsa trocken.
Sie räumte den kalten Pfannkuchen-Stapel in die Küche, deckte ihn ab und stellte ihn in den Kühlschrank. Das Apfelmus-Glas verschloss sie wieder und schob es ins andere Fach. Mutter kam mit den Tellern und Gläsern hinterher.
Beim Abwasch starrte Elsa auf den emaillierten Beckenrand, als sie sagte:
„Ich hätte dir damals schon sagen sollen, dass ich das Schwesterchen gern bei uns gehabt hätte."
„Du bist doch dann nach Berlin gegangen."
„Dann wäre wieder Platz gewesen."
„Für einen Bastard, Elsa. Das darfst du nicht vergessen."
Elsa hielt mit dem Lappen im warmen Spülwasser inne und sah ihre Mutter dann doch an.
„Für dein Kind!"
Mutter nahm ein Geschirrhandtuch und rieb die Gläser und die Teller trocken.
„Ich werde mir große Mühe geben am Freitag. Du hast Recht. Es ist mein Kind."

Elsa betrat das Büro eine Viertelstunde später als sonst.
„Ist Friedrich wieder unterwegs?", fragte Elke.
„Guten Morgen", sagte Elsa und legte den Mantel ab.
Gesine Plessmann grüßte zurück. „Berlin! Das hat sie doch erzählt!"

Elsa setzte sich wortlos und betrachtete den Bücherstapel, der schon auf ihrem Tisch lag.

Simon hatte heute nicht in den Kindergarten gehen wollen. Er hatte sich an ihr festgehalten und mit aller Kraft gegen all ihre Versuche gestemmt, ihn ohne viel Gezeter abzugeben. War Friedrich zu Hause, brachte er ihn morgens weg. Und wenn sie ihn fragte, wie Simon den Abschied früh bewältigt hatte, sagte er immer: „Wie ein Mann!" und lachte. Bei ihr klappte das nicht.

„Was hast du denn gemacht, wenn dein Kind morgens nicht loslassen wollte?", fragte sie Elke plötzlich. Deren Tochter ging nun in die Schule, und es gab wie erwartet nie Probleme.

Elke drehte sich auf ihrem Stuhl zu ihr und schien erstaunt darüber, dass sie in solchen Dingen gefragt wurde. Ausgerechnet von der stolzen jungen Mama!

„Dein Kind wollte nicht dableiben, Elsa?", fragte sie, und es klang sogar mitfühlend.

Elsa drehte sich auch um, so dass sie jetzt sehr nah voreinander saßen.

„Ja. Und leider ist es oft so."

Elke atmete tief ein, damit sie ihren Satz in einem Atemzug sagen konnte: „Es mag daran liegen, dass Simon spürt, wie wenig seine Mama loslassen kann."

Elsa drehte sich mit einem Ruck zurück. Sie hörte auch das Quietschen von Elkes Stuhl. Was erlaubte die sich! Hatte sie Elsa eben etwa unter die Nase gerieben, eine unfähige Mutter zu sein?

Schon fühlte sie die Wut-Tränen kommen, da fing auch noch Gesine Plessmann an.

„Bei meinem Sohn hat ein kleiner Klaps geholfen. Einmal nur."

Elsa erschrak. Das wollte sie gar nicht gehört haben.

„Und was ist er doch für ein feiner Kerrrrl geworden!"

Der hatte schon seine Lehre fertig und war jetzt bei der Armee. Das wusste Elsa doch!

Wenn Simon so weit war, stand Elsa kurz vor der Rente. Sie mochte gar nicht daran denken. Aber jetzt saß er bestimmt mit den anderen Kindern am Tisch und kaute sein Frühstück. Elsa hatte ihm ein kleines Stück Eierpfannkuchen separat eingepackt. Zuerst würde er das Käsebrot essen und dann die kleine Überraschung finden.

Als sie den nächsten Tränenschub spürte, nahm sie das erste Buch vom Stapel und schaute sich den Titel an. Im Geiste fächerte sich die Katalogsystematik auf, sie wusste schnell, welcher Sach- und welcher Untergruppe sie das Buch zuordnen musste und schrieb die Notation mit Bleistift auf den inneren Buchdeckel. An der entsprechenden Stelle im Systematischen Katalog würde das Buchkärtchen dann eingeordnet werden.

Sonntags zu Mutter, das hatten sie beibehalten. Montags kam sie ohnehin ins Hochhaus, am Sonnabend war die junge Familie für sich. Diesmal konnte Elsa es kaum erwarten, ihre Mutter zu sehen. Sie hatte aber auch nicht vorgreifen wollen und schon am Sonnabend bei ihr anrufen. Falls das Treffen sehr schmerzhaft gewesen wäre, hätte Mutter sie schon verständigt.

Es gab Kochklops mit roter Bete in Kapernsoße, heute ohne Kapern, weil Mutter keine bekommen hatte. „Königsberger Klopse", sagte Friedrich und zeigte seine Freude.

Mutter hatte anderes im Kopf und ging auf das Königsberg nicht ein. So hieß es nun mal, aber in ihrem Kochbuch stand nur Kochklops. Das hatten sie angepasst.

„Erzähle!", bat Elsa.

„Doch nicht im Stehen", erwiderte Mutter, und Elsa war erleichtert. Möglicherweise hatte sie nun eine Schwester.

Mutter ließ Simons Gegenwart zu, der auf dem Kissenstapel die Katze auf seiner Kindergabel anschaute. Das Besteck hatte Mutter doch als Osterüberraschung geplant? Vielleicht fielen heute bei ihr vor Erleichterung Weihnachten, Ostern und ein ganz normales Wochenende zusammen, dachte Elsa.

„Um fünf wollte sie kommen. Und?", fragte Elsa neugierig, als alle saßen und ihre Portion auf dem Teller hatten.

„Und um drei habe ich sie schon auf dem Markt erkannt!"

„Ganz der Vater?", rutschte es Friedrich heraus. Elsa senkte erschrocken den Blick.

„Ja. Stell dir vor!", sagte Mutter und schluckte.

Elsa versuchte sich an das Gesicht des Jägers zu erinnern, doch hatte sie nur die feuchte Frettchen-Schnauze vor Augen.

„Aber sie erkannte mich natürlich nicht. Und dann kam sie um fünf."

Mutter machte eine Pause und schnitt für Simon die rote Bete in noch kleinere Stücke. Er hatte zwar ein Plastedeckchen mit Ente unter dem Teller, aber sie wollte keine Spritzer auf der Decke haben. Das Kind hatte schließlich Temperament entwickelt.

„Sie steht immer noch in der Tür, Mutter. Erzähle!"

„Ina hat eine Tochter in Simons Alter, und die andere ist ein wenig älter."

Elsa konnte es nicht fassen, dann war sie plötzlich sogar Tante!

„Und auf den Fotos sehen die Kinder ihrer Mutter ähnlich", lachte Mutter.

Simon hatte nun auch den neuen Löffel entdeckt und griff um den halbvollen Teller herum.

„Keine Katze."

Friedrich beugte sich zu ihm, und gemeinsam einigten sie sich auf einen Elefanten.

„Wie im Buch!", krähte er.

„Du meinst das Zirkus-Buch, nicht wahr, Simon?" Der nickte und weihte seinen Löffel ein. Das ging viel besser als mit der Gabel.

Mutter lächelte.

„War sie dir . . . ?"

„Böse, meinst du?"

„Nicht böse. Hat sie dich was gefragt?"

Sie konnte sich kaum vorstellen, wie offen Mutter hatte gewesen sein können.

Mutter wich aus.

„Sie ist bei einem LPG-Bauern aufgewachsen auf einem Hof mit Enten und Hühnern."

„Katze auch?", fragte Simon.

„Bestimmt", vermutete Mutter.

Dann ging es ihr also gut. Aber wer wusste das schon? Vielleicht hatte sie ganz andere Probleme?

„Ein Landkind", meinte Elsa nachdenklich und fing endlich an zu essen. Sie spürte, wie auf unerklärliche Weise eine Art Mitschuld in ihr aufstieg.

„Möchte sie, dass wir uns kennenlernen?"

Mutter war jetzt auch mit ihrem Essen beschäftigt und nickte nur.

Elsa spürte, wie Friedrich sie beide beobachtete. Wahrscheinlich dachte er daran, dass die Familie sich nun vergrößern könnte. Hoffentlich hat Ina keine Westkontakte! Elsa brach der Schweiß aus. Dann ärgerte sie sich, dass sie jetzt selbst schon an sowas dachte, aber sie wusste, dass das für Friedrich wichtig wurde. Dann fiel ihr ein, dass es den Genossen doch egal war, sofern sie nicht diese Kontakte kennenlernten. Wie furchtbar, dass sie so dachte. Sie kannte doch noch nicht einmal Ina.

„Ich möchte mal telefonieren", sagte Elsa zu der Bibliothekssekretärin, bei der der Apparat stand. Ina war nur bis zwei zu erreichen im LPG-Büro. Vielleicht musste sie danach ihre Mädchen abholen. „Mach in Ruhe, ich hab jetzt sowieso Pause." Die Sekretärin überließ ihr den Stuhl. Elsa nickte dankbar und setzte sich auf das warme Polster. Mutter hatte ihr die Telefonnummer auf einen Abriss von der Notiz-Rolle geschrieben. *Nicht vergessen!* stand schon ewig auf dem alten Hängebrettchen für Einkaufszettel. Nun hielt Elsa diese Telefonnummer in der Hand und wartete. Es gab nicht einmal ein Klingeln. Also konnte sich Mutter verschrieben haben. Sicherheitshalber wollte sie nochmal bei ihr nachfragen und erreichte Mutter sofort. „Stimmt die Nummer?", fragte Elsa grußlos. „Was denkst du denn? Natürlich!" Erst beim nächsten Versuch um halb zwei klappte es. Die Sekretärin blieb auf ihrem Stuhl sitzen und versuchte sich ihre Neugierde nicht anmerken zu lassen. „Köhler?", kam es aus dem Hörer. Köhler. War sie das? Mutter hatte den Nachnamen gar nicht gesagt! „Ina Köhler?", fragte sie vorsichtig. „Am Apparat." „Hier ist Elsa aus Schwerin." Schweigen. „Wissen Sie . . . weißt du, wer ich bin?" Sie versuchte, sympathisch zu klingen und lächelte, aber sie musste warten, bis die Antwort kam. „Natürlich", flüsterte Ina. „Ich würde dich so gern kennenlernen, Ina". Elsa spürte, dass sich die Sekretärin in eine Starre versetzt hatte, damit sie so viel wie möglich mitbekam.

„So lange habe ich auf diesen Moment gewartet. Jetzt ist er fast banal", registrierte Ina.

„Warum banal?"

„Weil ich gleich losmuss und gerade wieder ein Kurzschluss war und das Telefon trotzdem wieder funktioniert und ausgerechnet du dran bist."

„Ein Kurzschluss?"

„Vom …" Ina fing an zu lachen, als würde sie jemand abkitzeln. „Tauch-Sieder. Entschuldige bitte, ich erzähle dir hier die aktuellen Probleme der LPG 1. Mai und kenne dich noch nicht einmal! Und das ist so absurd, dass ich dich nicht kenne, weil du doch meine Schwester bist. Deshalb muss ich lachen."

„Absurd. Das stimmt. Aber das Telefon ging vorhin auch nicht."

„Siehst du. Das ist oft so."

Die Sekretärin atmete. Ihr Brustkorb bewegte sich. Sie konnte also doch nicht ganz erstarren!

„Wann sehen wir uns, Ina?"

„Ganz schnell. Zu Ostern! Oder warte, Ostersonnabend. Geht das?"

Elsa nickte.

„Ja?", fragte Ina nochmal nach. Elsa fiel ein, dass sie nur genickt hatte – wie ein Kind, dass noch nicht wusste, dass der andere es nicht sehen konnte.

„Schön, dass es so bald ist", sagte sie schnell.

„Bring Simon mit. Ihr kommt doch zu uns, ja?", lud Ina sie ein.

„Friedrich auch?"

War es nicht für den Anfang genug, wenn sie beide einander kennenlernten?

„Ich möchte dich erst sehen, Elsa."

„Dann lass ich auch Simon hier?"

„Die Kinder führen uns, die Männer eher nicht."

„Oh", entfuhr es Elsa.

Die Sekretärin blickte sie besorgt an.

„Jetzt nur. Schon, als ich bei deiner Mutter war, habe ich das gewusst."

Elsa traute sich nicht, sie daran zu erinnern, dass es auch ihre Mutter war, die biologische zumindest.

„Ich verstehe, Ina."

Sie verabredeten den frühen Nachmittag, mit dem Mittagsbus würden Elsa und Simon kommen.

Friedrich brachte sie zum Bus.

„Nächstes Mal fahren wir zusammen", sagte sie liebevoll.

„Nächstes Mal ist es nicht mehr ganz so spannend", meinte er nur.

Sie freute sich, dass er wirklich interessiert war.

„Kann sein. Oder es wird immer aufregender", rief sie ihm noch über die Schulter zu, während sie Simon beim Einsteigen half und versuchte, ihre Umhängetasche mit den kleinen Ostergeschenken auf der Schulter zu halten.

Sie nahm Simon auf den Schoß, damit er aus dem Fenster schauen konnte. Busfahren war aufregend. Er schien nicht zu wissen, worauf er sich zuerst konzentrieren sollte: auf die Leute draußen, auf die er herabschauen konnte oder auf den Busfahrer mit dem riesigen Lenkrad und den vielen Schaltern.

Elsa ließ die Stadt an sich vorbeiziehen, dann die Felder mit den breiten Reifenspuren. Das Sommergetreide war gerade eingesät worden.

„Wohin fahren wir?", fragte der Kleine.

„Zu Tante Ina und ihren Mädchen", flüsterte Elsa.

„Aus dem Kindergarten?"

Elsa kannte dort keine Ina. Und die Namen der Töchter wusste sie noch gar nicht. Sie hätte fragen sollen!

Sie fuhren an einer Weide vorbei, und Simon freute sich, als er die Kühe sah. Eine braune war auch dabei.

In jedem Dorf steuerte der Bus eine Haltestelle an. Ein kühler Luftzug, dem öliger Motorengeruch beigemischt war, wehte dann zu Elsa und Simon. Den Jungen schien dies zu elektrisieren. Wo es nach Werkstatt und Tankstelle roch, fühlte er sich wohl. Er drückte seinen Rücken durch auf Elsas Schoß und reckte aufmerksam den Hals. Elsa musste an Onkel Gustav denken. Den hätte solch ein Kind gefreut. Anni und Gustav waren kurz hintereinander gestorben. Mutter, die als Rentnerin einen Antrag hätte stellen können, um zur Beerdigung zu fahren, hatte darauf verzichtet. Ob dies aus alter Gewohnheit, mit dem Westen nichts zu tun zu haben, geschehen war oder aus Rücksicht auf Friedrich, wusste Elsa nicht.

„Ich glaube, wir sind bald da", sagte Elsa am Motorknattern vorbei in Simons Ohr.

Als Simon die Haltestelle sah, kletterte er von Elsas Schoß, stieg in den Gang und hielt sich am Polstergriff fest, bis der Bus die Haltestelle tatsächlich ansteuerte, an der eine junge kräftige Frau mit zwei kleinen Mädchen stand.

Simon wollte allein aussteigen. Schritt für Schritt. Stufe für Stufe. Immer ein Bein voran und das andere nachsetzen. Elsa ließ ihn und suchte den Blick ihrer Halbschwester, die jedoch gerade den Jungen beobachtete.

Als sie sich gegenüberstanden, fuhr der Bus ab, nahm seinen Schatten mit, und die fünf sahen sich in grellem Sonnenlicht. Elsa fühlte sich wie bei einer heimlichen Verabredung mit offenem Ausgang.

Sie sprachen einander zeitgleich beim Vornamen an, und Elsa hatte das Bedürfnis, ihre Schwester zu umarmen. Es konnte nicht schiefgehen, es war nur um Jahrzehnte verspätet.

Ina fühlte sich so breit an wie ein Mann. Aber sie hatte ein dezentes Parfüm benutzt, das Elsa nicht kannte.

„Du duftest", sagte sie verwirrt.

„Zur Feier des Tages", antwortete Ina fröhlich.

„Wie heißen denn deine Mädchen?"

„Ich bin Petra!", sagte die Große und stieß ihre Schwester an. „Ich bin Uta!", folgte die Kleine im gleichen Tonfall.

„Ich bin Simon!", sang Elsas Sohn brav hinterher und verstand nicht, warum die Mütter lachten.

Auf dem Weg zu ihrem Hof schwiegen sie. Wo anfangen? Was war überhaupt wichtig?

„Hier bin ich immer nur durchgefahren", meinte Elsa plötzlich.

„Ahnungslos bestimmt."

„Und mit der Kühltasche zwischen den Beinen und der Badetasche auf dem Schoß."

„Ich fahre, so lange ich denken kann, mit dem Fahrrad zur Ostsee. Die fünf Kilometer."

„Was für ein Glück!", schwärmte Elsa.

„Glück!", sagte Ina bedeutungsschwer. „Für mich war das alles normal. Und wenn mein Vati sagte, ich hätte wohl ein kleines *Immerglück* unter dem Kopfkissen versteckt, dann habe ich abends das Bett abgesucht."

„Natürlich! Es hätte wegrutschen können - wie bei mir."

„Ist es dann ja auch."

„Deine Eltern?", fragte Elsa vorsichtig.

„Ein Autounfall."

„Das hat Mutter erwähnt."
Als die Mädchen vorwegrannten und neben hohen Tannen ein großes Holztor aufstießen, wusste Elsa Bescheid. Ein großer alter Hof, der bestimmt ein paar Jahrhunderte auf dem Buckel und dem Dachfirst hatte, war Inas Nest gewesen. Simon hatte sich nicht getraut, den Mädchen hinterherzulaufen und umschlang Elsa von der Seite. Hinter dem großen Tor bellte ein Hund. Und wer wusste denn, was dort noch alles war!

Sie gingen durch das Tor und verschlossen es wieder.

„Aus, Prinz-Hund!", riefen die Mädchen, so dass der Schäferhund sich zufrieden niederlegte und die Kette im großen Bogen einfach liegen blieb.

Elsa fühlte sich sofort von vier Seiten geborgen: Links der Stall, mittig das reetgedeckte Wohnhaus mit den alten Fensterläden, rechts eine Scheune und rücklings das Tor neben den Tannen. Die Kinder liefen immer um die Pumpe herum. Simon wurde von den Mädchen überholt.

Wie bei Hanni und Gigi, dachte Elsa. Deren Hof lag auch nicht weit ab von der Ostsee, da konnte man damals auch hinradeln. Und die Ställe standen so wie diese hier.

„Das ist dein Zuhause, Ina?"

„Schon immer, ja. Mutti und Vati waren Bauern, sind in die LPG gegangen, und ich hab da auch gelernt. Hast du Stiefel mit für Simon?"

Elsa schüttelte den Kopf.

„Dann suchen wir mal welche für ihn." Ina rief die Kinder zurück, die in Richtung Stall unterwegs waren. Kaninchengucken, natürlich. Ina ging vor in die Waschküche, setzte Simon auf einen Melkschemel, zog ihm die Schuhe aus und fingerte ein Paar Kindergummistiefel aus dem Regal. Elsa half Uta mit ihren roten Stiefelchen. Sie hatte noch kleinere Füße als ihr Sohn. Dass es überhaupt so winzige Stiefel gab!

„Passen die?", fragte Ina, nachdem sie Simon einmal hopsen ließ, damit die Füße auf der Sohle richtig ankamen.

„Meine alten", erklärte Petra und schob ihre Füße in quietschgelbe, die noch fast neu aussahen.

Früher, in Ostpreußen, hatten sie Botten an. Nur Elsa hat die eigenen nicht mehr ausprobieren können. „Ich hab noch nie so kleine Gummistiefel gesehen."

„Die hat uns meine Cousine geschickt. Sie ist vernarrt in die Kinder."
Aus dem Westen. Wie praktisch, dachte Elsa, und sah, wie Simon
den Mädchen folgte und dabei wie ein alter Bauer in den Stiefeln
schwankte. Sie verschwanden im Kaninchenstall, und Simon hatte
sich nicht noch einmal umgedreht.

„Da passiert nichts. Komm, wir gehen rein", bat Ina, und stellte mit
zwei Griffen die drei Paar Kinderschuhe ins Regal.

„Und Prinz?", fragte Elsa.

„Der hat Simon schon akzeptiert. Das siehst du doch."

Als sie an der Pumpe vorbei zum Wohnhaus gingen, dachte Elsa:
Hier passiert wirklich nichts. Jedenfalls nichts, wovor Simon Angst
haben müsste.

In der großen Bauernküche mit Feuerherd war der Kaffeetisch gedeckt.

„Wir essen immer hier", erklärte Ina. „Nur Weihnachten nicht. Da
wird der Braten in die Stube getragen."

„Ist ja nicht Weihnachten", sagte Elsa und setzte sich auf die Küchen-
bank.

„Doch. Ein bisschen schon", meinte Ina feierlich.

Elsa nickte dankbar und zog ein selbstgebackenes Osterbrot aus ihrer
Umhängetasche.

„Nach pommerschem Rezept gebacken. Mein Großonkel konnte sowas."

Sie hatte eine rote Schleife um das Brotpapier gewickelt und war
nun froh, dass sie es heute schon mitgebracht hatte anstatt es erst am
Ostersonntag anzuschneiden.

Ina zog ein Holzbrett vom Küchenbord, das noch aus der Erstein-
richtung des Hauses zu stammen schien und sägte sanft mit dem
Brotmesser durch die Kruste. *Kalten Hund* hatte sie selbst gebacken.

Während Elsa sich anbot, den Kaffee zu filtern, fragte sie schnell:
„Hattest du früher schon von der Adoption gewusst?"

Früher, das hieß vor dem Unfall.

„Gott sei Dank, ja! Mutti hat immer gesagt, sie hätte nur meine Mutter
werden dürfen, weil eine andere Frau es nicht konnte. Aber sie hat
wohl nie nachgefragt, wer diese Frau war. Ich wollte es dann wissen."

„Vorher schon?"

„Nein, danach."

Elsa stellte den Wassertopf auf den Herd zurück und fasste Ina an den Schultern. „Wenn ich mich getraut hätte, ein bisschen tiefer nachzudenken, dann hätte es vielleicht anders kommen können. Aber ich habe Mutter nicht einmal richtig nach dir gefragt.

„Warum nicht?"

„Es wurde nur das Nötigste besprochen."

Inas Blick verfinsterte sich.

Elsa hörte den Nachhall des eigenen Satzes und spürte jetzt erst, wie weh der tat.

Sie goss den Rest Wasser in den Filter und fragte dann, ob Inas Mann auch käme.

„Der ist auf dem Feld. Aussaat. Da gibt es kein Wochenende."

„In der Erntezeit auch nicht?"

„Nein, da auch nicht."

Ina sah Elsa an. „Du hast doch noch bei deiner Mutter gewohnt vor meiner Geburt?"

„Natürlich."

„Hat sie ihren Bauch versteckt?"

„Wohl ziemlich gut. Ich hatte keine Ahnung."

Ina schüttelte zweifelnd den Kopf.

„Glaub ich jedenfalls", flüsterte Elsa.

Kindergetrappel auf dem Flur. Simon stolperte hinter den Mädchen her. Sie hatten die Stiefel im Stall gelassen und kamen mit offenen Schuhen, das war für den Jungen neu. Die alten Holzbotten hatten eben Vorteile gehabt! Während Elsa Hausschuhe für ihr Kind aus der Tasche zog, griff sie auch die in Geschenkpapier gewickelten Kinderbücher und legte sie neben zwei der Teller.

Als sie Simon auf den Stuhl half, saß ein geschnitztes Osterhäschen neben seinem.

Petra löffelte mit großer Selbstverständlichkeit Kakao in die drei Kindertassen. *Nesquik.* Es schien nichts Besonderes zu sein.

Elsa hatte den Ranzen voller Kakao vor Augen. Als hätte es damals nichts Nützlicheres für ein Kind auf der Flucht gegeben. Aber sie konnten Schokosuppe kochen, welch ein Luxus! Sie guckte sich am Nesquik-Hasen auf der üppigen gelben Packung fest, es war die Oster-Edition, ganz aktuell.

„Erst umrühren, Simon", mahnte Petra.

Das hatte er nicht gewusst. Simon stellte die Tasse ab und guckte erstmal zu, wie Uta das machte.

Auch mit dem *Kalten Hund* kam er nicht zurecht. Elsa wischte seine Schoko-Hände mit einer Osterserviette ab, die viel weicher war als alle, die sie je in der Hand gehabt hatte.

„Guck, das kann man so abknapsen mit der Gabel", lispelte Uta. „Da sind nämlich Keeeekse drin." Elsa überlegte, wo hier der nächste Logopäde war, wenn sich das nicht von selbst gab.

Sie warf einen Blick zu Ina, die versonnen die Kinder beobachtete und sich zu freuen schien. Familie eben. War das schon Familie? Oder war das nur Besuch? Elsa hätte sich Nähe gewünscht, gleichzeitig war sie besorgt und wusste nicht warum.

„Dürfen wir jetzt in die Bude gehen, Mama?", fragte Petra.

„Ihr habt doch das Osterbrot noch gar nicht gekostet."

„Ich will doch gerade, dass wir das *da* essen. Du gibst uns ein Körbchen mit!"

„Gute Idee, Petra. Aber trinkt bitte vorher noch aus."

Mit Kakao-Bärten, die fast bis zu den Ohren reichten, und einem Flechtkörbchen mit drei Osterbrotscheiben rannten die Kinder aus dem Haus.

„Wo ist denn die Bude?", fragte Elsa.

„In einer Nische hinter der Scheune, da spielen sie gern."

„Das ist ein Paradies, Ina."

„Es scheint so", bestätigte Ina. „Aber seit Mutti nicht mehr lebt, müssen wir das alles allein am Laufen halten. Das Viehzeug, den Garten, die Kinder, das Haus."

Und Elsa hatte neben der Arbeit nur die Wäsche und die Wohnung. Und Simon.

Als hätte Ina ihre Gedanken erraten, fragte sie: „Warum habt ihr erst so spät ein Kind bekommen?"

Wie sollte sie das erklären? Sie sah ihre Halbschwester ratlos an und schwieg.

„Manchmal klappt es ja nicht früher", half ihr Ina aus.

„Nein. Das sind ... Nachkriegsfolgen. Ich habe Friedrich auch erst spät kennengelernt."

„Und davor?"

„Der Mann davor ist tot. Aber von dem weiß Mutter nichts."

„Warum hast du ihr nicht von ihm erzählt?"

„Ich sagte doch, dass wir immer nur das Nötigste besprochen haben."
Wieder biss sie sich auf die Lippen.

„Aber wenn Mutter es damals geschafft hätte, mir von dir in ihrem
Leib zu erzählen, dann wäre ich später vielleicht auch mutiger mit
Otto gewesen. Der war Witwer und viel älter. Und krank. Garan-
tiert keine gute Partie in Mutters Augen." So viel hatte sie noch nie
jemandem über Otto erzählt.

„Und der, der mein Vater gewesen sein muss, war für deine Mutter
auch nicht der Richtige, nicht wahr?"

„Hat sie dir von ihm erzählt?"

„Nur, dass er drüben lebt mit seiner Familie. Sie hat mir seinen Namen gesagt."

„Den weiß ich gar nicht, Ina. Aber ich suche ihn ja auch nicht."

„Ich – vielleicht."

„Klar, deine Cousine braucht nur die Telefonbücher durchzuforsten."

„Wenn sie Zeit hat. So dachte ich auch."

„Ina, ich hätte mich so sehr über dich als kleine Schwester gefreut.
Das möchte ich dir gern sagen."

Ina schmunzelte: „Ist das jetzt etwa zu spät?"

„Ein bisschen, du bist nämlich nicht mehr klein", lachte Elsa.

Ina holte eine winzige Sektflasche aus dem Kühlschrank, öffnete sie
und füllte zwei Gläser.

„Du hast wohl alles aus dem Westen?", fragte Elsa beiläufig und
merkte, dass das der Kern ihrer Besorgnis war.

„Ist das ein Problem?", fragte Ina zurück.

„Für mich nicht. Aber ich werde deine Cousine nicht kennenlernen
dürfen."

„Ach, solche seid ihr", rutschte es aus Ina heraus.

Elsa fühlte, wie sie sich verfärbte.

„Nicht ganz. Also, nicht *ich*."

„Verstehe. Ihr werdet euch nicht begegnen. Keine Sorge."

Elsa entspannte sich, und Ina straffte sich: „Auf unser Wohl, große
Schwester. Lass uns Freundinnen sein." Sie stießen an, und Elsa
wusste nichts zu sagen. Freundinnen! So gern! Auf diesem Hof! Aber
ohne Cousine. Das aber auch nur, weil es nun einmal nicht ging. Dies
alles hielt sie mit Gedankenstrichen in ihrem Kopf fest, während sie
den Sekt über die Zunge perlen ließ.

„Hat Mutter dir von ihrem Geschäft in Königsberg erzählt?"

„Sie hat es erwähnt."

„Wir waren auch mal Teil der großen Welt. Mit einem riesigen Haus und einem Laden voller Schubfächer und Bonbon-Gläsern und Kaffeeduft. Dann mussten wir in der Nacht los und alles ist weg."

„Wie bei so vielen, Elsa."

„Ja. Und nie wieder haben wir es so gut gehabt wie damals."

„Sieht das dein Mann vielleicht anders?"

„Er hat Anderes erlebt, Ina."

„Ich kann nichts vergleichen – ich habe nur den Tod meiner Eltern und ein Davor und ein Danach."

„Das ist auch schlimm." Sie wollte ihr von Großmutter erzählen, und ihr fiel ein, dass Ina genauso mit ihr verwandt war.

„Ina, wir beide, wir haben eine Großmutter gehabt, die ist mit mir auf die Flucht gegangen und hat mich vor allem beschützt. Sie hat immer gesagt: Wir haben noch unseren Kopf, Kind, und das ist das Wichtigste."

„Sowas habe ich auch gedacht. Meinen Kopf. Aber auch den Hof und die Kinder. Und meine Arbeit."

„Und deinen Mann."

„Bodo, meine große Liebe", flüsterte Ina und wurde rot.

Sie zog Elsa in die gute Stube, die tatsächlich nach solch einer aussah mit Gründerzeitmöbeln und Troddeln am Kanapee.

„Wir haben mit achtzehn geheiratet."

Auf dem gerahmten Hochzeitsfoto an der Wand sah Elsa zwei kräftige Jugendliche, Ina, so wie jetzt, mit Brautschleier und glänzenden Augen. Bodo, ein Junge mit schulterlangen Locken und kaum Bartwuchs, drückte seine Angetraute so eng an sich, dass seine Schläfe fast eingedrückt wirkte.

„Da warst du schon schwanger!"

„Das siehst du?", lachte Ina.

Elsa bemerkte ein Fotoalbum auf dem Tisch, das Ina extra bereitgelegt zu haben schien.

„Möchtest du mir die Eltern auch zeigen?"

Ina nickte und öffnete das Album, in der Fotos ihrer Kindheit aufbewahrt waren, hastig beschriftet mit einem weißen Buntstift. „Deine Mutti war wohl auch immer in Eile."

„Ja. Deshalb ist sie auch fast auf jedem Foto unscharf. Nur die Passbilder sind gut und die vom Fotografen, guck hier!"

Elsa kannte jetzt das Gesicht von der Frau, die Mutter ersetzt hatte damals. Sie prägte sich ihre Züge ein, versuchte kleine Merkmale zu erkennen: die spitze Nase, die Dauerwelle und auf dem Passbild einen winzigen Punkt unter dem rechten Auge, der auf dem Porträtfoto wegretuschiert war.

„Du hast es gut gehabt bei ihr."

„Danke, dass du das sagst. Ich finde das auch."

Sie klappte das Album zu.

„Lass uns mal zur Bude gehen."

Zwischen der Scheune und einem ehemaligen Bienenhaus war aus Brettern ein kleiner Verschlag gebaut. Als Elsa ihren Kopf hineinsteckte, fand sie dort ihren Sohn. Er saß auf einer Kiste und blätterte in einem der Kinderbücher, die sie Petra und Uta mitgebracht hatte. Der Boden war mit einem alten Läufer ausgelegt. An der Ziegelwand, die zur Scheune gehörte, hingen zwei gerahmte Kinderzeichnungen.

„Das ist ja richtig gemütlich. Aber wo sind denn die Mädchen?"

„Weg", sagte er.

„Dann gehen wir sie mal suchen", sagte Ina ruhig und nahm Simon an die Hand.

Elsa fühlte sich plötzlich unwohl. Hatten sie ihn einfach allein hier sitzen lassen?

Ina rief gar nicht nach ihren Töchtern, sie schien etwas zu ahnen. Da kamen sie schon aus dem Kaninchenstall und hatten wieder ihre Stiefelchen an. Petra hielt eines der Tiere auf dem Arm, das vor ihrem zarten Körper so riesig aussah, dass Elsa dachte, es würde entweder gleich herabfallen oder sich sowieso mit Leichtigkeit freistrampeln. Als die Mädchen dem Blick ihrer Mutter begegneten, wichen sie zurück und trugen das Kaninchen wieder in den Stall.

Ina sagte nichts. Simons Hand war in der ihren immer noch ganz verschwunden.

„Wir wollten", fing Petra an, „wir wollten doch nur, dass wir in der Bude auch ein Tier haben."

„Schecki, genau!", ergänzte Uta.

Und da schien es auch Simon wieder eingefallen zu sein: „Den Hasen."

Elsa atmete erleichtert aus, und Ina holte tief Luft.

Als Friedrich sie am Abend vom Bus abholte, schlief Simon fest in ihrem Arm. Sie reichte ihm das Kind, weil sie frische, in Zeitungspapier gewickelte Eier in ihrer Umhängetasche trug, ein Glas eingewecktes Kaninchenfleisch und noch die Hälfte vom *Kalten Hund*. Auch in der Straßenbahn wachte Simon nicht auf. Zu Hause zog sie ihn vorsichtig aus, setzte ihn auf die Toilette, ließ ihn nur den Mund ausspülen und streifte ihm den Schlafanzug über.

„Der riecht aber noch nach Stall", sagte Friedrich, als er sich ihm zuwandte.

„Das passt. Davon träumt der nämlich gerade."

„Und du?"

„Ich bin jetzt mit meiner Schwester befreundet."

18 Standardtänze

Diepenburg, 1989

Als Hanni den Briefkastenschlüssel ins Schloss steckte, zitterte ihre Hand. Nur gleich die Zeitung aufschlagen, Sportseite suchen und auf dem Tisch ausbreiten! Doch sie zwang sich, ruhig zu bleiben, die Vase nicht umzustoßen und stellte vorsorglich auch die Post-Schale ins Regal. Nun war Platz auf dem Wohnzimmertisch. Sie nahm sich die Zeit, sich hinzusetzen, überschlug Welt- und Landespolitik, fingerte sich durch die Lokalseiten und sah dann das große Foto. Gabriele, von der Stylistin geschminkt und frisiert, war kaum wiederzuerkennen. Sie erlaubte sich nur ein feines Lächeln, das mit ihrem Partner Andreas abgesprochen schien. Auch er schmunzelte beherrscht, obwohl sie doch gemeinsam den Pokal trugen. Sie waren daran gewöhnt, ihre Emotionen perfekt zu dosieren und immer nur sehr gezielt erkennen zu lassen.

Hanni legte die Seite ab und versuchte das Paar auf dem Zeitungsfoto wie eine Fremde anzuschauen. Es gelang ihr nicht. Sie hörte sogar Gabrieles Stimme, *Hauptsache, keine Schweißränder!* Das Makeup an den Augenwinkeln verlieh Gabriele etwas Katzenhaftes. Das war wohl gerade angesagt. Hanni ahnte, dass dies Joachim wieder nicht gefallen würde.

Früher, als noch die Tanzkleider vom Versandhandel gut genug für die Bälle waren, hatte er jedes Foto des Paares gefeiert. Jetzt aber war er verhaltener geworden. Er hatte sich über den Jubel-Anruf gestern mitgefreut, aber zum Turnier ging er längst nicht mehr mit.

Hanni auch nicht. Aber nur, weil sie das eigene Herzklopfen nicht aushielt. Das wäre ihrer Mutter genauso gegangen und auch Joachims. Beiden war es nicht mehr vergönnt gewesen, Gabriele noch tanzen zu sehen. Auch Hermann war im letzten Sommer gestorben. Nun gehörten Hanni und Joachim zur Generation der Alten. Da durften sie die Daumen drücken, ohne im Publikum zu sitzen.

An Turniertagen trafen sie sich mit Andreas' Eltern zu einer *Scrabble*-Partie, da verging die Zeit. Und wer nicht gerade seine Buchstaben kombinierte, stöhnte zwischendurch schon mal: „Ob sie schon dran waren?" Joachim hatte immer die Uhr im Blick und meinte, auf einem Turnier gäbe es keine Verzögerungen mehr. Jetzt könnte man alles punktgenau planen. Gestern hatte er mehrmals „Ist noch nicht so weit!" gesagt und dann: „Jetzt können wir die Daumen drücken!"

Seit der Verlobung im Sommer gab es oft gegenseitige Einladungen, ohne dass Gabriele und Andreas dabei waren. Hanni griff zum Telefon.

„Hanni ist hier! Hast du die Zeitung gesehen?", fragte sie Andreas' Mutter.

„Schon ausgeschnitten!" Sie führte ein Tanz-Fotoalbum. „Die Gabi sieht wieder so nett aus, überhaupt nicht abgehoben."

Hanni hatte den Zeitpunkt verpasst, ihr zu sagen, dass sie nicht „Gabi" hieß.

„Nein, abgehoben sind sie nicht. Aber ein bisschen stolz schon."

„Können sie auch. Na, denke mal. Und das nebenher, wo sie doch beide arbeiten."

Das war es eben! Und Gabriele erwog nicht einmal, nach der Hochzeit aufzuhören. Das konnte Hanni nicht verstehen. Um Ablenkung zu haben, ging eine verheiratete Frau durchaus auch mal arbeiten. Das tat Hanni seit vielen Jahren, aber doch nicht zum Geldverdienen. Und das die ganze Woche!

„Ja, sie sind beide sehr beschäftigt", sagte Hanni und merkte dann, dass es ein wenig spitz geklungen hatte.

„Ich halt mich da raus", kam es aus dem Hörer.

„Ich auch", versprach Hanni.

Dann fiel ihr noch etwas ein: „Möchtet ihr, dass ich euch Karten reserviere für das Weihnachtsoratorium?"

„Singst du da mit?"

„Ja. Hatte ich das nicht erzählt?"

Sie hielt die Sprechmuschel zu und besprach sich kurz mit ihrem Mann.

„Hanni? Wir sind dabei."

„Wie mich das freut!", sagte Hanni und straffte sich.

Joachim kam zu jedem Konzert mit. Dann waren es also drei Karten. Heute, bei der Probe, würde sie sich in der Liste eintragen.

Allein die Liste reichte schon, das Konzert als ausverkauft zu erklären. Und das im September! Hanni klemmte ihren Namen noch in die Tabelle, schrieb ihn mehrfach nach und setzte eine Drei daneben. Seit Hannis erstem Tag im Chor sang sie neben Antonia im Alt. Die alte Schulfreundschaft, das vertraute Miteinander auf der Bank, steckte immer noch in ihnen, obwohl sie schon mehr als doppelt so lange zu den Chorproben gingen. Wenn Lotti, die noch hoch genug mit ihrer Stimme kam, um im zweiten Sopran zu singen, sich zu ihnen gesellte, fühlte sich Hanni wieder ganz jung. Dabei spürte sie eine innere Stärke, die ihr damals gefehlt hatte, als es in ihrem Leben noch Schwester Eulalia und deren Lehrer-Kolleginnen gab.

Die Chorprobe begann mit den üblichen Atemübungen und dem Einsingen. Als sich alle dafür erhoben, blieb eine junge Fremde an der Seite sitzen. Der Kantor nickte ihr schmunzelnd zu und widmete sich dann dem Chor.

In gehauchten Dreiklängen weckten die Chormitglieder ihre Stimmen, gingen tonweise immer höher, bis Hanni das Gefühl hatte, einer müsse die Leiter festhalten. Innerlich ließ sie gern die passenden Bilder zu. Ganz oben stand sie, es gab keine weitere Sprosse mehr. Als es dann tief in den Keller ging, hielt sich Hanni gedanklich am Handlauf fest und stützte dabei die Bauchmuskulatur, damit sie so effektiv wie möglich atmete.

„P - T – K – P – T – K", tonlos und kraftvoll artikuliert, ging das durch den ganzen Körper.

„Das Weihnachtsoratorium!", sagte der Chorleiter. „Je eher, umso besser. Wir fangen heute hinten an: Herrscher des Himmels ... "

Er zupfte an seiner Stimmgabel und summte die Tonhöhen für die Einsätze.

Herrscher des Himmels, erhöre das Lallen, lass dir die matten Gesänge gefallen ... Hanni versank in ihrem Part, fühlte sich geborgen neben Antonia und all den Chorfreunden, die sie in diesen Momenten liebte, ohne das jemals aussprechen zu wollen. Es war einfach nur das Glücksgefühl harmonischer Gemeinschaft. *Höre der Herzen frohlockendes Preisen, wenn wir dir itzo die Ehrfurcht erweisen.*

„Jetzt weint sie", flüsterte Antonia.

Hanni sah zu der Fremden, die sie schon beim Eintreten flüchtig wahrgenommen hatte. Die saß in ihre dicke Jacke gewickelt auf dem Stuhl an der Seite, schaute auf ihre Schuhe und regte sich nicht. Manchmal war Hanni ja selbst zum Weinen. Zu Hause, wenn sie Bach-Choräle auf der Schallplatte hörte, sang und heulte sie zugleich, weil sie bei solchen Emotionen alles Angestaute rauslassen konnte. Doch wenn Joachim dabei war, ging sie nur innerlich mit. Sie wollte nichts erklären müssen. Beim *Messias* war es nicht anders. Jessesmaaria, sie hatte eben eine dünne Haut. Gut, dass sie noch nicht so abgestumpft war.

Die Fremde wischte mit einem Taschentuch an den Augen entlang. Allein diese Geste lockte alle Blicke in ihre Richtung, so dass sich auch der Chorleiter plötzlich umwandte. Er ließ die Arme sinken, der Gesang ebbte ab. Es waren nur ein paar Schritte, die er zu der Fremden ging, dann nahm er sie in den Arm und flüsterte ihr etwas zu. Sie nickte.

„Ich habe euch Andrea noch nicht vorgestellt. Sie ist meine Nichte. Und sie hat bis vor kurzem in einem Dorf bei Erfurt gewohnt."

Erfurt? Das war doch drüben im Osten! Hanni reckte sich ein wenig, als könnte sie Andrea so besser erkennen.

„Sie ist über Ungarn in die Bundesrepublik gekommen."

Ach, die Flüchtlinge. Hanni hatte Szenen im Fernsehen gesehen. Das konnte sie sich gar nicht ausmalen. Was die auf sich nahmen. Mit kleinen Kindern oft!

Im Bereich der Männer begann jemand zu klatschen. Applaus in der Kirche? In der Nähe taten es ihm einige Hände nach, Hanni spürte Gänsehaut. Als sie die Regungen in Antonias Arm spürte, schlugen plötzlich auch ihre Handflächen aneinander, es schmerzte sogar ein wenig.

Andrea stand auf, presste ihre Hände vor der Brust zusammen und zeigte ihr tränennasses Gesicht. Dann strich sie ihrem Onkel über den Rücken, es sollte weitergehen.

Andrea also. Hanni sortierte ihre Gedanken, damit sie dies alles nachher Joachim erzählen konnte. *Jauchzet, frohlocket! Auf, preiset die Tage!* Welches Glücksgefühl es doch für den Kantor gewesen sein musste, Andrea aufnehmen zu können. Die junge Frau aus dem Osten, die dort bestimmt belauscht worden war und nicht in die Kirche gedurft hatte. Sowas hatte Hanni schon gehört. Tiefes Mitleid kam in ihr hoch. Den Ostdeutschen musste man doch helfen, wenn sie nun schon über die Grenze kamen. Hanni sah das eigene Haus vor sich, ein Raum würde sich finden, irgendwann würden sie alle zusammenrücken müssen. *Rühmet, was heute der Höchste getan!* Fast bedauerte Hanni, dass Diepenburg so weit im Westen lag.

„Du würdest auch jemanden aufnehmen, nicht wahr?", flüsterte Hanni Antonia zu.

„Und ob!", kam es prompt.

„Ich kenn gar keine aus dem Osten", meinte Hanni nachdenklich.

„Ich schon. Aber die ziehen da nicht weg. Die haben ein Haus", hauchte Antonia von der Seite.

Ja, wenn jemand etwas besaß, war es schwieriger. Da konnte man nicht einfach den Parka anziehen, Papiere einstecken und losziehen. Das war Hanni klar.

Wie soll ich dich empfangen? Und wie begegne ich dir? Hanni schloss die Augen, weil es so passte, dass es schon wehtat.

Joachim blieb nachdenklich auf der Couch sitzen.

„Die hätte das bestimmt mitsingen können", meinte er. „Sonst wäre sie nicht zur Probe mitgekommen."

„Sie hat sich gleich an die Seite gesetzt."

„Vielleicht sind sie eine große Kantorenfamilie. Sowas gibt es ja im Osten auch."

„Ich glaube, sie wollte uns nur hören", meinte Hanni. „Und dann war es sehr emotional."

„Das ist erst der Anfang!", prophezeite Joachim und griff nach dem Briefe-Stapel in der Postschale. Er musste auf dem Laufenden bleiben. Nur Rechnungen?

„Ich würde auch jemanden aufnehmen", gestand Hanni.

Er legte die Briefe wieder zurück.

„Für's Erste. Und dann?"

„Dann sehen wir weiter."

„Vielleicht kommen sie ja nicht bis hierher."

Hanni schluckte.

„Wir sind damals auch bis nach Lohne gekommen. Das war von Königsberg aus viel weiter als der Weg aus der DDR."

„Über Ungarn ist es noch weiter", wandte Joachim ein, „aber wir haben niemanden in der DDR, der sich zu uns auf den Weg machen würde."

„Nein." Nach einer Weile: „Doch."

Joachim schüttelte den Kopf. „Du meinst deine Freundin aus Königsberg? Die kenne nicht mal ich!"

„Ich kenn sie auch nicht mehr." Hanni hatte das Gefühl, sich rechtfertigen zu müssen, weil sie jetzt an Elsa dachte. Es gab nicht einmal Kontakt. „Das ist ja das Absurde."

„Du weißt doch überhaupt nichts von ihr!" Joachim klang fast vorwurfsvoll.

„Vielleicht würde sie niemals in den Westen gehen. Die stand doch auf der anderen Seite, denke ich."

Hanni versuchte sich zu erinnern. Immerhin hatte sie Elsa gesucht! Ihr Chor hatte vor über zwanzig Jahren in Westberlin gesungen, und sie war am zweiten Tag kurz in den Osten gefahren, um in einem großen Postamt nach Elsas Adresse im Telefonbuch zu fahnden. Nur die Mutter hatte sie in der Schweriner Ausgabe gefunden und am zerkratzten Kundentisch in der Filiale gleich einen Brief an die Freundin geschrieben. Wahrscheinlich war das sogar clever gewesen, weil der Brief dann in Ostberlin abgestempelt wurde. Wenig später kam von Elsa die Bitte, niemals in Schwerin anzurufen. Dabei hatte sie die Mutter sogar gekannt. Aus dem Laden in Königsberg. Unter welchem Druck musste die gestanden haben. Und Elsa selbst?

Sie erinnerte sich an ihre vertraute Innigkeit in der Kindheit. Und natürlich daran, dass Gigi sie beide immer ein Stückchen überragte. Wenn die Mädchen mit Elsa zusammen waren, brauchte sich Hanni nicht um die Gunst ihrer Schwester bemühen, dann hatte sie eine Freundin, die dieselben Spiele liebte und deren Flausen im Kopf sich mit den eigenen mischten.

Hanni wurde von einem kalten Schauer erfasst.

Joachim reichte ihr ein Glas Schnaps und prostete ihr mit dem eigenen zu.

Sie hatte nicht einmal gemerkt, dass er dafür aufgestanden war.

„Du zitterst ja", stellte er besorgt fest.

Er beobachtete seine eigenen ausgestreckten Hände und bemühte sich, sie ruhig zu halten.

„Wir müssen doch noch anstoßen, Hanni", sagte er.

„Natürlich", aber sie wusste gerade nicht, worauf.

„Also, auf die beiden! Und den Pokal!"

Hannis Gesicht entspannte sich, ihre Hände wurden wieder ruhiger.

„Und darauf, dass unser Daumendrücken geholfen hat."

Joachim kippte den Schnaps mit einem Ruck hinunter, Hanni brachte das nicht fertig.

Er atmete genüsslich aus. „Hat es bisher immer."

19 Wendezeiten

Gesine Plessmann sprach nicht mehr, sie weinte, wenn sie sich mit Hertha zum Essen traf. Ihr Sohn war mit Frau und Kind in Prag. Wenn im Fernsehen die überfüllte Botschaft gezeigt wurde, starrte sie wie irre auf die Mattscheibe. Da irgendwo musste er doch sein! Hertha meinte neulich, ihn erkannt zu haben, aber sie hatte ihn ja so lange nicht gesehen! Da sagte sie lieber nichts. Der würde sich schon melden.

Die beiden Rentnerinnen kamen jeden Tag nach dem Dessert in die Bibliothek, um die Zeitungen zu lesen und ein wenig zu verschnaufen.

Das einzige, was Gesine Plessmann verlässlich blieb, war ihre Angst. Noch hatten sie September, aber wenn es Winter wurde, Herrrgott! Ihr altes Arbeitszimmer musste sie jeden Tag einmal kurz betreten haben.

Elsa sah immer nur für die Länge eines Grußes von ihrem Schreibtisch auf. Sie konnte Gesine Plessmann auch nicht trösten, und versuchte es erst gar nicht.

Als die Tür wieder geschlossen war, murmelte Elke: „Wir weinen denen doch nicht hinterher, Elsa!"

„Und wenn deine Tochter plötzlich nicht zurückkäme aus dem Urlaub?" Elsa wollte deren Gründe lieber im Dunklen lassen. Elkes Blick sprach Bände. Was für eine Unterstellung! Die Tochter studierte Pädagogik und wusste genau, wohin sie gehörte.

„Hast du gar keine Angst?", fragte Elsa, obwohl sie so ungern mit ihr diskutierte.

„Wovor hast *du* denn Angst?"

„Dass keiner mehr bleibt. Und dass alles untergeht. Und umsonst war."

„Das hier ist eine Krise, Elsa, aber nicht das Ende."

„Ach so."

Zu Hause empörte sich Friedrich: „Geknutscht hat der. In aller Öffentlichkeit an der Haltestelle!"
Elsa wusste nichts zu sagen. Simon war sechzehn. Dann hatte er eben eine Freundin!
Doch für Friedrich schien dies eine einzige Peinlichkeit zu sein: „Ich bin eine Station weitergefahren, weil ich nicht an ihm vorbeigehen wollte."
Er schmiss seinen Aktenkoffer auf den Sessel und riss die Gardine auf.
„Ich kenn die nicht mal!"
Er stellte sich in den Türrahmen zur Küche und schnaubte: „Und dir ist sowas egal?"
Elsa drehte sich ganz langsam um.
„Ist *das* etwa ein Problem?"
„Nicht deines, nein! Du entschuldigst ja alles bei ihm!"
„Immerhin ist er noch da, Friedrich."
Er kniff die Augen zusammen, als hätte er sich verhört.
„Nicht in Prag oder Ungarn oder so, meine ich."
„Genau! Waren wir nicht an der Ostsee mit ihm? Reicht das plötzlich nicht mehr?"
Er selbst musste doch hören, wie hilflos das klang.
„Du weißt genau, was ich meine", sagte Elsa ruhig.
„Ich will's gar nicht wissen!" Friedrich sammelte seine Wut in der rechten Faust, quetschte sich dabei die Fingerkuppen im Handballen und griff bald mit der anderen Hand nach, um die Rechte zu bändigen. Dann schlug er sich mehrmals auf den Oberschenkel.
Elsa schlich auf ihn zu. „Wer macht jetzt Ärger bei euch?"
„Gibt keinen Ärger."
„Was denn?"
„Was heißt *was denn*?"
„Dir geht's doch nicht gut, Friedrich!"
Er setzte sich, griff nach der Zeitung und legte sie wieder auf den Tisch. Das *Neue Deutschland*.
Elsa fand auch, dass das *Organ* sich langsam lächerlich machte. Doch Friedrich gegenüber sprach sie es nicht aus. Das gab nur Streit.

„Mir geht's gut, Elsa. Und ich weiß das verdammt nochmal zu schätzen! Und Simon weiß das auch. Glaub doch nicht, dass der sich in so eine Botschaft aufmacht! Wer sich dort reindrängelt, holt sich nur nasse Füße. Und für die, die sie rauslassen, wird es im Westen nur schlimmer."

Seine Meinung war Elsa als offizielle Linie bis zum Überdruss bekannt.

„Wenn Simon jetzt mit Mädels rummacht, dann wird er froh sein, *hier* eine Familie zu gründen."

Elsa blies die Wangen auf. „Das hat er wohl noch nicht vor!"

„Ich sag's ja nur!"

Sie würde ihm doch nicht von Gesine Plessmanns Sorgen erzählen. Er musste selbst erst einen Kollegen haben, der vor ihm in Tränen ausbrach.

Drei Wochen später kam Friedrich gut gelaunt und früher als sonst nach Hause. Elsa, die ihre Füße gerade in warmes Wasser tauchte, weil die Herbststiefel einen der großen Zehennägel schief in die Nagelhaut gedrückt hatten, rief nur, dass sie im Bad war. Er steckte den Kopf durch die Tür und verkündete erregt: „Heute gehen wir nicht zum Chor, Elsa. Heute ist eine Kundgebung."

Elsa hatte die Flugblätter gesehen. Kerzen sollten mitgebracht werden, das Neue Forum rief die Leute auf die Straße. Doch konnte sie sich Friedrich nicht in solch einem Demonstrationszug vorstellen. Er sah auch nicht so aus, als hätte er sich von dieser Bewegung anstecken lassen, für die es aus seiner Sicht *keine gesellschaftliche Notwendigkeit* gab.

„Es wird Zeit, Elsa, das sagst du doch auch."

„Allerdings."

„Was glaubst du, was heute los war. So schnell wurde noch nie ein Tribünenbanner gedruckt", lachte er.

„Und was steht da drauf?

„*Dialog und Tat – gemeinsam für Erneuerung in unserem Land!* Heiß diskutiert, du!"

„Und wer spricht?"

„Die Fähigsten. Du müsstest denen nur mal zuhören!"

Er stieg über den Bad-Abtreter und kniete sich neben die Waschschüssel. Lange hatte er sie nicht so geküsst.

„Und wo?"

„Auf dem Alten Garten."

„Aber da demonstriert doch das Neue Forum!"

„Ab jetzt machen wir das gemeinsam." Dann lachte er wieder, als wäre die Zeile auf dem Banner seine Idee gewesen.

Elsa trocknete und salbte die Zehe, strich noch einmal vorsichtig über das wunde Nagelbett und klebte ein Pflaster drauf. Die Stiefel zog sie heute nicht nochmal an!

Als sie dann mit Friedrich vor dieser Tribüne stand, hatte sie das Gefühl, alle anderen seien von ihrem Parteisekretär geschickt worden. Elsa zog vorsichtig ihre Hand aus der ihres Mannes.

Hinter ihr trugen die Leute Kerzen und schützten die Flammen mit der anderen Hand, aber sie blieben nicht stehen, sie ignorierten die Tribüne, auf der der *1. Sekretär* Ideen für einen neuen Dialog präsentierte. Es klang so wie immer, wenn er sprach, fast wie eine gewöhnliche Rede. Aus dem Demonstrationszug ertönten Zwischenrufe.

Elsa spürte ein diffuses Schamgefühl in sich aufsteigen, sie sah in immer mehr Gesichter, die sich umdrehten und den Kerzen hinterherschauten.

Was stand da auf den schaukelnden Transparenten im Demonstrationszug? *Freie Wahlen! Reisefreiheit!* Und *Neues Forum anerkennen!* Das war doch niemals eine gemeinsame Kundgebung!

„Du stehst bei den Falschen!" Katja. Ihr Lachen tat gut. Elsa fühlte ihre Hand am Ärmel und ließ sich mitziehen.

„Bist auch nicht beim Chor?"

Katja schüttelte den Kopf. „Heute geht das nicht."

Freie Wahlen, klar, die wollte sie auch. Bei der Reisefreiheit war sie sich nicht so sicher. Dann blieb doch niemand mehr hier? Und das Neue Forum? Bis jetzt hatte sie es nicht ernst genommen.

Elsa griff nach dem rechten Arm der Freundin und guckte sich fest am Plastikbecher in ihrer Hand, durch dessen Boden Katja ihre Kerze gesteckt hatte, damit ihr das Wachs nicht auf die Finger lief.

Die vielen Lichter gaben dem Demonstrationszug etwas Festliches, beinahe Sakrales. Nur das Schlurfen der Füße war zu hören, irgendwo sangen ein paar Mädchen. Dann hörte sie Sprechchöre. Die Lautsprecher der Kundgebung schienen schon in einer anderen Welt zu stehen.

„Ist das schön, Katja."

„Humpelst du?"

„Ein bisschen."

„Falls wir nachher rennen müssen, kannst du das?"

„Wir rennen nicht. Lass uns einfach mittendrin bleiben."

„Ja, das möchte ich auch am liebsten. Aber es könnten zwei, drei Idioten ausreichen, und das Ganze kippt."

Aus dem Domportal strömten Menschenmassen, die am Friedensgebet teilgenommen hatten und sich nun unter die Demonstranten mischten. Der Zug blähte sich auf, stockte.

Die ganzen Kerzen! Es hatte Zeiten gegeben, da gehörten die zur Mangelware. Kurz vor Weihnachten erst recht. Überall zuckten die Flämmchen. Aber was, wenn im Gedränge ein Pferdeschwanz Feuer fing oder ein Anorak? Das war immer Elsas erster Gedanke gewesen, wenn sie Fackelzüge gesehen hatte. Nie hätte sie an einem solchen teilgenommen, es schien ihr brandgefährlich. Erneut stockte der Zug. Ein junges Mädchen vor Elsa rempelte versehentlich rückwärts und trat Elsa auf den Fuß.

Der Zeh platzte und jagte ihr einen schmerzenden Pfeil bis in die Magengegend. Mit beiden Händen hielt sie sich kurz an Katjas Schulter fest, ließ aber keinen Laut hören. Vor Simons Geburt hatte sie gelernt, einen Schmerz zu kanalisieren und ihr gesamtes Selbst von ihm abzutrennen.

Katja zog sie behutsam weiter. „Was ist denn mit deinem Fuß?"

„Ganz banal. Eine Entzündung am Nagelbett." Elsa konnte schon wieder lachen.

„Fies."

Vor dem Arsenal ein Lichtermeer. Als Elsa und Katja dort angekommen waren, vor den vielen aufgestellten Kerzen, deren Spitzen sich in der Hitze einander schon entgegenneigten, zog Katja ihre aus dem Becher und steckte sie in die weiche, frische Wachsmasse, die sich immer wieder neu auf den Steinstufen ausbreitete. Elsa konnte sich nicht sattsehen an diesen leuchtenden Stufen, den Menschen, die nach Lücken suchten, um ihr Licht aufzustellen und an den Gesichtern der Erleichterung, weil sie den Abend als ein Wunder erlebten. Sie dachte an Mutter. Die wäre bei der Kundgebung stehen geblieben. An Friedrich zu denken, tat weh. Heute war er seit langem froh gewesen, hätte sie in der Nacht geliebt, ganz sicher, dann aber war sie nicht bei ihm stehen geblieben.

Sie hörte, irgendjemand hätte Wasserwerfer stehen sehen. Elsa wusste gar nicht, wie die aussahen.

„Ich möchte jetzt nicht nach Hause", flüsterte Elsa.

Katja zog sie mit und klemmte Elsas Arm fest unter den eigenen. Sie wichen dem Demonstrationszug aus, da sie in die Gegenrichtung mussten, gingen durch die kleinen Straßen, mal war es ein Umweg, mal eine Abkürzung. Elsa kämpfte gegen einen plötzlichen Krampf im Fuß, der durch das starre Einrollen der Großzehe ausgelöst war. Am liebsten hätte sie sich von ihrem Schuh getrennt, da öffnete Katja schon die große Haustür. Oben auf dem Flur schlüpfte Elsa aus den Schuhen. Der Zeh war nicht geplatzt, er sah nicht schlimmer aus als am Nachmittag, aber sie durfte ihn nicht berühren.

„Brauchst du Jod?"

Elsa verzog das Gesicht und nickte. Sie saß auf der einzigen Sitzgelegenheit im Flur, einer gepolsterten Korbkiste mit Henkelgriffen, unter deren Klappe sich vermutlich Schuhputzzeug befand. So jedenfalls hatte Frau Schiller damals ihre Sitzkiste eingerichtet.

Katja reinigte die Zehe mit einem nassen Waschlappen und tupfte vorsichtig Jod auf das Nagelbett. Elsa, obwohl sie dabei zusah, schrie auf, als das schneidende Brennen einsetzte. Sie hatte alle Schmerzablenkungstricks außer Kraft gesetzt, dann traf das Stechen aber auch gleich bis ins Mark, und sie lehnte sich an die Jacken und Mäntel, die an der Garderobe über ihr hingen, und ließ den Tränen freien Lauf. Katja legte Mull und einen dünnen Verband an, zog Elsa die Socke darüber und reichte ihr ein Glas Selters.

„Morgen früh gebe ich dir ein Pflaster, das wird dann schon reichen. Du bleibst heute hier."

„Ich glaub, ich bleib ganz hier", lachte Elsa unter Tränen. „So hat sich noch nie jemand um mich gekümmert."

Katja hatte im Vorbeigehen den Fernseher eingeschaltet. Sie stellte den Sender um, jetzt kam die *Aktuelle Kamera*, mal sehen, ob die was brachte.

„Guck, Schwerin!" Erkennbar war das nur an der Silhouette des Schlosses, die sich kaum in der Dunkelheit abhob. Die SED und das Neue Forum hätten in einer gemeinsamen Demonstration ihre Bereitschaft für Dialog und Erneuerung bekundet, sagte der Sprecher.

„Haben die es nicht geschnallt?", wetterte Katja.

„Doch, das haben sie. Die Bilder von den vielen Kerzen waren ihnen gerade recht! Da haben sie sie eben benutzt", erkannte Elsa. „Das war nun mal alles sehr dicht beieinander."

„Die haben gar nicht wahrhaben wollen, dass es zwei Veranstaltungen gegeben hat. Und die Kundgebung eurer Genossen wollte doch nur die andere stören. Das ging aber gründlich schief."

Eurer Genossen. Ja. Elsa spürte das Rutschen eines imaginären Bodens unter sich. Es würde sicher noch viel mehr passieren. Sie hatte keine Ahnung, wie weit dies Auswirkungen haben könnte auf ihr eigenes Leben. Sicher nicht so viel, dass sie nachts mit ein bisschen Gepäck auf einen Laster klettern müsste. Das Allerschlimmste hatte sie schon als kleines Kind erlebt.

In der Küche schmierten sie sich Schmelzkäse auf Brotscheiben und tranken Kräutertee. Katja öffnete ein Glas Gurken, schnitt sich dünne Scheiben und legte sie auf den Aufstrich.

„Wann kommt denn dein Karlemann?"

„Der hat Spätschicht. Kurz vor Mitternacht."

Im Westfernsehen gab es mehrere Sondersendungen. In Leipzig waren mehr als 200.000 Menschen auf der Straße gewesen. Was für ein Mut gehörte dazu! Noch vor zwei Wochen, am Republikgeburtstag, hatte es in Berlin Misshandlungen durch Polizisten gegeben. Elsa lernte hier nun die empörten Gesichter in Nahaufnahme kennen. Friedrich würde, wenn er die sah, im Stillen schon agitative Gegenargumente formulieren. Sie war sich nicht sicher, ob sie die noch ertragen konnte.

Katja stellte einen Hocker vor Elsa, damit sie die Füße hochlegen konnte. Dann lag plötzlich dieses Flugblatt auf ihrem Schoß *Die Zeit ist reif – Aufbruch 89*, ein Ormig-Abzug, mit lila Buchstaben, so wie die langweiligen Parteiversammlungsprotokolle, die in der Bibliothek auf gleiche Art vervielfältigt wurden.

„Ach, das. Klar. Woher hast du das?"

„Das ist ein Flugblatt. Und Flugblätter fliegen einem zu, Elsa."

Da las Elsa von Mangelwirtschaft und Bevormundung, von demokratischem Dialog und Gerechtigkeit. Sie hielt die Luft an. Niemals hätte sie sich vorstellen können, so etwas überhaupt auszusprechen. Das hatte doch Folgen! Wie mutig waren manche geworden!

Aber wenn jetzt sogar die Partei den *Dialog* gewollte hatte?

Nein, den hätte es sowieso niemals wirklich gegeben.

Wenn sie sich nur Friedrich vorstellte, der hatte doch so etwas gar nicht gelernt. Die Fähigsten würden am Rednerpult stehen? Genau die konnten das doch auch nicht!

Ach, Friedrich! Wenn er im Chor stand, erwartungsfreudig auf den Einsatz konzentriert, dann fühlte sie noch eine schmale Art von Zärtlichkeit. Wenn er aber Simons Verliebtheit verfluchte, nur weil er ein Ventil brauchte für seine beruflichen Ängste und Enttäuschungen, dann fand sie ihn bitter, ungerecht und für den Sohn sogar gefährlich. Dem konnte doch das Küssen vergehen, wenn er Angst hatte, sich vor seinem Vater rechtfertigen zu müssen. Sollte er doch von Herzen lieben dürfen und sich niemals verstecken müssen, so wie sie.

Katja schenkte Rotwein ein.

„Auf diesen Abend!"

„Zum Wohl, Katja. Ich bin dir dankbar."

„Du warst auf dem Holzweg. Da musste ich dich doch wegziehen", lachte Katja.

„Aber wo endet dieser Weg?"

Katja zog ratlos die Schultern hoch. „Er führt zumindest aus der Sackgasse."

„Aber der Friedrich ist da noch."

Da schwenkte Katja langsam den Wein im Kelch und sah versonnen auf ein Sofakissen.

„Den kann man da nicht einfach mitnehmen. Der muss den Schritt von allein tun."

Es klang allzu simpel. Aber sie hatte wohl Recht. So einfach konnte man das sagen.

„Und was mach ich solange?"

„Du wirst damit auch zu tun haben. Genauso wie ich. Wer weiß denn, was passiert?"

Das stimmte. Für Elsa war das kleine Familiendrama in den Vordergrund gerückt, dabei gab es für alle viel größere Fragezeichen. Der Abend war doch noch gar nicht zu Ende gewesen, da waren sie schon gegangen. Wegen einer Zehe!

Katja wollte nachschenken, doch Elsa wehrte ab. „Ich würde gern ins Bett gehen."

„Klar. Im Kinderzimmer."

Dort stand noch das Klappbett der Tochter. Elsa dachte kurz daran, dass Simons Kinderzimmer auch bald verwaist sein würde. Sie schlüpfte in ein kuscheliges Frotté-Nachthemd, das ganz sicher aus dem Westen stammte.

Dann wanderten ihre Gedanken zu Ina. Im Sommer waren sie bei ihr gewesen, hatten am Strand gesessen, Friedrich war weit hinausgeschwommen, und sie hatten geredet. Über Mutter, die nur noch in ihrer Kindheit lebte. Und über Inas Vater, den Frettchen-Mann, der sie schon ein paar Mal besucht, sich aber seiner Familie gegenüber noch nicht offenbart hatte. *Reisefreiheit*. Das hieß, Ina konnte sich auf den Weg machen, ihre Cousine besuchen und die Familie ihres Vaters schocken. Elsa sah es schon vor sich. Lange würde es nicht mehr dauern. Sie konnte sich eingestehen, dass es an der Zeit war, solche Forderungen zu stellen. Nur hatte Elsa selbst niemanden im Westen, seit Gustav und Anni gestorben waren.

Beim dritten Hochschrecken dachte sie, endgültig verschlafen zu haben. Dabei war jeweils nicht einmal eine Stunde vergangen. Schwer fiel sie auf das Kissen zurück und verharrte in einem halbwachen Zustand.

Der Kaffee am Morgen drückte im Magen, mobilisierte sie jedoch kaum. Katja nahm sie in den Arm und raunte ihr etwas von einem *großen Tag heute* zu.

„Danke, einen schönen Tag dir auch."

In der Bibliothek hatte sie schon Anlauf genommen, Friedrich in der Dienststelle anzurufen. Ein Zeitalter schien vergangen zu sein, seit sie sich ihm vor der Tribüne entzogen hatte. Auf dem Weg zum Telefon waren ihr aber die Worte schon wieder entfallen, die sie ihm sagen wollte, daher kehrte sie um und blieb dann einfach an ihrem Schreibtisch sitzen.

Sie hatte die Sachen vom Vortag an, Katjas Deodorant war das gleiche, das sie selbst sonst benutzte. Es schien also alles wie immer, doch Elsa fühlte eine beklommene Fremdheit. Die Freude am Lichtermeer kam ihr wie ein Traum vor. Das Wort *Reisefreiheit*, das sie gestern erstaunt in sich aufgenommen hatte, erschreckte sie jetzt. Froh war sie nur, dass ihre Zehe sich mit Salbe und Pflaster zufriedengegeben hatte und keinen Mucks mehr tat.

Im Büro war es still. Ohne Elke. Warum war sie nicht gekommen? Ihre Bleistifte lagen nach der Größe geordnet angespitzt nebeneinander, der Bücherstapel schloss mit dem Tischrand auf Kante ab. Mechanisch erledigte Elsa ihre Arbeit, aber nach dem Mittag wurden ihr die Arme schwerer. Sie hatte das Gefühl, schon für einen Moment eingeschlafen gewesen zu sein oder war sie erst kurz davor? Seit die Botschaftsflüchtlinge in den Westen gedurft hatten, weinte Gesine Plessmann nicht mehr. Sie grüßte nach dem Essen nur noch kurz ins Büro. Am Abend, im Hochhaus, ließ Elsa sich gleich aufs Bett fallen. Ihr war es nun recht, dass Simon und Friedrich nicht da waren. Sie atmete sehr tief durch und ließ das Blei in die Arme und Beine kriechen. Dieser Moment, in dem sie tiefer und tiefer sank, während die Welt, losgelassen, über ihr zu schweben schien, war der schönste am Einschlafen. Als die Tür klappte, wurde sie wieder wach. 19 Uhr. Ihr war, als hätte sie eine ganze Nacht geschlafen. Simon war nicht allein, das hörte sie gleich. Elsa richtete ihr Haar vor dem Spiegel und lächelte sich an. „Hallo!", rief sie munter durch die Wohnung. „Hallo", kam es aus dem Kinderzimmer zurück. Sekunden später öffnete sich die Tür und allein der Anblick ihres Sohnes brachte Elsa wieder richtig in die Familie zurück. Seinen Pullover musste sie aussortieren, den hatte er doch schon im vorletzten Frühjahr getragen. Er war gewachsen! Als er ihr jetzt einen Kuss gab, bemerkte sie stolz, wie er sich dafür hinabbeugen musste. War ihr das bisher noch nicht aufgefallen? „Das ist Nicki, Mama!", sagte er, und Elsa öffnete die Augen. „Das ist meine Mutti, Nicki!" Nicki hatte wohl gelernt, dass ein fester Händedruck fürs Kennenlernen wichtig war. „Und wie heißt du richtig?" Blöde Frage. Warum war sie ihr herausgerutscht? „Na, Nicole doch." Klar, wie sonst. „Möchtet ihr was essen?" „Ist ja nichts da." „Doch, eine Fibü", meinte sie.

„Okay, Mama."

In der Küche sah sie einen Zettel auf dem Tisch. *Bin gleich wieder da, F. (20 Uhr).*

Für vier reichte die Fischbüchse nicht. Vielleicht fand sie noch etwas anderes. Die Dauerwurst, die noch auf dem Zwischenboden im Flur hing! Von der wusste Simon doch gar nichts.

Sie sah auf die Uhr. Noch nicht halb acht.

Was stand auf dem Zettel?

Sie eilte in die Küche zurück. Hieß das, er wäre um 20 Uhr wieder da? Sie wusste gleich, dass es das nicht hieß.

„Simon, hast du Papa gesehen?"

„Hab verschlafen heute. Nein."

Sie ging auf den Balkon und starrte auf den Spielplatz. Die Kappe des Fliegenpilz-Klettergerüstes war in der Dunkelheit noch auszumachen, sie hörte Jugendliche, die sich auf den Gummireifen lümmelten.

„Friedrich?" rief sie über den Hof.

Wie sinnlos. Sie hatte jetzt nur die Nachbarn informiert, dass er nicht zu Hause war.

Eilig stellte sie Teller, Teegläser, Brot und die Fischbüchse auf den Tisch.

„Ich muss ihn anrufen, Simon", rief sie, zog dabei den Mantel von der Garderobe und merkte erst im Fahrstuhl, dass sie in Hausschuhen losgelaufen war. Vielleicht tat das dem Zeh gut.

An der Telefonzelle musste sie warten, obwohl die Frau darin nur reglos den Hörer an ihr Ohr hielt und schwieg. Die grelle Tellerlampe an der Decke warf scharfe Schatten in ihr Gesicht. Die Augen lagen ganz im Dunklen. Elsa stellte sich so, dass die Frau bemerken musste, wie dringend es ihr war.

Die Reste des zerfetzten Telefonbuches waren angekokelt. Elsa hasste diese Zelle. Wie oft hatte sie Friedrich gefragt, ob nicht seine Stellung zu einem Telefonanschluss berechtigte.

„Damit sich die Schlange zu uns ins Wohnzimmer verlagert?" Nein, seine Stellung würde nicht zu solch einem Anschluss berechtigen. Außerdem fühlte er sich ohne besser.

Das hatte sie erst allmählich verstanden. Wer nicht erreichbar war, war nicht erreichbar. Im doppelten Sinne. Das war Friedrichs Verständnis von Freiheit.

Die Frau hängte ein und öffnete ganz langsam die Tür. „In welche Zeit wird dieses Kind hineingeboren?", flüsterte sie vor sich hin und verschwand aus dem engen Lichtkegel der Zellenlampe. Elsa ließ die Münze zunächst fallen, dann zitterte ihr die Hand, als sie den Zwanziger in den Schlitz steckte. Sie hatte nur selten bei Friedrich angerufen, doch die Nummer konnte sie im Schlaf. Die Wählscheibe schien in Zeitlupe zurückzuwandern. Besetzt. Fast war sie erleichtert. Besetzt war doch besser, als wenn niemand ranging. Dann musste Friedrich wohl noch arbeiten. Vor der Zelle wartete ein Mann aus dem Hochhaus. Er grüßte, sie nickte nur, dann bemühten sich beide, aneinander vorbei zu kommen ohne sich zu berühren.

Elsa hatte sich vorgenommen, Nicki beim Essen nicht mit Fragen zu löchern. Doch als sie wieder in der Küche stand, waren die Kinder nicht da und die Fischbüchse schon fast leer. Brotkrümel lagen herum. Sie schloss die Augen und achtete auf die Geräusche, doch sie hörte nur die Jugendlichen auf dem Spielplatz. „Stasi in die Produktion!", grölte einer. „Auf den Friedhof!", lachte ein Zweiter. „Ah, tot alle?", lallte ein Dritter. „Nee, die soll'n die Gräber harken!" Das war die Stimme des Zweiten. Sonst waren hier oben immer nur Wortfetzen angekommen oder Elsa war zu unbeteiligt gewesen. Jetzt wühlte alles sie auf. Sie belegte sich eine Butterstulle mit den Resten aus der Büchse und aß im Stehen. Fruchtsirup war noch im Kühlschrank. Sie goss einen Schluck davon in einen Becher und füllte ihn mit Wasser auf. Wenn es schnell gehen musste, war sie mit diesem Zuckerwasser zufrieden. Es musste schnell gehen. Elsa wollte ins Bett und in sich hineinhorchen. Als sie aus dem Bad kam, rief sie nur noch ein *Gute Nacht, Simon!* durch den Flur, erhielt aber keine Antwort. Als sie dann lag, hatte sie das Gefühl, als würde ihr alles wegrutschen – das Land, der Mann, der Sohn, ja, sogar die Fischbüchse. Sie griff nach dem Rand ihrer Zudecke und hielt ihn fest. Wenn man etwas mit beiden Händen anfasste, dann half das der eigenen Stabilität, hatte sie mal gelesen. Und es machte müde. Mutter, ich war seit drei Tagen nicht bei dir, dachte sie plötzlich. Dabei wohnte Mutter jetzt im Altenheim, nicht weit hinter dem Hochhaus. Vielleicht hatte sie noch gar nicht bemerkt, dass etwas in Bewegung geraten war. Sie lebte mit ihrer ganzen Seele wieder in Ostpreußen, was Elsa nie für möglich gehalten hätte. In Gedanken folgte Elsa ihr mühelos in die große Wohnung über Mutters Laden. Die Zudecke in ihren Händen wurde zu der guten karierten Sofadecke, sie baute sich ein Zelt aus dieser Decke, kroch hinein und schloss alle Spalten. Nichts und niemand sollte in die kleine Welt eindringen, nur ihre Freundinnen. Hanni und Gigi saßen schon neben ihr und kicherten leise. Sie hatten Königsberger Marzipan mitgebracht, welche Rarität in Kriegszeiten! Sie hörte Schritte. Aber sie waren ja sicher in ihrem Versteck, niemand würde sie bemerken, wenn sie die Luft anhielten.

Doch die Schritte näherten sich bedrohlich. Elsa spürte, wie sich der Untergrund bewegte, das Haus vielleicht, das Parkett, doch sie konnte es im Deckenzelt nicht sehen.

Dann war da plötzlich eine Hand auf ihrer Schulter, unweigerlich ein Zeichen für das Ende. Sie schrie!

„Still!", zischte Friedrich. „Was ist denn mit dir los?"

Elsa knipste schnell die Nachttischlampe an, um sich zu orientieren. Einiges war ihr durcheinander geraten.

„Das bist *du* ja!". Verwundert starrte sie Friedrich an.

„Ja, ich, Elsa! Und stell dir vor, es ist noch jemand in der Wohnung. Diese Göre!"

„Welche?"

„Na, ich kenn sie doch nicht!"

Jetzt erst schob sich bei Elsa alles zurecht.

„Ich schmeiß die raus!"

„Das musst du nicht." Sie versuchte, konzentriert, aber sanft zu sprechen. „Sie heißt ... Nicole."

„Dann darf Fräulein Nicole uns jetzt für heute Nacht verlassen!"

Friedrich sprang auf, ging entschlossen in den Flur und klopfte an die Kinderzimmertür.

„Nicole, es wird Zeit. Deine Eltern warten."

Elsa schloss die Augen und zwang sich, in ruhigen Zügen zu atmen. Gegen das Herzrasen nützte das gar nichts.

„Nicole!?"

Keine Antwort.

„Simon?"

Da öffnete sich die Tür.

„Schrei doch nicht so, Papa. Ich hab schon geschlafen."

„Du?! - Ihr!"

„Nein, ich, Papa. Geh bitte ins Bett."

„Und warum hängt ihre Jacke hier an der Garderobe?"

„Die bringe ich ihr morgen."

„Na dann", sagte Friedrich. Elsa hörte seine Verlegenheit. „Gute Nacht!"

„Dir auch, Papa."

Friedrich schlurfte ins Schlafzimmer zurück. „Mist!" Beim Einschlafen kicherte er kurz hysterisch, dann atmete er schon im Schlafrhythmus. Elsa hatte ihn gar nicht gefragt, wo er in der vergangenen Nacht gewesen war. Hellwach lag sie in ihrem Bett. Die Zudecke hatte nichts mehr von der karierten guten Sofadecke, Elsa spürte nur noch einen wehmütigen Hauch ihres kurzen Traumes. Sie starrte den Kleiderschrank an und hörte, wie die Kinderzimmertür geöffnet wurde. Flüstern auf dem Flur.

„Die Jacke muss jetzt leider hierbleiben." Simon konnte überhaupt nicht flüstern. „Nimm meinen Pullover. Der passt mir sowieso nicht mehr." Rascheln. Das Verrutschen des Abtreters. Das Relais vom Etagenflur-Lichtschalter. Die Tür. Simon schlich in sein Zimmer zurück. Brachte er sie gar nicht nach Hause? Das musste Elsa ihm noch beibringen!

„Zum Frühstück mag ich keine Fischbüchse riechen", sagte Friedrich.

„Dann bring doch den Eimer weg."

„Gehört nicht in meinen Aufgabenbereich."

„Simon ist schon los."

Mürrisch erhob sich Friedrich, zerrte den Mülleimer unter der Spüle hervor und brachte ihn zum Müllschlucker auf dem Etagenflur. Wenn man die Klappe offen ließ, hörte man die Ratten im Schacht. Er schob den leeren Eimer mit dem schwarzen Deckel wieder zurück unter die Spüle.

„Da fehlt noch eine Zeitung drin", sagte Elsa, während sie das Filterpapier in den Einsatz der Kaffeemaschine legte.

„Die heb ich auf."

„Stehst du drin?"

„Ich hoffe nicht."

„Das ist das erste Mal, dass du das hoffst."

Er schwieg.

Elsa löffelte endlich den Mocca-Mix in den Filtereinsatz, goss Wasser in die Maschine und stellte sie an.

„Wo warst du denn Montagabend, Friedrich?"

„Sag erst, wo du warst!"

„Bei Katja. Ich hatte einen kranken Zeh."

„Oh, das ist ein Grund."

„Und du? Hast du auch einen?"

„Ach, Elsa. Was fragst du."

„Ich war in Sorge."

„Das sagst du doch nur so."

Wie konnte er annehmen, dass sie sich nicht sorgte, jetzt, wo alles den Bach runterging? Sie wurde schärfer im Ton.

„Ja, genau, das sag ich nur so. Irgendwann muss ich das ja mal tun!"

„Das hast du ja jetzt. Also, lass es gut sein."

„Ist das alles?", fragte sie überflüssigerweise.

„Jawohl!"

Sie füllte sich eine Tasse mit Kaffee, stellte die Kanne zurück und schmierte sich ein Brötchen.

Er stand auf, holte sich die Kanne, goss sich selbst ein und ging mit seiner Tasse ins Wohnzimmer.

Von der Bibliothek aus fuhr sie direkt zu Mutter. Von dort konnte sie das Hochhaus sehen, aber nicht den eigenen Balkon.

„Mutter, hast du die Zeitungen gelesen?"

„Da steht nichts drin."

„Das stimmt."

„Die Kaffeepreise steigen, Kind. Gut, dass wir mit Vorräten wirtschaften."

Sie sah ihre Mutter, wie sie vor fünfzig Jahren in ihrem Geschäft stand.

„Du wirst ihn auch verteuern müssen, Mutter."

„Vorerst nur für Fremdkunden."

Mutter verschränkte die Hände so vor ihrem Leib, als wollte sie sich schützen. Vor Einmischung auch. Sie entschied schließlich selbst. Und in Geschäftsdingen konnte ihr das Kind erst recht nicht reinreden.

„Mutter, der Friedrich sagt mir nicht mehr, was er so macht an seinem Arbeitstag."

„Der Friedrich?" Sie schien zu überlegen, ob er ein Stammkunde war.

„Der sagt nichts. Der schweigt."

„Ein Goldjunge."

Verdutzt erkannte Elsa das Sprichwort. Mutter war fitter, als sie vorgab.

Am 10. November, einem Freitag, blieb Friedrich einfach liegen. Elsa stellte das Radio in der Küche lauter. *Deshalb haben wir uns dazu entschlossen, heute eine Regelung zu treffen, die es jedem Bürger der DDR möglich macht, über Grenzübergangspunkte der DDR auszureisen... Das trifft ... nach meiner Kenntnis ... ist das sofort, unverzüglich...* Elsa fiel einfach mit dem Hintern auf den Küchenstuhl. An der Berliner Mauer, sogar auf der Mauer, war der Teufel los, das hörte sie bis hier. Da lagen sich die Menschen in den Armen. Katja fiel ihr ein. Und das Wort *Reisefreiheit.* Trat so etwas einfach in Kraft? Und das Land? War das schon reif dafür? Wahrscheinlich würde die Grenze bald wieder geschlossen werden. Das ging wohl gar nicht anders. Auf Antrag mal rüberfahren, das würde schon ausreichen. Ina musste sich jetzt kaputt freuen! Sie dachte zärtlich an ihre Schwester und hatte plötzlich Angst um sie. Vielleicht kam sie nicht wieder zurück? Elsa schlich ins Schlafzimmer. Friedrich hatte den Kopf unter seinem Kissen vergraben.

Sie zog es behutsam zur Seite.

„Es ist was passiert, Friedrich, wach auf."

Er räkelte sich.

„Die Grenze ist offen."

„Glaub doch das nicht", brummte er.

„Nee. Glaub ich auch nicht."

„Dann lass mich schlafen."

Sie legte das Kopfkissen wieder zurück, genauso wie es gelegen hatte, und tapste auf Zehenspitzen aus dem Zimmer.

Bevor sie bei Simon klopfte, schaute sie an die Garderobe und zu den Schuhen.

„Mama? Komm rein."

Simon saß vor seinem Kofferradio.

„Hab schon gehört. Das ist doch Wahnsinn!"

„Find ich auch", flüsterte sie und ahnte, dass er es anders als sie gemeint hatte.

„Das will ich sehen", jubelte er.

„Wo willst du hin? Du musst doch in die Schule."

„Heute nicht", lachte er und küsste sie. „Und wo ich hin will? Das weiß ich doch jetzt noch nicht, Mama! Zuerst zu Nicki. Dann mal sehen. Lübeck? Westberlin? New York? Das gibt's doch gar nicht!"

„Nein, das gibt's nicht. Heute schon gar nicht, mein Junge."

Sie spürte, wie er ihr jetzt erst recht entglitt.

„Was soll ich dir mitbringen, Mama? Nutella oder Champagner?"

„Du bist ja verrückt. Lass den Quatsch."

„Nein! Hör doch mal richtig hin?"

„Ich kann nicht, Simon."

Eine Woche später wuchs ihre Neugier. Sie wollte Lübeck sehen. Mit Ina hatte sie schon telefoniert, die war längst dort gewesen, gleich am ersten Tag der neuen Zeitrechnung.

Elsa hatte zunächst nicht glauben wollen, dass die Grenze die ganze Woche offen bleiben würde.

„Kommst du mit nach Lübeck?", fragte sie Friedrich.

„Willst du da wirklich hin?"

„Ich war noch nie dort."

„Ging auch so, nicht wahr?"

Elsa kniff die Augen zusammen und sah ihn an. Er wandte den Blick ab.

Seine Not: Was sollte aus ihm werden? Wie konnte er seine Arbeit und sich selbst überhaupt noch rechtfertigen? Er sprach nicht darüber, nicht einmal mit ihr.

„Vielleicht kommt Ina mit. Ich nehme das Auto."

Er zuckte ein wenig zusammen. Sie fuhr sonst nie.

„Du wirst nur im Stau stehen, Elsa, und keinen Parkplatz finden."

„Ina kennt sich da aus."

Er lachte.

Sie auch.

Am nächsten Morgen rief Elsa von der Bibliothek aus wieder in Inas LPG-Büro an.

„Wollen wir zusammen nach Lübeck fahren?"

„Wir dachten an Hamburg!"

Elsa zögerte. Das war viel weiter und die Stadt größer. Sie verwarf sofort den Gedanken, sich anzuschließen. Auf Lübeck hatte sie Lust. An Hamburg hatte sie noch gar nicht gedacht, an Berlin schon eher. „Dann viel Spaß. Und kommt gut zurück, Ina!"

„Keine Sorge."

Als sie den Hörer aufgelegt hatte, rief sie spontan noch Katja an. „Du kannst bei uns mitfahren, Elsa. Wir wollen da auch hin."

Elsa atmete ganz tief ein vor Freude.

Am Sonnabend früh saß sie hinten in Karls Auto, sah zwischen den Sitzen hindurch auf die Kolonne und hielt sich rechts und links an den Polstern fest. Am Grenzübergang wurden sie durchgewunken, Elsa steckte ihren Ausweis zurück. Vor Lübeck packte Katja die Brotdose aus. Selbstgemachte Leberwurst, Elsa griff zu. Karl winkte ab. „Wir werden uns dort nichts zu essen kaufen", sagte Katja. Dann nahm er sich doch ein Brot und fuhr mit einer Hand weiter.

„Gar nichts werden wir kaufen", sagte er mit vollem Mund.

„Doch, Klopapier", lachte Katja.

In den Drogerien gab es nur manchmal welches – und wenn, war es gleich ausverkauft.

Elsa schwieg. Es war ihr unangenehm, sich erst das Begrüßungsgeld abholen zu müssen, ehe sie überhaupt darüber nachdenken konnte, wofür sie es ausgeben würde.

Parkplatz-Ordner wiesen ihnen schon am Stadtrand einen Platz zu. Ein Shuttle-Bus fuhr sie zum Holstentor, es kostete nichts. „Herzlich willkommen, liebe Brüder und Schwestern!", rief der Busfahrer durch den Lautsprecher. Die Leute jubelten. Katja auch. Elsa spürte nur ihre Gänsehaut. Die Sitze hatten Stoffpolster, an den Scheiben hingen schmale Werbeplakate. Es roch gar nicht nach Bus.

Als sie vor dem Holstentor standen, das sie sich kleiner vorgestellt hatte, etwa so wie das Brandenburger Tor in Königsberg, sackte ihr ein kleiner Schauer bis in die Knie. Schon als Kind hatte sie Fotos von Lübeck und Hamburg gesehen, weil Großvater Prospekte von den Lebensmittelhändlern gesammelt hatte. Dieses Tor kannte sie daher.

Bei der nächsten Sparkasse stellte sie sich in der Menschenschlange an und winkte Katja und Karl, die sich ihr Begrüßungsgeld schon abgeholt hatten. Um zwölf am Rathaus. Das würde sie schaffen.

Im März hängte sich ein Kollege von Friedrich auf. Friedrich ging nicht zur Beerdigung. Er hatte sich einen Tunnelblick angewöhnt.

Das Licht am Ende dieses Tunnels, so sagte er es selbst, würde auf die Druckbuchstaben einer großen deutschen Versicherung leuchten, die ältere Umschüler ausbildete. Friedrich war achtundfünfzig und schloss sich einer täglichen Fahrgemeinschaft an. Nach der Ausbildung sollte er nach Vertragsabschlüssen bezahlt werden und immer unterwegs sein. Er hatte jetzt einen doppelt voluminösen Aktenkoffer, ein kniehohes Autotelefon, mehrere Jacketts und redete über Versicherungen. Nicht über die DDR.

Simon wollte nach dem Abitur in Westberlin studieren.

Elsa blieb in der Alten Bibliothek, ging montags zur Chorprobe, zu der es Friedrich nicht mehr schaffte, traf sich mit Katja und blieb oft ein ganzes Wochenende bei Ina.

Als der Telefonanschluss verlegt war, nahm sie den Kontakt zu Hanni wieder auf.

20 Ostbesuch

Als Hanni nach der Chorprobe zu Hause vorfuhr, kam Joachim ihr schon entgegen.

„Wir kriegen Besuch."

Er ließ sie raten, noch bevor sie die Autotür abgeschlossen hatte. Klar, dass es jemand Besonderes sein musste.

„Elsa!", sagte sie gefasst.

„Wie kommst du darauf?"

„Weil es nicht mehr unmöglich ist und weil es langsam Zeit wird, dass sie sich meldet."

„Es wird Zeit? Das ist mir neu."

Hanni verbuchte seine Reaktion als anerkennend. Hatte sie doch wirklich im Stillen auf ein Lebenszeichen von Elsa gewartet, ohne sich Joachim mitzuteilen. Weibliche Intuition verwirrte ihn manchmal.

„Ich habe sie eingeladen", sagte er plötzlich.

„Du?" Jetzt war Hanni überrascht. „Du weißt doch gar nicht, wer da kommt!"

„Du doch auch nicht."

Das stimmte.

Hanni zog den Mantel aus, hängte ihren Schal über den Garderobenhaken und legte die Chormappe in die Schublade.

„Kann ich sie zurückrufen?"

„Ich habe die Nummer aufgeschrieben."

Hanni setzte sich. So einfach ging das jetzt. Damals hatten sie sich über den DRK-Suchdienst erst nach langer Zeit gefunden. Jetzt musste Elsa wohl nur die Telefonbücher aus dem Umfeld von Oldenburg gewälzt haben.

„Wie klang sie?"

Joachim lachte. „Freundlich! Sonst hätte ich sie doch nicht eingeladen!"

Es war kurz vor zehn. Sie würde sowieso nicht einschlafen können.

„Du kannst sie heute noch anrufen."

Das hatte sie also gesagt.

Hanni kämpfte gegen das wilde Hämmern in ihrer Brust und wählte die lange Telefonnummer.

Elsa war sofort dran.

„Guten Abend, Hanni!"

Die Stimme hätte sie sofort wiedererkannt.

„Guten Abend, Elsa. Du bist es wirklich!"

„Mit Haut und Haar und Kittelschürze. Nein, die hängt schon wieder am Haken."

Hanni lachte.

„Meine Schürze auch."

„Ich denke, du warst beim Chor?"

„Oh ja."

Hanni wusste nicht, wo sie anfangen sollte.

„Ich freue mich so, dass du dich gemeldet hast."

„Hanni, es tut mir leid, dass es die ganzen Jahre nicht ging."

„Warum eigentlich nicht?"

„Lieber nicht am Telefon!"

Hanni durchzuckte es. Vielleicht wurde immer noch abgehört. Oder Elsa war zu sehr daran gewöhnt, dass ständig jemand mithören konnte.

„Joachim und du, ihr seid schon verabredet?"

„Ja. Schön, nicht wahr?"

Für Hanni war es schon ein Ereignis, dass Elsa es diesmal war, die sich gemeldet hatte. Aber sie wusste nicht, ob sie sich wieder auf dünnes Eis begab, wenn sie dies aussprach.

„Wann möchtest du kommen?"

„Bald. Im Frühling", sagte Elsa vage.

„Rechtzeitig zur Hochzeit unserer Tochter", lachte Hanni.

„Gabriele?"

„Ja."

„Ich habe einen Sohn."

Einen Sohn. Elsa hatte Familie! Hanni konnte es sich fast nicht vorstellen. Und sie wusste nicht, warum. Wovon ging sie aus, wenn sie dachte, das passte nicht zu ihr?

„Ich dachte, du wärest mit den Büchern verheiratet?"

„Das auch, ja."

Hanni überlegte, ob sie vor der Hochzeit eine weitere Aufregung aushielt. Oder ob sie andererseits überhaupt bis nach der Hochzeit warten konnte.

„Ich bleib nicht lange, nur für ein Wochenende."

Da klopfte ihr Herz entspannter. Sie erinnerte sich schemenhaft, dass sie vor wenigen Wochen noch Flüchtlinge für unbestimmte Zeit aufgenommen hätte, aus einer gewissen Erregung heraus. Jetzt, da die Grenze offen war, fühlte es sich schon anders an. Dabei war es nun ihre alte Freundin Elsa, die kommen wollte. Sie wollte wirklich! Sie verabredeten sich für das zweite März-Wochenende. Das hieß dann zweimal Kochen für Hanni, etwas Besonderes natürlich. Oder sie gingen vielleicht essen.

Hanni hatte Elsas Foto, das mit der Post gekommen war, genau studiert und Ähnlichkeiten mit der Berliner Studentin gesucht.

Als Elsa auf dem Bahnsteig plötzlich vor ihr stand, war sie gerade auf eine andere Frau fixiert gewesen.

„Ich weiß, dass du die Hanni bist", lachte Elsa.

Hanni fixierte sie. Rote Strickmütze. Wollmantel. Kariertes Faltköfferchen mit Reißverschluss.

„Ich kann's nicht fassen!", gestand sie und hielt Elsa mit beiden Händen an den Schultern fest. Die Freundin war ein Stück kleiner, das hatte sie schon vergessen. Wie steif sich ihr Mantelstoff anfühlte! Hanni hatte viele hochwertige Mäntel im Schrank, da sollte sich Elsa einen aussuchen.

Später, als sie einen Bügel in die Mantelärmel schob, staunte sie, wie schwer das Gewebe war. Elsa hatte ihre Hausschuhe mitgebracht, schlichte Pantöffelchen mit einem Karomuster.

„Die sind auf Reisen immer dabei. Ich habe eine besondere Beziehung zu Hausschuhen", meinte sie.

Hanni schaute auf ihre blauen, die sie schon ein paar Monate trug.

„Als wir damals losmussten hatte ich in der Eile vergessen, die Schuhe zu wechseln."

„Du hattest Puschen an in der Kälte?"

„Ja, die gelb-braun Karierten."
„Die hatten wir auch. Wahrscheinlich hochmodern damals." Sie lachten beide.
„Und das waren deine einzigen Schuhe, Elsa?"
„Bis wir bei der Großtante ankamen und sie mir andere gegeben hat. In denen konnte ich dann Kahn fahren."
Damals ging es uns noch fast gleich, dachte Hanni.
Sie bot ihr ein Ratatouille an und hatte schon geahnt, dass Elsa noch nie Aubergine gegessen hatte.
„Bei uns wachsen die nicht", meinte Elsa trocken.
Giselas Bernhard hätte jetzt gesagt, dass die im Westen in jedem Supermarkt wüchsen. Hanni überlegte, ob es richtig war, dass sie ein Treffen mit Gisela verabredet hatte. Wenn Bernhard nicht mitkam, konnte es passen.
„Hier auch nicht. Aber ich mag sie sehr. Bisschen einsalzen muss man sie vor dem Dünsten."
Elsa füllte einen Löffel und führte ihn pustend zum Mund.
„Da ist Thymian dran und Rosmarin."
„Du hast eine feine Zunge, Elsa."
„Es schmeckt großartig."
Hanni war froh, reichte Baguette dazu und ließ Elsa vom Salat nehmen.
„Was kochst du denn am liebsten?"
„Eintöpfe, Suppen aller Art."
Es schien nicht das Thema zu sein, das Elsa besonders interessierte.
Also brauchte Hanni gar nicht zu fragen, ob Elsa auch abends immer etwas Warmes für ihren Mann bereithielt. Wer weiß, was mit dem Mann los war.
„Hätte dein Mann nicht auch mitkommen wollen?"
„Ich glaube nicht."
„Was ist mit ihm?"
„Er hat zu tun."
„Was macht er denn?"
Elsa kaute eine Weile, obwohl es nicht viel zu kauen gab.
„Jetzt?" Vielleicht brauchte sie Zeit für ihre Antwort. „Liegt auf der Couch und denkt. An einen Kollegen."
„Das ist nicht viel, oder?"
„Der hat sich letzte Woche umgebracht."

„Jessesmaaria, warum das denn bloß? Jetzt ist doch alles vorbei."

„Eben deshalb."

Hanni legte ihr Besteck kurz ab. Dass sie so schnell auf Schlimmes zu sprechen kamen!

„Wie hat er sich denn ...?"

Elsa zog die rechte Hand unter dem Kinn entlang und deutete einen Knoten über ihrem Scheitel an. „Auf dem Dachboden."

„Und warum?" Ach so, weil alles vorbei ist.

„Er konnte nun mal nicht mitkommen in eine neue Zeit."

„Und dein Mann denkt auch so", entfuhr es Hanni.

Elsa schien mit sich zu ringen und starrte auf das Salatschüsselchen.

„Sowas macht er aber nicht."

„Ein Glück!", sagte Hanni erleichtert.

Eine Weile aßen sie schweigend. Hanni dachte an ostdeutsche Dachböden. Elsa nahm nochmal nach.

„Euer Sohn ist auch schon erwachsen."

Sollte lieber Elsa entscheiden, was sie über ihn erzählte.

„Der ist so verliebt, das kannst du dir nicht vorstellen!" Sie lächelte versonnen. „Simon ist noch gar nicht erwachsen. Er ist ein frühreifer Sechzehnjähriger, nun wird er bald siebzehn."

„Dann ist er wohl ganz anders als du?"

„In der Beziehung schon", sagte sie fröhlich. „Aber ich konnte ja gar nicht in dem Alter!"

„Jung sein genügt doch, um sich zu verlieben."

„Aber nicht, wenn du mit Mutter und Großmutter ein Zimmer teilst."

„Nein, dann muss man sich woanders treffen."

„Haben wir ja auch."

„Mit siebzehn, Elsa?"

Elsa tat, als müsste sie nachrechnen.

„Ein bisschen später."

Hanni schmunzelte. Bei ihrem Berliner Treffen waren sie neunzehn gewesen und Elsa war damals nicht mehr als ein studiertes Kind! Vielleicht sogar noch mehr Kind als studiert. Was sie von ihrer Bibliothekswissenschaft erzählt hatte, war doch nichts zum richtigen Studieren, das hatte Hanni gleich herausgehört.

„Worauf hast du Lust heute?", fragte Hanni.

„Auf die schönsten Wege durch die Stadt."

„Wollen wir dir ein bisschen was einkaufen?"

„Ich habe alles."
Natürlich. Damit hatte Hanni fast schon gerechnet.
„Du weißt doch gar nicht, was es alles gibt."
„Das werde ich nie wissen, aber dafür anderes."
Hanni hörte dem Satz hinterher, während sie den Tisch abräumte. Elsa war aus einem Holz geschnitzt, das sie erst kennenlernen musste. Vielleicht war es sogar hilfreich, Gisela eine Zeit lang dabei zu haben. „Dann komm!", forderte Hanni beherzt. Ich zeige dir die schönsten Wege durch die Stadt. Und um fünf treffen wir uns mit Gisela im gemütlichsten Café Norddeutschlands.
„Gisela? Das ist doch die Tochter deines Stiefvaters!"
Hanni wusste genau, woran Elsa jetzt dachte.
„Wird es dir zu viel?"
„Überhaupt nicht. Ich freue mich."

Hanni war es tatsächlich gelungen, die Freundin zu überraschen! In einem Bücher-Café war sie noch nie gewesen. Sie saßen in nostalgischen Ledersesseln an einem Fenstertisch vor offenen Bücherregalen, an denen sich die Gäste bedienen durften.
Während sie noch auf Gisela warteten, fixierte Elsa die Regalreihen: Böll, Grass, Lenz, Biermann ... Sie erhob sich, setzte sich sofort wieder und vergrub ihre Hände in den Hosentaschen. Es lohnte gar nicht, ein einzelnes Buch in die Hand zu nehmen, wenn sie zunächst die ganze Fülle erfassen musste.
Eine junge Frau kauerte mit einer Tasse Tee unter dem hohen Bogenständer einer Stehlampe und las. Sie hatte die Schuhe ausgezogen und die Füße im Sessel unter sich gezogen.
Hanni beobachtete, wie Elsa dieses Bild still in sich aufnahm. Vielleicht realisierte sie erst jetzt, wirklich im Westen zu sein.
Als Gisela hereinrauschte, zog sie alle Blicke auf sich. Ihre Idee war es gewesen, Elsa hierher einzuladen. Sie hatte sogar den Fenstertisch bestellt und registrierte sofort, welchen Eindruck der Ort bei Hannis alter Freundin hinterließ. Sie schaltete einen Gang herunter, als sie sich Elsa näherte. Wahrscheinlich wollte sie einen allzu schrillen Kontrast zum Ambiente vermeiden.
„Nun bist du da. Das ist schön."
„Ja, wirklich", fand Elsa. „Es ist wundervoll hier."
„Das finde ich auch. Immer wieder, nicht wahr, Hanni?" Sie lachte kräftig und drückte ihre Stiefschwester.

„Früher gab es hier auch eine kleine Galerie. Da haben sie auch sich selbst verkauft." Gisela griff in ihre Handtasche und zog ein bemaltes Seidentuch heraus, das sich im Flug entfaltete und ein Bild von genau diesem Café sehen ließ, sogar der Sessel mit der Bogenlampe war mit auf das Tuch gemalt.

„Das ist ja verrückt!", rief Elsa und starrte auf das Tuch.

„Eine schöne Idee, nicht wahr?" Gisela schaute Elsa einen Moment an, um herauszufinden, ob ihr Plan verfrüht sein könnte. „Das gehört dir, wenn es dir gefällt."

Elsa nahm das Seidentuch in die Hand und fingerte sich durch das Café-Bild. „Sowas gibt's doch gar nicht!", sagte sie leise.

„Doch. Und wir wussten, dass dies dein Ort ist."

Hanni war dankbar, dass Gisela sie mit einbezog und nickte.

„Dafür gibt es hier aber ausschließlich Hefekuchen! Das ist die Einschränkung", meinte Gisela.

„Apfel, Pflaume, Butterkuchen, was möchtest du?"

Elsa hob ratlos beide Hände und sah fragend zu Hanni.

„Apfel-, Pflaumen- und Butterkuchen natürlich. Am besten einen ganzen Berg für uns."

Eine *Bücherkuchenfrau*, so stand es auf ihrer Schürze, brachte den gewünschten Kuchenberg aus mehreren geviertelten Stücken und stellte eine Kanne Kaffee dazu.

Die drei angelten wie beim Mikado ihre Küchlein so, dass die Konstruktion nicht gleich einbrach.

„Wie fühlst du dich, Elsa?", fragte Gisela plötzlich.

„Genau jetzt? Hier?"

„Genau jetzt. Hier. Da fangen wir an."

„Ich fühle mich, als wären wir wieder zu dritt", sagte Elsa und sah vorsichtig zu Hanni.

„Das sind wir ja auch", baute sie ihr eine Brücke.

„Früher waren wir zu dritt. Entweder im Gutenfelder Stall oder bei uns zu Hause in Königsberg. Genauer gesagt, unter einer herabhängenden Tischdecke."

„Und haben unfeine Damen gespielt, ganz verrückt!", ergänzte Hanni, „beim Kaffeekränzchen." Sie nahm ihre Tasse in die Hand und spreizte den kleinen Finger ab. „So ging das."

„Das war längst nicht alles", freute sich Elsa.

„Alles zu seiner Zeit, Verehrteste", bremste Hanni.

„Hier fehlt natürlich die Tischdecke von oben." Gisela hatte verstanden. Anfangs, in Lohne, hatte es nochmal eine Tischdecke für Hanni und Gigi gegeben, die im Gasthof dann eine junge Mutter benötigte. Nein, das wollte Hanni jetzt nicht erzählen. Es hatte zu viel mit Gigi zu tun. Sie wollte die Stimmung nicht trüben.

„Hast du Familie?", fragte Gisela.

„Einen Sohn. Simon." Elsa öffnete ihr Portmonee und zeigte das Passfoto eines Teenagers, das hinter der Sichtfolie steckte.

„Und du? Hast du danach", sie schluckte, „noch Kinder bekommen?"

Hanni bekam mit einem Schlag rote Flecken am Hals. Da plauderte Elsa auf einem Drama herum, das Jahrzehnte nicht angesprochen worden war!

„Danach?" Gisela setzte sich sehr gerade hin und schloss die Knie. Ihr Seitenblick auf Hanni verlangte nach einer Erklärung.

„Wir haben uns damals in Berlin getroffen."

Gisela war anzusehen, dass sie sich nicht erinnerte. Damals war sie mit sich selbst beschäftigt gewesen und mit Hermann, der den ganzen Pfusch bezahlen musste.

Wie konnte Elsa nur darauf anspielen? Hätte Hanni ahnen können, dass ihr ein Gespür für Heikles fehlte?

„Sowas konnte doch passieren", versuchte Elsa einzulenken und machte es damit noch ein bisschen schlimmer. „Bei uns war das später sogar erlaubt."

„Aber nicht so!", sagte Gisela scharf.

„Natürlich nicht. Es war ein Eingriff, kein Drama."

Hanni wünschte sich Elsas Seidentuch um den Hals, dann wären die Hektikflecken schnell verhüllt. Dass ihr Körper immer gleich wie ein Feuermelder reagierte, war ihr unangenehm. Das Tuch lag auf Kante zusammengefaltet neben Hannis Teller. Nein, sie musste abwarten, bis sie sich wieder beruhigt hatte und legte ihre Hand locker vor den Kehlkopf.

„So etwas musste bei uns auch kein Geheimnis bleiben", sagte Elsa plötzlich entspannter. „Ich wusste nicht, dass das hier anders war. Tut mir leid." Dann korrigierte sie sich: „Doch, ich hätte wissen müssen, dass es hier anders war."

„Woher? Du warst doch abgeschottet!", meinte Hanni spröde.

„Nicht ganz. Ein wenig sickerte doch durch. Das hätte reichen müssen." Sie wandte sich an Gisela und strich ihr über den Arm. „Verzeih bitte."

„Schon fast verziehen", sagte Gisela versöhnlich, „hab selbst ewig nicht daran gedacht." Sie atmete hörbar ein und aus, als wollte sie ankündigen, dass das Thema noch nicht ganz beendet war.

„Und: Ja, ich habe *danach* noch Anke und Tobias bekommen."

Elsa sah erleichtert aus. Von den Kindern hatte sie nichts gewusst.

„Inzwischen bin ich sogar Großmutter." Gisela lächelte versonnen. Zwischen ihr und Anke war die Welt in Ordnung.

Auf Gabrieles Hochzeit würde auch Hanni endlich das Baby kennenlernen. Nach Berlin war es eine Weltreise. Immer noch, fand Hanni. Aber Tobias hatte es von Boston noch viel weiter. Trotzdem wollte auch er zur Trauung kommen.

Hanni spürte ihr Herz schon wieder heftig hämmern, aber diesmal war es nur die normale Aufregung, die sie auch morgens überkam, wenn sie auf dem Kalender sah, dass das Ereignis wie eine Kabeltrommel auf sie zurollte.

Im Café waren mit einem Knopfdruck alle Leselampen eingeschaltet worden. Das Licht fiel nun anders auf Elsa, die sich in ihrem Sessel eingerichtet hatte und Gisela zugewandt blieb.

Die alten Anke-Geschichten. Gisela erzählte sie nun einfach. Hanni war froh, dass sie mit Gabriele Glück gehabt hatte in der Pubertät. Tänzer rebellieren nicht. Und Tänzerinnen folgen. Ganz einfach.

„Sie war eben schon immer für Gerechtigkeit", fasste Gisela zusammen. „Jetzt lach ich drüber."

„Was sie sich getraut hat, hätte bei uns, ich weiß nicht . . . ." Elsa versuchte, die Dimensionen zu vergleichen, „in die Hölle geführt! Flugblattaktionen! Nicht auszudenken!"

„Das hat uns Nerven gekostet!"

Elsa nickte langsam.

Es war wohl doch mehr in den Osten durchgesickert, als Hanni sich vorstellen konnte. Sonst konnte das doch niemand alles an einem Nachmittag verstehen.

Sonnabend. Elsa hatte Giselas Vorschlag, zu dritt Oldenburg *unsicher* zu machen, angenommen, nachdem sie sich der Zustimmung Hannis gewiss gewesen war. Die Altstadt mit dem Geflecht verwinkelter

Gassen, in das kaum ein Sonnenstrahl ganz hineinpasste, hatte Elsas Neugier entfacht. Sie war nun auch mit den Augen im Westen angekommen. Immer wieder zückte sie ihre *Praktica*, betätigte den Auslöser und zog sofort den Spannhebel, um für das nächste Motiv vorbereitet zu sein. Mehrmals schnappte Hanni sich Gisela, dann posierten sie demonstrativ vor der Kamera, damit sie auch Fotos von ihnen machte. Schließlich stellten sie sich zu dritt vor den Hafenkran und gaben einem Passanten die Kamera. Der zog die Augenbrauen in die Höhe, lachte und fand die drei lange Zeit nicht im Sucher. Als er endlich auf den Auslöser drückte, war ihr Foto-Schmunzeln schon in lautes Gelächter übergegangen. Hanni war gespannt auf die Aufnahme. Von dieser wollte sie gern einen Abzug.

Dann waren sie in ein Kaufhaus gelangt, durch das Elsa gelassen hindurchschlenderte, bis Gisela sie in die untere Etage führte, wo ein Feinkostrestaurant frische Austern im Angebot hatte.

Hier nun rutschte Elsa, anstatt ihn abzulegen, tief hinein in ihren Mantel und wartete ab.

„Frische Austern, Mädels!"

Hanni verwarf ihr Vorhaben, am Abend noch einen Auflauf zuzubereiten, und animierte Elsa: „Du musst hier doch mal Austern probiert haben."

Da sie erhöht wie an einer Bar saßen, gesellte sich bald eine Bedienung zu ihnen.

„Drei Portionen mit Baguette?"

Hanni sah Elsa fragend an.

„Tut mir Leid, Hanni, aber ich krieg in einem Kaufhaus nichts hinunter."

„Hier unten ist es doch gar kein Kaufhaus mehr. Das ist ein Restaurant."

„Trotzdem."

Giselas Mund zuckte unter ihren Bemühungen nicht loszulachen.

„Elsa! Dir entgeht etwas!", sagte sie fröhlich.

„Ich kann nicht", sagte Elsa ernst, „und Austern erst recht nicht. Lasst uns bitte wieder gehen."

Schweigend fuhren sie die Rolltreppe wieder hinauf.

Dann gibt es heute Abend doch Auflauf, dachte Hanni.

Als sie wieder auf dem Boulevard standen, meinte Elsa: „Ein Brötchen beim Bäcker wäre gut."

Gisela steuerte eine Konditorei an und fragte Elsa vorsichtig, ob sie sich vorstellen könnte, hier etwas zu essen.

„Aber natürlich."

Es gab neben Torten, Kuchen und belegten Brötchen sogar Hühnerbrühe, für die sie sich alle drei entschieden.

„Wie kam das eben?", fragte Hanni am Garderobenständer.

Elsa wurde verlegen. „Findest du es schwierig mit mir?"

„Überhaupt nicht", antwortete Hanni eine Spur zu schnell.

„Es ist sehr intensiv mit dir, Elsa", sagte Gisela, „ungewohnt, aber irgendwie ... heilsam! Wie wenn man ganz lange geheult hat. Also das Danach."

„So schlimm?", lachte Elsa.

„Ich meinte gerade: *nicht* schlimm!" Gisela nahm sie ganz fest in den Arm und drückte sie so herzlich, dass Elsa auf die leichte Schaukelbewegung ihres Körpers einging. Hanni hängte sich mit ein und wurde von beiden mit umfasst.

„Jetzt sind wir wieder zu dritt", sagte Hanni fest und spürte, wie die Gäste der Konditorei sie entweder anstarrten oder bewusst wegschauten.

Gisela nahm Elsa den Mantel ab und wollte ihn auf den Haken hängen.

„Aber ganz unter uns, Elsa: Den sollten wir austauschen."

„Finde ich auch", entfuhr es Hanni.

„Macht einfach, was ihr denkt. Ohne geht es jedenfalls nicht", meinte Elsa.

Wenn die im Osten irgendwann auch die D-Mark haben, merkt sie sowas auch und kauft sich was Besseres, dachte Hanni.

„Ich staune selbst, wie lange der schon hält", setzte Elsa schmunzelnd nach.

„Wie lange denn?", fragte Gisela neugierig.

Elsa winkte ab und sagte zögernd: „Seit Ulbrichts Tod?"

Bei Gisela zuckten wieder die Mundwinkel, Hanni sah sie an und konnte auch nicht mehr an sich halten, dann prusteten sie los.

Elsa schob beide an den Tisch, die Hühnerbrühe mit frischen Brötchen wurde gerade serviert.

Als Elsa, Joachim und Hanni Sonntagfrüh auf dem Bahnsteig ankamen, stand Gisela schon da. Joachim trug das karierte Faltköfferchen mit dem Reißverschluss, Hanni den Beutel mit Reiseproviant und

Elsa einen dunkelblauen Mantel, über dem ihre rote Mütze einen leuchtenden i-Punkt setzte.

„Und nicht mal zu lang", staunte Gisela bei der Begrüßung.

„Dein Mann wird dich nicht wiedererkennen auf dem Bahnhof", sagte Joachim mit Kennerblick.

„Davon ist auszugehen", meinte Elsa belustigt und stieg in den Zug.

Erst als sie ihr Abteil gefunden, das Schubfenster zum Bahnsteig geöffnet und einen Arm herausgestreckt hatte, fragte sie:

„Wollt ihr denn auch mal kommen?"

Die Durchsage zur Abfahrt plärrte, Türen knallten, der Zug schob sich langsam aus dem Bahnhof. Der dunkelblaue winkende Arm war noch bis zur Kurve zu sehen.

„Vielleicht", sagte Hanni zu Gisela, „dann wäre es fast wie früher."

21 Epilog

Schwerin, 2016

Thurid hat wieder Kunstwerke auf den Fingernägeln. Sie tippt emsig auf das alte Smartphone ein, das sie an ihre Oma abtreten will. In rasendem Rhythmus klackern die Nagelkuppen auf das Display. Elsa beobachtet amüsiert, wie sie dabei die Lippen ein wenig nach innen zieht, genau wie damals, als das Kind sich mit dem Füllfederhalter abmühte. „Oma, ich stell dir das nachher alles ein."

„Ich glaube nicht, dass ich das brauche."

„Dann hast du aber WhatsApp und alles. Sonst beklagst du dich wieder, dass du nie Fotos von uns bekommst."

„Ach deshalb?"

Elsa hatte schon gar nicht mehr gewusst, wie Arvid aussah. Thurids Bruder. Der ist nun in England. Thurid hat ihr die Fotos auf dem Handy gezeigt. „Du musst in unsere Gruppe kommen!"

Na gut, das muss sie dann wohl. Elsa beschließt, lieber nicht zu widersprechen.

„Deine Kontakte sind jetzt alle schon drauf."

Wie das wohl ging?

„Zeig!"

Thurid neigt das Display so, dass Elsa den Button selbst drücken kann.

„Geht nicht."

„Du musst es selbst in der Hand halten."

Elsa streckt den Zeigefinger und drückt noch einmal, als wäre es ein Klingelknopf.

Das Bildchen verschiebt sich auf eine neue Seite.

„Jetzt hast du deine Kontakte gleich vorn bei den Favoriten, Oma, auch gut. Gucke, da ist Arvid, da ist Ina, da ist Katja, da ist Simon, da bin ich, da ist Mama. Und deine Hanni, die hat auch WhatsApp, Oma, dann kannst du mit der Fotos tauschen."

„Das macht bestimmt auch nur der Enkel", lacht Elsa.

„Aber du, du kannst das bald allein."

Elsa betrachtet die jungen schönen Finger, die durch die gestalteten Nägel noch länger wirken und hält ihren verschrumpelten krummen Zeigefinger daneben.

„Guck mal, Thurid."

„Ich weiß, Oma. Meine Hände hab ich von dir. Die Daumen sind genau gleich."

Früher fand Elsa das auch, jetzt kann sie keine Ähnlichkeit mehr entdecken.

Thurid hält das Smartphone etwas schräg und knipst den 16-jährigen und den 80-jährigen Daumen.

„Nochmal, Oma, komm mal ins Licht. Das ist wirklich ein *Foto*!"

Sie probieren es noch einmal am Fenster, und als Thurid die Aufnahme auf dem Display groß zieht, staunt auch Elsa. Sie mag nicht wahrhaben, dass der alte Daumen ihr eigener ist, aber sie ist auf seltsame Weise berührt von diesem Foto.

„Elsa und Thurid! Das können wir jetzt verschicken, Oma."

Thurid zeigt ihrer Großmutter, wie sie das Bild zunächst an sich selbst versendet. Im nächsten Augenblick dudelt es auf dem Wohnzimmertisch.

Elsa lernt, ein Foto an eine WhatsApp-Nachricht anzuhängen. Sie kann sogar noch etwas dazuschreiben. Noch während sie ihre Kontakt-Liste abarbeitet, erschrickt sie. Schnarrend signalisiert ihr das Smartphone einen Posteingang. Neugierig beobachtet Thurid, wie sich Elsa abmüht, die Nachricht zu öffnen.

„Gleich drauf, Oma! Oder auf das Symbol dann."

„Simon hat seinen Daumen zurückgeschickt", lacht Elsa.

„Typisch Papa."

„Ist ja toll, Thurid. Aber morgen hab ich das alles wieder vergessen."

„Wir üben jetzt jeden Tag, Oma. Fernstudium, ja? Dann behältst du das im Kopf."

Elsa hat den Ton ausgeschaltet, sonst surrt das Smartphone den ganzen Tag. Die Familiengruppe hat sich nämlich ständig etwas mitzuteilen, da kommt Elsa gar nicht mehr hinterher.

Wenn sie dann abends nachschaut, was ihr entgangen ist, stellt sie fest: gar nichts. Außer heute ein Foto von Arvid. Dem antwortet sie dann auch. Und alle reagieren gleich wieder auf ihren Dankesgruß.

Sie hätte ihre Nachricht direkt an den Enkel schicken sollen. Darauf wird sie ab jetzt achten.

Immer noch bleibt eine ungelesene WhatsApp-Nachricht stehen. Sie hat etwas übersehen.

Hanni hat geschrieben! Oder deren Enkel, wer weiß.

Elsa atmet tief durch. Wann haben sie zuletzt telefoniert? Vor einem halben Jahr? Mag sein.

Hanni hat ein Foto geschickt, sogar mehrere.

Sie muss sich setzen. Dann vergrößert sie sich das erste Bild.

Ein Elefant. Aha. Unwillkürlich muss sie an *Jenny* denken, die Königsberger Elefantenkuh. Die hat Furore gemacht damals. Das nächste Foto zeigt Hanni, ohne Zweifel als eine sehr alte Frau. Elsa schiebt mit Daumen und Zeigefinger das Gesicht auf Display-Größe. Wie stolz sie doch noch ist!

Eine Nachricht ist beigefügt: Herzensgrüße aus Kaliningrad.

Aus Kaliningrad.

Hanni ist in Königsberg! Die fliegt da einfach hin!

Das Smartphone fängt an zu zittern in Elsas Hand. Sie würde gern in den Telefonier-Modus wechseln, aber es geht gerade nicht. Das Hanni-Foto ist schon wieder verschwunden. Elsa schaut sich die Symbole an und findet die Kontakte nicht.

Vielleicht ist Hanni schon längst wieder zu Hause und hat jetzt erst auf die Daumen reagiert? Elsa nimmt den Festnetz-Hörer und drückt auf Hannis Nummer, die im Verzeichnis eingespeichert ist. Wenn nach fünfzehn Mal Klingeln nicht abgehoben wurde, kann man mit der 1 die Verwaltung der Seniorenresidenz anwählen.

Elsa wartet ab und drückt auf Aufforderung die 1. Es ist sofort jemand dran.

Sie überlegt, ob sie die Stimme freundlich nennen würde. Routiniert freundlich vielleicht. Sie spürt ein Zittern in der eigenen Stimme, als sie nach Hanni fragt.

„Tut mir leid. Sie ist verreist."

„Ach, doch noch. Vielen Dank."

Elsa nimmt das Smartphone erneut zur Hand. Dann wird sie Hanni jetzt direkt in Kaliningrad anrufen! Wo sind die Kontakte?

Notes sind keine Kontakte, oder?

Elsa findet keine Kontakte mehr auf dem Display. Dann kann sie nicht einmal Thurid anrufen.
Wie können nur die Kontakte verschwinden?

Elsa und ihr Umfeld

Elsa – Tochter einer Königsberger Kaufmannsfamilie, bei der Flucht 1945 acht Jahre alt
Mutter – Kaufmannsgattin in Königsberg, versucht zunächst noch, das Geschäft, das ihre Eltern um die Jahrhundertwende eröffnet hatten, über den Krieg zu retten
Großmutter – ihr Leben lang pragmatische Geschäftsfrau
Valdis – ein in Königsberg einquartierter lettischer Soldat
Dieter – Nachbarskind in Königsberg
Großtante Anni – Schwester der Großmutter, mit Gustav in Hinterpommern verheiratet, ihr Leben lang strickend
Großonkel Gustav – Besitzer einer Eisengießerei in Hinterpommern
Klaus – Pasewalker Klassenkamerad, Flüchtling aus Oberschlesien
Ein Neulehrer – teilt sich in Pasewalk mit Elsas Familie eine Unterkunft
Ein Jäger – Elsa kann sich an sein Gesicht nicht erinnern, nur an das Frettchen in seinem Ärmel
Rudi – ein Kommilitone in Berlin
Elke – der vermutete Seminargruppenspitzel in Berlin
Frau Eberling – Elsas Berliner Vermieterin
Frau Schiller – Elsas Schweriner Vermieterin
Otto von Mandeloh – Bibliothekar in Schwerin, verwitwet, Vater der Zwillinge Hendrik und Richard
Hertha – Bibliothekarin in Schwerin
Gesine Plessmann – Bibliothekarin in Schwerin, gebürtig in Hinterpommern
Die Assistentin vom 1. Sekretär der Bezirksleitung der SED – burschikos und übergriffig, fürchtet keine müffelnden Handtücher
Friedrich - Chorsänger und Kulturfunktionär
Katja – Chorsängerin, verheiratet mit Karl
Simon – Elsas und Friedrichs Sohn
Ina – Elsas Halbschwester, verheiratet mit Bodo, mit dem sie die Kinder Petra und Uta hat

Nicki – eigentlich Nicole, die erste Liebe von Simon
Arvid und Thurid – Elsas Enkel

Hanni und ihr Umfeld

Hanni – stammt von einem Bauernhof in Gutenfeld bei Königsberg, bei der Flucht 1945 acht Jahre alt

Gigi – Hannis drei Jahre ältere Schwester

Mama – Bäuerin in Gutenfeld

Tante Alma – hilfreich auf dem Feld, aber nur aus der Not heraus

Franz – Sohn des Bauern, bei dem Hanni und Tante Alma nach der Flucht für ein Jahr unterkommen

Struppmeiers – die Vermieter in Lohne

Lotti Klüttermann – Klassenkameradin und Freundin, die Familie besitzt seit Generationen eine Druckerei in Lohne mit angeschlossenem Schreibwarengeschäft

Antonia – Banknachbarin und Freundin, kommt aus Habelschwerdt in Schlesien

Gudrun – Banknachbarin und keine Freundin

Maria – beste Freundin von Gigi

Schwester Eulalia und Schwester Genoveva – an der katholischen Mittelschule lehrende Nonnen

Hermann – zunächst in der Korkenfabrik beschäftigter Kraftfahrer, später Fuhrunternehmer

Gisela – Hermanns Tochter, heiratet Bernhard

Bernhard – geht Weihnachten nicht mit in den Gottesdienst

Anke und Tobias – Kinder von Gisela und Bernhard

Joachim – der vom Kino, Ehemann von Hanni

Joachims Mutter – führt den Kinobetrieb durch alle Krisen

Gabriele – Tochter von Hanni und Joachim

Andreas – Turniertanzpartner von Gabriele

Ein Doktor – führt eine Allgemeinmedizinische Praxis in einem Dorf unweit von Lohne

Renate – des Doktors Ehefrau

Almut – Tochter von Gudrun, der Banknachbarin aus der Mittelschule

Kathrin – Lotti Klüttermanns Tochter
Holzkünstler Petschell – Vater von Kathrin